무기여 잘 있거라

무기여 잘 있거라
A Farewell to Arms

어니스트 헤밍웨이 장편소설 이종인 옮김

A FAREWELL TO ARMS
by ERNEST HEMINGWAY (1929)

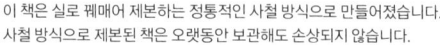

이 책은 실로 꿰매어 제본하는 정통적인 사철 방식으로 만들어졌습니다.
사철 방식으로 제본된 책은 오랫동안 보관해도 손상되지 않습니다.

제1부

7

제2부

111

제3부

215

제4부

311

제5부

377

역자 해설
생물적 덫과 단독 평화 조약

435

어니스트 헤밍웨이 연보

449

제1부

1

 그해[1] 늦은 여름 우리는 강과 들판 너머로 산이 바라다보이는 마을의 한 민가에서 지냈다. 강바닥에는 햇볕에 말라 희어진 돌들과 자갈들이 많았고, 빠르게 흐르는 맑은 강물은 군데군데 푸른색을 띠었다. 군대가 그 집 옆을 지나 길 아래쪽으로 내려가면 그들이 일으킨 먼지가 나무 잎사귀들을 뿌옇게 만들었다. 나무줄기들 역시 먼지를 뒤집어썼고, 그해 가을에는 잎사귀들이 일찍 떨어졌다. 군대가 길을 따라 행진하면 먼지가 일어나고, 미풍에 흔들리던 잎사귀들이 떨어졌다. 병사들이 지나가고 나면 도로는 잎사귀들을 제외하고는 아무것도 없이 하얬다.

 들판에는 곡식이 풍성했다. 과일나무를 키우는 과수원들도 많았다. 하지만 들판 너머의 산들은 갈색으로 앙상했다. 산속에서는 전투가 벌어져 밤마다 대포의 섬광을 볼 수 있었다. 대포 불빛은 어둠 속에서 여름날의 번개처럼 번쩍거렸다. 그러나 공기는 서늘했고 폭우가 닥쳐올 기미도 없었.

 때때로 어둠 속에서 창문 아래로 군대가 행진하는 소리와

[1] 1915년.

견인차에 매달려 가는 박격포들의 소리가 들려왔다. 밤에는 안장 양쪽에 탄약통을 싣고 도로에 나선 노새들, 병사들을 나르는 회색 군용 트럭 등 차량 통행이 잦았고, 캔버스로 덮인 짐들을 적재한 다른 트럭들도 그 대열에 섞여 천천히 움직였다. 낮 동안에는 트랙터들에 매달려 가는 대포들도 종종 눈에 띄었다. 기다란 포신은 초록색 가지들로 위장되었고, 트랙터들도 잎이 무성한 초록 가지들과 덩굴들로 덮여 있었다. 북쪽으로 눈을 돌리면 계곡 너머 밤나무 숲이 보였고, 그 숲 뒤에는 강 이쪽 편에 또 다른 산이 있었다. 그 산에서도 전투가 벌어졌지만 승리를 거두지는 못했다. 가을과 함께 장마가 오면 잎사귀들이 밤나무에서 모두 떨어져 가지가 앙상하게 되었고 줄기는 비에 젖어 거무튀튀해졌다. 포도원의 가지들도 잎사귀들을 모두 떨구어 수척하고 앙상하기는 마찬가지였고 모든 고장이 축축한 갈색으로 음산해졌다. 강에서는 안개가 피어올랐고 산 위에는 구름이 솟아났으며 트럭들이 도로에 진흙을 튀기는 바람에 병사들의 망토는 온통 진흙과 습기로 가득했다. 병사들의 소총도 축축해졌다. 병사들의 외투 속 벨트 앞부분에는 가죽 탄약 상자 두 개가 매어져 있었다. 가늘고 긴 6.5밀리미터 탄약 묶음들이 들어 있어서 묵직한 회색 가죽 통이었는데, 그런 복장으로 도로를 행진하면 마치 임신 6개월의 임신부 같아 보였다.

아주 빠르게 지나가는 회색 승용차들도 있었다. 운전병 옆 조수석에는 보통 장교가 앉았고 뒷좌석에도 장교들이 탔다. 승용차들은 군용 트럭보다 진흙을 더 많이 튀겼다. 뒷좌석의 두 장군 사이에 덩치가 아주 작은 장교가 앉아 있고 그가 너무 왜소해서 얼굴은 고사하고 장교모 꼭대기 부분과 비좁은 등만 살짝 보이는 경우, 게다가 그 승용차가 아주 빨리 달리는 경우라면 틀림없이 거기엔 아마도 국왕[2]이 타고 있을 터였다. 우디네[3]에 살고 있던 그는 이곳의 전황을 살피기 위해 거의 매일 이쪽으로 시찰을 나왔는데, 전황은 아주 나쁘게 돌아갔다.

겨울이 시작되면서 비가 줄기차게 내렸고, 비와 함께 콜레라가 찾아왔다. 하지만 전염병은 곧 진압되었고 군대에서 그 병으로 죽은 사람은 겨우 7천 명뿐이었다.

---

2 이탈리아 국왕 비토리오 에마누엘레 3세Vittorio Emanuele III(1869~1947, 재위 1900~1945)를 가리킨다. 그는 체구가 아주 작은 사람이었다.
3 Udine. 베네치아에서 북동쪽으로 약 54마일 떨어진 지점에 있는 이탈리아 북부 마을.

2

 이듬해에는 승리가 잦았다. 산과 밤나무가 자라는 계곡 건너편 언덕을 탈환했고, 남쪽 고원의 들판에서도 승리했다. 우리는 8월에 강을 건너가 고리치아[4]에 있는 민가에서 지냈다. 그 집에는 분수가 있었고 담을 두른 정원에는 시원한 그늘을 드리우는 나무들이 많았으며 집 옆에는 자줏빛 등나무 덩굴이 우거졌다. 이제 전투는 채 1마일도 떨어지지 않은 그 너머 다음 산에서 벌어지고 있었다. 마을은 아주 고즈넉했고 우리가 지내는 집은 정말 훌륭했다. 뒤에는 강이 흘렀다. 우리는

---

4 Gorizia. 이손초Isonzo 강 동쪽에 있는, 이탈리아 북동부의 작은 마을. 이손초 강은 이탈리아와 슬로베니아의 국경 서쪽에 있는데, 제1차 세계 대전 이전에는 이손초 강이 이탈리아와 오스트리아-헝가리의 경계선이었고 고리치아는 오스트리아-헝가리의 땅이었으나, 이곳에 이탈리아인이 많이 살았기 때문에 이탈리아는 이 마을을 자국 땅으로 여겼다. 이탈리아 정부는 오스트리아가 고리치아를 넘겨주고 새로운 국경선을 받아들이면 제1차 세계 대전에서 중립을 지키겠다고 했으나 거부당하자 1915년 5월 23일 선전 포고를 했다. 이탈리아는 15개월간 여섯 번의 전투 끝에 고리치아를 탈환했지만(1916년 8월 6일), 1년 뒤 오스트리아가 다시 탈환했다(1917년 10월 18일). 연합국이 제1차 세계 대전에서 승리하고서야 비로소 이탈리아 영토가 되었다. 고리치아 공방전은 이 소설의 주요 무대가 된다.

마을을 아주 손쉽게 탈환했으나 그 너머의 산들은 아직 되찾지 못하고 있었다. 오스트리아인들은 전쟁이 끝난 후 이 마을로 되돌아오려는 것 같았다. 나로서는 정말 다행스러운 일이었다. 그들은 이 마을을 파괴하는 대신, 군사적인 관점에서 아주 제한적으로만 포격을 가한 것이다. 이곳 주민들은 전처럼 이곳에서 계속 살아 나갔다. 마을에는 병원들과 카페들이, 골목길 위쪽에는 포대가, 그리고 각각 장교들과 사병들을 위한 창녀 집들이 있었다. 여름이 끝나면서 서늘한 밤이 찾아왔고, 마을 너머의 산속에서는 전투가 계속되었다. 철도 다리의 철판에 대포 자국이, 전투가 벌어졌던 강 옆에는 박살 난 터널이, 광장 둘레에는 나무들이, 광장까지는 가로수 길들이 있었고, 이런 것들과 더불어 마을에는 여자들이 있었다. 이탈리아 왕은 승용차를 타고서 지나다녔는데, 때때로 그의 얼굴과 가늘고 긴 목이 달린 상반신과 염소 턱수염 같은 회색 수염을 볼 수 있었다. 그 밖에 포격으로 담장이 날아간 집들의 내부나 그 집들의 정원, 벗겨진 벽토와 쓰레기 따위를 길에서 갑작스럽게 맞닥뜨리게 되는 경우도 있었다. 카르소에서도 모든 일이 원만하게 진행되어 그해 가을은 우리가 시골에서 보냈던 지난해 가을과는 아주 달랐다. 전쟁 또한 달라졌다.

마을 너머 산속에 있던 참나무 숲은 사라졌다. 우리가 마을로 들어왔던 여름에는 푸르렀던 숲이, 이제는 다 파헤쳐져 나무 그루터기와 부러진 줄기만 남아 있었다. 가을 끝자락의 어느 날, 참나무 숲이 있었던 자리에 나간 나는 산 위로 피어오르는 구름을 보았다. 구름은 아주 빠르게 다가왔고 태양은 칙칙한 누런색으로 바랬다. 구름이 산 위로 내려와 우리는 갑자기 그 속에 묻혔고, 그것은 곧 눈이 되었다. 눈이 바람을 따라 비스듬히 내려와 헐벗은 땅은 곧 눈으로 뒤덮였다. 비죽 튀어나온 나무 그루터기에도, 대포들 위에도 눈이 내려앉았다. 참호 뒤에는 쌓인 눈 사이로 야외 변소까지 이어지는 작은 길들이 만들어졌다.

마을로 내려온 나는 장교용 창녀 집 창문 밖으로 눈이 내리는 광경을 보았다. 나는 한 친구와 거기 앉아서 두 개의 술잔을 앞에 놓고 아스티[5]를 마셨다. 천천히 무겁게 내리는 눈을 바라보면서, 우리는 그해에는 모든 것이 끝났음을 실감했다. 강 위쪽 산은 아직 어느 쪽의 것도 아니었다. 내년으로 넘겨야 할 것이다. 사제(司祭)가 식당에서 나와 진창을 피해 조심스럽게 거리를 걸어가는 것을 보고, 친구는 창녀 집 창문을 탕탕 쳐서 그의 주의를 끌었다. 사제는 고개를 쳐들더니 우리를 보고 미소 지었다. 친구가 그에게 들어오라는 손짓을 했다. 사제는 고개를 가로젓고서 계속 걸어갔다. 그날 밤 우리는 식당에서 스파게티를 먹었다. 모두들 진지해져서 아주 빠른 속도로 먹었다. 포크로 스파게티를 떠서 국수 가락이 완전히 늘어지기를 기다렸다가 입에 집어넣거나, 아니면 포크로 뜬 것을 계속해서 입에다 마구 쑤셔 넣거나 하는 식이었다. 스파게티를 먹으면서 우리는 짚으로 싼 1갤런들이 술병에서 손수 와인을 따라 마셨다. 술병은 철제 받침대 속에서 흔들거렸는데, 검지로 술병의 목 부분을 가볍게 당기면 멋진 타닌산 레드 와인이 술잔 속으로 흘렀다. 그 와인까지 마시고 난 다음 대위는 사제를 놀려 먹기 시작했다.

젊은 사제는 곧잘 얼굴을 붉혔다. 그는 우리와 마찬가지로 군복을 입었으나 회색 상의 왼쪽 호주머니 바로 위에 검붉은

5 Asti. 이탈리아산 백포도주.

벨벳 십자가를 달았다. 내가 이탈리아어에 서툴렀기 때문에 대위도 엉터리 이탈리아어로 말했다. 내가 완벽하게 알아듣고 그 뜻을 하나도 놓치지 않도록 하기 위해서였다.

「사제, 오늘, 여자들과.」 대위가 사제와 나를 번갈아 쳐다보며 말했다. 사제는 미소 띤 얼굴을 붉히면서 고개를 가로저었다. 대위는 종종 그를 놀리곤 했다.

「아니라고?」 대위가 물었다. 「오늘 사제가 여자들과 있는 걸 내가 봤는데.」

「아닙니다.」 사제가 대답했다. 다른 장교들은 사제를 골리는 광경을 재미있게 쳐다보았다.

「사제, 오늘, 여자들과 안 있었다고?」 대위가 말했다. 「사제가 여자들과 안 있었대.」 그가 내게 말했다. 대위는 내 술잔을 채워 주는 동안 내 눈을 똑바로 쳐다보면서도 사제를 시야에서 놓치지 않았다.

「사제는 매일 밤 5 대 1이야.」 식탁에 앉은 사람들이 모두 웃었다. 「알아? 사제는 매일 밤 5 대 1이라니까.」 그는 손짓을 하며 크게 웃었다. 사제는 농담으로 넘겼.

「교황은 오스트리아가 전쟁에서 이기기를 바란다면서요?」 소령이 말했다. 「그는 프란츠 요세프[6] 편이죠. 거기서 돈이 나오거든. 난 무신론자예요.」

「혹시 『검은 돼지』를 읽어 봤나요?」 이번엔 한 중위가 물었다. 「한 부 구해다 주죠. 내 신앙을 뒤흔들어 놓은 책이에요.」

「그건 지저분하고 사악한 책입니다.」 사제가 말했다. 「중위님이 진짜로 그 책을 좋아할 리가 없어요.」

---

6 Franz Joseph I(1830~1916). 오스트리아의 황제. 발칸 문제로 러시아와 대립하여 마침내 제1차 세계 대전에 돌입하게 되었다.

「아주 소중한 책인데. 사제들에 대해서 뭔가 말해 주지. 자네도 그 책을 좋아할 거야.」그가 내게 말했다. 나는 사제에게 미소 지었고 그도 촛불 너머 미소로 화답했다. 「중위님은 그거 읽지 마세요.」그가 말했다.

「자네에게 한 부 구해다 주지.」중위가 내게 말했다.

「생각하는 사람들은 모두 무신론자야.」소령이 말했다. 「하지만 나는 프리메이슨은 안 믿어.」

「난 프리메이슨 믿어요.」중위가 말했다. 「고상한 조직이죠.」누군가가 식당 안으로 들어오느라 문이 열린 순간 나는 눈이 내리는 것을 보았다.

「눈이 내리니 더 이상 공격은 없겠는데요.」내가 말했다.

「그렇겠지.」소령이 말했다. 「자넨 휴가를 가게. 로마, 나폴리, 시칠리아 —」

「저 친구 아말피에 가야 해.」중위가 말했다. 「자네를 위해 아말피에 있는 내 가족에게 소개장을 써주지. 자네를 아들처럼 사랑해 줄 걸세.」

「아니, 그는 팔레르모에 가야 해.」

「아니야, 카프리에 가야 해.」

「아브루치로 가서 카프라코타에 있는 내 가족을 만나면 좋겠군요.」사제가 말했다.

「저 양반 아브루치 얘기 하는 것 좀 보게. 거긴 여기보다도 눈이 많이 오잖아. 이 친구는 농민들을 보고 싶어 하지 않아. 문화와 문명의 중심지로 보내야 한다고.」

「멋진 여자들을 사귀어야 해. 내가 자네에게 나폴리의 멋진 곳들 주소를 알려 주지. 엄마를 매달고 다니는 예쁘고 젊은 여자들 말이야. 하하하!」대위는 엄지를 위로 치켜들고 다른 손가락들을 쫙 벌린 채 손바닥을 펴 보였다. 마치 그림자놀이를 하는 것 같았다. 식당 벽에 그의 손이 만들어 낸 그림자가 떠올랐다. 그는 엉터리 이탈리아어로 말을 이었다. 「자넨 이런 식으로 가는 거야.」 그가 엄지를 가리켰다. 「그런 다음 이런 식으로 되돌아오는 거지.」 그가 새끼손가락을 만졌다. 다들 웃음을 터뜨렸다.[7]

「보라고.」 그는 다시 손바닥을 폈다. 촛불 빛이 벽에 그림자를 만들었다. 그는 치켜든 엄지부터 시작해서 나머지 네 손가락까지 순서대로 호명했다. 「소토테넨테, 테넨테, 카피타노, 마조레, 테넨테콜로넬로!」[8] 그들은 모두 웃음을 터뜨렸다. 대위의 손가락 놀이는 대성공이었다. 그는 사제를 쳐다보며 소리쳤다. 「사제는 매일 밤 5 대 1이야.」 그들은 또다시 왁자지껄 웃음을 터뜨렸다.

「자넨 얼른 휴가를 떠나야겠네.」 소령이 말했다.

「나도 자네와 함께 떠나서 구경을 좀 시켜 주고 싶군.」 중위가 말했다.

「귀대할 때 축음기를 하나 가져와.」

「좋은 오페라 판을 가져와.」

「카루소[9]를 가져와.」

「카루소 가져오지 마. 그 친구는 너무 울부짖어.」

「자네도 그 친구처럼 울부짖고 싶지 않나?」

---

7 성적인 농담. 엄지는 발기된 성기를, 새끼손가락은 사정 후 축 늘어진 성기를 암시한다.
8 각각 〈소위 *soto-tenente*〉, 〈중위 *tenente*〉, 〈대위 *capitano*〉, 〈소령 *maggiore*〉, 〈중령 *tenente-colonello*〉의 계급을 의미한다.
9 Enrico Caruso(1873~1921). 이탈리아의 테너 가수. 몬테카를로 오페라 극장, 메트로폴리탄 오페라 극장 등에 출연하였다.

「그는 너무 울부짖어. 시끄럽다고!」

「당신이 아브루치로 가면 좋겠군요.」 사제가 말했다. 다른 장교들은 서로 소리를 질러 대고 있었다. 「사냥도 신나게 할 수 있어요. 그곳 사람들이 마음에 들 겁니다. 좀 춥긴 해도 청명하고 건조하죠. 우리 집에 가서 우리 가족과 지내도 돼요. 우리 아버지는 유명한 사냥꾼입니다.」

「자…….」 대위가 말했다. 「문 닫기 전에 창녀 집에 가기로 하지.」

「편히 쉬세요.」 나는 사제에게 인사했다.

「좋은 밤 보내요.」 그가 대답했다.

3

휴가를 마치고 전선으로 귀대했을 때도 우리 부대는 여전히 그 마을에 머물고 있었다. 마을 근처에는 대포들이 더 많이 배치되어 있었다. 봄이 와서 들판은 온통 초록이었다. 포도 덩굴에는 조그마하고 푸른 싹이 돋았으며 가로수에도 자그마한 잎사귀가 나왔다. 바다 쪽에서는 미풍이 불어왔다. 나는 언덕이 있는 마을과 언덕들 사이의 옴폭 파인 곳에 있는 오래된 성채를 바라보았다. 그 너머로 갈색빛 산들이 있었는데 산등성이에 약간의 초록이 덮여 있었다. 더 많은 대포들과 함께 마을에는 몇 개의 새로운 병원들이 들어섰으며 그리하여 거리에서 영국인 남자들을, 가끔은 여자들도 만날 수 있었다. 포격을 받고 부서진 집들이 더 많아진 것 같았다. 따뜻한 날씨가 정말 봄날다웠다. 나는 햇빛을 받은 벽이 반사해 내는 열기로 따뜻해진 나무들이 늘어선 골목길을 걸어 내려갔고, 우리가 여전히 같은 집에서 지내고 있음을 알았다. 휴가를 떠났을 때와 같은 모습이었다. 열린 문 밖 양지바른 곳에 내다놓은 벤치에 병사 하나가 앉아 있었고, 옆문에서는 앰뷸런스 한 대가 대기 중이었다. 안으로 들어가자 대리석 바닥과 병원 냄새가 났다. 봄이 왔다는 것만 빼면 모든 것이 떠났을 때 그대로였다. 커다란 방문 안쪽을 살짝 들여다보니 책상에 앉아 있는 소령이 보였다. 창문이 열려 있어서 방 안으로 햇빛이 쏟아져 들어왔다. 그는 나를 쳐다보지 않았다. 나는 방 안으로 쑥 들어가서 귀대 신고를 해야 할지, 아니면 먼저 2층으로 올라가 방 청소를 해야 할지 갈피를 못 잡고 있었다. 결국 2층으로 먼저 올라가기로 결정했다.

나와 리날디 중위가 함께 쓰는 방에서는 안뜰이 내다보였다. 창문은 열려 있었고 침대에 모포가 개어져 있었으며 내 사물(私物)들은 벽에 걸려 있었다. 네모난 주석 깡통에 들어 있는 방독면과 철모도 같은 벽걸이에 걸려 있었다. 침대 발치에 놓인 내 판판한 트렁크 위엔 기름을 발라 가죽이 번들거리는 겨울 장화가 올려져 있었다. 푸른 8각형 총신에, 뺨에 착 들어맞는 멋진 검은색 호두나무 참호용 개머리판이 달린 오스트리아제 저격 소총이 두 침대 사이에 걸려 있었다. 소총과 한 세트인 망원경은 트렁크에 들어 있을 것이다. 리날디 중위는 다른 침대에서 자고 있었다. 내가 방 안에 들어가 침대에 앉는 소리에 그가 잠에서 깨어났다.

「여! 그래, 재미있게 보냈나?」 그가 말했다.

「아주 재미있었어.」

우리는 악수를 나누었다. 그는 내 목에 팔을 두르더니 뺨에 입을 맞추었다.

「어이쿠.」

「자네, 지저분한데.」 그가 말했다. 「좀 씻어야겠어. 그래, 어딜 가서 뭘 했나? 빨리 다 얘기해 봐.」

「온 사방을 다 돌아다녔어. 밀라노, 피렌체, 로마, 나폴리,

빌라 산 조반니, 메시나, 타오르미나 ─」

「열차 시간표처럼 말하는군. 그래, 재미있는 사건도 있었나?」

「그럼.」

「어디서?」

「밀라노, 피렌체, 로마, 나폴리 ─」

「알았어, 알았어. 가장 좋았던 것만 말해 보게.」

「밀라노에서.」

「거기가 처음이었기 때문에 그렇겠지. 어디서 여자를 만났나? 코바[10]에서? 어디로 갔나? 느낌이 어땠나? 빨리 다 말해 봐. 날밤을 새웠나?」

「그래.」

「그건 아무것도 아니야. 이젠 여기에도 예쁜 여자들이 많거든. 전선에는 처음 와보는 새로운 여자들 말이야.」

「멋지군.」

「내 말을 못 믿겠나? 당장 오늘 오후에 가서 한번 보자고. 그리고 마을에는 예쁜 영국 여자들도 있어. 난 지금 미스 바클리한테 반해 있어. 그녀를 찾아갈 때 자네를 데려가지. 그녀와 결혼할지도 몰라.」

「난 가서 씻고 귀대 보고를 해야겠네. 지금 아무도 일하지 않는 건가?」

「자네가 휴가를 떠난 이후 여긴 온통 크고 작은 동상, 황달, 임질, 자해(自害), 폐렴, 만성 성병과 급성 성병뿐이었어. 매주 누군가가 돌 파편에 의해 부상을 당하긴 했지. 진짜 심

---

10 Cova. 밀라노에 있는 실내 쇼핑몰 겸 식당가인 갤러리아Galleria에 있는 식당. 갤러리아는 밀라노 대성당과 라스칼라 극장 사이에 있다. 후에 프레더릭 헨리는 이곳에 있는 식당을 자주 찾는다.

한 부상을 당한 사람들도 몇 있었어. 다음 주에 전쟁이 재개될 거야. 다시 시작되는 거지. 사람들이 그러더군. 내가 미스 바클리와 결혼하려는 게 잘하는 일일까? 물론 이 전쟁이 끝난 다음에 말이야.」

「그럼.」 나는 대답하면서 대야에 물을 가득 부었다.

「오늘 밤에 자네 얘길 다 들려줘.」 리날디가 말했다. 「이제 다시 잠을 자둬야겠어. 미스 바클리에게 산뜻하고 멋지게 보이려면 말이지.」

나는 상의와 셔츠를 벗고 대야의 차가운 물에 몸을 씻었다. 수건으로 몸을 비비면서 방 안을 둘러보고 창밖을 내다본 다음 침대에 누워 눈을 감고 있는 리날디에게로 시선을 돌렸다. 아말피 출신인 그는 외과 의사라는 스스로의 직분에 만족스러워하는, 내 또래의 잘생긴 친구였다. 우리는 꽤 친한 사이였다. 내가 바라보고 있는데 그가 문득 눈을 떴다.

「돈 가진 거 있나?」

「응.」

「50리라만 빌려 주게.」

나는 양손을 말리고 벽에 걸려 있는 웃옷 안쪽에서 지갑을 꺼냈다. 리날디는 침대에서 일어나지도 않은 채 지폐를 받아 반으로 접더니 바지 주머니에 찔러 넣었다. 그는 미소 지었다. 「미스 바클리에게 넉넉한 재산가라는 인상을 줘야 하거든. 자네는 선량하고 훌륭한 친구야. 게다가 내 물주이기도 하지.」

「헛소리.」 내가 말했다.

그날 밤 식당에서 나는 사제 옆에 앉았는데, 내가 아브루치를 방문하지 않았다는 사실에 그는 실망하여 갑자기 마음이 상한 모양이었다. 그가 아버지에게 내가 간다는 편지를 보내,

가족들이 미리 준비를 했다는 것이었다. 나 또한 사제 못지않게 속이 상했다. 내가 왜 그곳에 가지 않았는지 나 자신조차 이해할 수 없었다. 실은 나도 그곳에 가고 싶었는데 일이 이리저리 꼬이다 보니 못 갔노라고 설명하려 애를 쓰자 마침내 사제는 가려고 마음먹었으니 간 거나 다름없다며 이해해 주었다. 나는 와인을 많이 마셨고 그다음엔 스트레가[11]를 탄 커피를 마셨다. 그러고는 술 취한 김에, 우리는 하고 싶은 일을 못 할 수도 있고 실제로 그렇게 되어 버린다고 설명했다.

다른 장교들이 떠들어 대는 동안 우리 둘은 이야기를 나누었다. 나는 아브루치에 가고 싶었다. 정말 그런 곳은 가본 적이 없다. 도로는 얼어서 무쇠처럼 단단하고, 날씨는 차갑지만 청명하고 건조하며, 눈은 습기가 적은 분말 가루 같고, 눈밭에 토끼 발자국이 선명하고, 농민들은 모자를 벗으며 〈나으리〉하고 인사하는 곳. 게다가 그곳에서는 멋진 사냥을 즐길 수 있다. 이런 곳을 두고, 나는 밤중에 연기 가득한 카페에 갔다. 방이 빙글빙글 돌아서 회전을 멈추려면 벽을 바라보아야 한다. 한밤에는 술에 취해 침대에 드러눕는다. 그 순간엔 그게 세상의 전부다. 그리고 옆에 누가 있는지조차 모르는 채 잠에서 깰 때의 그 기묘한 흥분. 어둠 속에서 이 세상 모든 것은 비현실적으로 변해 버리고, 아무것도 알고 싶지 않고 그 어떤 것도 신경 쓰고 싶지 않은 흥분 상태로 빠져들어 똑같은 일을 반복한다. 그러다가 갑자기 모든 일에 신경이 쓰이기 시작하고, 다시 잠들었다가 아침이 밝아올 무렵엔 그런 기분으로 잠에서 깨어난다. 그러면 거기 있던 것은 전부 사라져 버리고 모든 것이 예리하고 단단하고 선명하게 드러난다. 간혹

---

[11] Strega. 이탈리아산 술로 리큐어의 일종이다.

화대(花代)를 놓고 시비가 붙는다. 가끔은 유쾌하고 즐겁고 따뜻한 기분이 아침과 점심까지 이어지기도 한다. 때로는 모든 유쾌함이 사라져서 다시 거리로 나서서 기쁨을 맛본다. 그러나 결국 언제나 똑같은 하루가 시작되고 똑같은 밤이 온다. 나는 그런 밤에 대해 이야기하려고 애썼고 밤과 낮의 차이를 설명하려 했다. 낮이 아주 깨끗하고 신선하다면 모를까, 언제나 밤이 더 낫다. 하지만 지금 당신에게 설명할 수 없는 것처럼, 그것을 잘 설명할 수가 없다. 하지만 당신이 이런 기분을 맛본 적이 있다면 내 말을 이해할 것이다. 사제는 그런 기분을 맛본 적이 없었다. 그래도 그는 내가 정말로 아브루치에 가려고 했으나 여의치 않았다는 것을 이해해 주었고, 그래서 차이점이 있긴 하지만 많은 취향을 공유한 우리의 관계는 깨지지 않았다. 내가 알지 못하는 것, 배우고도 늘 잊어버리고 마는 것을 그는 언제나 알고 있었다. 나는 나중에야 이 사실을 깨달았다. 사제와 대화를 나누는 사이 모두 식당에 모여 있었다. 식사는 끝났고, 논쟁이 계속되고 있었다. 우리가 대화를 멈추자 대위가 소리쳤다. 「사제가 행복 안 해. 여자들이 없어서 사제 행복 안 해.」

「난 행복합니다.」 사제가 말했다.

「사제가 행복 안 해. 사제는 오스트리아가 전쟁에 이기면 좋겠지?」 대위가 말했다. 다른 사람들은 듣기만 했다. 사제는 고개를 가로저었다.

「아닙니다.」 그가 말했다.

「사제는 아군이 공격하지 않았으면 좋겠지? 우리가 절대 공격하지 않기를 바라지 않아?」

「아닙니다. 싸움이 벌어지면 공격을 해야죠.」

「공격을 해야 돼. 반드시, 공격을!」

사제는 고개를 끄덕였다.

「내버려 둬.」 소령이 말했다. 「사제가 무슨 죄야?」

「어쨌든 그가 이 전쟁에서 할 수 있는 건 아무것도 없죠.」 대위가 말했다. 우리는 모두 일어나서 식탁을 떠났다.

4

 옆집 정원에서 울리는 대포 소리가 나를 깨웠다. 나는 창문으로 햇빛이 들어오는 것을 보고서 침대에서 일어났다. 창가로 가서 밖을 내다보았다. 자갈길은 축축했고 풀들은 이슬로 젖어 있었다. 대포는 두 번 발사되었는데 공기는 매번 강타를 당한 듯 울리며 창문을 흔들고 내 파자마의 앞자락을 펄럭였다. 대포가 보이지는 않았으나 우리들 위쪽으로 직접 발사하는 게 분명했다. 포대가 있다니 귀찮은 일이었지만, 그보다 더 규모가 크지 않다는 게 위안이었다. 정원을 내다보고 있자니 도로에서 트럭이 출발하는 소리가 들렸다. 나는 옷을 입고 아래층으로 내려가 주방에서 커피를 마신 다음 차고로 나갔다.
 기다란 임시 차고 안에 차량 열 대가 나란히 도열해 있었다. 모두 상부가 무겁고 코가 뭉툭한 앰뷸런스로, 회색 칠을 한 이사용 화물차 같이 생긴 것들이었다. 정비공들이 그중 한 대를 수리장에 내다 놓고 손을 보고 있었다. 또 다른 석 대는 산속의 응급 구호소에 올라가 있었다.
 「저들이 우리 포대도 공격할까?」

「아니요, 시뇨르 테넨테.[12] 작은 언덕에 가려져 있습니다.」

「일은 어떻게 되어 가나?」

「그리 나쁘지 않습니다. 이건 상태가 좋지 않지만 다른 건 다 운행 가능합니다.」 그는 정비 일을 멈추고 미소 지었다. 「휴가 잘 다녀오셨습니까?」

「그래.」

그는 점퍼에 양손을 닦더니 싱긋 웃었다. 「좋은 시간 보내셨죠?」 다들 빙그레 웃었다.

「좋았지.」 내가 말했다. 「이 차는 뭐가 문제인가?」

「상태가 좋지 않아요. 이것저것 다.」

「지금은 어떤 작업을 하는 거지?」

「새로 끼워 넣은 베어링이 문제예요.」

나는 작업 중인 정비공들을 뒤로했다. 엔진을 해체하고 부품들을 작업대 위에 펼쳐 놓으니 앰뷸런스는 텅 빈 것이 영 볼품이 없었다. 나는 기다란 임시 차고로 들어가 각 차량을 살펴보았다. 최근에 세차한 것도 있었고 먼지를 뒤집어쓴 것도 있었지만 대체로 깨끗한 편이었다. 나는 타이어가 찢어지거나 심하게 마모되지 않았는지 점검했다. 전반적으로 괜찮아 보였다. 내가 거기 내려가서 상태를 점검하든 말든 결국은 별 차이가 없다. 차량의 상태를 점검하고, 부품들이 있는지 살펴보고, 부상자와 병자를 산속 응급 구호소에서 분류소로 데려와 서류에 적혀 있는 병원들로 후송하는 일련의 일들에 대해 나는 막중한 책임감을 느끼고 있었다. 하지만 내가 거기 있든 없든, 그런 업무에는 아무 영향도 없는 것이다.

「부품들을 얻는 데 문제는 없었나?」 내가 정비 부사관에게

---

12 *Signor Tenente*. 이탈리아어로 〈중위님〉이라는 뜻.

물었다.

「없었습니다. 시뇨르 테넨테.」

「요즘 가솔린은 어디서 채우나?」

「전과 같은 곳입니다.」

「좋아.」 나는 숙소로 되돌아가 식당 테이블에 앉아 커피를 또 한 잔 마셨다. 연회색 커피는 연유를 넣어 달콤했다. 창밖은 아름다운 봄날 아침이었다. 콧속이 건조한 게, 날씨가 더워지려는 모양이었다. 그날 나는 전방의 응급 구호소들을 둘러보고 오후 늦게 마을로 돌아왔다.

내가 휴가를 가 있던 동안 모든 일이 더 잘 돌아간 듯했다. 공격이 곧 다시 시작된다는 얘기가 들렸다. 우리가 소속된 사단은 강 위쪽 어느 장소를 공격할 예정이었는데, 공격하는 동안 내가 앰뷸런스 진지들을 준비해야 할 것이라고 소령은 말했다. 공격은 비좁은 협곡 위의 강을 건너서 언덕 쪽으로 전개될 것이었다. 앰뷸런스들을 준비할 위치로 가능한 한 강 가까운 쪽을 선택하고 차량들을 위장해 놓아야 했다. 실제로 그 지점들을 선택하는 건 보병들이지만 그래도 우리 의무대가 선정하는 것으로 되어 있긴 하다. 그것으로 의무대는 실제로 참전하는 듯한 느낌을 갖게 된다.

먼지를 많이 뒤집어쓰고 지저분해진 터라 난 2층 방으로 씻으러 올라갔다. 리날디는 휴고의 영문법 책을 든 채 침대에 앉아 있었다. 옷을 잘 차려입고 검은 장화를 신은 그의 머리카락이 반짝거렸다.

「잘 왔어.」 그가 나를 보자 말했다. 「같이 미스 바클리를 만나러 가자고.」

「싫어.」

「가세. 제발 같이 가서 내가 그녀에게 좋은 인상을 주도록 좀 도와줘.」

「알았네. 씻을 테니 좀 기다려.」

「씻고서 바로 가자고.」

나는 몸을 씻고서 머리칼을 빗어 넘겼다. 그런 다음 우리는 출발했다.

「잠깐만.」 리날디가 말했다. 「술을 한잔 해야겠어.」 그가 트렁크를 열고서 병을 꺼냈다.

「스트레가는 싫어.」 내가 말했다.

「아니, 그라파[13]야.」

「좋아.」

그는 두 개의 술잔에 술을 따랐고 우리는 검지손가락을 쭉 뻗친 채 잔을 부딪쳤다. 그라파는 아주 독했다.

「한 잔 더?」

「좋아.」 내가 말했다. 두 잔째 그라파를 마신 다음 리날디가 술병을 치웠고, 우린 계단을 내려갔다. 거리를 걷기엔 아직 좀 뜨겁긴 했으나 해가 지는 중이어서 아주 상쾌했다. 영국 병원은 전쟁 전에 한 독일인이 지은 커다란 빌라에 자리 잡고 있었다. 미스 바클리는 다른 간호사와 함께 정원에 있었다. 나무들 사이로 그들의 하얀 제복이 보여서 우리는 그들 쪽으로 걸어갔다. 리날디가 거수경례를 했다. 나도 좀 쑥스럽게 경례를 붙였다.

「만나서 반가워요.」 미스 바클리가 말했다. 「이탈리아 사람이 아니시군요?」

「예, 아닙니다.」

[13] *grappa*. 포도로 만든 독주.

리날디는 다른 간호사와 대화를 나누었다. 그들은 웃고 있었다.

「이탈리아 군대에 들어와 있다니, 정말 특이하군요.」

「사실 군대라고는 할 수 없죠. 앰뷸런스일 뿐이니까요.」

「그래도 특이해요. 왜 그런 일을 하죠?」

「저도 모르겠습니다.」 내가 말했다. 「모든 일에 반드시 이유가 있는 건 아니죠.」

「이유가 없다고요? 난 이유가 있다고 생각하라고 교육받았는데요.」

「그거 훌륭하네요.」

「계속 이런 얘기를 해야 할까요?」

「아니요.」 내가 말했다.

「다행이네요, 그렇죠?」

「그 막대기는 뭐죠?」 내가 물었다. 미스 바클리는 상당히 키가 컸다. 간호사 제복 차림의 그녀는 금발이었고 황갈색 피부에 눈은 잿빛이었다. 정말 아름다웠다. 그녀는 가죽을 감은, 장난감 승마 채찍 같은 가느다란 등나무 막대기를 들고 있었다.

「이건 작년에 죽은 청년의 것이에요.」

「정말 안됐군요.」

「아주 훌륭한 청년이었죠. 나와 결혼할 예정이었는데 솜므 전투[14]에서 전사했어요.」

「끔찍한 전투였죠.」

「거기 참전했나요?」

---

14 솜므Somme는 프랑스 북부에 있는 강 이름으로, 1916년 6월 24일에서 11월 13일 사이 이곳에서 영국군과 독일군의 전투가 벌어졌다.

「아니요.」

「저도 그 전투에 대해 들었어요.」 그녀가 말했다. 「이곳 남부에서는 그런 끔찍한 전투가 벌어지지 않겠죠. 이 작은 막대기가 내게 왔어요. 그의 어머니가 보냈더군요. 그의 물건들과 함께 이걸 돌려보냈다고 하더군요.」

「약혼한 지는 오래됐었나요?」

「8년. 우린 함께 자랐어요.」

「그런데 왜 결혼하지 않았죠?」

「모르겠어요.」 그녀가 말했다. 「내가 바보라서 그랬나 봐요. 결혼하려면 할 수도 있었는데. 하지만 그에게 나쁠 거라고 생각했어요.」

「그랬군요.」

「누군가를 사랑해 본 적 있나요?」

「아니요.」

우리는 벤치에 앉았다. 나는 그녀를 바라보았다.

「아름다운 머리카락이네요.」 내가 말했다.

「마음에 들어요?」

「아주 많이.」

「그가 죽었을 때 이걸 다 잘라 버리려고 했어요.」

「안 돼요.」

「그를 위해 뭔가 해주고 싶었어요. 그가 뭘 원하든 들어주었을 거예요. 이렇게 되리라는 걸 알기만 했다면, 그가 원하는 건 뭐든지 주었을 거예요. 결혼이든 뭐든 다 했겠죠. 지금도 그렇게 생각해요. 하지만 그는 전쟁에 나가고 싶어 했고, 난 아무것도 몰랐어요.」

나는 아무 말도 하지 않았다.

「그땐 아무것도 몰랐어요. 그에게 안 좋은 일이 일어날지도 모른다고만 생각했죠. 그가 전쟁을 견디지 못할 거라고 생각했어요. 결국 그는 전사했고 이제 끝이에요.」

「과연 끝인지는 모를 일이죠.」

「아니, 끝이에요.」 그녀가 말했다. 「이제 끝이죠.」

우리는 다른 간호사와 얘기하는 리날디를 바라보았다.

「저 간호사의 이름은 뭐죠?」

「퍼거슨, 헬렌 퍼거슨. 당신 친구는 의사죠?」

「예, 아주 좋은 사람입니다.」

「다행이네요. 전선과 가까운 곳에서는 좋은 사람을 만나기가 힘드니까요. 여긴 전선에서 꽤 가깝죠?」

「아주.」

「전선이라는 곳은, 참······.」 그녀가 말했다. 「하지만 아주 아름다운 곳이에요. 곧 공격을 개시하나요?」

「예.」

「그러면 우리는 열심히 일해야겠군요. 지금은 일이 없어요.」

「간호 일을 오래 했습니까?」

「1915년 말부터요. 그가 참전하면서 시작했죠. 내가 근무하는 병원에 그가 올지도 모른다는 어리석은 생각을 품었어요. 군도(軍刀)에 베어서 머리에 붕대를 감고 말이에요. 혹은 어깨에 총상을 입고서. 그런 그림 같은 광경을 상상했죠.」

「여긴 그림 같은 전선이죠.」 내가 말했다.

「그래요.」 그녀가 말했다. 「사람들은 프랑스 상황이 어떤지 잘 몰라요. 만약 제대로 안다면 전쟁은 결코 계속될 수 없을 거예요. 그는 군도에 베인 것이 아니에요. 그들은 그를 폭살해서 가루를 내버렸어요.」

나는 아무 말도 하지 않았다.

「이 전쟁이 영원히 계속되리라 생각하나요?」

「아니요.」

「무엇이 전쟁을 멈출까요?」

「어디선가 무너지겠지요.」

「우리가 무너지고 말 거예요. 프랑스에서 무너질 거라고요. 솜므에서처럼 계속 전쟁을 하면 무너지지 않을 리가 없어요.」

「여기서는 무너지지 않을 겁니다.」 내가 말했다.

「무너지지 않는다고요?」

「예, 지난여름엔 아주 잘해 냈거든요.」

「그래도 무너질 수 있어요.」 그녀가 말했다. 「누구나 무너질 수 있는 거예요.」

「그건 독일인들도 마찬가지지요.」

「아뇨.」 그녀가 말했다. 「나는 그렇게 생각 안 해요.」

우리는 리날디와 미스 퍼거슨 쪽으로 걸어갔다.

「이탈리아를 좋아하나요?」 리날디가 영어로 미스 퍼거슨에게 물었다.

「아주 좋아해요.」

「못 알아듣겠군.」 리날디가 고개를 저었다.

「*Abbastanza bene*(아주 좋아한대).」 내가 통역했다. 그가 머리를 가로저었다.

「이탈리아가 좋다니. 잉글랜드는요?」

「그리 좋아하지 않아요. 보다시피 난 스코틀랜드 사람이니까.」

리날디가 나를 멍하니 쳐다보았다.

「자긴 스코틀랜드 사람이기 때문에 잉글랜드보다는 스코

틀랜드를 더 사랑한대.」 내가 이탈리아어로 말했다.

「하지만 스코틀랜드가 잉글랜드잖아.」

내가 이 말을 미스 퍼거슨에게 통역해 주었다.

「절대로 그렇지 않아요.」 미스 퍼거슨이 말했다.

「절대로?」

「절대로. 우리는 잉글랜드 사람을 싫어해요.」

「잉글랜드 사람을 싫어한다고? 미스 바클리를 싫어해요?」

「아, 그건 달라요. 문자 그대로 받아들이면 안 돼요.」

잠시 뒤 우리는 작별 인사를 하고 그곳을 떠났다. 숙소로 걸어 돌아오면서 리날디가 말했다. 「미스 바클리는 나보다 자네를 더 좋아하는군. 확실해. 하지만 키 작은 스코틀랜드 여자도 아주 괜찮던걸.」

「아주.」 내가 말했다. 나는 그녀를 눈여겨보지 않았다. 「그녀가 마음에 드나?」

「아니.」 리날디가 대답했다.

5

그다음 날 오후 나는 미스 바클리를 만나러 갔다. 정원에 그녀의 모습이 보이지 않아, 나는 앰뷸런스 진입로가 있는 빌라 옆문으로 갔다. 안에서 만난 수간호사는 미스 바클리가 근무 중이라고 말했다. 「알다시피 전쟁이 벌어지고 있는 중이니까요.」

나는 안다고 대답했다.

「이탈리아군에 소속된 미국인이지요?」 그녀가 물었다.

「그렇습니다.」

「어떻게 일이 그렇게 된 거죠? 왜 우리 영국군에 입대하지 않았나요?」

「글쎄요.」 내가 말했다. 「지금이라도 합류할까요?」

「지금은 안 될 것 같군요. 말해 봐요. 왜 이탈리아군에 입대했죠?」

「내가 이탈리아에 있었고, 또 이탈리아어를 할 줄 알았으니까요.」

「아, 나도 배우고 있어요. 아름다운 언어죠.」

「누가 그러는데, 2주면 이탈리아어를 배울 수 있다더군요.」

「아, 나는 2주 만에는 못 배울 것 같아요. 벌써 여러 달 공부했죠. 원한다면 7시 이후에 그녀를 만날 수 있을 거예요. 그때는 근무가 끝날 테니까요. 하지만 이탈리아 사람들을 많이 데리고 오지는 마세요.」

「그 아름다운 언어에도 불구하고?」

「그래요. 그 아름다운 제복에도 불구하고.」

「좋은 저녁 보내요.」 내가 말했다.

「아 리베데르치, 테넨테.」

「아 리베데를라.」[15] 나는 거수경례를 하고 밖으로 나갔다. 외국인에게 이탈리아식 경례를 붙이면 언제나 거북한 기분을 느끼게 된다. 이탈리아식 경례는 수출용은 아닌가 보다.

뜨거운 날이었다. 그날 나는 강 위쪽으로 걸어가 플라바의 교두보로 가보았다. 거기서부터 공격이 시작될 예정이었다. 지난해에는 강 건너편까지 진격하는 것이 불가능했다. 고개에서 부교에 이르는 길이 하나밖에 없는 데다 그 길이 근 1마일에 걸쳐 기관 단총의 총격과 대포의 포격을 당했기 때문이다. 공격용 수송 장비를 모두 실어 나를 수 있을 정도로 넓은 길도 아니어서, 오스트리아 군대가 이 길을 파괴하는 건 일도 아니었다. 하지만 이탈리아 군대는 강을 건너서 오스트리아 쪽 강변으로 약 1마일 반 정도 전진하여 산개(散開)했다. 그곳은 아주 까다로운 장소였다. 오스트리아군으로서는 이탈리아군이 그곳에 주둔한 상황을 타개해야 했다. 하지만 이는 일종의 무승부인 셈이다. 강 아래쪽에서는 여전히 오스트리아 군대가 교두보를 확보하고 있기 때문이었다. 이달리아 전선에서 몇 야드 정도만 언덕 쪽으로 올라가면 오스트리아 참

---

15 *A rivederci, A rivederla*. 이탈리아에서 헤어질 때 하는 인사.

호들이 있었다. 거기에 있던 작은 마을이 이제는 폐허가 되었다. 절반쯤 파괴된 철도역과 부서진 다리가 있지만 둘 다 훤히 보이기 때문에 보수하거나 사용할 수는 없었다.

나는 비좁은 길을 따라 강으로 가서 언덕 아래 임시 치료소에 차를 두고, 산 어깨에 가려진 임시 다리를 건너서 폐허가 된 마을의 참호들을 통과하여 산등성이 가장자리를 걸어갔다. 병사들은 모두 참호에 들어가 있었다. 포대에 지원 요청을 하거나, 전화선이 끊어졌을 때를 대비하여 세워 놓은 비상 신호대가 주위에 세워져 있었다. 온통 조용하고 뜨겁고 지저분했다. 철조망 건너편의 오스트리아 전선을 쳐다보았다. 아무도 보이지 않았다. 나는 참호들 중 하나로 들어가 안면이 있는 대위와 술을 한잔 한 다음, 다시 다리를 건너 돌아갔다.

산을 넘어 다리 쪽을 향해 지그재그로 내려가는 넓은 새 도로가 거의 완성되어 가고 있었다. 도로가 완성되면 공격이 시작될 것이다. 도로는 숲을 통과하며 급격히 굽었다. 수송 작전은, 이 새 도로로 모든 물자를 싣고 와서 물건을 부린 다음 빈 트럭과 마차와 환자를 실은 앰뷸런스 등을 비좁은 구(舊)도로를 통하여 돌려보낸다는 것이었다. 응급 구호소는 오스트리아 쪽 강변의 언덕 가장자리에 설치되고, 들것 담당 병들이 임시 다리를 건너 부상자들을 이쪽으로 데려올 예정이었다. 공격이 시작되어도 절차는 마찬가지일 것이다. 내가 보기에, 공격이 시작될 신작로의 마지막 1마일 근처에서는 오스트리아 군대의 지속적인 포격을 받을 것이 분명했다. 신작로는 대혼란에 빠질 게 뻔하다. 하지만 나는 마지막 1마일 구간을 지나 앰뷸런스를 안전하게 주차해 놓고 부교 너머로 수송되어 오는 부상자들을 맞이할 수 있을 만한 장소를 발견했다. 새 도로로 차를 몰아 보고 싶었으나 그 도로는 아직 완공되지 않았다. 잘 닦인 넓은 도로가 될 것이다. 특히 숲의 개활지를 통과하여 산등성이로 올라가는 굽잇길이 아주 인상적이었다. 차량들에는 강력한 철제 브레이크가 달려 있고, 게다가 내려오는 길에는 화물도 싣지 않을 테니 문제없을 것이다. 나는 비좁은 길로 차를 몰고 올라갔다.

헌병 둘이 내 차를 세웠다. 이미 포탄이 한 발 떨어졌고 우리가 대기하는 동안 길 위쪽에 세 발이 더 떨어졌다. 쉭 하고 공기를 흔드는 소리, 밝은 화염과 섬광과 함께 77밀리미터 포가 떨어졌다. 그리고 회색 연기가 일어나 길 건너로 날려 갔다. 헌병이 가라고 신호했다. 자그마하게 움푹 파인 곳들을 피하며 포탄들이 떨어진 곳을 지나는 동안, 고성능 폭약 냄새와 불타오른 진흙과 돌 그리고 금방 깨어진 부싯돌의 냄새를 맡았다. 그렇게 고리치아로 돌아와 숙소로 갔다가, 근무 중인 미스 바클리를 만나러 갔었던 것이다.

나는 재빨리 저녁 식사를 하고서 영국 병원이 자리 잡은 빌라를 향해 떠났다. 아주 크고 아름다운 건물로, 주변 부지에는 멋진 나무들이 심겨 있었다. 미스 바클리는 정원 벤치에 앉아 있었다. 미스 퍼거슨과 함께였다. 나를 만나서 반가운 모양이었다. 잠시 뒤 미스 퍼거슨은 실례한다면서 자리를 떴다.

「둘이서 대화 나눠요.」 그녀가 말했다. 「당신들은 내가 없어야 편한 것 같으니까.」

「가지 마, 헬렌.」 미스 바클리가 말했다.

「가는 게 좋겠어. 편지를 써야 하거든.」

「굿나잇.」 내가 말했다.

「굿나잇, 미스터 헨리.」

「검열관에게 걸릴 얘기는 쓰지 마.」

「걱정 마. 우리가 아주 아름다운 곳에 살고 있고, 이탈리아 사람들은 정말 용감하다고 쓸 거야.」

「그러면 훈장을 받을걸.」

「그럼 좋지. 굿나잇, 캐서린.」

「이따 봐.」 미스 바클리가 말했다. 미스 퍼거슨은 어둠 속으로 사라졌다.

「상냥하군요.」 내가 말했다.

「그래요. 아주 상냥하죠. 간호사잖아요.」

「당신은 아닌가요?」

「아, 난 VAD[16]라는 거예요. 우리도 열심히 일하지만 아무도 우리를 인정하지 않아요.」

「왜죠?」

「아무 일 없을 때에는 아무도 우리를 의지하지 않아요. 그러다가 일이 많아지면 의지하죠.」

「간호사랑 어떻게 달라요?」

「간호사는 의사와 비슷해요. 간호사가 되려면 시간이 많이 걸리죠. 하지만 VAD는 단기 과정이에요.」

「그렇군요.」

「이탈리아 사람들은 여자가 전선 가까이 있는 것을 달가워하지 않아요. 그래서 특별히 처신을 조심하고 있어요. 우리는 외출을 안 해요.」

「내가 여기 오면 되죠.」

「아, 그래요. 우리가 갇혀 있는 건 아니니까.」

---

16 Volunteer Aid Detachment. 제1차 세계 대전 중에 활약한 여성 구급 간호 봉사대.

「전쟁 얘긴 그만 내려놓읍시다.」
「그러기가 정말 힘드네요. 내려놓을 데가 없거든요.」
「그래도 내려놓읍시다.」
「좋아요.」

우리는 어둠 속에서 서로를 바라보았다. 나는 그녀가 아주 아름답다고 생각하며 그녀의 손을 잡았다. 그녀는 내버려 두었다. 나는 손을 잡고 있다가 팔로 허리를 두르려 했다.

「안 돼요.」 그녀가 제지했다. 나는 동작을 멈추었다.
「왜 안 돼죠?」
「안 돼요.」
「제발.」 내가 말했다. 어둠 속에서 고개를 숙여 그녀에게 키스하려는 순간 눈앞에 섬광이 번쩍했다. 그녀가 내 뺨을 세게 때린 것이다. 코와 양 눈을 맞자 반사적으로 눈물이 핑 돌았다.
「정말 미안해요.」 그녀가 말했다. 그것으로 내가 약간의 우위를 차지한 듯했다.
「아, 괜찮습니다.」
「정말 너무 미안해요.」 그녀가 말했다. 「간호 근무 후에 이런 짓이나 한다는 게 너무 싫었어요. 당신을 다치게 하려던 건 아니었어요. 많이 아팠나요?」

그녀는 어둠 속에서 나를 바라보았다. 나는 화가 났지만 뭔가 자신감이 생겼다. 마치 체스 게임에서 몇 수 앞을 내다보는 기분이었다.

「아니, 잘했어요.」 내가 말했다. 「난 정말 괜찮아요.」
「가엾어라」
「당신도 알겠지만 난 아주 괴상한 생활을 하고 있어요. 영어라고는 한마디도 하지 않고 지내죠. 그러다가 당신을 만났는데 당신이 너무 아름답다 보니까…….」 나는 그녀를 바라보았다.

「그런 쓸데없는 소리는 그만둬요. 내가 이미 사과했잖아요. 그러니 우린 잘 지내면 돼요.」

「그래요.」 내가 말했다. 「이제 전쟁으로부터는 떠나왔네요.」

그녀는 웃음을 터뜨렸다. 그녀의 웃음소리를 들은 것은 처음이었다. 나는 그녀의 얼굴을 바라보았다.

「친절한 사람이군요.」 그녀가 말했다.

「아니요, 그렇지 않습니다.」

「아니에요. 당신은 자상해요. 당신만 괜찮다면 기꺼이 당신에게 키스하고 싶어요.」

나는 그녀의 눈을 바라보고 아까 했던 것처럼 팔을 그녀의 허리에 두르며 키스했다. 나는 힘껏 키스하고 그녀를 꼭 안으면서 입술을 열려고 했다. 입술은 굳게 닫혀 있었다. 나는 여전히 화가 남아 있었다. 내가 그녀를 꽉 잡자 그녀가 갑자기 몸을 떨었다. 거세게 포옹하니 그녀의 심장 박동을 가슴으로 느낄 수 있었다. 입술이 열리고, 그녀의 머리가 내 손에 기댄 채 뒤로 넘어갔다. 이어 그녀는 내 어깨에 기대어 울었다.

「오, 달링.」 그녀가 말했다. 「내게 잘 대해 줄 거죠?」

제기랄, 나는 생각했다. 나는 그녀의 머리카락을 쓰다듬고 그녀의 어깨를 가볍게 두드렸다. 그녀는 계속 울었다.

「그렇게 해줄 거죠?」 그녀가 나를 향해 고개를 들었다. 「우린 앞으로 완전히 새로운 생활을 하게 될 테니까.」

잠시 후 나는 그녀와 함께 빌라 문 앞까지 걸어갔다. 그녀는 병원으로 들어갔고 나는 걸어서 돌아왔다. 빌라에 돌아와 2층 내 방으로 갔다. 리날디가 침대에 누워 있다가 나를 쳐다보았다.

「그래, 미스 바클리와 진전이 있었나?」

「우린 친구야.」

「발정 난 개처럼 유쾌한 기색인데.」

나는 그 단어를 알아듣지 못했다.

「뭐처럼?」

그가 설명했다.

「자네야말로 그런 유쾌한 기색이야, 발정 ―」

「그만.」 그가 말했다. 「이러다 보면 우린 곧 서로 모욕적인 언사를 하게 될 거라고.」 그가 웃었다.

「잘 자게.」 내가 말했다.

「잘 자, 귀여운 강아지.」

나는 베개로 그의 촛대를 쓰러뜨리고 어둠 속에서 침대로 들어갔다.

리날디는 촛대를 집어 들어 불을 켜고서 독서를 계속했다.

6

 나는 이틀 동안 응급 구호소에 나가 있었다. 숙소로 돌아오니 너무 늦어서 그다음 날 저녁이나 되어서야 미스 바클리를 만나러 갈 수 있었다. 그녀가 정원에 나와 있지 않았기 때문에 나는 그녀가 내려올 때까지 병원 사무실에서 기다려야 했다. 사무실로 사용하는 방에는 벽을 따라서 채색 목재 기둥이 붙어 있었고 그 위에 대리석 흉상들이 잔뜩 진열되어 있었다. 대리석질 흉상들은 사무실로 들어가는 홀에도 도열해 있었는데 모두 비슷비슷해 보였다. 조각 작품들은 언제 보아도 따분하다. 청동상이라면 모를까, 대리석 흉상들은 모두 공동묘지 같다. 딱 하나 멋진 공동묘지가 있는데, 피사에 있는 묘지가 바로 그것이다. 제노바에는 형편없는 대리석 흉상들 투성이다. 병원 건물은 원래 아주 부유한 독일인의 빌라였는데, 아마 흉상을 마련하느라고 돈깨나 들였을 것이다. 나는 그 흉상들을 누가 제작했고 그 대가로 얼마나 받았을지 궁금해졌다. 흉상의 인물들이 유명한 가문 사람들인지, 아니면 뭘 한 사람들인지 파악해 보려 했지만 하나같이 고전 시대의 것을 흉내 낸 것들이라 아무것도 알아낼 수 없었다.

나는 양손으로 모자를 쥔 채 의자에 앉아 있었다. 고리치아에서도 철모를 쓰게 되어 있으나, 그러면 불편할 뿐만 아니라 민간인 주민들을 대피시키지도 않은 마을에서 철모를 쓴다는 게 너무 연극적이라는 느낌이 들었다. 나는 영국제 방독면을 가지고 구호소로 나갈 때만 철모를 썼다. 영국제 방독면은 막 보급된 참이었다. 그야말로 진짜 방독면이었다. 또 우리는 자동 권총을 차고 다녀야 했는데, 의사나 위생 장교들까지 예외가 없었다. 의자 뒷등에 권총이 눌리는 느낌이 났다. 권총을 잘 보이게 차고 다니지 않을 경우엔 체포될 수도 있었다. 리날디는 권총집에 화장지를 집어넣어 차고 다녔다. 나는 진짜 권총을 차고 다녔는데, 사격 연습을 하기 전까진 총잡이가 된 기분을 느끼기도 했다. 총신이 짧은 7.65구경 아스트라 권총은 발사할 때 총신이 너무 튀어올라 과연 목표물을 맞힐 수 있을지 의심스러울 지경이었다. 나는 그 총으로 연습을 했다. 목표물 아래쪽을 겨누고 터무니없이 짧은 총신의 반동을 애써 극복해 내, 스무 발짝 떨어진 곳에서는 목표물의 1야드 이내 지점까지 쏠 수 있게 되었다. 그러다가 권총을 휴대한다는 것이 너무 우스꽝스럽다는 생각이 들어 곧 총에 신경을 쓰지 않게 되었고, 아무 생각 없이 등 뒤에 매달고 다녔다. 영어를 쓰는 사람들을 만나면 막연한 수치심이 생기긴 했지만 말이다. 책상 뒤에 있던 잡역병이 의자에 앉아 있는 나를 못마땅한 듯이 쳐다보았다. 나는 대리석 바닥, 대리석 흉상들이 진열된 기둥, 벽의 프레스코화 등을 바라보면서 미스 바클리를 기다렸다. 프레스코화들은 나쁘지 않았다. 벽토가 벗겨져 너덜거리기 시작할 즈음이면 어떤 프레스코화도 멋져 보이기 마련이다.

나는 홀로 걸어 내려오는 캐서린 바클리를 보고서 일어섰다. 내 쪽으로 걸어오는 그녀는 키가 커 보이진 않았지만 아주 사랑스러웠다.

「안녕, 미스터 헨리.」 그녀가 말했다.

「어떻게 지내요?」 내가 물었다. 잡역병이 책상 뒤에서 엿듣고 있었다.

「여기 앉을까요, 아니면 정원으로 나갈까요?」

「밖으로 나가요. 거기가 훨씬 시원해요.」

내가 그녀를 따라 걸어서 정원으로 나가는 동안 잡역병은 계속해서 우리를 쳐다보고 있었다. 자갈길로 나오자 그녀가 물었다. 「그동안 어디 있었어요?」

「구호소에 다녀왔어요.」

「그런 소식을 미리 쪽지로 전해 줄 수는 없었나요?」

「없었어요.」 내가 말했다. 「보낼 수가 없었어요. 게다가 금방 돌아올 거라고 생각했거든요.」

「그래도 내게 미리 알려 주었어야 해요, 달링.」

우리는 차량 진입로를 벗어나 나무들 밑으로 걸어갔다. 나는 그녀의 손을 잡은 다음 걸음을 멈추고 그녀에게 키스했다.

「우리가 갈 만한 곳이 없나요?」

「없어요.」 그녀가 말했다. 「여기서 산책이나 해야죠. 꽤 오래 떠나 있었군요.」

「오늘이 사흘째예요. 아무튼 돌아왔잖아요.」

그녀는 나를 바라보았다. 「나를 사랑하나요?」

「그럼요.」

「나를 사랑한다고요?」

「그래요.」 나는 거짓말을 했다. 「당신을 사랑해요.」 이런 말을 하는 건 처음이었다.

「그러면 그냥 캐서린이라고 불러 줄래요?」

「캐서린.」 우리는 잠시 걷다가 나무 밑에서 걸음을 멈추었다.

「이렇게 말해 봐요. 〈밤이 되어 나는 캐서린에게 돌아왔다.〉」

「밤이 되어 나는 캐서린에게 돌아왔다.」

「아, 달링, 당신 돌아왔군요.」

「그래요.」

「당신을 정말 사랑해요. 당신 없는 시간이 얼마나 끔찍했는지 몰라요. 다시는 떠나지 않겠죠?」

「그럼요, 난 늘 돌아와요.」

「아, 정말 사랑해요. 다시 손 잡아 줄래요?」

「계속 잡고 있었어요.」 나는 얼굴이 보이도록 그녀를 돌려 세우고 다시 키스했다. 그녀는 두 눈을 꼭 감았다. 나는 감긴 두 눈에 키스했다. 지금 상황이 어떻게 돌아가고 있는지는 신경도 안 쓰였다. 이게 장교 전용 창녀 집에 가는 것보다 훨씬 좋아. 그곳 여자들은 손님의 몸 위로 마구 기어오르고, 동료 장교들과 2층으로 짧은 여행을 떠났다가 돌아오며 애정의 표시로 장교모를 거꾸로 돌려 쓴 채 시시덕거리지. 나는 캐서린 바클리를 사랑하지 않으며, 그녀를 사랑할 생각도 없다는 걸 스스로 알고 있었다. 이건 브리지 같은 일종의 게임이야, 카드를 돌리는 대신 말[言]을 사용하는 거지. 브리지 게임을 할 때처럼 승부를 위해, 판돈을 따기 위해 가장해야 하는 거야. 그 판돈이 무엇인지는 아무도 알려 주지 않았다. 하지만 그런 건 상관없어.

「우리 둘이 가 있을 만한 곳이 있으면 좋겠는데.」 내가 말했다. 사랑을 나누고 싶은 남성의 욕구가 끓어올라 오랫동안

서 있기가 힘들었다.

「그런 곳은 없어요.」 그녀는 정신을 추스른 듯했다.

「저기 잠시 앉을 수 있을 거예요.」

평평한 돌 벤치에 앉아 나는 캐서린 바클리의 손을 잡았다. 내가 안으려 했지만 그녀는 거부했다.

「많이 피곤한가요?」 그녀가 물었다.

「아니.」

그녀는 발밑의 풀을 내려다보았다.

「우린 지금 멍청한 게임을 벌이고 있는 거예요.」

「무슨 게임?」

「모르는 체하지 말아요.」

「일부러 이러는 건 아니에요.」

「당신은 멋진 청년이에요.」 그녀가 말했다. 「방법을 잘 아는 만큼 게임도 잘 풀어 나가는군요. 하지만 이건 멍청한 게임이에요.」

「언제나 사람들의 생각을 잘 알아요?」

「언제나 그런 건 아니에요. 하지만 당신 생각은 잘 알아요. 나를 사랑하는 척할 필요 없어요. 그런 건 오늘 저녁으로 끝내요. 뭐 하고 싶은 얘기가 있나요?」

「하지만 당신을 사랑하는걸.」

「쓸데없는 거짓말은 하지 말기로 해요. 나는 아주 자그마하고 멋진 쇼를 보았고, 이제 괜찮아졌어요. 보다시피 난 화난 것도 아니고 정신이 나가지도 않았어요. 가끔 그런 증세를 약간씩 보이기 하지만.」

나는 그녀의 손을 꼭 눌렀다. 「친애하는 캐서린.」

「그거 지금은 아주 괴상하게 들리네요 ─ 캐서린이라는

말 말예요. 아까와는 다르게 발음하는데요. 어쨌든 당신은 정말 친절해요. 아주 멋진 청년이에요.」

「사제도 그런 소릴 했는데.」

「그래요. 당신은 아주 좋은 사람이에요. 가끔 나를 만나러 올 건가요?」

「물론.」

「나를 사랑한다고 할 필요는 없어요. 그건 이제 끝난 얘기예요.」 그녀는 일어서서 손을 내밀었다. 「잘 가요.」

나는 그녀에게 키스하고 싶었다.

「안 돼요.」 그녀가 말했다. 「난 정말 피곤해요.」

「그래도 키스해 줘요.」

「너무 피곤해요, 달링.」

「키스해 줘.」

「그렇게 간절해요?」

「응.」

우리는 키스했다. 그러다가 그녀가 갑자기 몸을 뺐다. 「안 돼요. 잘 가요. 제발, 달링.」 우리는 문까지 걸어갔고, 나는 그녀가 안으로 들어가 홀 아래쪽으로 사라지는 모습을 지켜보았다. 그녀가 걸어가는 모습을 쳐다보는 게 좋았다. 나는 숙소로 돌아왔다. 무더운 밤이었고 산속에서는 여러 가지 일들이 벌어지고 있었다. 산 가브리엘레 쪽에서 섬광이 번쩍였다.

나는 빌라 로사[17] 앞에서 걸음을 멈추었다. 셔터가 내려와 있었지만 안에서는 아직 기척이 있었다. 누군가 노래를 부르고 있었다. 나는 숙소로 돌아갔다. 옷을 벗고 있는데 리날디가 들어왔다.

---

17 *Villa Rossa*. 장교들이 이용하는 창녀 집.

「아하! 잘 안 풀리는 모양이구먼. 베이비가 난처해하고 있잖아.」

「어디 갔다 왔나?」

「빌라 로사. 베이비, 그곳은 정말 유익한 곳이야. 다 같이 노래를 불렀지. 자넨 어디 갔다 왔나?」

「영국 여자 만났어.」

「어이쿠! 내가 영국 여자와 엮이지 않은 게 다행이군.」

7

 다음 날 오후 나는 첫 번째 산간 구호소에서 돌아와 분류소 앞에 앰뷸런스를 세웠다. 부상자와 병자를 서류에 따라 분류하고 서류마다 각각 다른 병원들을 지정하는 곳이었다. 계속 운전을 했던 나는 차 안에 그대로 앉아 있었고, 운전병이 서류들을 제출했다. 무더운 날이었다. 하늘은 아주 밝고 푸르렀으며 하얀 길에는 먼지가 많았다. 나는 아무 생각 없이 높다란 피아트의 운전석에 멍하니 앉아 있었다. 1개 연대가 도로를 지나가기에 나는 그들을 바라보았다. 무더운 날씨에 병사들은 땀을 흘렸다. 일부 병사들은 철모를 썼으나 대부분은 배낭 위에 매달아 놓았다. 대부분 철모들이 너무 커서 귀까지 내려왔다. 장교들은 모두 머리에 잘 맞는 철모를 착용하고 있었다. 바실리카타[18] 여단의 절반 병력이었다. 붉은색과 흰색 빗금무늬가 있는 목깃으로 알아볼 수 있었다. 연대가 지나가고 한참 후에 그 뒤를 따르는 몇몇 낙오병들이 나타났다. 소속 소대와 보조를 제대로 맞추지 못한 병사들이었다. 그들은 먼지를 뒤집어쓰고 땀을 흘리며 피곤해했다. 몇몇의

---

18 Basilicata. 이탈리아 남부의 주(州).

몰골은 너무 처량했다. 낙오병 무리의 가장 뒤쪽에서 한 병사가 힘들게 걸어왔다. 절뚝거리고 있었다. 그는 걸음을 멈추더니 길옆에 주저앉았다. 나는 차에서 내려 그에게 다가갔다.

「어떻게 된 건가?」

그는 나를 쳐다보더니 일어섰다.

「계속 가야 합니다.」

「뭐가 문제지?」

「빌어먹을 이놈의 전쟁이 문제죠.」

「다리는 어떻게 된 건가?」

「다리가 아니에요. 탈장입니다.」

「왜 수송차를 타고 가지 않는 거지? 왜 병원에 입원하지 않았나?」

「입원시켜 주지 않아요. 중위는 내가 일부러 탈장대를 잃어버렸다고 하더군요.」

「어디 한번 만져 보지.」

「많이 나와 있어요.」

「어느 쪽이지?」

「이쪽.」

그것이 만져졌다.

「기침해 보게.」 내가 말했다.

「탈장 부위가 더 커질까 봐 무서워요. 오늘 아침에는 지금의 두 배 크기였습니다.」

「앉게.」 내가 말했다. 「부상자들의 서류 처리를 끝내는 즉시 자네를 데려가 담당 의무 장교에게 인계하겠네.」

「그는 내가 일부러 이렇게 했다고 할 겁니다.」

「그들이 그래 봤자 소용없지.」 내가 말했다. 「이건 부상이 아니니까. 전에도 이런 증세가 있지 않았나?」

「예, 하지만 탈장대를 잃어버렸어요.」

「그들은 자네를 병원으로 보내 줄 걸세.」

「여기에 머무를 수는 없을까요, 중위님?」

「안 돼. 내겐 자네 서류가 없으니까.」

운전병이 차에 타고 있던 부상병들의 서류를 가지고 분류소 문 밖으로 나왔다.

「105에 네 명, 132에 두 명입니다.」 운전병이 말했다. 둘 다 강 건너에 있는 야전 병원이었다.

「자네가 운전해.」 내가 말했다. 나는 탈장 군인을 일으켜 세워 우리 옆 좌석에 앉혔다.

「영어 하십니까?」 그가 물었다.

「물론.」

「이 빌어먹을 전쟁을 어떻게 생각하십니까?」

「썩어 빠졌다고 생각하지.」

「정말 썩어 빠졌죠. 하느님 맙소사, 정말 썩어 빠졌어요.」

「미국에서 왔나?」

「예, 피츠버그요. 난 중위님이 미국인이라는 걸 바로 알았습니다.」

「그런대로 이탈리아어를 잘하지 않나?」

「금방 알아봤어요.」

「또 미국인이군.」 운전병이 탈장 군인을 쳐다보며 이탈리아어로 말했다.

「보세요, 중위님, 나를 저 연대로 데려가는 건가요?」

「그래.」

「의무 대위도 내가 탈장이라는 건 알고 있어요. 그래서 전 그 빌어먹을 탈장대를 내버렸죠. 전선에 다시 가지 않으려고 말입니다.」

「그랬군.」

「저를 다른 곳에 데려다 주실 수는 없을까요?」

「우리가 전선 가까운 곳이었다면 제일 가까운 응급 구호소에 데려다 줄 수 있었겠지만, 이곳 후방에서는 서류가 있어야 해.」

「되돌아가면 그들은 나를 수술해 준 다음 다시 전선 붙박이로 투입할 겁니다.」

나는 생각에 잠겼다.

「중위님도 전선 붙박이는 싫죠?」

「싫지.」

「하느님 맙소사, 정말 빌어먹을 전쟁 아닙니까?」

「내 말 듣게.」 내가 말했다. 「차에서 내려서 길옆에 쓰러져 머리에 혹을 만들어. 그럼 내가 돌아가는 길에 자네를 태워다가 병원에 입원시켜 주겠네. 알도, 여기 길옆에 잠깐 차를 세워.」 차가 멈추었다. 나는 그를 내려 주었다.

「여기서 기다리겠습니다, 중위님.」 그가 말했다.

「안녕.」 내가 말했다. 우리는 앞으로 나아가다가 약 1마일 지점에서 아까 그 연대를 지나쳤다. 이어 강을 건넜는데 눈 녹은 물로 흐릿해진 강물이 다리 말뚝들 사이로 빠르게 흘러갔다. 우리는 들판에 난 길을 달려 부상자들을 두 야전 병원에 내려 주었다. 돌아올 때는 내가 운전을 했다. 나는 피츠버그에서 온 사내를 태우기 위해 빈 차를 빨리 달렸다. 먼저 아까보다 더 무더위에 지치고 걸음이 느려진 연대를 지나쳤고, 이어 낙오병들을 지나쳤다. 잠시 후 말이 끄는 앰뷸런스 한

대가 길옆에 서 있는 것이 보였다. 두 명의 남자가 탈장 군인을 그 안에 싣고 있었다. 그를 태우기 위해 되돌아온 것이다. 그는 나를 보고 고개를 흔들었다. 철모는 벗겨진 채였고 머리선 아래 이마에서는 피가 흘렀다. 코가 까져 있었고 피가 난 이마와 머리카락은 먼지투성이였다.

「중위님, 이 혹 좀 보세요!」 그가 소리쳤다. 「소용없어요. 그들이 나를 데리러 왔다고요.」

숙소에 돌아오니 5시였다. 나는 세차장으로 가서 샤워를 했다. 그런 다음 방으로 돌아와 바지와 러닝셔츠 차림으로 열린 창문 앞에 앉아 보고서를 작성했다. 이틀 안에 공격이 시작될 것이고, 그러면 나는 차량들을 가지고 플라바로 가야 했다. 미국으로 편지를 쓴 지 정말 오래되었다. 편지를 써야 한다고 생각했으나 너무 오랫동안 신경을 쓰지 않아 이젠 쓰는 것이 더 힘들어졌다. 게다가 쓸 내용도 없었다. 결국 잘 지내고 있다는 내용만 적은 교전 지역 엽서를 두 장 보냈다. 엽서면 충분하겠지. 게다가 이 엽서들은 미국에서 보기에 아주 멋질 거야. 특이하면서도 신비스러우니까. 이곳 역시 특이하면서도 신비스러운 지역이지만, 오스트리아와 벌이는 다른 교전 지역에 비하면 상황이 꽤 괜찮은 편이었다. 오스트리아 군대는 나폴레옹에게, 혹은 나폴레옹 같은 인물에게 승리를 안겨 주기 위해 창설된 군대였다. 나는 우리에게도 나폴레옹이 있었으면 하고 바랐다. 뚱뚱한 재산가 카도르나 장군[19]이나, 길고 가느다란 목과 염소수염을 가진 자그마한 남자 비토리오 에마누엘레 대신에 말이다. 그들 오른편에는 아오스

---

19 Luigi Cadorna(1850~1928). 이탈리아의 야전군 원수 겸 참모 총장으로, 제1차 세계 대전 전에 이탈리아 군대를 재편했다.

타 공작이 있었다. 너무 잘생겨서 훌륭한 장군이 되기는 어려울지 모르지만 그래도 남자답게 생긴 사람이다. 그가 왕이 되기를 바라는 사람도 많을 것이다. 왕의 풍모를 갖추기도 했다. 왕의 숙부인 그는 제3군을 지휘한다. 우리는 제2군 소속이다. 제3군에는 영국 포병 부대가 소속되어 있다. 밀라노에서 나는 그 부대 출신 포수 두 명을 만났었다. 아주 괜찮은 친구들이었고, 우리는 기막힌 밤을 보냈다. 덩치가 크고 수줍음이 많은 치들이었는데 어색해하면서도 그날 밤 벌어진 모든 일들을 즐겼다. 영국군과 근무했으면, 하는 생각이 들었다. 그랬더라면 한결 편했을 텐데. 하지만 그러면 전사할 가능성도 있다. 물론 이 앰뷸런스 일을 하다가 죽을 일은 없다. 아니다, 앰뷸런스 일을 하다가도 죽을 수 있다. 영국인 앰뷸런스 운전병들은 가끔 전사하니까. 아무튼 나는 죽지 않을 것이다. 적어도 이 전쟁에서는. 전사는 나와 무관하다. 내게 이 전쟁은 영화 속 전쟁과 마찬가지로 전혀 위험하지 않다. 하지만 전쟁이 빨리 끝나기를 신에게 빈다. 어쩌면 이번 여름에 끝날지도 몰라. 어쩌면 오스트리아 군대가 패배할지도 모르지. 다른 전쟁에서 그들은 늘 졌으니까. 이 전쟁의 문제는 대체 무엇일까? 다들 프랑스는 운이 다했다고들 한다. 리날디는 프랑스인들이 반란을 일으키고 파리로 진입한다고 했다. 무슨 일이 벌어졌느냐고 묻자 그는 이렇게 대답했다. 「오, 그들이 그들을 진압했대.」 나는 전쟁 없는 오스트리아에 가고 싶다. 흑림[20]에 가고 싶다. 하르츠 산맥[21]에 가고 싶다.

그런데 하르츠 산맥이 어디에 있지? 카르파티아 산맥[22]에

---

20 Black Forest. 독일 서남부 1백여 마일에 걸쳐 뻗어 있는 삼림 지대.
21 Hartz Mountains. 독일 중부에 있는 산맥. 휴양지이다.

서도 전투가 벌어지고 있다. 거기에는 가고 싶지 않다. 하지만 그곳도 좋은 곳이겠지. 전쟁이 없다면 스페인에도 갈 수 있을 것이다. 해가 떨어지자 서늘해졌다. 저녁 식사 후에는 캐서린 바클리를 만나러 가야지. 그녀가 지금 여기에 있었으면 좋을 텐데. 내가 그녀와 함께 밀라노에 있으면 좋을 텐데. 코바에서 식사를 하고 무더운 저녁에 비아 만초니[23]를 걸어 내려가 운하를 건넌 다음 방향을 틀어 그녀와 함께 호텔에 들어야지. 그녀도 동의할 거야. 나를 전사한 그녀의 남자 친구인 셈 칠 수도 있지. 우리가 호텔의 현관으로 걸어가면 짐꾼이 공손하게 모자를 벗으며 인사한다. 내가 안내 데스크 앞에 서서 방 열쇠를 요구하는 동안 그녀는 엘리베이터 앞에서 기다린다. 이어 우리는 엘리베이터에 오르고 엘리베이터는 삐걱거리며 아주 천천히 올라가다가 우리 층에 멈춰 선다. 이어 보이가 엘리베이터 문을 열고 기다린다. 그녀가 먼저 내리고 내가 뒤이어 내려 홀을 걸어간다. 나는 열쇠 구멍에 열쇠를 넣어 방문을 연 다음 전화기를 들고는 얼음을 가득 채운 은제 술통에 담긴 카프리 비앙카 한 병을 주문한다. 그러면 곧 얼음이 술통에 부딪치는 소리가 복도에서 들려오고 보이가 방문을 노크한다. 나는 〈문 앞에 두게〉라고 말한다. 날씨가 너무 무더워 우리 둘 다 아무것도 입지 않고 있기 때문이다. 열린 창문 밖에서는 제비들이 가옥들 옥상 위로 날아다닌다. 잠시 후 어두워져서 창가로 가보면 자그마한 박쥐들이 집들 주위에서 먹이를 찾다가 나무들 위로 아주 가까이 날아온

---

22 Carpathians. 체코 북부로부터 루마니아 중부까지 8백여 마일에 걸쳐 뻗어 있는 산맥.
23 밀라노 대성당에서 북동쪽으로 뻗은, 가게들이 밀집한 거리.

다. 우리는 와인을 마시고, 방은 잠겨 있고, 날은 무덥고, 이불 한 장과 온 하룻밤이 우리 앞에 놓여 있다. 우리는 밀라노의 무더운 밤을 하얗게 새우며 사랑을 나눈다. 일은 그렇게 진행되어야 마땅하다. 빨리 식사를 하고 캐서린 바클리를 만나러 가야지.

 식당은 엄청나게 시끄러웠다. 나는 와인을 마셨다. 오늘 밤엔 술을 약간 하지 않으면 모두와 어울리지 못할 것 같았다. 나는 사제와 함께 아일랜드 대주교[24]에 대해서 얘기했다. 대주교는 고상한 사람이었는데 불공정한 처사 때문에 피해를 입은 듯했다. 나도 미국인으로서 그 일에 나름대로 관여한 셈이었다. 그런 일은 들어 본 적도 없지만 난 그냥 알고 있는 척했다. 결국 따지고 보면 오해에 지나지 않는 그런 일들의 원인에 관한 해명을 들으면서 그 일에 대해 아는 게 없다고 하는 건 공손하지 못한 태도니까. 나는 대주교의 이름이 멋지다고 생각했다. 미네소타 출신인 그 사람은 아주 멋진 이름을 만들어 냈다. 미네소타의 아일랜드, 위스콘신의 아일랜드, 미시건의 아일랜드. 섬*island*을 연상시키기 때문에 더 멋지다. 아니, 그게 전부는 아니다. 거기에는 그 이상의 것이 있다. 예, 사제님. 그건 사실입니다, 사제님. 어쩌면 그럴지도 모르지요, 사제님. 아닙니다, 사제님. 어쩌면 맞을지도 모르지요, 사제님. 그 건에 대해서는 당신이 나보다 더 많이 아십니다, 사제님. 사제는 선량한 사람이었지만 따분했다. 장교들은 선량하지 않으면서 따분했다. 왕은 좋은 사람이지만 따분했다.

---

 24 John Ireland(1838~1918). 미국 천주교의 고위 성직자로 뉴욕 세인트폴 대성당의 초대 대주교를 지냈다. 그는 철저한 금욕, 주류 판매 반대, 정치적 부패의 정화를 주장했기 때문에 적들이 많았다.

와인은 질이 좋지 않았지만 따분하지 않았다. 그 와인은 이빨의 법랑질을 벗겨 내어 입천장에 묻힌다.

「그리고 그 사제는 구금되었대.」 로카가 말했다. 「몸에서 3퍼센트 채권들이 발견되었다지 뭐야. 물론 그건 프랑스에서 벌어진 일이야. 여기서는 사제를 체포할 수 없지. 사제는 5퍼센트 채권에 대해서 전혀 모른다고 딱 잡아뗐대. 베지에[25]에서 벌어진 일이야. 나는 프랑스 현지에 있었는데 신문에서 관련 기사를 읽었지. 그래서 감옥에 가서 사제 면회를 요청했어. 그가 채권을 훔친 건 확실했거든.」

「난 그 말을 단 한 마디도 못 믿겠어.」 리날디가 말했다.

「자네 좋을 대로 해.」 로카가 말했다. 「하지만 여기 우리 사제를 위해서 그 얘길 하는 거야. 아주 유익한 정보잖아. 그도 사제야. 그러니 이 정보를 고맙게 여길 거라고.」

사제는 미소 지었다. 「계속해요. 듣고 있어요.」

「물론 일부 채권들에 대해서는 밝혀지지 않았지만, 어쨌든 사제는 3퍼센트 채권들을 갖고 있었고 지방 채권도 좀 있었지. 구체적으로 어떤 건지는 잊어버렸지만. 그래서 나는 감옥으로 갔는데, 이게 이야기의 핵심이야. 나는 그의 감방 밖에 서서 마치 고해를 하듯이 말했어. 〈사제님, 나를 축복해 주소서. 당신이 죄를 지었으니.〉」

다들 커다란 소리로 웃었다.

「그랬더니 그가 뭐라 했죠?」 사제가 물었다. 로카는 그 질문을 무시하면서 그 농담에 대해 내게 설명해 주었다. 「이제 요점을 알겠지?」 맥락을 제대로 파악한다면 아주 재미있는 농담인 것 같았다. 그들은 내게 와인을 좀 더 따라 주었고 나

25 Béziers. 프랑스 남부 도시.

는 샤워 꼭지 아래 들어간 영국군 사병 얘기를 해주었다. 이어 소령이 열한 명의 체코슬로바키아인과 헝가리인 하사 얘기를 했다. 좀 더 와인을 마신 뒤 나는 1페니를 발견한 기수 이야기를 했다. 소령은 밤에 잠 못 드는 공작 부인 이야기와 비슷한 이탈리아 이야기가 있다고 말했다. 이쯤에서 사제는 자리를 떴고 나는 새벽 5시경 미스트랄[26]이 몰아치는 마르세유에 도착한 지방 순회 세일즈맨 얘기를 했다. 소령은 내가 술이 세다는 얘기를 들었다고 했다. 나는 손사래를 쳤다. 그는 사실일 거라고 말하면서 바쿠스[27]의 시체를 놓고서 그게 사실인지 아닌지 내기를 해보자고 말했다. 바쿠스는 아닙니다, 하고 내가 말했다. 바쿠스는 아니에요. 맞아, 바쿠스야, 하고 그가 말했다. 그러면서 필리포 빈첸차 바시를 상대로 컵 대 컵, 혹은 글라스 대 글라스로 마셔 보라고 부추겼다. 바시는 자신이 나보다 이미 두 배나 취했기 때문에 그건 내기가 될 수 없다고 했다. 나는 그에게 새빨간 거짓말 말라고 했다. 바쿠스든 아니든, 필리포 빈첸차 바시든 혹은 바시 필리포 빈첸차든 — 아니, 자네 이름이 정확하게 뭐였더라? — 저녁 내내 단 한 방울도 마시지 않았다고 주장했다. 그는 나를 쳐다보며 〈그러면 자네 이름은 페데리코 엔리코야, 아니면 엔리코 페데리코야?〉 하고 물었다. 바쿠스는 집어치우고 가장 센 놈이 이기는 걸로 하자고 말하자, 소령이 머그잔에 레드 와인을 따라 우리에게 건네기 시작했다. 절반쯤 마시니 더 이상 마시기가 싫어졌다. 가야 할 곳이 떠올랐기 때문이다.

「바시가 이겼습니다.」 내가 말했다. 「그가 나보다 세요. 난

26 *mistral*. 프랑스 남부 지방에서 주로 겨울에 부는 춥고 거센 바람
27 Bacchus. 로마 신화 속 술의 신.

가봐야겠습니다.」

「저 친구는 가야 해요.」 리날디가 말했다. 「약속이 있거든요. 내가 잘 알지.」

「난 가봐야겠어요.」

「다른 날 밤에 하지.」 바시가 말했다. 「자네 컨디션이 좀 더 괜찮은 날 밤에.」 그는 내 어깨를 철썩 때렸다. 식탁에는 불 켜진 촛대들이 놓여 있었다. 모두가 즐거워하고 있었다. 「좋은 밤 보내요. 신사 양반들.」 내가 말했다.

리날디가 나를 따라 밖으로 나왔다. 우리는 문밖 길가에 서 있었다. 그가 말했다. 「취한 상태로는 가지 않는 편이 좋아.」

「난 취하지 않았어, 리닌. 정말이야.」

「커피를 좀 씹는 게 좋을 거야.」

「무슨 소리.」

「베이비, 내가 좀 가져다주지. 자네는 이리저리 좀 걷고 있어 봐.」 그는 볶은 커피콩을 한 줌 쥐고서 돌아왔다. 「이걸 씹어, 베이비. 신의 가호가 있기를.」

「바쿠스 신 말이지?」

「내가 자네와 함께 걸어 내려가 주지.」

「난 정말 괜찮다니까.」

우리는 함께 걸으며 마을을 통과했다. 나는 커피를 씹었다. 영국 병원 빌라로 이어지는 차량 진입로 입구에서 리날디가 작별 인사를 했다.

「잘 자게.」 내가 말했다. 「아, 자네도 좀 들어오지그래?」

그는 고개를 흔들었다. 「아니, 나는 좀 더 단순한 쾌락이 좋거든.」

「커피콩 고마워.」

「베이비, 별거 아니야.」

나는 차량 진입로를 따라 걸어 내려갔다. 도로에 늘어선 사이프러스 나무들의 윤곽이 예리하고 선명했다. 뒤를 돌아다보니 리날디가 서서 지켜보고 있었다. 나는 그에게 손을 흔들었다.

나는 빌라 현관홀에 앉아 캐서린이 내려오기를 기다렸다. 누군가가 통로를 걸어 내려왔다. 나는 일어섰다. 하지만 그 사람은 캐서린이 아니라 미스 퍼거슨이었다.

「안녕.」 그녀가 말했다. 「캐서린이 오늘 저녁엔 당신을 만나지 못한다며 미안하다고 전해 달래요.」

「유감이군요. 아픈 게 아니길 바랍니다.」

「몸이 아주 안 좋아요.」

「내가 안타까워하더라고 전해 주시겠어요?」

「네, 그러죠.」

「내일 다시 와서 만나려는데, 괜찮을까요?」

「예, 괜찮아요.」

「정말 고맙습니다.」 내가 말했다. 「좋은 밤 보내요.」

문밖으로 나오자 갑자기 외로움과 허전함이 느껴졌다. 나는 캐서린과의 만남을 아주 가볍게 생각했고 술을 마시다가 약속을 잊어버릴 뻔하기까지 했지만, 막상 그녀를 만나지 못하자 외로움과 허전함이 밀려왔다.

8

 다음 날 오후, 우리는 그날 밤 강 상류 쪽에서 공격이 시작될 것이니 차량 넉 대를 급히 끌고 가야 한다는 얘기를 들었다. 다들 전략적 지식을 적극적으로 과시하며 떠들어 댔지만, 정확히 아는 사람은 아무도 없었다. 나는 첫 번째 차량을 타고 가다가 영국 병원 입구를 지날 때 운전병에게 차를 잠시 세우라고 말했다. 다른 차량들도 따라서 섰다. 차에서 내린 나는 다른 차량의 운전사들에게 먼저 가라고 하면서 만약 코르몬스로 가는 도로 교차로에 이를 때까지 우리가 따라잡지 못하면 거기서 기다려 달라고 부탁했다. 그런 다음 황급히 걸어 올라가 현관홀로 들어가서 미스 바클리를 만나게 해달라고 요청했다.

「근무 중이에요.」

「잠시만 만날 수 없을까요?」

 그들이 잡역병을 보내자 곧 그와 함께 그녀가 나왔다.

「몸이 좀 좋아졌는지 알아보려고 잠깐 들렀어요. 근무 중이라고 들었지만, 그래도 만나고 싶다고 요청했어요.」

「아주 괜찮아졌어요.」 그녀가 말했다. 「어제는 더위를 먹었나 봐요.」

「이제 가봐야 해요.」

「잠시 같이 문밖으로 나가죠.」

「정말 괜찮은 거예요?」 문밖으로 나와 내가 물었다.

「네, 달링. 오늘 밤에 올 건가요?」

「아니요, 플라바 위쪽에서 벌어지는 쇼를 보러 가는 길이거든요.」

「쇼?」

「별건 아닐 거예요.」

「그럼 언제 돌아올 건가요?」

「내일.」

그녀는 목에서 뭔가를 끄르더니 내 손에 쥐어 주었다. 「성 안토니[28]예요.」 그녀가 말했다. 「그럼, 내일 밤에 봐요.」

「당신, 가톨릭 신자가 아니잖아요.」

「아니죠. 하지만 성 안토니는 아주 유용하대요.」

「당신을 위해 잘 간직할게요. 굿바이.」

「아니, 〈굿바이〉는 안 돼요.」 그녀가 말했다.

「좋아요.」

「착한 청년처럼 굴고 매사 조심해요. 안 돼요, 여기서는 키스할 수 없어요. 안 돼요.」

「좋아.」

고개를 돌리자 계단 위에 서 있는 그녀가 보였다. 그녀는

---

28 Saint Anthony(1195~1231). 파두아의 성 안토니Anthony of Padua라고도 한다. 전설에 의하면 아기 예수를 자신의 양팔에 받는 비전을 보았다고 하며, 주로 성화에서 이런 모습이 묘사되어 있다. 기적을 행하며 잃어버린 물건을 잘 찾아 주는 성인으로 여겨진다.

손을 흔들었고 나도 손에 키스한 다음 펴 보였다. 그녀는 다시 손을 흔들었다. 차량 진입로를 벗어나 앰뷸런스의 조수석에 올라 차를 출발시켰다. 성 안토니는 자그맣고 하얀 금속 통 안에 들어 있었다. 나는 캡슐을 열고서 성상을 손바닥에 굴렸다.

「성 안토니인가요?」 운전병이 물었다.

「그래.」

「나도 하나 가지고 있습니다.」 그는 운전대에서 오른손을 떼고 상의 단추를 열더니 셔츠 아래에서 그것을 끄집어냈다.

「보셨죠?」

나는 성 안토니와 가느다란 황금 줄을 통에 집어넣고 그것을 다시 상의 호주머니에 집어넣었다.

「성상을 안 차세요?」

「안 차.」

「차는 게 좋을 겁니다. 그건 차라고 있는 겁니다.」

「그러지.」 내가 말했다. 나는 황금 줄의 조임쇠를 풀고서 줄을 내 목에 감은 뒤 다시 잠갔다. 성상은 이제 내 제복 바깥쪽에 매달려 있었다. 나는 상의 목 부분과 셔츠 깃의 단추를 푼 다음 성상을 안으로 집어넣었다. 차를 타고 가는 동안 자그마한 금속 통에 든 성상이 가슴에 부딪치는 것이 느껴졌다. 나중에 난 성상을 잃어버렸다. 부상을 당한 후 성상이 사라지고 없는 것을 알았다. 아마도 응급 치료소에서 누군가 가져간 모양이다.

다리 위에 올라서고부터는 재빨리 차를 달렸다. 곧 길 앞쪽에서 다른 차량들이 일으키는 먼지가 나타났다. 굽은 도로를 달리는 차량 석 대는 아주 자그마하게 보였다. 바퀴에서 먼지를 일으키며 숲 속을 통과하는 중이었다. 우리는 곧 그 차량들을 따라잡고 그대로 지나쳐 언덕으로 올라가는 도로로 빠져나왔다. 선두에 선 차에 타고 있다면야, 차량을 일렬로 몰고 가는 것도 꽤 괜찮은 기분이다. 나는 조수석에 느긋이 기대어 앉아 주변 풍경을 관찰했다. 강 가까운 곳의 산기슭에 도달하자 길이 오르막으로 변하면서 북쪽으로 정상에 눈이 덮인 산들이 보였다. 뒤돌아보니 석 대의 차량이 오르막길을 오르고 있었다. 차량들은 먼지를 일으키며 적당한 간격을 유지하고 있었다. 우리는 짐을 실은 노새들의 기다란 행렬을 통과했다. 옆에서 노새들을 몰고 가는 사람들은 붉은 페즈 모자[29]를 쓰고 있었다. 저격병이었다.

노새 행렬을 지나치니 길은 텅 비어 있었다. 언덕에 오른 우리는 기다란 언덕의 어깨를 타고 내려와 강변 계곡으로 들어섰다. 양편에 나무들이 있었는데 오른쪽에 늘어선 나무들 사이로 강이 보였다. 강물은 맑고 빠르고 얕았다. 좁은 수로의 양옆에는 모래와 자갈들이 깔려 있었다. 간혹 강물은 자갈 깔린 강바닥 위로 반짝거리는 얇은 천 조각처럼 퍼져 갔다. 강둑 가까운 곳 깊은 웅덩이에 고인 물은 하늘처럼 푸른 색깔이었다. 강 위에는 아치형 다리들이 걸려 있었는데, 그곳에서부터는 큰길에서 갈라져 나온 도로였다. 우리는 배나무들이 심긴 석조 농가들을 지나쳤다. 나무들이 남쪽 벽들과 들판의 낮은 석벽들에 그림자를 드리웠다. 도로는 계곡을 따라 한참 오르다가 방향을 틀어 다시 언덕으로 이어졌다. 아주 가파른 오르막이었다. 갈지자로 밤나무 숲을 통과하자 마침내 산등성이를 따라 달리는 평평한 길이 나왔다. 숲 아래쪽을 보니

---

29 *fez*. 일부 이슬람 국가에서 남자들이 쓰는, 빨간 빵모자같이 생긴 것.

양군(兩軍)을 갈라놓는 강줄기가 지평선의 태양 빛을 받고 있었다. 차는 능선 꼭대기 부분을 따라 난 울퉁불퉁한 새 군사 도로를 달렸다. 나는 북쪽의 두 산줄기를 바라보았다. 설선(雪線)까지는 푸르고 어두워 보였으나 햇빛이 비치는 정상은 하얗고 아름다운 모습이었다. 이어 능선을 따라 오르기 시작하자 이 설산들보다 더 높은 다른 산맥이 보였다. 백악처럼 하얗게 주름진 기묘한 평지들이 있는 산맥이었다. 이어 그 너머에도 산들이 아득하게 이어져서 저것들이 실제로 있는 산들인가 싶은 느낌이 들었다. 그것들은 오스트리아의 산맥이었고 우리 쪽에는 그런 산들이 없다. 도로 앞쪽 길이 오른쪽으로 둥그렇게 굽어 있었다. 내려다보니 숲 속으로 이어지는 길이었다. 거기에 부대가 있고 산악용 대포를 실은 트럭과 노새도 있을 것이다. 길옆에 붙어 아래로 내려가면서 나는 저 아래쪽 강을 내려다보았다. 강을 따라 달리는 침목과 철로, 강 건너 언덕 아래에는 방향을 바꾸어 건너는 낡은 다리, 또 앞으로 우리가 점령할 작은 마을의 부서진 집들이 보였다.

  길 아래로 내려서서 강을 따라 달리는 간선 도로에 들어섰을 때, 주위에는 어둠이 내려와 있었다.

9

 도로는 혼잡했고 길 양옆은 옥수수 대와 밀짚 매트로 위장되어 있었다. 지붕까지도 매트로 위장되어 있어서, 마치 서커스나 원주민 마을에 들어서는 기분이었다. 우리는 이 매트의 터널을 천천히 통과하여, 예전에는 철도역이었던 탁 트인 공간으로 나왔다. 이곳 도로는 강바닥보다 낮아서 푹 꺼진 길 옆쪽 강둑에 참호들을 설치해 놓았는데, 그 안에 보병들이 숨어 있었다. 해가 떨어지고 있었다. 강둑을 따라가는 동안 위쪽을 보니 석양을 배경으로 어두워진 언덕 위에 떠오른 오스트리아의 관측 풍선들이 눈에 띄었다. 우리는 벽돌 공장 너머에 차량들을 주차했다. 벽돌 공장의 아궁이들과 깊숙한 참호들이 임시 응급 치료소로 마련되어 있었다. 내가 아는 의사도 셋 있었다. 나는 소령과 대화를 나누면서 다음과 같은 사실을 알았다. 공격이 시작되면 우리는 차량에 부상병들을 싣고서 위장된 도로를 되짚어 능선을 따라가는 간선 도로에 올라야 한다. 그러면 거기에 또 다른 응급 치료소와 차량들이 있는데, 싣고 간 부상병들은 그쪽에서 처리해 준다고 했다. 소령은 도로가 혼잡하지 않기를 바란다고 했다. 그 길이 유일한 통로라는 것이다. 강 건너 오스트리아 병사들에게 훤히 보여서 위장해 두었다고 한다. 이곳 벽돌 공장에 자리 잡은 우리들에게는 강둑이 소총이나 기관총의 사격을 막아 주는 보호막이었다. 강에는 부서진 다리 하나뿐이었다. 하지만 포격이 시작되면 임시 다리를 설치하고 일부 부대가 상류의 얕은 강굽이로 건너갈 것이었다. 소령은 위로 구부러져 올라간 콧수염을 기른 키 작은 남자였다. 리비아 전투에 참전했었다는 그는 상이 훈장 두 개를 달고 있었다. 소령은 일이 잘 풀리면 내가 훈장을 받도록 조치하겠다는 말도 했다. 나 역시 일이 잘 풀리기를 바라지만 훈장은 과분하다고 대답했다. 운전병들이 머무를 만한 커다란 참호가 있는지 묻자 그는 병사 한 명을 불러 안내하도록 지시했다. 그를 따라가니 아주 좋은 참호가 하나 있었다. 운전병들도 만족스러워해서 나는 그들을 그 안에 들어가도록 했다. 소령이 다른 장교 두 명과 함께 술을 마시자고 권했다. 우리는 아주 화기애애한 분위기 속에서 럼주를 마셨다. 밖이 어두워지고 있었다. 공격 시간이 언제인지 묻자 그들은 어두워진 직후에 시작된다고 대답했다. 나는 운전병들이 있는 곳으로 돌아왔다. 다들 참호에 앉아서 잡담을 하다가 내가 들어가자 입을 다물었다. 나는 그들에게 마케도니아 담배를 한 갑씩 주었다. 허술하게 말려 있어서 담배 가루가 잘 빠져나가기 때문에 피우기 전에 양쪽 끝을 비틀어 주어야 했다. 마네라가 라이터를 켜서 죽 돌렸다. 피아트 자동차의 라디에이터 같이 생긴 라이터였다. 나는 그들에게 내가 들은 정보를 전해 주었다.

「길을 내려올 때 왜 구호소를 못 봤을까요?」 파시니가 물었다.

「우리가 방향을 틀었던 지점 바로 너머에 있었어.」
「도로가 아주 엉망이 되어 버리겠군요.」 마네라가 말했다.
「놈들이 집중 포격하면서 겁을 주겠지.」
「그럴 거예요.」
「중위님, 식사는 어떻게 됐죠? 이 일을 시작하고부터 우린 통 먹지를 못했어요.」
「내가 가서 한번 알아보지.」 내가 말했다.
「저희는 여기 그냥 있을까요, 아니면 주위나 한 바퀴 돌아볼까요?」
「여기 그냥 있는 게 좋겠어.」

나는 소령의 참호로 갔다. 그는 야전 취사장이 곧 개설될 것이고, 그러면 운전병들이 와서 수프를 먹을 수 있을 거라고 했다. 식기가 없다면 빌려 주겠다는 말도 했다. 나는 운전병들이 식기를 갖고 있을 거라고 대답했다. 참호로 돌아와서 식사가 나오는 대로 가져오겠다고 하자 마네라는 폭격이 시작되기 전에 식사가 나왔으면 좋겠다고 했다. 내가 밖으로 나갈 때까지 다들 아무 말이 없었다. 그들은 모두 정비공이었고, 전쟁을 증오했다.

나는 나가서 차량들과 부대 상황을 둘러보고, 이어 참호로 되돌아와 네 명의 운전병들과 함께 앉았다. 우리는 벽에 등을 기댄 채 땅바닥에 앉아 담배를 피웠다. 밖은 이제 거의 어두워져 있었다. 참호의 흙이 따뜻하고 건조해서 나는 벽에 등을 기대고 땅바닥에 털퍼덕 앉아 편히 쉬었다.

「누가 공격하러 가는 거지?」 가부치가 물었다.
「저격병들이.」
「전부 저격병들이야?」

「그런 것 같아.」

「진짜 공격을 하기엔 여기 병력이 너무 적어.」

「이건 진짜 공격이 벌어지는 지점에서 주의를 돌리려고 하는 공격일 거야.」

「공격할 사람들도 그 사실을 알까?」

「아마 모를걸.」

「물론 모르겠지.」 마네라가 말했다. 「그걸 알면 공격하려 들지 않을 거야.」

「아니야, 그래도 공격할 거야.」 파시니가 말했다. 「저격병들은 바보거든.」

「그들은 용감하고 군기도 세지.」 내가 말했다.

「가슴팍이 넓고 건장하지만 그래도 바보는 바보죠.」

「수류탄병은 키가 크지.」 마네라가 말했다. 그건 농담이었다. 모두들 웃음을 터뜨렸다.

「그들이 공격에 나서지 않아서 열 명마다 한 명씩 총살당했을 때, 중위님도 현장에 있었나요?」

「아니.」

「정말 그랬어요. 나중에 일렬로 세워져서 열 명마다 한 명씩 총살됐어요. 헌병들이 그들을 쏘았죠.」

「헌병이라······.」 파시니가 땅바닥에 침을 뱉았다. 「수류탄병들은 모두 키가 6피트가 넘어. 하지만 공격에는 나서려 하지 않았지.」

「모두가 공격을 하지 않는다면 전쟁은 끝날 텐데.」 마네라가 말했다.

「그런 거랑은 얘기가 다르지. 그들은 겁먹었던 거야. 장교들은 모두 좋은 가문 출신이거든.」

「몇몇 장교들은 혼자 나갔어.」

「어떤 부사관이 나오지 않으려는 장교 두 명을 총살했지.」

「어떤 부대는 나갔어.」

「열 명마다 한 명씩 처치할 때 그 부대는 제외됐겠군.」

「헌병에게 총살당한 사람들 중 하나는 우리 마을 출신이었어.」 파시니가 말했다. 「똑똑하고 키가 커서 수류탄병이 된 친구였지. 늘 로마에 나가서 여자들을 끼고 다녔어. 언제나 헌병들과 다녔지.」 그는 웃었다. 「그런데 이제 착검한 소총을 든 경비병이 그의 집을 지키고 있어. 아무도 그의 아버지, 어머니, 여동생들을 만나러 오지 않아. 그 친구 아버지는 시민권을 잃어서 투표도 못 해. 그들은 이제 법의 보호도 못 받아. 누구나 그들의 재산을 빼앗을 수 있겠지.」

「집안에 그런 일이 생길 위험이 없다면 아무도 공격에 나서려 하지 않을 거야.」

「아니, 알피니[30]는 나설걸. VE[31] 병사도 나설 거고. 일부 저격병들도 나서겠지.」

「저격병들도 도망쳤어. 이젠 그랬던 걸 잊어버리려고 애를 쓰지만.」

「중위님, 우리가 이런 얘기를 하는 걸 내버려 두면 안 되지 않나요? *Evviva l'esercito*(군대 만세).」 파시니가 냉소적으로 말했다.

「자네들이 무슨 소릴 하는지는 알아.」 내가 말했다. 「하지만 자네들은 차량을 운전하고 행실도 훌륭하고 —」

「그리고 이런 얘기가 다른 장교들 귀에 안 들어가게 하고

---

30 *Alpini*. 알프스 산악병.
31 *Vostra Eccellenza*. 국왕 폐하. 즉 〈VE 병사〉는 근위병을 뜻한다.

요.」 마네라가 말을 끝마쳤다.

「나도 이 전쟁이 끝나야 한다고 생각하네.」 내가 말했다. 「하지만 어느 한쪽이 공격을 멈춘다고 해서 끝나는 게 아니야. 우리가 공격을 중단하면 상황은 오히려 나빠질 거야.」

「더 나빠질 수는 없습니다.」 파시니가 공손하게 말했다. 「전쟁보다 나쁜 건 없으니까요.」

「패전이 더 나쁘지.」

「전 그렇게 생각하지 않아요.」 파시니가 여전히 공손하게 말했다. 「패전이 뭔가요? 집으로 돌아가는 거예요.」

「적들은 자네를 쫓아갈 거야. 자네 집을 차지해 버리고 자네 여동생들을 데려갈 거야.」

「전 그렇게 생각하지 않아요.」 파시니가 말했다. 「그들이 모두에게 그렇게 할 수는 없어요. 각자 자기 집을 지키면 되죠. 각자 여동생들을 집에서 잘 보호하라고 하고요.」

「그들은 자넬 목매달아 죽일 거야. 쫓아가서 자네를 다시 군인으로 만들 거야. 이런 앰뷸런스 운전병이 아니라 보병으로 말이지.」

「그들이 모두를 목매달아 죽일 수는 없어요.」

「외국인이 마음대로 우리를 군인으로 만들 수는 없어.」 마네라가 말했다. 「첫 전투에서 우리 모두 도망치는 거야.」

「체코인들처럼.」

「자네들은 정복당하는 게 뭔지 잘 모르는 것 같군. 그래서 그게 그리 나쁘지 않다고 생각하는 거야.」

「중위님.」 파시니가 말했다. 「우리가 자유롭게 말하도록 배려해 주신다는 것 잘 압니다. 들어 보세요. 전쟁보다 나쁜 것은 없어요. 얼마나 나쁜 건지 앰뷸런스 업무에 종사하는 우리는 제대로 알 수조차 없죠. 그게 나쁘다는 걸 알아차릴 땐 이미 멈출 수가 없어요. 벌써 미쳐 버렸기 때문이죠. 아예 깨닫지 못하는 사람들도 있습니다. 그냥 장교들이 두려운 사람들도 있고요. 그런 사람들 때문에 전쟁이 계속되는 겁니다.」

「전쟁이 나쁘다는 건 알아. 하지만 우리는 그걸 끝내야만 하네.」

「끝나지 않아요. 전쟁에는 끝이 없어요.」

「아니, 끝이 있어.」

파시니는 고개를 흔들었다.

「전쟁은 승리로 이기는 게 아닙니다. 우리가 산 가브리엘레를 점령하면 어떻게 될까요? 카르소와 몬팔코네와 트리에스테를 점령하면 어떻게 되죠? 그다음에 우리는 어디로 갑니까? 오늘 저 멀리 있는 산들을 보셨잖아요. 우리가 그 산들을 다 점령할 수 있으리라 생각하시나요? 오스트리아 사람들이 싸우기를 그만둬야만 그럴 수 있겠죠. 한쪽이 싸움을 그만둬야만 해요. 왜 우리는 싸움을 그만두지 못할까요? 만약 이탈리아로 쳐들어온다 해도 그들은 곧 지쳐서 물러갈 겁니다. 그들에겐 그들의 나라가 있으니까요. 하지만 이것도 다 헛소리죠. 여전히 전쟁이 벌어지고 있으니까요.」

「자네 웅변가로군.」

「우린 생각합니다. 우린 글을 읽죠. 우리는 농부가 아닙니다. 정비공이죠. 하지만 농부들조차 전쟁을 옹호할 만큼 어리석지는 않아요. 모두가 이 전쟁을 증오하고 있어요.」

「너무 어리석어서 아무것도 모르고 또 알 수도 없는 놈들이 나라를 통치하고 있는 거야. 그래서 이런 전쟁이 계속되는 거지.」

「게다가 그들은 전쟁으로부터 돈을 벌지.」

「대부분은 돈도 못 벌어.」 파시니가 말했다. 「그들은 너무 어리석어. 얻는 것도 없으면서 전쟁을 하는 거야. 바보들.」

「우리 그만 입 닥치자.」 마네라가 말했다. 「중위님이 봐준다고 하지만 그래도 너무 지껄이고 있어.」

「중위님도 좋아하셔.」 파시니가 말했다. 「중위님을 전향시키자고.」

「자, 그만 입 다물자니까.」 마네라가 말했다.

「중위님, 식사를 좀 할 수 없을까요?」 가부치가 물었다.

「가서 알아보지.」 내가 말했다. 고르디니가 일어서서 나와 함께 밖으로 나왔다.

「중위님, 제가 할 일이 있을까요? 아니, 도와 드릴 일이 있을까요?」 그는 넷 중 가장 조용했다. 「원한다면 함께 가보자고. 식사가 좀 있는지.」 내가 대답했다.

밖은 어두웠다. 탐조등의 기다란 불빛이 산 너머로 움직이고 있었다. 전선에는 대형 탐조등들이 군용 트럭 위에 설치된 채 가동 중이었다. 밤중에 전선 근처를 걷다 보면 그런 트럭들을 지나치곤 한다. 트럭은 도로에서 약간 벗어난 곳에 있었는데, 장교가 탐조등 불빛의 방향을 지시했고 탐조등 담당 병사는 겁을 집어먹고 있었다. 우리는 벽돌 공장을 가로질러 제1호 응급 구호소 앞에서 멈춰 섰다. 구호소 입구 위쪽은 초록색 나뭇가지로 위장되어 있었는데 햇빛에 건조된 잎사귀들이 밤바람에 가볍게 흔들거렸다. 구호소 안에는 불이 켜져 있었다. 소령이 상자 위에 앉아 전화를 하고 있었다. 의무 대위들 중 하나가 공격이 한 시간 연기되었다고 전하며 내게 코냑 한 잔을 권했다. 널판 테이블, 불빛에 번쩍거리는 의료 기구들, 대야, 마개를 끼운 병들이 있었다. 고르디니는 내 뒤에 섰다. 소령이 전화 통화를 끝냈다.

「지금 시작한대.」 그가 말했다. 「도로 당겨졌다는군.」

나는 밖을 내다보았다. 뒤쪽 산에서 오스트리아의 탐조등 불빛이 움직였다. 잠시 정적이 흐르더니, 우리 뒤에 있던 모든 대포들이 불을 뿜기 시작했다.

「시작되었군.」 소령이 말했다.

「수프 말인데요, 소령님.」 내가 말했다. 그는 내 말을 듣지 못했다. 나는 반복했다.

「그건 아직 안 왔네.」

대형 포탄 하나가 날아와 벽돌 공장에 떨어졌다. 이어 또 하나가 터지며 벽돌과 흙이 무너지는 소리가 들려왔다.

「뭐 먹을 만한 것이 없을까요?」

「파스타 아시우타[32]가 약간 남아 있네.」 소령이 말했다.

「그걸 주시면 가져가겠습니다.」

소령이 잡역병에게 지시하자 그는 뒤쪽으로 잠시 사라지더니 식어 빠진 마카로니 요리가 담긴 철제 그릇을 들고 돌아왔다. 나는 그것을 고르디니에게 건네주었다.

「혹시 치즈도 있습니까?」

소령이 마지못해 잡역병에게 지시했고, 그는 다시 뒤쪽의 참호로 가더니 1쿼터짜리 흰 치즈를 들고 나왔다.

「대단히 감사합니다.」 내가 말했다.

「밖으로 나가지 않는 게 좋을 거야.」

밖의 구호소 입구에서 뭔가를 내려놓는 소리가 났다. 그 뭔가를 들고 온 두 병사 중 하나가 구호소 안을 들여다보았다.

---

[32] *pasta asciutta*. 건조시킨 마카로니로 만든 파스타.

「안으로 들여와.」 소령이 말했다. 「뭐 하는 거야? 우리가 나가서 그자를 안으로 들여야 하나?」

들것 담당병 둘이 각각 팔과 다리를 잡고서 한 남자를 안으로 데려왔다.

「상의를 찢어.」 소령이 말했다.

그는 끝에 가제가 달려 있는 핀셋을 들었다. 대위 두 사람이 겉옷을 벗었다. 「여기서 나가.」 소령이 들것 담당병들에게 말했다.

「자, 가지.」 내가 고르디니에게 말했다.

「포격이 끝날 때까지 기다리는 게 좋을 텐데.」 소령이 어깨 너머로 돌아보며 말했다.

「병사들이 배고파해서요.」 내가 말했다.

「좋을 대로 해.」

우리는 밖으로 나와 벽돌 공장을 가로질러 달려갔다. 강둑 아주 가까운 곳에서 포탄이 터졌다. 이어 미처 알아채지 못한 포탄 한 발이 갑자기 쉭 소리를 내며 닥쳐왔다. 우리는 납작 엎드렸다. 번쩍하는 섬광과 포탄 터지는 소리와 함께 화약 냄새가 주위에 확 퍼졌고, 돌 파편이 튀어 오르고 벽돌이 와르르 무너지는 소리가 들렸다. 고르디니가 재빨리 일어나서 참호 쪽으로 달려갔다. 나도 치즈를 들고서 그를 따라갔다. 치즈의 부드러운 표면에 벽돌 가루가 가득 달라붙었다. 참호 안에 남아 있던 운전병 셋은 벽에 기대앉아 담배를 피우고 있었다.

「여기 가져왔네, 애국자들.」 내가 말했다.

「차량들은 어떻습니까?」 마네라가 물었다.

「괜찮아.」

「포격이 무섭던가요, 중위님?」

「정말 그렇더군.」 내가 말했다.

나는 칼을 꺼내 날을 닦은 다음 치즈 바깥 표면의 지저분한 것들을 걷어 냈다. 가부치가 마카로니 그릇을 내밀었다.

「먼저 드세요, 중위님.」

「아니야.」 내가 말했다. 「그걸 바닥에 놓게. 다 같이 먹지.」

「포크가 없는데요.」

「젠장.」 내가 영어로 내뱉었다.

나는 치즈를 여러 조각으로 잘라 마카로니 위에 얹었다.

「자, 앉아서 먹자고.」 내가 말했다. 모두 앉아서 기다리고 있었다. 나는 엄지와 검지를 집어넣어 마카로니를 들어 올렸다. 한 덩어리가 집혔다.

「좀 더 높이 쳐드세요, 중위님.」

팔을 쭉 뻗어 들어 올리니 마카로니 면발이 풀렸다. 나는 그것을 입가로 내린 다음 면발 끝 부분을 빨아들여 씹었다. 이어 치즈 한 조각을 입에 넣고 와인을 한 모금 했다. 녹슨 금속 냄새가 났다. 나는 와인이 들어 있는 수통을 파니시에게 건넸다.

「쉬었는데.」 그가 말했다. 「너무 오래 됐나 봐요. 수통을 차에 놔뒀었거든요.」

모두 턱을 마카로니 그릇 가까이 대고 고개를 뒤로 기울여 면발 끝 부분을 입속으로 빨아들여 먹었다. 나는 면을 한 입 더 씹어 먹고 치즈를 약간 먹은 뒤 와인으로 입을 헹궈 냈다. 그때 뭔가 떨어져 땅을 뒤흔들었다.

「420포 아니면 지뢰 투척기야.」 가부치가 말했다.

「산속에는 420포가 없어.」 내가 말했다.

「그들은 커다란 스코다 대포를 갖고 있어요. 포탄 자국을 봤거든요.」

「305포야.」

우리는 계속 식사를 했다. 기관차 시동이 걸리는 듯한 소리가 나더니 이어 엄청난 폭발이 땅을 뒤흔들었다.

「이 참호는 깊지 않은데.」 파시니가 말했다.

「저건 대형 참호용 박격포야.」

「맞습니다.」

나는 집어 든 치즈의 끝 부분을 먹고서 와인을 한 모금 했다. 다른 소음들 속에서 털털거리는 소리가 들렸고 이어 추-추-추-추 하는 소리가 났다. 그러다가 용광로 문을 활짝 열었을 때처럼 섬광이 번쩍거렸다. 처음에는 백색으로 시작되었으나 빠르게 다가오는 바람 속에서 점점 붉은색으로 바뀌어 갔다. 숨을 쉬려 했으나 쉬어지지 않았다. 몸이 나 자신으로부터 계속해서 바깥으로, 바깥으로, 바깥으로 빠져나가는 느낌이 들었다. 바람 속에 떠 있는 것 같았다. 몸 전체가 순식간에 밖으로 날려 갔다. 나는 내가 죽었다고 생각했다가, 방금 죽었다고 생각한 것이 착각인가 싶었다. 이어 허공에 떴다가 뭔가 느낄 새도 없이 떨어졌다. 나는 심호흡을 하고 의식을 찾았다. 땅이 온통 파여 있었고 머리 앞에는 조각난 나무 기둥이 널브러져 있었다. 머리가 깨질 듯이 아픈 중에도 누군가의 고함 소리가 들려왔다. 비명을 지르는 것 같았다. 나는 움직이려 했지만 움직일 수가 없었다. 강 건너편에서, 또 강둑에서 격렬하게 발사되는 소총과 기관총 소리가 들렸다. 커다랗게 물 튀기는 소리가 나더니 조명탄이 하늘로 올라가 터져 하얗게 떠도는 것이 보였고, 이어 로켓탄과 포탄이 발사되는 소리도 들렸다. 모든 것이 한순간의 일이었다. 내 옆에 있던 누군가가 소리쳤다. 「맘마 미아! 오, 맘마 미아!」[33] 나는 몸을 당기고 비틀어서 마침내 내 양다리를 풀고 몸을 돌려 그를 만졌다. 파시니였다. 내 손이 닿자 그는 비명을 내질렀다. 그의 두 다리는 내 쪽을 향하고 있었는데 섬광 속에서 무릎 윗부분까지 날아가 버린 다리가 보였다. 한쪽 다리는 이미 사라졌고 다른 쪽 다리는 힘줄과 바짓단에 의해 간신히 매달린 채 몸과 연결되지 않은 듯 제멋대로 흔들거렸다. 그는 자신의 팔을 깨물면서 신음했다. 「맘마 미아! 오, 맘마 미아!」 이어 그는 소리쳤다. 「*Dio te salve, Maria*(성모님, 살려 주세요). *Dio te salve, Maria!* 오, 예수님 나를 쏴주세요. 하느님, 나 좀 쏴주세요. 맘마 미아, 맘마 미아! 오, 순결하신 성모님, 나 좀 쏴주세요. 제발 좀 멈춰 줘. 제발 좀 멈춰 줘. 제발 좀 멈춰 줘. 오, 순결하신 성모님, 제발 좀 멈춰 주세요. 오, 오, 오!」 이어 숨 막히는 소리로 말했다. 「맘마 미아, 맘마 미아.」 이어 그는 잠잠해졌다. 자신의 팔을 꽉 문 채. 남아 있는 다리가 덜렁거리고 있었다.

「들것을 가져와!」 나는 양손을 모아 입에다 대고 소리쳤다. 「들것을 가져와!」 나는 파시니 가까이 다가가서 지혈대를 대주려고 애썼지만 움직일 수가 없었다. 다시 용을 쓰니 다리가 약간 움직였다. 양팔과 팔꿈치로 몸을 뒤로 끌 수 있었다. 파시니는 이제 잠잠했다. 나는 그의 옆에 앉아 상의를 벗고서 셔츠 끝 부분을 찢어 내려 했다. 잘 찢어지지 않기에 셔츠 가장자리를 입으로 물고 찢으려 하다가 문득 그의 각반을 떠올

---

33 *Mamma Mia*. 〈엄마야!〉 혹은 〈맙소사!〉 등 탄식조로 내는 이탈리아어 표현이다.

렸다. 나는 모직 양말을 신었지만 파시니는 각반을 찼다. 운전병들은 모두 각반을 찬다. 하지만 파시니는 이제 다리가 하나뿐이었다. 나는 각반을 풀다가 지혈대를 만들 필요가 없다는 것을 깨달았다. 그는 이미 죽어 있었다. 나는 그가 죽은 것을 확인했다. 이제 나머지 세 운전병들의 소재를 파악해야 했다. 똑바로 앉으며 자세를 취하려는데 인형 눈알을 굴리는 추 같은 것이 머릿속에서 재빠르게 움직이더니 내 안구 뒤쪽을 강하게 때렸다. 두 다리에 따뜻하고 축축한 것이 느껴졌다. 군화 속도 축축하고 따뜻했다. 나는 포탄 파편에 맞은 것을 깨닫고 몸을 구부려 손으로 무릎을 더듬었다. 무릎이 없었다. 손을 쭉 뻗어 보니 정강이까지 내려가 있는 무릎이 만져졌다. 나는 셔츠에 손을 닦았다. 떠돌던 탐조등 불빛이 아주 천천히 내려왔다. 나는 다리를 내려다보고 경악했다. 오, 하느님, 이곳에서 벗어나게 해주세요. 나는 소리 내어 말했다. 하지만 아직 세 명의 운전병이 남아 있다. 원래는 네 명이지만 파시니가 죽었으니 세 명이다. 누군가가 내 겨드랑이 아래 손을 넣어 쳐들었고, 다른 누군가가 양쪽 다리를 들어 올렸다.

「세 명이 남았다.」 내가 말했다. 「한 명은 죽고.」

「마네라입니다. 들것을 가지러 갔었어요. 하지만 없더군요. 좀 어떻습니까, 중위님?」

「고르디니와 가부치는 어디 있나?」

「고르디니는 초소에 가서 붕대 처리를 받고 있습니다. 가부치는 지금 중위님의 다리를 붙잡고 있고요. 제 목에 매달리세요, 중위님. 많이 다치셨습니까?」

「다리를. 고르디니는 어때?」

「괜찮아요. 대형 참호용 박격포였어요.」

「파시니가 죽었네.」

「그래요, 죽었습니다.」

포탄 한 발이 가까운 곳에 떨어지자 두 운전병은 땅에 납작 엎드리면서 나를 떨어뜨렸다.「죄송합니다, 중위님.」마네라가 말했다.「제 목에 착 달라붙으세요.」

「또 떨어뜨리려고?」

「저희도 겁먹어서 그랬습니다.」

「자네들은 부상을 안 당했나?」

「둘 다 약간만 다쳤습니다.」

「고르디니가 운전을 할 수 있을까?」

「운전은 못 할 것 같습니다.」

구호소에 도착하기 전에 나는 한 번 더 땅에 떨어졌다.

「이 개자식들.」내가 웅얼거렸다.

「죄송합니다, 중위님.」마네라가 말했다.「다시는 떨어뜨리지 않겠습니다.」

구호소 밖에는 어둠 속에서 많은 사람들이 땅에 누워 있었다. 부상자들은 구호소 안으로 옮겨졌다가 다시 밖으로 내보내졌다. 장막이 열릴 때마다 응급 구호소에서 흘러나오는 불빛이 보였다. 그들은 계속해서 사람들을 안으로 옮겼다가 다시 내왔다. 죽은 자들은 한쪽으로 밀쳐 놓았다. 소매를 어깨까지 걷어붙이고 치료를 하는 의사들은 온몸이 백정처럼 붉었다. 들것도 충분하지 못했다. 일부 부상자들은 소리를 질렀으나 대부분 조용했다. 바람이 불어와 응급 구호소 입구 위를 위장한 나무 잎사귀들을 흔들어 댔다. 밤이 되자 점점 추워졌다. 들것 운반병들은 계속 나타나 들것을 내려서 부상자들을 부리고는 곧바로 다시 사라졌다. 응급 구호소에 도착하자마자 마네라가 의무 부사관을 데리고 나와, 그가 내 두 다리에 붕대를 감아 주었다. 부사관 말로는 상처에 먼지가 많이 들어가긴 했지만 출혈은 심하지 않다고 했다. 그는 곧 구호소 안으로 모시겠다고 말한 뒤 안으로 들어갔다. 고르디니는 운전할 수 없어요, 하고 마네라가 말했다. 어깨뼈가 나가고 머리에도 부상을 입었다는 것이다. 심하게 아픈 건 아니지만 지금은 어깨가 굳어 있다고 했다. 그는 벽돌로 쌓아 올린 벽 옆에 앉아 있었다. 마네라와 가부치는 각자 한 무리의 부상자들을 태우고 출발했다. 그들은 운전이 가능했던 것이다. 영국인들이 앰뷸런스 석 대를 가지고 왔다. 각 차량에 운전병 두 명씩 타고 있었는데, 아주 창백하고 아파 보이는 고르디니가 그중 하나를 내게 데리고 왔다. 영국인 병사가 허리를 숙였다.

「심하게 맞았나요?」 그가 물었다. 쇠테 안경을 쓴 키 큰 남자였다.

「다리에.」

「큰 부상이 아니기를 바랍니다. 담배 피우시겠습니까?」

「고맙소.」

「운전병 두 명을 잃었다면서요?」

「그래요. 한 명은 죽고 당신을 이리로 데리고 온 친구는 부상을 당했소.」

「정말 안됐습니다. 차량은 우리가 몰고 갈까요?」

「그러잖아도 부탁할 참이었소.」

「잘 간수하고 있다가 빌라 206으로 돌려 드리죠. 숙소가 206 맞죠?」

「그렇소.」

「멋진 곳이지요. 거기서 중위님을 본 적이 있습니다. 사람들이 그러는데, 미국인이라면서요?」

「그렇소.」

「나는 영국인입니다.」

「그래요?」

「예, 영국인이에요. 이탈리아 사람인 줄 아셨나요? 우리 영국군 중 어떤 부대에는 이탈리아인도 몇 있긴 합니다.」

「당신이 차량을 인수해 간다니 안심이 되는군.」

「잘 보관하겠습니다.」 그가 허리를 폈다. 「이 친구가 중위님에게 좀 와봐 달라고 부탁하더군요.」 그는 고르디니의 어깨를 두드렸다. 고르디니는 얼굴을 찡그리다가 미소 지었다. 영국인은 아주 입심 좋고 완벽한 이탈리아어로 그에게 말했다. 「자, 모든 게 잘됐네. 내가 자네 중위를 만났고, 우리가 두 대의 차량을 인수하기로 했어. 자네는 이제 걱정할 필요 없네.」 그가 잠시 사이를 두었다가 내게 말했다. 「중위님을 여기서 빼내도록 해야겠군요. 의무 관계자들을 만나 보겠습니다. 우리는 중위님을 데리고 후방으로 갈 겁니다.」

그는 부상자들 사이를 조심스럽게 가려 내디디며 응급 구호소로 걸어가 장막을 열고 새어 나오는 불빛 안으로 들어갔다.

「그가 돌봐 드릴 겁니다, 중위님.」 고르디니가 말했다.

「자네는 좀 어떤가, 프랑코?」

「전 괜찮습니다.」 그는 내 옆에 앉았다. 잠시 후 임시 구호소를 가린 장막이 열리더니 들것 운반병 두 명이 나왔고 키 큰 영국인이 뒤따라 나왔다. 그가 그들을 내게로 데리고 왔다.

「여기 미국인 중위가 있네.」 그가 이탈리아어로 말했다.

「나는 나중에 가는 게 좋겠소.」 내가 말했다. 「나보다 더 심하게 다친 사람들이 많아요. 난 괜찮소.」

「자, 자, 영웅 행세는 관두세요.」 이어 그는 다시 이탈리아어로 말했다. 「양쪽 다리를 조심스럽게 잡고 들어 올리게. 굉장히 아플 테니. 이분은 윌슨 대통령의 아드님이시라고.」 그들은 나를 들어 구호소 안으로 데려갔다. 안에서는 수술 중이었다. 키 작은 소령이 정신없이 우리를 돌아다보았다. 그가 나를 알아보고서 핀셋을 흔들었다.

「*Ça va bien*(괜찮소)?」

「*Ça va*(그럭저럭요).」

「제가 모시고 왔습니다.」 키 큰 영국인이 이탈리아어로 말했다. 「저분은 미국 대사의 외아들입니다. 여기 있다가 소령님의 치료를 받았으면 합니다. 끝나면 제가 첫 번째 차로 후송하겠습니다.」 그러고는 내 쪽으로 허리를 굽혔다. 「중위님 부하에게 서류를 준비하라고 하겠습니다. 그러면 아주 빨리 처리될 겁니다.」 그는 말을 맺고 상체를 구부려 밖으로 나갔다. 소령이 핀셋을 손에서 놓아 대야에 떨어뜨렸다. 나는 그의 손동작을 주시했다. 이제 그는 붕대를 감고 있었다. 이어 들것 운전병들이 수술대에서 부상자를 내렸다.

「제가 미국인 중위를 한번 살펴보겠습니다.」 대위들 중 한 사람이 말했다. 나는 수술대 위에 눕혀졌다. 딱딱하고 미끄러운 침대였다. 화학 약품 냄새와 달달한 피 냄새 등 온갖 냄새가 진동했다. 의무 대위는 내 바지를 벗긴 다음 진찰을 하면서 부사관에게 상태를 구술했다. 「왼쪽과 오른쪽 넓적다리, 왼쪽과 오른쪽 무릎, 오른쪽 발에 다수의 표피상이 있음. 오른쪽 무릎과 발에 심각한 부상. 두피에 열상. (그는 찢긴 부분을 가볍게 건드렸다. 아픈가? — 어이쿠, 아픕니다!) 두개골에 골절 가능성 있음. 근무 수행 중 입은 부상. 이것으로 자네가 자해 부상으로 군사 재판에 회부되는 일은 없을 걸세.」 대위가 말했다. 「브랜디 한잔 하겠나? 어쩌다가 이런 부상을 당한 건가? 도대체 뭘 하려던 거지? 자살할 생각이었나? — 파상풍 약을 좀 더 줘. 양쪽 다리에 십자 표시를 해두고. 고맙네 — 내가 상처를 깨끗이 닦아 내고 붕대를 감아 주지. 자네 피는 아주 예쁘게 응고됐네.」

의무 부사관이 서류에서 고개를 쳐들었다. 「부상 원인은요?」

「뭐에 맞았나?」 의무 대위가 물었다.

「참호용 박격포였습니다.」 내가 눈을 감은 채 대답했다.

「확실한가?」 대위는 뭔가 조직을 자르는 듯한 고통스러운 처치를 하고 있었다.

「그렇습니다.」 살을 절개할 때 속이 푸득거렸지만 나는 소리를 내지 않으려 애쓰며 대답했다.

의무 대위는 흥미로운 것을 발견한 것 같았다. 「적군의 참호용 박격포 파편. 이런 파편이 좀 더 있는지 찾아 볼 수도 있지만 그럴 필요까진 없겠지. 자, 여기다가 약을 바르고. 그래, 좀 따끔한가? 좋아. 나중에 느낄 고통에 비하면 이건 약과야. 고통은 아직 시작되지도 않았네 — 부상자에게 브랜디 한 잔만 가져다줘 — 충격이 고통을 둔화시켰군. 하지만 괜찮아. 감염되지 않는 한 자넨 별로 걱정할 게 없어. 그리고 이런 경우엔 감염이 잘 안 되지. 머리는 어떤가?」

「아주 아픕니다.」 내가 말했다.

「그럼 너무 많이 마시지 않는 게 좋겠는데. 골절상이라면 감염을 조심해야지. 여긴 어떤가?」

「맙소사! 너무 아파요!」내가 소리쳤다.

「골절인 것 같아. 자, 이제 붕대를 감아 주겠네. 머리를 너무 흔들지 말도록 해.」그는 재빨리 손을 놀려 내 머리에 붕대를 감았다. 붕대는 곧 팽팽하고 단단해졌다. 「좋아, 운이 좋은 거야. 프랑스 만세.」

「그는 미국인이야.」다른 대위가 말했다.

「프랑스인이라고 했던 것 같은데. 이 친구는 프랑스어를 해. 전에 본 적이 있어. 그래서 늘 프랑스인이라고 생각했는데.」그는 코냑 잔을 들어 절반쯤 마셨다. 「좀 더 심한 부상자를 데려와. 파상풍 약도 좀 더 갖다 놓고.」대위는 가보라는 뜻으로 내게 손짓을 했다. 들것 운반병이 나를 실어 구호소 문을 나서는데 담요 자락이 얼굴을 스쳤다. 의무 부사관이 밖으로 따라 나와 누워 있는 내 옆에 앉았다. 「성이 뭡니까?」그가 부드럽게 물었다. 「중간 이름은? 이름은? 지위는? 태어난 곳은? 계급은? 소속 부대는?」등등. 「중위님, 머리가 좀 아플 겁니다. 앞으로 좋아질 거예요. 자, 이제 중위님을 영국군 앰뷸런스에 태워 후송합니다.」

「난 괜찮아. 정말 고맙네.」곧 소령이 말한 고통이 막 시작되는 바람에 주위에서 일어나는 어떤 일도 내 관심을 끌지 못했다. 잠시 후 영국 앰뷸런스가 도착하자 들것 운반병들은 나를 들것에 올려놓은 채로 차 안에 밀어 넣었다. 옆에 또 다른 들것이 있었는데 거기 누운 남자의 밀랍 같은 코가 붕대 밖으로 삐져나와 있었다. 그는 아주 힘겹게 숨을 쉬었다. 우리 위에 매어 놓은 띠에도 들것들이 밀고 들어왔다. 키 큰 영국인 운전병이 뒤로 돌아와 안을 들여다보았다. 「차를 아주 살살 몰겠습니다. 편안하게 모실게요.」 엔진이 돌아가는 것이 느껴지고 운전병이 운전석에 오르는 소리도 들렸다. 이어 브레이크가 풀리고 클러치가 들어가더니 차가 출발했다. 나는 조용히 누워서 고통이 오는 대로 내버려 두었다.

앰뷸런스는 길을 따라 달리다가 곧 차량들 사이에 합류했는지 속도를 늦추었다. 때로는 멈추고 때로는 커브 길에서 후진을 하기도 하다가 마침내 상당히 빠른 속도로 고갯길을 올라갔다. 나는 뭔가 내 쪽으로 떨어지는 것을 느꼈다. 처음에는 느리게 지속적으로 떨어지더니 곧 거세게 쏟아졌다. 나는 운전병에게 소리를 질렀다. 그가 차를 멈추고 운전석 뒤에 난 구멍으로 돌아다봤다.

「뭡니까?」

「내 위쪽 들것에 있는 부상자가 출혈이 심한데.」

「이제 꼭대기에서 그리 멀지 않은 곳까지 왔어요. 나 혼자서는 들것을 밖으로 내놓을 수가 없어요.」 그는 차를 다시 출발시켰다. 출혈은 계속되었다. 어둠 속이라 피가 들것의 어느 부분에서 흘러나오는지 알 수가 없었다. 나는 직격탄을 피하기 위해 몸을 옆으로 약간 움직이려 했다. 셔츠 안쪽 피가 흐르던 부분이 따뜻하고 끈적거렸다. 너무 춥고 메스꺼울 정도로 다리가 아팠다. 조금 지나자 위쪽의 출혈이 좀 잦아들어 이제 피는 똑똑 방울져 떨어졌다. 위쪽 부상자가 안정된 자세를 취하며 움직거리는 것이 느껴졌다.

「그는 좀 어떻습니까?」 영국인 운전병이 물었다. 「꼭대기에 거의 다 왔습니다.」

「죽은 것 같소.」 내가 말했다.

핏방울은 아주 천천히 떨어졌다. 태양이 사라져 버린 후에 고드름에서 떨어지는 물방울 같았다. 차는 오르막을 올랐다. 밤중이라 차 안이 추웠다. 꼭대기 구호소에 도착하자 그들은 그 들것을 밖으로 내가고 다른 것을 안으로 들였다. 그러고서 우리는 출발했다.

10

 야전 병원 병실에 누워 있던 나는 오후에 누군가 나를 만나러 올 거라는 얘기를 들었다. 날은 무더웠고 병실에는 파리들이 들끓었다. 나를 담당하는 잡역병이 여러 조각으로 자른 종이를 막대기에 붙여서 총채를 만든 다음 그걸 흔들어 파리들을 쫓았다. 나는 파리들이 천장에 달라붙는 것을 바라보았다. 잡역병이 총채질을 그만두고 잠이 들자 파리들은 다시 내려왔다. 나는 파리들을 쫓다가 마침내 양손으로 얼굴을 가린 채 잠이 들었다. 무더운 날씨였다. 잠에서 깨니 다리가 가려웠다. 잡역병을 깨우자 그가 붕대에 광천수를 부어 주었다. 병상이 축축하고 시원해졌다. 깨어 있는 부상자들은 병상 너머로 잡담을 나누었다. 오후는 조용했다. 오전에는 각 병상에 회진이 있었다. 남자 간호사 세 명과 의사 한 명이 다니며 환자를 치료실로 데려가 상처에 붕대를 감아 주었고, 그러는 동안 우리의 병상을 정돈했다. 병상과 치료실을 오가는 것은 그리 유쾌한 일이 아니었다. 환자가 누워 있는 채로도 병상을 정돈할 수 있다는 사실을 난 한참 지난 후에야 알았다. 담당 잡역병이 물을 다 부어 주자 침상이 시원한 게 이제 좀 살 것 같았다. 가려움이 심해서 발바닥의 어떤 부분을 좀 긁어 달라고 잡역병에게 말하려는데 의사가 리날디를 데리고 병실 안으로 들어섰다. 그는 다급하게 들어와 병상 위로 허리를 굽히더니 내 뺨에 입을 맞추었다. 그는 장갑을 끼고 있었다.

「좀 어떤가, 베이비? 기분은 괜찮나? 내가 이걸 가지고 왔지.」 코냑 병이었다. 잡역병이 의자를 가져다주어서 리날디가 거기 앉았다. 「그리고 좋은 소식이 있어. 자네는 훈장을 받게 될 거야. 은성 무공 훈장을 받으면 좋겠지만 동성 무공 훈장이 될지도 몰라.」

「뭣 때문에?」

「자네가 큰 부상을 당했기 때문이지. 영웅적인 행동을 했다는 걸 증명하면 은성 훈장도 가능하대. 안 그러면 동성으로 만족해야 돼. 무슨 일이 벌어졌는지 자세히 말해 보게. 영웅적인 행동을 했나?」

「아니.」 내가 말했다. 「치즈를 먹고 있는데 포탄이 날아와서 맞은 것뿐이야.」

「좀 진지해지게. 그 전이나 아니면 그 후에 뭔가 영웅적인 행동을 했을 거야. 잘 기억해 보라니까.」

「기억 안 나.」

「누군가를 등에 업고 나르지 않았나? 고르디니 말로는 자네가 여러 명을 업어 날랐다던데. 하지만 제1호 응급 구호소의 의무 소령은 불가능한 얘기라고 하더군. 표창 상신서에 그가 서명을 해야 하는데 말이야.」

「난 아무도 업어 나르지 않았어. 움직일 수도 없었는걸.」

「그건 아무래도 상관없어.」 리날디가 말했다.

그는 장갑을 벗었다.

「자네가 은성 무공 훈장을 타게 해줄 수 있을 것 같아. 남들보다 먼저 치료받는 것을 단호하게 거절했다지?」

「그리 단호하지는 않았는데.」

「상관없어. 부상을 당했다는 게 중요하지. 늘 전선으로 앞장서서 달려가려 했던 자네의 용감한 행동을 한번 생각해 보라고. 게다가 공격 작전은 성공했어.」

「우리 군이 강을 잘 건넜나?」

「물론이지. 아주 성공적이었네. 포로도 근 1천 명이나 잡아들였어. 관보에도 났다고. 자넨 그 소식을 못 봤나?」

「응.」

「관보를 가져다주지. 아주 성공적인 기습 공격이었다네.」

「다른 상황은 어때?」

「잘 돌아가고 있어. 아주 좋다고. 모두들 자네를 자랑스러워해. 어떻게 부상을 당했는지 내게 정확하게 말해 주게. 자네는 틀림없이 은성을 타게 될 거야. 자, 어서 말해 봐. 모두 얘기해 보라니까.」 그는 잠시 말을 멈추더니 생각에 잠겼다. 「어쩌면 영국군 훈장도 받을지 몰라. 거기 영국인도 한 명 있었거든. 내가 가서 그에게 물어보겠네. 자네를 추천해 줄 수 있느냐고 말이지. 그가 뭔가 해줄 수 있을 거야. 많이 아픈가? 술을 한잔 하세. 잡역병, 가서 코르크 따개를 좀 가져와. 내가 3미터짜리 소장 제거 수술을 하는 걸 자네도 봤어야 했는데. 수술 솜씨가 전보다 더 좋아졌지. 『랜싯』[34]에 낼 만한 사례야. 자네가 그 사례 보고서의 번역을 좀 해주게. 『랜싯』에다 보낼 생각이거든. 난 날이 갈수록 기술이 좋아져. 불쌍한 베이비,

---

[34] *The Lancet*. 영국 왕립 의학 학회 기관지. 여기에 논문이 실리는 것은 의사로서 큰 영광이다.

좀 어떤가? 빌어먹을 코르크 따개는 어디 있는 거야? 자네가 너무 의연하게 견뎌서 난 자네가 아프다는 것도 잊어버리게 되는군.」 그는 장갑으로 침대 가장자리를 찰싹 때렸다.

「여기 코르크 따개 가지고 왔습니다, 중위님.」 잡역병이 말했다.

「병을 따고 글라스를 가져와. 한잔하는 거야, 베이비. 머리는 좀 어때? 자네 서류를 봤는데 골절은 없더군. 제1호 응급 구호소 소령은 돼지 백정 같은 놈이야. 나라면 자네를 조금도 아프지 않게 해줄 텐데. 난 그 누구도 아프게 하지 않아. 어떻게 해야 하는지 요령을 알거든. 날마다 일을 더 능숙하고 솜씨 좋게 하는 법을 배우고 있지. 베이비, 이렇게 말이 많은 걸 이해하게. 자네가 심한 부상을 입은 걸 보고 난 깊은 감동을 받았어. 자, 이걸 마시게. 좋은 술이야. 15리라나 줬다고. 그러니 좋은 술이지. 별 다섯 개짜리라니까.[35] 여기서 나가면 그 영국인을 만나 자네에게 영국 훈장도 줄 수 있는지 알아보겠네.」

「그들은 이런 일에 훈장을 주지 않아.」

「너무 겸손한 것 아닌가? 연락 장교를 보낼 거야. 그가 그 영국인을 잘 처리하겠지.」

「혹시 그동안 미스 바클리를 만났나?」

「내가 그녀를 데려올게. 지금 당장 가서 말이야.」

「가지 마.」 내가 만류했다. 「고리치아 얘기나 해주게. 여자애들[36]은 어때?」

---

35 코냑 병의 레이블에 별 다섯 개가 표시되었다는 뜻. 별의 개수는 술을 묵힌 햇수를 의미한다.
36 창녀들.

「여자애들이 다 뭐야. 2주 동안 거기 애들이 하나도 안 바뀌었어. 난 더는 거기 안 가. 치욕스러워. 그 애들은 여자가 아니라 그냥 오래된 전쟁 동료들이야.」

「전혀 안 갔다고?」

「새로 온 애들이 있나 그것만 살펴보러 갔었어. 잠깐 들르는 거지. 그러면 다들 달라붙어서 자네 소식만 묻더군. 여자애들이 그토록 오래 거기 눌어붙어 다들 친구가 되었다니 창피한 노릇이야.」

「여자들이 더 이상 전선에 오려 하지 않아서 그런 게 아닐까?」

「아니야, 오려고 해. 여자들은 넘쳐 난다고. 다 잘못된 행정 탓이야. 후방에 숨어 있는 놈들을 위해 여자애들을 붙잡아 놓고 있다니까.」

「불쌍한 리날디.」 내가 말했다. 「새로운 여자들도 없이 혼자서 전선에 있구먼.」

리날디는 자기 자신을 위해 코냑을 한 잔 더 따랐다.

「베이비, 자네 몸에도 그리 나쁘지 않을 거야. 그냥 쭉 마셔.」

코냑을 마시자 목구멍에서 배 속까지 따뜻해지는 것 같았다. 리날디는 한 잔 더 따랐다. 이젠 좀 잠잠해져 있었다. 그는 잔을 치켜들었다. 「자네의 용감한 상처를 위하여. 은성 훈장을 위하여. 말해 봐, 베이비. 이 무더운 날씨에 계속 침대에 누워 있으면 흥분이 되지 않나?」

「가끔.」

「그처럼 누워 있는 건 상상도 할 수 없어. 나 같으면 돌아 버릴 거야.」

「지금도 제정신은 아니잖아.」

「자네가 어서 돌아왔으면 좋겠네. 연애질이나 하다가 밤중에야 돌아오는 놈이 없으니 놀려 먹을 수가 없는 거야. 돈을 빌려 줄 사람도 없고. 피를 나눈 형제인 룸메이트가 없는 거지. 왜 부상을 당하고 난리야?」

「사제를 놀려 먹으면 되잖아.」

「그 사제 말이지. 그를 놀려 먹는 건 내가 아니라 대위지. 나는 그 사제 좋아해. 자네, 사제가 필요하다면 그 친구를 사제로 삼게. 그도 병문안을 올 거야. 뭔가 대단한 걸 준비하고 있던데.」

「나도 그가 좋아.」

「알아. 가끔 자네와 그가 좀 그렇고 그런 사이 아닌가 하는 생각이 들지.」

「설마.」

「정말이야. 가끔 그런 생각이 든다니까. 안코나 여단의 제1연대 놈들처럼 말이야.」

「이 망할 놈.」

그는 일어나서 장갑을 꼈다.

「베이비, 난 자넬 놀려 먹는 게 좋아. 사제나 영국 여자를 가지고 말이지. 그리고 자네 속은 나랑 똑같아.」

「비슷하지도 않아.」

「아니, 우린 비슷하다니까. 자네는 진정한 이탈리아인이야. 겉으로는 불과 연기가 가득하지만, 속은 텅 비었지. 자네는 미국인 행세만 할 뿐이야. 우리는 형제야. 서로 사랑하지.」

「내가 없는 동안 착하게 굴고 있어.」 내가 말했다.

「미스 바클리를 보내 주지. 나 없는 데서 그녀와 있는 게 자네는 더 좋겠지. 자네는 누구보다 순수하고 친절하니까.」

「망할 놈.」

「그녀를 보낼게. 자네의 사랑스럽고 세련된 여신. 영국 여신. 그런 여자를 숭배하는 것 말고 남자가 무슨 일을 할 수 있겠나? 또 그런 것 말고 영국 여자를 또 어디에 쓰겠나?」

「자네는 무식하고 입 더러운 데이고야.」

「입 더러운 뭐?」

「무식한 웝이라고.」[37]

「웝. 그럼 자네는 얼음 가면을 쓴…… 웝이지.」

「이 무식하고 어리석은 친구야.」나는 그 말이 그의 마음을 찌르는 것을 눈치채고 계속했다.「무식하고 경험 없고, 그래서 어리석은 자.」

「진심인가? 내가 자네의 착한 여인, 자네의 여신(女神)에 대해 뭐 하나 알려 주지. 행실 바른 처녀를 취하는 것과 거리의 여자를 취하는 것 사이에는 딱 한 가지 차이가 있어. 행실 바른 처녀를 상대할 때에는 고통이 따르지. 그게 내가 아는 차이야.」그가 장갑으로 침대를 찰싹 때렸다.「그리고 그 처녀가 그 짓을 정말로 좋아하는지도 알 길이 없지.」

「화내지 마.」

「나 화 안 났어. 단지 자네를 위해 말해 주는 거야, 베이비. 자네의 고통을 덜어 주려고.」

「그게 유일한 차이인가?」

「응. 하지만 자네 같은 수백만의 멍청이들은 그걸 모르지.」

「알려 줘서 고맙네.」

「다투지 말자고, 베이비. 난 자네를 아주 사랑하거든. 하지만 바보가 되지는 말게.」

「그래, 난 자네처럼 현명한 사람이 될 거야.」

37 *dago, wop*. 모두 이탈리아인을 경멸조로 부르는 말이다.

「화내지 마, 베이비. 웃어. 술을 마셔. 자, 난 이제 가봐야 하네.」

「자네는 정말 좋은 친구야.」

「이봐, 우린 똑같은 놈들이야. 전쟁의 형제지. 내게 작별 키스를 해주게.」

「너저분한 놈.」

「아니, 단지 더 과감하게 애정을 표시할 뿐이지.」

나는 그의 숨결이 가까이 다가오는 것을 느꼈다. 「잘 있게. 곧 다시 만나러 올게.」 그러다가 그의 숨결이 멀어졌다. 「자네가 원하지 않는다면 키스하지 않겠어. 자네의 착한 영국 여자를 보내 주지. 잘 있어, 베이비. 코냑은 침대 밑에 있어. 빨리 회복하게.」

그는 가버렸다.

11

 사제가 온 것은 땅거미가 질 무렵이었다. 수프가 나왔다가 잠시 뒤 그릇이 회수되었다. 나는 누운 채 일렬로 늘어선 침상들을 쳐다보고 이어 창밖으로 시선을 돌려 저녁 미풍에 가볍게 흔들리는 나무 우듬지를 바라보았다. 창문으로도 바람이 들어왔는데 저녁이라 더 서늘했다. 파리들은 이제 천장에 달라붙거나 전선에 매달린 전구들 위에 앉아 있었다. 전구는 밤중에 부상자들을 병실로 데려오거나 혹은 뭔가 일을 할 때만 켰다. 석양 후에 어둠이 내리고 그 어둠이 이어지자, 나는 어린 시절로 돌아간 듯한 느낌이 들었다. 마치 이른 저녁을 먹고 일찍 잠자리에 든 기분이었다. 그때 잡역병이 병상들 사이를 걸어오다가 멈춰 섰다. 누군가가 그와 함께 있었다. 사제였다. 자그마한 체구에 갈색 얼굴을 하고, 그는 다소 멋쩍어하며 서 있었다.
「좀 어떤가요?」 그가 물었다. 그는 병상 옆 바닥에 작은 꾸러미들을 내려놓았다.
「괜찮습니다, 사제님.」
그는 아까 리날디를 위해 가져다 놓은 의자에 앉아 쑥스러

위하며 창밖을 내다보았다. 아주 피곤한 기색이었다.

「잠시만 있다 갈게요.」 그가 말했다. 「늦은 시간이니까요.」

「많이 늦지 않았어요. 식당 패거리들은 잘 있죠?」

그는 미소 지었다. 「난 여전히 큰 놀림감이지요.」 목소리 또한 피곤하게 들렸다.

「모두 잘 지낸다면 다행입니다.」

「당신이 잘 있는 걸 보니 나도 안심이군요.」 그가 말을 이었다. 「많이 아프지 않기를 바랍니다.」 그는 정말 피곤해 보였다. 낯선 모습이었다.

「이제는 별로 고통스럽지 않아요.」

「식당에 갈 때마다 당신이 없다는 게 실감 나요.」

「나도 그곳에 있고 싶군요. 사제님과의 대화도 늘 즐거웠는데.」

「몇 가지 물건들을 가져왔어요.」 그가 꾸러미들을 집어 들었다. 「이건 모기장이고 이건 베르무트예요. 베르무트 좋아하나요? 그리고 영국 신문들도 있습니다.」

「꾸러미를 좀 열어 주세요.」

그는 기분 좋은 표정으로 꾸러미를 끌렀다. 나는 모기장을 집어 들었다. 그가 베르무트 술병을 들어 보여 준 다음 다시 바닥에다 내려놓았다. 나는 영국 신문 묶음 중 하나를 집어 들었다. 창문으로 들어오는 흐릿한 빛 쪽으로 신문을 돌리자 헤드라인을 읽을 수 있었다. 「세계의 뉴스」[38]였다.

「다른 신문들에는 삽화도 있어요.」 그가 말했다.

「신문을 읽게 되다니 정말 기쁘군요. 어디서 구했죠?」

---

38 The News of the World. 영국의 대중적인 주간 신문. 2011년 폐간되었다.

「메스트레[39]에서 보내 왔어요. 좀 더 받을 예정입니다.」

「사제님, 정말 잘 오셨습니다. 베르무트 한잔 하시겠어요?」

「고맙지만 그냥 넣어 둬요. 당신을 위해 가져온 거니까.」

「무슨 말씀을요. 한잔하세요.」

「좋아요. 그럼 나중에 술을 더 가져오죠.」

잡역병이 술잔을 가져오고 병을 땄다. 따는 도중에 코르크가 찢어지는 바람에 코르크 끝 부분을 병 안으로 밀어 넣어야 했다. 사제는 실망했지만 곧 이렇게 말했다. 「괜찮습니다. 상관없죠, 뭐.」

「사제님의 건강을 위하여.」

「당신의 쾌유를 위하여.」

그는 술잔을 든 채 나를 바라보았다. 우리는 종종 대화도 잘 나누는 좋은 친구 사이였으나 그날 밤은 그게 좀 어려웠다. 「사제님, 무슨 일 있나요? 아주 피곤해 보입니다.」

「좀 피곤하네요. 이러면 안 되는데.」

「더위 때문입니다.」

「아니에요. 이제 막 봄인데요. 기분이 아주 울적합니다.」

「전쟁 혐오증에 빠졌군요.」

「아니요, 전쟁을 증오하긴 하지만요.」

「저도 전쟁이 싫습니다.」 내가 말했다. 그는 고개를 흔들고 창밖을 내다보았다.

「당신은 전쟁에 대해 신경 쓰지 않아요. 당신은 몰라요. 이런 소릴 해서 미안합니다. 부상까지 당했는데…….」

「사고일 뿐인데요.」

「부상을 당했어도 당신은 몰라요. 정말이에요. 나도 잘 모

---

39 Mestre. 베네치아 북쪽 운하 바로 너머에 있는 자그마한 이탈리아 마을.

르긴 하지만 약간은 느낄 수 있습니다.」

「부상당했을 때, 우리도 그 얘기를 하고 있었습니다. 파시니가 얘기하고 있었죠.」

사제는 술잔을 내려놓았다. 그는 다른 생각을 하고 있었다.

「나도 그들과 비슷한 사람이기 때문에 그 마음을 압니다.」 그가 말했다.

「사제님은 다르죠.」

「아니요, 실제로는 그들과 비슷합니다.」

「장교들이야말로 아무것도 모릅니다.」

「그들 중 일부는 알아요. 아주 예민한 장교들은 우리들보다 더 전쟁을 혐오합니다.」

「대부분은 안 그래요.」

「이건 교육이나 돈 때문이 아니에요. 다른 어떤 게 있는 거죠. 설사 교육과 돈이 충분했다 해도 파시니 같은 사람은 장교가 되려 하지 않았을 겁니다. 나도 마찬가지고요.」

「사제님은 장교급이에요. 나는 장교이고.」

「내가 진짜 장교는 아니잖아요. 게다가 당신은 이탈리아인도 아닙니다. 외국인이에요. 하지만 당신은 다른 사람들보다는 장교에 더 가깝죠.」

「그 차이가 뭐죠?」

「그건 쉽게 말할 수가 없군요. 전쟁을 하고 싶어 하는 사람들이 있습니다. 이 나라에는 그런 사람들이 많죠. 하지만 전쟁을 하지 않으려는 다른 사람들도 있습니다.」

「전자가 후자에게 전쟁을 하도록 시키죠.」

「그렇습니다.」

「그리고 나는 그들을 돕고요.」

「당신은 외국인입니다. 애국자예요.」

「전쟁을 하지 않으려 하는 사람들, 그들이 전쟁을 멈출 수 있을까요?」

「모르겠습니다.」

그는 다시 창밖을 내다보았다. 나는 그의 얼굴을 살폈다.

「그들이 전쟁을 멈춘 일은 있습니까?」

「그들은 전쟁을 멈출 만큼 조직화되어 있지 않습니다. 그리고 간신히 조직을 형성하면 그들의 지도자가 배신할 겁니다.」

「그럼 희망이 없군요.」

「영 없는 건 아닙니다. 그렇지만 나도 가끔은 희망을 걸 수가 없어집니다. 그렇게 되기를 늘 원하지만 때때로 희망을 버리게 되죠.」

「어쩌면 전쟁이 끝나 버릴 수도 있습니다.」

「나도 그러기를 바랍니다.」

「그러면 사제님은 무엇을 할 건가요?」

「가능하다면 고향 아브루치로 돌아가고 싶습니다.」

그의 갈색 얼굴이 갑자기 행복해졌다.

「아브루치를 사랑하나요?」

「예, 아주 많이.」

「그럼 거길 가야겠군요.」

「그러면 너무 행복할 겁니다. 거기 살면서 하느님을 사랑하고, 또 섬긴다면 말이지요.」

「사람들의 존경도 받고요.」

「그래요. 존경을 받으면서. 못 할 것도 없지 않습니까?」

「그럼요. 사제님은 존경받을 만해요.」

「그런 건 상관없어요. 아무튼 내 고향에서는 다들 하느님을 사랑해야 한다고 알고 있어요. 이건 웃으라고 하는 말이 아닙니다.」
「알고 있어요.」
그는 나를 쳐다보며 미소 지었다.
「그렇지만 당신은 하느님을 사랑하지 않죠.」
「그렇습니다.」
「그분을 전혀 사랑하지 않는 겁니까?」 그가 물었다.
「가끔 밤중에 그분이 두렵긴 합니다.」
「그분을 사랑해야 해요.」
「전 무엇도 사랑하지 않아요.」
「그렇지만 사랑해야 합니다.」 그가 말했다. 「당신이 밤에 곧잘 얘기해 주곤 했던 것들, 그건 사랑이 아닙니다. 열정이요, 욕정일 뿐이죠. 사랑을 하면 그 사랑을 위해 뭔가 하고 싶어집니다. 그것을 위해 희생하고 싶어집니다. 봉사하고 싶어집니다.」
「나는 사랑이라는 건 하지 않아요.」
「사랑하게 될 겁니다. 그렇게 되리라 믿어요. 그러면 당신은 행복해질 겁니다.」
「난 행복합니다. 늘 행복했어요.」
「그건 다른 겁니다. 느껴 보기 전에는 그게 무엇인지 알 수 없어요.」
「좋아요. 느끼게 되면 사제님께 알려 드리죠.」
「너무 오래 있었군요. 말도 너무 많이 했고요.」 그는 진심으로 걱정했다.
「아니에요. 가지 마세요. 여자를 사랑하는 것은 어떻습니까? 내가 진정으로 어떤 여자를 사랑하면 그런 희생과 봉사를 하고 싶어질까요?」

「그건 모르겠습니다. 여자를 사랑해 본 적은 없으니까요.」

「어머니는요?」

「그래요. 분명 어머니는 사랑했죠.」

「당신은 늘 하느님을 사랑했습니까?」

「아주 어린 소년일 때부터.」

「아무튼……」 나는 무슨 말을 해야 할지 막막했다. 「사제님은 훌륭한 청년입니다.」

「나는 청년에 불과한데 당신은 사제님이라고 부르죠.」

「그게 예의니까요.」

그는 미소 지었다.

「이제 정말 가봐야겠어요. 내게 뭐 부탁할 건 없습니까?」 그가 희망 섞인 어조로 물었다.

「없어요. 대화를 나누는 것 말고는.」

「식당에 당신 안부를 전하겠습니다.」

「좋은 선물을 많이 주셔서 고맙습니다.」

「별거 아니에요.」

「또 와주세요.」

「그래요. 잘 있어요.」 그가 내 손등을 가볍게 두드렸다.

「안녕.」 내가 이탈리아 사투리로 말했다.

「*Ciaou*(안녕).」 그도 따라 말했다.

방은 어두웠다. 병상 발치에 앉아 있던 잡역병이 일어서서 사제와 함께 밖으로 나갔다. 나는 사제가 정말 좋았다. 언젠가 그가 아브루치로 돌아가기를 바랐다. 식당에서 시달림을 당하면서도 그는 씩씩하게 견뎌 냈다. 그가 고향에 돌아가서 어떻게 지낼지 생각해 보았다. 카프라코타에 가면 마을 아래쪽 냇가에 송어가 뛰논다고 그는 말했었다. 그 마을에서는 밤중에 피리를 부는 것이 금지되어 있다고도 했다. 젊은 남자가 애인에게 세레나데를 불러 줄 때도 피리만은 안 된다. 왜냐고 내가 물었더니, 여자애들이 밤중에 피리 소리를 듣는 게 좋지 않다는 것이었다. 농부들은 그를 〈돈〉[40]이라고 부르며 모자를 벗어 인사한다. 그의 아버지는 매일 사냥을 하고 농부들의 집에 들려 식사를 한다. 그들은 언제나 고귀한 손님 대접을 받는다. 외국인이 사냥을 하려면 전에 체포된 적이 없다는 증명서를 제출해야 한다. 그란사소디탈리아[41]에 곰들이 있지만 거기까지는 꽤 멀다. 아퀼라는 멋진 마을이다. 여름밤은 서늘하고 아브루치의 봄은 이탈리아에서 가장 아름답다. 하지만 정말 사랑스러운 것은 밤나무 숲 사이로 사냥을 나가는 가을철이다. 새들은 포도를 먹어 살이 통통하게 올라 있다. 사제는 점심을 준비할 필요가 없다. 농부들이 늘 그를 귀한 손님으로 대접하며 영광스러워하기 때문이다. 잠시 후 나는 잠이 들었다.

---

40 *Don*. 〈나리〉, 〈선생님〉과 같은 경어로 쓰인다.
41 Gran Sasso d'Italia. 이탈리아 중부 아브루치에 있는 석회암 산지.

12

 병실은 기다란 방으로 오른쪽에 창문들이 달려 있고 맨 끝에는 문이 달려 있는데, 그걸 밀고 들어가면 치료실로 이어졌다. 내 병상 쪽 열(列)은 창문을 마주 보고 있었고, 창문들 쪽 병상에선 벽이 보였다. 왼쪽으로 돌아누우면 치료실 문이 보였다. 또 다른 끝에 있는 문으로는 사람들이 드나들었다. 누군가 죽을 것 같으면 병원 측에서 병상 주위에 장막을 둘렀다. 그래서 그가 죽는 모습은 볼 수 없었다. 장막 아래로 의사와 남자 간호사들의 구두와 각반만 볼 수 있을 뿐. 가끔 마지막 순간에는 속삭이는 소리도 들려왔다. 그런 다음에는 사제가 장막 뒤에서 나오고 이어 남자 간호사들이 들어가 얼굴에 담요를 두른 사람을 들고 다시 나왔다. 그들이 병상들 사이를 통과하여 복도 아래쪽으로 가버리면 누군가 나타나 침상의 장막을 말아서 가져갔다.

 그날 아침 병실 담당 소령이 내게 다음 날 여행을 할 수 있겠느냐고 물었다. 나는 할 수 있다고 대답했다. 그러자 그는 내일 아침 일찍 나를 후송 조치하겠다고 했다. 너무 더워지기 전에 길을 떠나는 것이 좋을 것이라고 소령은 말했다.

그들이 나를 병상에서 들어 올려 치료실로 옮겨 갈 때 창문 밖으로 정원에 파놓은 새로운 무덤들이 보였다. 한 병사가 정원으로 통하는 문 바깥쪽에 앉아서 십자가를 만들고 거기에 묻힐 사람들의 이름, 계급, 소속 연대 등을 페인트로 적어 넣고 있었다. 병실 심부름도 하고 여가 시간에는 오스트리아 소총 탄약 통으로 라이터를 만들어 내게 주기도 하던 병사였다. 의사들은 매우 친절했고 유능해 보였다. 그들은 나를 밀라노로 후송시키지 못해 안달이었다. 그곳에 가면 더 좋은 엑스레이 시설이 있고 또 수술 후에는 물리 치료도 받을 수 있다는 것이었다. 나 또한 밀라노에 가고 싶었다. 공격이 개시될 경우 새로운 부상자들을 받아야 했으므로 의사들은 가능한 한 우리를 후방으로 보내고 싶어 했다.

야전 병원을 떠나기 바로 전날 밤 리날디가 식당의 소령과 함께 병문안을 왔다. 그들은 내가 설립된 지 얼마 안 된 밀라노의 미국 병원으로 가게 된다고 말해 주었다. 일부 미국 앰뷸런스 부대가 밀라노에 파견될 예정인데 이 병원에서 그 부대와 이탈리아에서 근무 중인 다른 미국인을 보살피게 된다는 것이다. 적십자사에는 미국인들이 많이 있었다. 미국은 독일에 선전 포고를 했지만 오스트리아를 상대로는 아직 하지 않았다.

이탈리아 사람들은 미국이 곧 오스트리아에도 선전 포고를 하리라고 확신했고, 적십자든 뭐든 미국인들이 참전한다는 소식에 흥분했다. 그들은 내게 윌슨 대통령이 오스트리아에 선전 포고를 할 것 같냐고 물었다. 나는 시간문제라고 대답했다. 미국이 오스트리아에 대해 뭐가 불만인지는 잘 몰랐지만, 일단 독일에 선전 포고를 한 이상 오스트리아에도 그렇게 하는 것이 순리하고 생각했다. 그들은 미국이 터키에 대해서도 선전 포고를 할 것인지 물었다. 나는 그럴 것 같지 않다고 대답하며 터키가 미국의 국조(國鳥)이기 때문이라고 농담을 던졌지만[42] 이탈리아어로는 제대로 표현할 수가 없었다. 그들이 당황해하며 이상하게 여기는 표정을 보여서 나는 터키에도 선전 포고를 할 것이라고 고쳐 말했다. 그럼 불가리아에 대해서는? 우리는 브랜디를 여러 잔째 마시고 있었다. 나는 불가리아뿐 아니라 일본에도 선전 포고를 할 거라고 했다. 하지만 일본은 영국의 동맹국인데, 하고 그들이 말했다. 빌어먹을 영국인들을 어떻게 믿어? 그리고 일본은 하와이를 원한다고. 하와이는 어디 있지? 태평양 한가운데. 일본이 왜 그걸 원하지? 그들이 정말로 그 섬을 원하는 건 아냐, 순전히 소문이지. 나는 말을 이었다. 일본인들은 음주와 가무를 좋아하는 작고 흥미로운 민족이지. 프랑스인들과 비슷하군, 하고 소령이 말했다. 우리는 프랑스에게서 니스와 사부아를 빼앗고 코르시카와 아드리아 해 연안을 모두 장악할 거야, 리날디가 말했다. 이탈리아는 로마의 영광을 재현할 거야, 소령이 말했다. 난 로마를 좋아하지 않아요, 무더운 데다 벼룩이 많잖아요, 내가 말했다. 로마를 좋아하지 않는다고? 아니에요, 로마를 사랑해요, 로마는 모든 국가의 어머니예요. 테베레 강물을 마시며 자란 로물루스[43]를 영원히 기억할 거예요. 뭐? 아니에요, 우리 모두 로마로 갑시다.

오늘 밤 로마로 가서 되돌아오지 말자고. 로마는 아름다운

---

42 터키와 〈칠면조*turkey*〉가 동음이의어인 것을 이용한 농담. 실제 미국의 국조는 흰머리독수리이다.
43 Romulus Augustus. 로마를 건국한 전설적인 왕.

도시야, 소령이 말했다. 모든 국가들의 어머니요 아버지죠, 내가 말했다. 로마는 여성이야,[44] 아버지는 될 수 없어, 리날디가 말했다. 그럼 누가 아버지지? 성령? 신성 모독은 그만 둬. 모독한 게 아니에요, 단지 정보를 원했을 뿐이에요. 베이비, 자네는 취했어. 누가 날 술 취하게 했지? 내가 그랬지, 내가 자네를 사랑하고 미국이 참전을 했기 때문에 술 취하게 만들었지, 소령이 말했다. 완전히 취했어요, 내가 말했다. 베이비, 내일 아침 일찍 떠나는 거야, 리날디가 말했다. 로마로, 내가 말했다. 아니 밀라노, 밀라노로 가는 거야, 수정궁, 코바, 캄파리, 비피, 갤러리아로 가는 거야, 자넨 운 좋은 친구야, 소령이 말했다. 그란이탈리아로 가서 난 조지에게 돈을 빌려야지, 내가 말했다. 라스칼라 극장으로 가, 라스칼라엔 꼭 가야 해. 리날디였다. 매일 밤 가야지, 내가 말했다. 매일 밤 가기에는 돈이 부족할걸, 소령이 말했다.

입장권이 아주 비싸거든. 우리 할아버지 이름으로 일람불 환어음을 끊을 거예요. 무슨 어음? 일람불 환어음. 할아버지가 그 어음 액수만큼 지불해야 하고, 안 그러면 난 감옥에 가는 거죠. 은행의 커닝엄 씨가 그걸 담당해요. 나는 일람불 환어음으로 살거든요. 이탈리아를 구하기 위해 죽음을 마다 않는 애국자 손자를 할아버지가 감옥에 보내겠어요? 미국인 가리발디 만세, 리날디가 말했다. 일람불 환어음 만세, 내가 말했다. 목소리 좀 낮추자고, 이미 여러 번 조용히 하라는 지적을 받았어, 소령이 말했다. 페데리코, 내일 정말 가는 거야? 말씀드렸다시피 그는 미국 병원으로 간다니까요, 리날디가 말했다. 아름다운 간호사들에게 말이에요, 야전 병원의

---

[44] 성(性)을 구분하는 이탈리아어에서 〈로마Rome〉는 여성형 명사이다.

턱수염 난 남자 간호사들 말고. 그래그래, 그가 미국 병원으로 가는 건 알고 있어, 소령이 말했다. 턱수염이 무슨 문제야, 기르고 싶다면 기르라지, 내가 말했다. 소령님은 왜 턱수염을 기르지 않죠? 방독면하고 안 어울려. 아뇨, 어울려요. 방독면은 모든 것을 다 덮으니까요. 나는 방독면에다 오바이트까지 했다고요. 베이비, 그렇게 큰 소리로 말하지 마, 자네가 전선에서 뛰었다는 건 이미 모두 알고 있다고, 아, 이 멋진 청년, 자네가 가버리면 나는 어떻게 살지? 리날디가 말했다. 우린 그만 가야 해, 너무 감상적이 되어 가는군, 소령이 말했다. 이봐, 놀라운 소식이 있어. 자네의 그 영국 여자 말이야. 자네 알지? 자네가 매일 밤 만나러 갔던 그 영국 여자. 그 여자도 밀라노에 간대. 다른 간호사와 함께 미국 병원에서 근무한다는 거야. 그 병원은 아직 미국에서 간호사들을 못 데려왔거든. 오늘 그 여자가 소속된 부서의 책임자와 얘기를 해봤는데, 여기 전선에 여자들이 너무 많다는 거야. 그래서 일부를 후방으로 보낸대. 이 소식 어떻게 생각하나, 베이비? 잘됐지? 안 그래? 자네가 대도시로 가면 영국 여자가 안아 주겠군. 왜 나는 부상을 당하지 않았을까? 자네도 곧 당하게 될 거야, 내가 말했다. 이만 가야 해, 술을 마시고 시끄럽게 떠들면서 페데리코를 괴롭혔군, 소령이 말했다. 가지 마세요. 아니, 가야 해. 안녕히 가세요. 행운을 비네. 차우, 차우, 차우, 베이비, 빨리 돌아와. 리날디가 내 뺨에 입을 맞추었다. 자네에게서 리솔 소독제 냄새가 나는군. 잘 가게. 잘 있어. 여러 가지로 고마웠네. 소령은 내 어깨를 두드렸다. 그런 다음 그들은 살그머니 방 밖으로 나갔다. 나는 꽤 취해 있었지만 곧 잠들었다.

다음 날 아침 우리는 밀라노를 향해 떠났고 48시간 뒤에 그곳에 도착했다. 아주 힘든 여행이었다. 기차는 메스트레에 이르기도 전에 대피 선로에서 꽤나 오랫동안 정차해야 했다. 그동안 아이들이 다가와서 열차 안을 들여다보았다. 어린 소년에게 코냑을 한 병 사 오라고 시키자 아이는 그라파밖에 없다고 했다. 나는 그거라도 사오라고 했다. 술을 가져온 아이에게 잔돈을 다 주었다. 나는 옆 자리 남자와 함께 술을 마시고 잔뜩 취해 곯아떨어졌다. 비첸차를 지난 후 잠에서 깨었는데 속이 메슥거려 열차 바닥에 토하고 말았다. 그쪽 편에 있던 남자가 이미 바닥에 여러 번 토했기 때문에 큰 문제는 되지 않았다. 잠시 후 더 이상 갈증을 참기 어려워 나는 베로나 외곽 정거장에서 열차 바깥을 왔다 갔다 하는 병사에게 물 한 병만 가져다 달라고 부탁했다. 병사가 물을 가져다주었다. 나는 취해 잠든 조르제티를 깨워서 물을 좀 마시라고 주었다. 그는 물을 어깨에 부어 달라고 하더니 또다시 잠이 들었다. 물병을 가져다준 병사는 잔돈을 받지 않으려 했고 오히려 잘 익은 오렌지를 주기까지 했다. 나는 그것을 문 채 즙을 빨아 먹고 찌꺼기는 뱉어 냈다. 밖에서 아까 그 병사가 화물차 곁을 걸어다니는 모습이 보였다. 잠시 후 열차가 덜컹거리더니 출발했다.

제2부

13

아침 일찍 밀라노에 도착하여 우리는 화물 야적장에 내려섰다. 나는 앰뷸런스에 실려 미국 병원으로 옮겨졌다. 나는 들것에 누운 채 앰뷸런스에 실린 터라 시내 어느 곳을 지나는지 알 수 없었다. 하지만 들것이 내려질 때, 시장과 문을 열어놓은 술집이 시야에 들어왔다. 술집에서는 한 여자가 청소를 하는 중이었다. 사람들이 거리에 물을 뿌리자 이른 아침의 냄새가 물씬 풍겼다. 들것 운반병들은 들것을 내려놓고 안으로 들어갔다가 수위와 함께 나왔다. 회색 수염을 기른 수위는 문지기 모자를 쓴 채 셔츠 소매를 걷어붙이고 있었다. 들것이 엘리베이터에 들어가지 않았기 때문에 그들은 나를 들것에서 내리고 안아서 엘리베이터로 갈지, 아니면 들것에 실은 채 계단으로 올라갈지 상의했다. 나는 그들이 나누는 소리에 귀를 기울였다. 그들은 엘리베이터 쪽으로 결정하고 들것에서 나를 들어 올렸다. 「살살 다뤄 주게.」 내가 말했다. 「조심해서, 부드럽게.」

엘리베이터는 발 디딜 틈 없이 비좁았다. 다리가 구부러지는 바람에 통증이 엄청났다. 「다리 좀 펴줘.」 내가 부탁했다.

「별 수 없습니다, 중위님. 꼼짝도 못 하겠어요.」 나를 안고 있던 운반병이 대답했다. 나는 그의 목에 팔을 감은 채 매달려 있었다. 그의 입김이 내 얼굴에 와 닿자 마늘과 레드 와인이 섞인 금속성 냄새가 확 풍겼다.

「움직이지 마세요.」 다른 운반병이 말했다.

「개자식, 누가 움직였다고 그래?」

「움직이지 마시라니까요.」 내 다리를 든 남자가 대꾸했다.

엘리베이터 문이 닫히고 이어 철창이 내려오자 수위가 4층 단추를 눌렀다. 수위는 근심스러운 표정이었다. 엘리베이터가 천천히 올라갔다.

「무겁나?」 나는 마늘 냄새를 풍기는 남자에게 물었다.

「아닙니다.」 그는 온 얼굴이 땀범벅이 된 채 끙끙거리며 신음 소리를 내고 있었다. 엘리베이터는 끝없이 올라가다가 멈추었다. 다리를 든 남자가 문을 열고 밖으로 나가자 발코니였다. 놋쇠 손잡이가 달린 문들이 있었다. 다리를 든 남자가 초인종을 눌렀다. 방 안에 초인종 소리가 울렸으나 아무도 나오지 않았다. 수위가 계단을 걸어서 올라왔다.

「사람들은 어디 있죠?」 운반병들이 물었다.

「몰라요.」 수위는 대답했다. 「그들은 아래층에서 자니까.」

「누굴 좀 데려와요.」

수위는 초인종을 누르고 문을 두드리더니 문을 열고 안으로 들어가 안경 쓴 중년 부인을 데리고 나왔다. 간호사 제복 차림을 한 부인의 머리카락은 온통 헝클어져 흘러내릴 듯했다.

「못 알아들어요.」 그녀는 말했다. 「이탈리아어를 몰라요.」

「내가 영어를 할 줄 압니다.」 내가 말했다. 「이 사람들은 나를 이곳에 입원시키려는 거예요.」

「준비된 병실이 없어요. 환자가 올 줄은 몰랐는데.」 그녀는 머리카락을 쓸어 올리면서 근시안 특유의 눈초리로 나를 살폈다.

「어떤 방이라도 좋으니 나를 내려 놓을 곳 좀 알려 주세요.」

「글쎄요……. 환자가 올 줄은 몰랐거든요. 아무 방에나 집어넣을 수는 없잖아요.」

「아무 방이라도 괜찮습니다.」 나는 말했다. 이어 이탈리아 어로 수위에게 부탁했다. 「빈방을 찾아 보게.」

「전부 비어 있습니다. 중위님이 첫 환자에요.」 그는 손에 모자를 쥔 채 나이 든 간호사를 바라보았다.

「제발, 아무 방에나 넣어 줘요.」 구부러진 다리를 내내 짓누르던 통증이 뼛속까지 치고 들어왔다가 나갔다. 수위가 문 안쪽으로 들어가자 머리 희끗한 여자가 따라갔다. 수위는 금방 다시 밖으로 나왔다. 「따라오세요.」 그가 말했다. 운반병들은 기다란 복도를 지나 덧문이 달린 방으로 나를 들고 갔다. 새로 들인 가구 냄새가 풍겼고, 침대와 거울이 달린 큰 옷장이 있었다. 그들은 침대에 나를 내려놓았다.

「시트는 못 깔아요.」 여인이 말했다. 「옷장이 잠겨 있거든요.」

나는 대꾸하지 않고 수위에게 말했다. 「호주머니에 돈이 있네. 단추로 잠긴 호주머니에.」 수위가 돈을 꺼냈다. 운반병 두 명은 모자를 쥐고 침대 곁에 서 있었다. 「저들에게 5리라씩 나눠 주고 자네도 5리라를 가지게. 다른 호주머니에는 서류가 있으니 간호사에게 주고.」

운반병들은 경례를 붙이며 고맙다고 인사했다. 「잘 가게, 고맙네.」 그들은 다시 경례를 하고 나갔다. 나는 간호사에게 말했다. 「내 증상과 치료받은 과정은 서류에 적혀 있습니다.」

여자가 서류를 집어 들고 안경 너머로 살펴보았다. 석 장의 서류는 접혀 있었다. 「어떻게 해야 좋을지 모르겠군요.」 그녀는 말했다. 「이탈리아어를 읽을 줄 모르니까요. 의사의 지시가 없으면 나는 꼼짝도 못 해요.」 서류를 앞치마 주머니에 집어넣으며 그녀는 울먹이기 시작했다. 「미국인이세요?」 울음 섞인 목소리였다.

「그래요. 서류는 침대 옆의 탁자에 놔두세요.」

방 안은 어두침침하고 서늘했다. 침대에 드러눕자 맞은편에 큰 거울이 보였지만 무엇이 비치는지는 보이지 않았다. 수위는 여전히 침대 옆에 서 있었다. 멀끔한 얼굴에 아주 친절한 사람이었다.

「가보게.」 나는 그에게 말한 다음 간호사 쪽을 보았다. 「당신도요. 이름이 뭐죠?」

「워커.」

「가도 좋아요, 워커 부인. 잠을 좀 자야겠습니다.」

이제 방에는 나 혼자였다. 방은 서늘했고 병원 냄새도 나지 않았다. 매트리스는 단단하고 편안했다. 숨소리도 내지 않고 가만히 있자 통증이 가라앉는 느낌에 기분이 좋아졌다. 잠시 뒤 물을 마시고 싶어 침대 옆의 초인종 줄을 찾아내 울렸지만 오는 사람은 아무도 없었다. 나는 곯아떨어졌다.

잠에서 깨어나 주위를 둘러보았다. 덧창 사이로 햇살이 쏟아져 들어왔다. 대형 옷장, 장식 없는 벽, 의자 두 개가 보였다. 지저분한 붕대에 감긴 다리가 침대 밖으로 삐죽 나와 있었다. 다리가 움직이지 않도록 조심했다. 목이 말라 팔을 뻗어 초인종을 울렸다. 문 열리는 소리가 들려 바라보니 간호사였다. 젊고 아름다운 여자였다.

「안녕하세요.」 나는 인사했다.

「안녕하세요.」 그녀는 대답하면서 침대로 다가왔다. 「의사 선생님과 연락이 안 됐어요. 그분은 코모 호수에 갔답니다. 환자를 받게 될 줄은 아무도 몰랐거든요. 아무튼, 어디가 편찮으신 거죠?」

「부상을 입었어요. 다리와 발과 머리에.」

「이름은?」

「헨리, 프레더릭 헨리입니다.」

「몸을 씻겨 드릴게요. 하지만 선생님이 올 때까지는 부상 부위에 어떤 처치도 할 수 없어요.」

「미스 바클리가 여기 있습니까?」

「아니요, 그런 이름의 여자는 없는데요.」

「내가 들어왔을 때 울먹이던 분은 누구죠?」

간호사는 웃었다. 「워커 부인이요. 야간 당직을 서서 지금은 잠을 자고 있었어요. 누가 올 거라고는 생각도 못 했거든요.」

얘기하는 동안 그녀는 내 옷을 벗기고 붕대만 남은 알몸을 부드럽게 살살 닦아 주었다. 기분이 한결 나아졌다. 머리에도 붕대가 감겨 있었지만 그녀는 붕대 가장자리를 따라 말끔히 닦아 냈다.

「어디서 부상당했어요?」

「플라바 북쪽의 이손초 강에서요.」

「어디에 있는 곳이죠?」

「고리치아 북쪽.」

그 어떤 지명도 그녀에게는 무의미한 듯했다.

「다친 데가 많이 아프세요?」

「아니요. 이제는 그리 심하지 않아요.」

그녀는 내 입에 체온계를 집어넣었다.
「이탈리아 사람들은 겨드랑이에 꽂던데요.」
「말하지 마세요.」
체온계를 꺼내더니 그녀는 숫자를 읽고 흔들었다.
「몇 도죠?」
「환자에겐 알려 드리지 않아요.」
「어떤 상태인지 말해 줘요.」
「거의 정상이에요.」
「열은 안 나요. 하지만 다리에 낡은 쇳조각이 가득하죠.」
「무슨 말씀이세요?」
「박격포 파편이니 낡은 나사못이니 침대 스프링 따위가 들어 있단 말입니다.」
간호사는 고개를 저으며 미소 지었다.
「다리에 이물질이 박혀 있다면 염증이 생겨 열이 났을 거예요.」
「좋아요, 뭐가 나오는지 두고 봅시다.」
그녀는 밖으로 나가 아침에 만났던 나이 든 간호사와 함께 되돌아왔다. 두 사람은 내가 누워 있도록 그대로 둔 채 침대를 정돈했다. 나로서는 새로운 일이었는데 그들은 아주 능숙하게 해냈다.
「이곳 책임자는 누구죠?」
「미스 반 캄펀이에요.」
「근무하는 간호사는 몇 명입니까?」
「우리 둘뿐이죠.」
「더 오지 않나요?」
「몇 명이 더 올 예정이랍니다.」

「언제?」

「잘 몰라요. 환자치고 질문이 참 많군요.」

「환자가 아닙니다.」 내가 정정했다. 「부상 군인이죠.」

그들은 침대 정돈을 마무리했다. 깨끗하고 뽀송뽀송한 시트 위에 누운 내 몸을 또 다른 시트 한 장이 덮었다. 워커 부인은 방에서 나가 파자마 상의를 가져왔다. 두 사람은 내게 옷을 입혔다. 아주 청결하고 제대로 된 옷을 입은 느낌이었다.

「정말 친절하시군요.」 나는 말했다. 미스 게이지라는 간호사가 쿡쿡 웃었다. 「물 한 잔 마실 수 있을까요?」 내가 부탁했다.

「그럼요. 아침 식사도 하셔야죠.」

「별로 생각이 없어요. 덧창 좀 열어 주시겠어요?」

덧창이 열리자 어두침침하던 방에 밝은 햇살이 쏟아져 들어왔다. 나는 발코니를 내다보았다. 기와지붕과 굴뚝들이 보였다. 지붕 너머에는 흰 구름과 새파란 하늘이 있었다.

「다른 간호사들이 언제 오는지 모르세요?」

「왜요? 우리가 당신에게 잘 못해 주나요?」

「무척이나 잘해 주고 있어요.」

「환자용 변기 사용하시겠어요?」

「한번 해보죠.」

볼일을 보도록 두 사람이 거들어 주었지만 아무 소용이 없었다. 결국 나는 침대에 다시 드러누워 열린 창문으로 발코니 쪽을 내다보았다.

「의사는 언제 오나요?」

「올 때까지는 몰라요. 코모 호수에 전화를 해두었어요.」

「다른 의사들은 없나요?」

「이 병원 전담 의사는 그분이에요.」

미스 게이지가 주전자와 컵을 가지고 왔다. 내가 물 석 잔을 마시자 두 간호사는 방에서 나갔다. 나는 잠시 밖을 내다보다가 잠들었다. 그 후 점심을 조금 먹었고, 오후에는 간호부장 미스 반 캄펀이 나를 보러 왔다. 그녀는 나를 못마땅해했고, 나도 그녀가 마음에 들지 않았다. 작달막한 몸매에 무엇이든 수상쩍게 여기는 여자였는데, 자신의 능력에 비해 현재의 지위가 너무 낮다는 듯 거드름을 피웠다. 그녀는 이런저런 질문을 던졌다. 내가 이탈리아 군대에서 복무하는 것이 약간 창피스러운 일이라고 생각하는 듯했다.

「식사 중에 와인을 마실 수 있나요?」 나는 물었다.

「의사 처방이 있어야 합니다.」

「그럼 의사가 돌아올 때까지 안 되는 겁니까?」

「절대 안 돼요.」

「결국 오긴 오는 건가요?」

「코모 호수에 전화를 걸었어요.」

그녀가 나가자 미스 게이지가 다시 들어왔다.

「왜 미스 반 캄펀에게 무례하게 굴죠?」 그녀는 능숙하게 뭔가를 처치하더니 물었다.

「그럴 생각은 없었어요. 거만한 여자더군요.」

「오히려 당신이 거만하고 무례하다고 그러던데요.」

「난 안 그랬어요. 하지만 의사 없는 병원이라니, 말이 안 되잖아요.」

「오실 거예요. 코모 호수에 전화를 걸었으니까.」

「그곳에서 뭘 하는 건가요? 혹시 수영이라도?」

「아니에요. 그곳에 개업한 병원이 있어요.」

「왜 다른 의사를 두지 않는 거죠?」

「조용, 조용. 얌전하게 기다리면 의사가 올 거예요.」

나는 사람을 보내 수위를 불렀다. 그에게 와인 가게에서 친자노 한 병, 키안티 한 병, 석간신문을 사다 달라고 이탈리아어로 부탁했다. 그는 밖으로 나갔다가 신문으로 둘둘 감은 와인 병을 가지고 돌아와 풀었다. 나는 그에게 코르크 마개를 따고 와인과 베르무트를 침대 밑에 넣어 두라고 했다. 그러고는 혼자 침대에 누워 한참 동안 신문을 읽었다. 신문은 전선의 상황을 전하며 전사한 장교들의 명단과 그들에게 수여된 훈장을 보도했다. 나는 침대 밑으로 손을 뻗었다. 친자노 병을 집어 배 위에 올려놓은 다음 그 옆에는 차가운 유리컵을 두고서 조금씩 마셨다. 술을 마시는 내내 병을 그대로 둔 탓에 배에는 술병 밑바닥의 동그란 자국이 생겼다. 나는 시내 지붕들 위로 어스름이 지는 광경을 지켜보았다. 제비들이 포물선을 그으며 날았고 쏙독새는 지붕 위에서 유유히 떠다녔다. 그런 광경을 바라보며 친자노를 홀짝거리고 있자니, 미스 게이지가 달걀에 설탕과 우유 따위를 넣은 음료가 담긴 컵을 가지고 올라왔다. 나는 술병을 침대 구석에 숨겼다.

「미스 반 캄펀이 여기에 셰리주를 조금 섞었어요. 그녀에게 무뚝뚝하게 굴지 마세요. 나이도 있는 데다가 이 병원에서 큰 책임을 맡고 있으니까요. 워커 부인은 나이가 너무 많아서 캄펀에게 별로 도움이 안 돼요.」

「캄펀은 훌륭한 분이에요.」 나는 대답했다. 「난 깊이 감사드려요.」

「곧 저녁 식사를 갖다 드릴게요.」

「괜찮아요. 별로 배고프지 않습니다.」

그녀가 쟁반에 든 음식을 침대 머리맡의 탁자에 놓자 나는 고마움을 표시하고 조금 먹었다. 창밖 풍경은 어둠에 묻히고 탐조등에서 쏘아 올린 불빛이 하늘에서 어른거렸다. 나는 잠시 야경을 지켜보다가 잠에 빠졌다. 깊은 잠이었다. 딱 한 번 땀을 흘리며 깨어나 겁에 질린 채 악몽을 꾸지 않으려 애쓰면서 다시 잠들었다. 나는 해 뜨기 훨씬 전에 깨어나 수탉들이 우는 소리를 듣고 날이 훤히 밝을 때까지 내내 깨어 있었다. 정말 피곤했다. 주위가 완전히 환해졌을 때, 나는 다시 잠들었다.

14

눈을 뜨자 방 안에 밝은 햇살이 가득했다. 나는 전선에 복귀한 것으로 착각하고 침대 바깥쪽까지 몸을 쭉 뻗어 보았다. 다리에서부터 통증이 스멀스멀 올라왔다. 여전히 지저분한 붕대에 감겨 있는 다리를 내려다보고서야 비로소 내가 어디에 있는지를 깨달았다. 손을 뻗어 초인종을 울렸다. 복도에서 찌르릉 소리가 났고, 고무 밑창을 덧댄 신발을 신은 누군가 복도를 걸어오는 소리가 들렸다. 미스 게이지였다. 밝은 햇빛 속에서 보니 그녀는 좀 나이 들어 보였고 그리 예쁘지도 않았다.

「굿모닝.」 그녀가 입을 열었다. 「잠은 푹 주무셨어요?」

「예, 정말 고마워요. 이발사를 부를 수 있을까요?」

「저녁에 들렀더니 이걸 침대에 놔둔 채 자고 있더군요.」

그녀는 옷장 문을 열고 베르무트 병을 집어 들었다. 바닥까지 드러나 빈 병이나 마찬가지였다. 「침대 밑의 또 다른 술병도 옷장 속에 넣어 두었어요. 왜 술잔을 가져다 달라고 하지 않았어요?」

「못 마시게 할까 봐.」

「함께 마셔 줬을 텐데.」
「좋은 사람이군요.」
「혼자 마시는 건 좋지 않아요. 다음엔 그러지 마세요.」
「알았어요.」
「당신의 친구라는 미스 바클리가 왔어요.」 그녀가 말했다.
「정말?」
「그래요. 하지만 난 그녀가 마음에 안 들어요.」
「좋아하게 될 겁니다. 아주 좋은 사람이니까.」

그녀는 고개를 저었다. 「예쁘긴 하죠. 이쪽으로 몸을 약간 돌릴 수 있어요? 됐어요. 아침 식사를 하기 전에 몸을 닦아 줄게요.」 그녀는 수건과 비누와 따뜻한 물로 내 몸을 씻겨 주었다. 「어깨를 들어 봐요. 됐어요.」

「식사를 하기 전에 이발사를 부를 수 있나요?」

「수위를 보내 불러오죠.」 그녀는 밖으로 나갔다가 되돌아왔다. 「부르러 갔대요.」 그녀는 그렇게 말하며 쥐고 있던 수건을 물에 적셨다.

이발사가 수위를 따라 들어왔다. 콧수염을 위쪽으로 말아 기른 50세 전후의 남자였다. 미스 게이지가 몸을 다 닦아 주고 나가자 이발사는 내 얼굴에 비누 거품을 바르고 수염을 깎았다. 그는 아주 근엄했고 통 말이 없었다.

「무슨 일이 있나요? 뭐 얘기해 줄 소식 없습니까?」 내가 물었다.

「무슨 소식 말입니까?」

「아무 소식이라도. 거리에는 아무 일 없나요?」

「전쟁 중입니다.」 그는 대답했다. 「사방에 적의 귀가 깔려 있다고요.」

나는 그를 쳐다보았다. 「제발 움직이지 말아요.」 그는 계속해서 면도를 했다. 「나는 아무 얘기도 안 할 겁니다.」

「당신, 왜 그래요?」 내가 물었다.

「뭐가 말입니까? 난 이탈리아 사람입니다. 적과 소통하지 않아요.」

나는 그가 지껄이는 대로 놔두었다. 이 친구가 미친 거라면 면도를 빨리 끝낼수록 좋은 일이다. 내가 딱 한 번 그의 얼굴을 빤히 쳐다보았을 때, 그는 이렇게 말했다. 「조심해요. 면도칼은 날카로우니까.」

면도가 끝나자 나는 요금을 계산하고 팁으로 반 리라를 주었다. 그는 팁으로 준 동전들을 되돌려 주었다.

「안 받겠어요. 전선에는 나가지 않았지만 난 이탈리아 사람입니다.」

「젠장, 여기서 썩 나가요.」

「허락해 주신다면야.」 그는 대답하고 면도칼을 신문지에 둘둘 감았다. 그러고는 동전 다섯 닢을 침대 머리맡 탁자에 그대로 둔 채 나가 버렸다. 나는 초인종을 울렸다. 미스 게이지가 들어왔다. 「수위를 좀 불러 주시겠어요?」

「그러죠.」

수위가 들어왔다. 그는 웃음을 참느라 애쓰고 있었다.

「그 이발사는 정신병자인가요?」

「아닙니다, 시뇨리노. 그 친구가 착각한 거예요. 내가 당신을 오스트리아 장교라고 한 것으로 잘못 들었답니다.」

「아, 그랬군.」

「하하하!」 수위는 웃음을 터뜨렸다. 「우스꽝스러운 녀석이에요. 중위님이 꼼짝이라도 했다면 그는 이렇게…….」 그는 집게손가락으로 자신의 목을 그었다.

「하하하!」그는 계속 터져 나오는 웃음을 참느라 애썼다. 「중위님이 오스트리아 사람이 아니라고 말했더니…… 하하하!」

「하하.」 내가 씁쓸하게 웃으며 말했다. 「그 녀석이 내 목을 그었다면 참 재미있었을 텐데. 하하.」

「아니죠, 시뇨리노. 아닙니다, 아니에요. 그 친구는 오스트리아인을 몹시 무서워하거든요.」

「하하하. 이제 그만 가봐요.」

그가 밖으로 나가고 나서도 복도에서 웃음소리가 들려왔다. 이어 누군가가 복도를 따라 걸어오는 소리가 났다. 나는 문 쪽을 바라보았다. 캐서린 바클리였다.

그녀는 방에 들어와 침대로 다가왔다.

「안녕, 달링.」 그녀가 인사했다. 캐서린은 젊고 발랄하고 대단히 아름다웠다. 이렇게 아름다운 여자는 본 적이 없다.

「안녕.」 나도 화답했다. 그녀를 본 순간 나는 그녀를 사랑하게 되었다. 내 내면의 모든 것이 뒤집혀 버렸다. 그녀는 문 쪽을 뒤돌아보고 아무도 없는 것을 확인하더니 침대 가장자리에 걸터앉아 허리를 굽혀 내게 입을 맞추었다. 나는 그녀를 거세게 끌어안으며 키스했다. 그녀의 심장 박동이 내 가슴에 느껴졌다.

「사랑스러운 사람. 이렇게 여기에 오다니 정말 너무 멋지군.」

「오는 건 그리 어렵지 않았어요. 하지만 이곳에서 계속 근무하기는 어려울 거예요.」

「여기서 오래 근무하게 될 거야.」 내가 말했다. 「아, 당신은 정말 멋져.」 나는 미칠 정도로 그녀가 좋았다. 그녀가 실제로 이곳에 있다는 게 믿기지 않아 그녀를 꼭 껴안았다.

「이러면 안 돼요. 아직 완쾌되지 않은 몸으로.」

「아니, 튼튼해. 자, 이리 와.」

「아니에요. 당신은 몸도 안 좋잖아요.」

「난 건강해. 자, 어서.」

「나를 사랑하나요?」

「진심으로 사랑해. 미쳐 버릴 정도로. 자, 어서.」

「우리의 가슴이 뛰는 걸 느껴 봐요.」

「우리의 가슴 따위가 다 뭐람. 난 당신을 원해. 당신 때문에 온몸이 불타고 있어.」

「정말로 나를 사랑해요?」

「자꾸 그런 소리 하지 마. 어서, 제발, 캐서린.」

「좋아요, 하지만 빨리 끝내야 해요.」

「알았어.」 나는 말했다. 「자, 가서 저 문을 좀 닫아 줘.」

「안 돼. 이러면 안 돼요.」

「그런 말은 그만해. 제발 이리 와.」

캐서린은 침대 옆 의자에 앉았다. 아까 닫았던 문은 복도 쪽으로 열어 놓았다. 후끈 달아오른 사랑의 순간이 지나가자 나는 기분이 훨씬 좋아졌다.

그녀는 물었다. 「이제 내가 당신을 사랑한다는 걸 믿어요?」

「그래, 당신 정말 사랑스럽군.」 내가 대답했다. 「당신은 이 병원에 오래 있어야 해. 아무도 당신을 다른 곳으로 보낼 수 없어. 내가 당신을 미칠 듯이 사랑하니까.」

「정말 조심해야 해요. 좀 전의 행동은 미친 짓이었어요. 절대 해서는 안 되는 일인데.」

「한밤중에는 괜찮을 거야.」

「정말 조심해야 돼요. 특히 다른 사람들 앞에서는 더욱 신중하게 행동해요.」

「그러지.」

「반드시 그래야 해요. 멋진 사람. 당신 정말 날 사랑하죠?」

「다시는 그런 말 하지 마. 그런 소리가 나한테 어떤 영향을 주는지 모르지? 정말 섭섭하다고.」

「조심할게요. 섭섭하게 하려는 게 아니에요. 이젠 정말 가볼게요, 달링.」

「금방 돌아와.」

「짬을 봐서 다시 올게요.」

「안녕.」

「안녕, 내 사랑.」

그녀가 방에서 나갔다. 맹세코 난 그녀와 사랑에 빠지고 싶지 않았다. 그 누구도 사랑하고 싶지 않았다. 하지만 난 사랑에 빠진 채 이렇게 밀라노 미군 병원의 병상에 드러누워 있다. 온갖 생각들이 머리를 스쳐 지나갔다. 하지만 기분은 정말 좋았다. 이윽고 미스 게이지가 병실로 들어왔다.

「의사 선생님이 오신대요. 코모 호수에서 전화가 왔어요.」

「언제 도착하는데요?」

「오늘 오후면 여기 나오실 겁니다.」

15

 오전은 아무 일 없이 흘러갔다. 오후에 나타난 의사는 여위고 조용하고 키 작은 사내였는데, 전쟁 때문에 심란한 것 같았다. 그는 못마땅한 기색을 섬세하고 세련되게 감추며 내 넓적다리에서 여러 개의 작은 강철 조각들을 꺼냈다. 그는 〈스노snow〉 어쩌고 하는 국부 마취제를 사용했다. 하얀 눈처럼 조직을 얼어붙게 하여, 탐침이나 메스 또는 핀셋으로 피부를 건드려도 통증을 느끼지 않게 하는 약제였다. 나도 마취된 부분을 분명히 느낄 수 있었다. 어느 정도 시간이 흐르자 의사의 섬세한 솜씨도 다 소진된 듯했다. 그는 엑스레이를 찍는 게 좋겠다고 말했다. 탐침으로는 충분치 않다는 얘기였다.

 나는 오스페달레 마조레[45]에서 엑스레이를 찍었다. 담당 의사는 다혈질에 유능하고 쾌활한 사람이었다. 어깨를 들어 올려 사진을 찍기 때문에, 환자도 기계를 통해 비치는 큰 이물질들을 직접 볼 수 있었다. 필름 원판은 나중에 보내 준다고 했다. 의사는 수첩에 내 이름, 소속 부대, 감상 등을 써달

---

45 Ospedale Maggiore. 마조레 종합 병원. *ospedale*는 〈병원〉이라는 뜻이다.

라고 했다. 그는 사진 속 이물질이 보기 흉하고 징그러우며 끔찍하다고 했다. 오스트리아 놈들은 다 개새끼야. 그래, 몇 놈이나 죽였소? 나는 적군을 죽인 적이 없지만 그의 비위를 맞추고 싶어 많이 죽였다고 대답했다. 미스 게이지가 나를 따라왔는데, 의사는 그녀를 거의 끌어안다시피 하면서 클레오파트라보다 더 아름답다고 너스레를 떨었다. 그녀가 의사의 얘기를 알아들었을까? 고대 이집트의 여왕 클레오파트라. 그래, 하늘에 맹세코 그녀는 절세미인이지. 우리는 앰뷸런스를 타고 미국 병원으로 돌아왔고, 한바탕 힘들게 들어 올린 끝에 나는 간신히 2층 내 침대에 다시 드러누울 수 있었다. 엑스레이 원판은 그날 오후에 도착했다. 오후에 반드시 보내 주겠다더니 의사가 약속을 지킨 것이다. 캐서린 바클리가 붉은 봉투에 든 원판들을 내게 보여 주었다. 그녀가 필름을 봉투에서 꺼내 불빛에 비추었고 우리 두 사람은 함께 바라보았다.

「이게 당신의 오른쪽 다리예요.」그녀는 그렇게 말하면서 원판을 봉투에 다시 집어넣었다. 「이건 왼쪽 다리고.」

「그것들은 치워 버리고 침대로 와.」

「안 돼요.」그녀는 대답했다. 「당신에게 보여 주려고 잠깐 들른 거예요.」

그녀는 나가 버렸고 나는 침대에 누웠다. 오후는 무더웠다. 마냥 드러누워 있으려니 좀이 쑤셨다. 수위를 불러 살 수 있는 신문들은 다 사 오라고 시켰다.

수위가 돌아오기 전에 의사 셋이 병실로 들어왔다. 기술이 시원찮은 의사들끼리 상의하면서 서로 도움을 구하려는 경향이 있다는 것은 전부터 알고 있었다. 말하자면 맹장 수술도 제대로 못 하는 의사가 편도선 수술이 시원찮은 의사를 추천하는 식이다. 그 세 의사도 마찬가지였다.

「이분이 아까 말한 젊은 군인이오.」 가냘픈 손을 지닌 이 병원의 의사가 말했다.

「안녕하세요?」 턱수염을 기른 키 크고 수척한 의사가 인사했다. 엑스레이 사진이 담긴 붉은 봉투를 든 세 번째 의사는 아무 말도 없었다.

「붕대를 풀까요?」 턱수염 의사가 질문했다.

「그러죠. 간호사, 붕대를 풀어요.」 병원 의사가 미스 게이지에게 지시했다. 미스 게이지는 붕대를 풀었다. 나는 다리를 내려다보았다. 야전 병원에 있을 때 다리는 오래된 햄버거 스테이크 같았다. 그러나 지금은 상처에 딱지가 앉아 있고, 부어오른 무릎에는 푸르죽죽 멍이 들어 있었다. 장딴지가 홀쭉했지만 고름은 없었다.

「아주 깨끗하군.」 병원 의사가 말했다. 「아주 깨끗해.」

「음……」 턱수염 의사가 소리를 냈다. 세 번째 의사는 병원 의사의 어깨 너머로 살펴보고 있었다.

「무릎을 움직여 보세요.」 턱수염 의사가 말했다.

「움직일 수가 없습니다.」

「관절을 시험해 볼까?」 턱수염 의사가 물었다. 그의 군복 소매에는 별 셋과 줄이 하나 있었다. 선임 대위의 휘장이었다.

「그래 봅시다.」 병원 의사가 대답했다. 두 사람은 내 오른쪽 다리를 들고 조심스럽게 구부렸다.

「아파요.」 내가 말했다.

「예예. 그럴 겁니다. 조금만 더 구부려 봐요.」

「그만해요. 더 이상 구부러지지 않으니까.」 내가 내뱉었다.

「관절의 일부가 상했군.」 선임 대위가 말하고서 허리를 쭉

폈다.「원판을 다시 볼 수 있을까요?」세 번째 의사가 그에게 원판을 건넸다.「아니, 왼쪽 다리 말입니다.」

「그게 왼쪽 다리입니다.」

「그렇군. 내가 다른 각도에서 보았군요.」그는 원판을 돌려주더니 또 다른 원판을 한동안 살폈다.「보이죠, 닥터?」그는 빛을 받아 선명하게 보이는 둥그스름한 이물질들을 가리켰다. 세 의사는 한참 동안 원판을 들여다보았다.

「한 가지만큼은 확실하군.」턱수염 의사는 말했다.「이건 시간을 좀 들여야 해요. 석 달 아니면 여섯 달 걸릴지도 모르겠군요.」

「뼈에서 진물이 다시 빠져나와야겠죠.」

「물론이죠. 시간이 좀 걸린다니까. 얇은 막이 다리 속의 이물질을 둘러싸기 전에는 자신 있게 저런 무릎을 절개할 수가 없어요.」

「맞는 말씀입니다, 닥터.」

「여섯 달 동안 뭘 한다고요?」나는 물었다.

「얇은 막이 이물질을 둘러싸기를 기다려야 하네. 그게 여섯 달쯤 걸리는데, 그 후에야 안전하게 무릎을 절개할 수 있지.」

「말도 안 돼요.」

「다리를 잃고 싶다는 건가, 젊은이?」

「예.」나는 대답했다.

「뭐라고?」

「잘라 버리고 싶어요, 갈고리를 달면 되니까요.」

「무슨 소리야? 갈고리라니!」

「농담하는 거예요.」병원 의사가 끼어들었다. 그는 내 어깨를 가볍게 두드렸다.「당연히 무릎을 온전하게 보존하고 싶겠죠. 이 환자는 아주 용감한 젊은이랍니다. 은성 무공 훈장을 탈 거예요.」

「축하하네.」 선임 대위는 내게 악수를 청했다. 「이런 무릎을 수술하려면 적어도 6개월은 기다리는 게 안전해. 지금으로서는 그렇게 말할 수 있을 뿐이네. 물론 다른 의사의 소견을 들어도 되고.」

「고맙습니다.」 나는 대답했다. 「선생님의 의견을 존중합니다.」

선임 대위는 손목시계를 보았다.

「가야겠군. 행운을 비네.」

「고맙습니다, 안녕히 가세요.」 나는 인사했다. 나는 세 번째 의사와 악수했다. 바리니 대위라는 사람이었는데, 그는 나를 〈테넨테 엔리(헨리 중위)〉라고 불렀다. 곧 세 의사는 밖으로 나갔다.

「미스 게이지.」 내가 부르자 그녀가 방으로 들어왔다. 「병원 의사를 잠깐만 불러 주세요.」

그는 모자를 쥔 채 들어와 침대 옆에 섰다. 「날 보자고 했나요?」

「예. 수술받자고 여섯 달이나 썩을 수는 없어요. 여섯 달? 선생은 여섯 달씩이나 병상에 누워 본 적 있어요?」

「항상 침대에 누워 있지 않아도 돼요. 먼저 상처를 햇볕에 쏘입니다. 그런 다음에는 목발을 사용할 수 있어요.」

「여섯 달을 기다렸다가 수술을 한다니!」

「그게 안전해요. 몸속 이물질에 막이 형성돼야 한다니까요. 그래야 관절 낭액(囊液)이 재생되고 안전하게 무릎을 절개할 수 있어요.」

「정말로 그렇게 오랫동안 기다려야 합니까?」

「그래야 안전하다니까요.」
「좀 전의 선임 대위는 어떤 사람인가요?」
「밀라노에서도 아주 뛰어난 외과 의사죠.」
「선임 대위 맞죠?」
「그래요, 하지만 뛰어난 외과 의사예요.」
「난 엉터리 선임 대위에게 내 다리를 맡기고 싶지 않습니다. 정말로 우수했다면 벌써 소령으로 승진했겠지. 선생, 난 선임 대위란 사람들이 어떤지 잘 알거든요.」
「우수한 외과 의사예요. 난 그 어떤 외과 의사보다 그의 진단을 존중합니다.」
「다른 외과 의사를 알아볼 수 있을까요?」
「물론. 하지만 나 같으면 바렐라 박사의 의견에 따를 겁니다.」
「선생이 다른 의사에게 좀 와서 봐달라고 요청해 줄 수 없나요?」
「발렌티니에게 부탁해 보죠.」
「그게 누군데요?」
「오스페달레 마조레의 외과 의사입니다.」
「좋습니다. 정말 고마워요. 이해하시겠지만, 침대에서 여섯 달이나 썩을 수는 없어요.」
「마냥 누워 있지 않아도 된다니까요. 먼저 일광 치료를 한 다음에 가벼운 운동을 해요. 상처 부위가 얇은 막으로 둘러싸이면 그다음에 수술할 거예요.」
「하지만 6개월씩이나 기다릴 수는 없어요.」
의사는 모자를 쥐고 있던 섬세한 손가락을 펴면서 미소를 지었다. 「그렇게 황급히 전선으로 되돌아가고 싶나요?」
「물론이죠.」

「대단합니다. 숭고한 젊은이군요.」 그는 허리를 굽혀 내 이마에 살짝 입을 맞추었다. 「발렌티니를 불러오죠. 안달하거나 흥분하지 마세요. 좀 느긋하게 기다리라고요.」

「한잔하시겠습니까?」 내가 물었다.

「아닙니다. 술을 못해서.」

「딱 한 잔만 해요.」 나는 초인종을 울려 수위에게 잔을 부탁했다.

「아니, 정말 안 합니다. 사람들이 기다리고 있어요.」

「그럼 안녕히 가세요.」 나는 인사했다.

「쉬어요.」

두 시간 후 발렌티니 박사가 병실로 들어왔다. 몹시 서두르는 성격이었고, 콧수염 끝은 뾰족하게 뻗어 있었다. 소령 계급을 달고 있었는데 햇볕에 그을린 얼굴에서 웃음기 어린 표정이 떠나지 않았다.

「어떻게 하다가 이런 빌어먹을 꼴이 되었나?」 그가 말했다. 「어디 엑스레이 사진 좀 보지. 그래그래, 그렇군. 자넨 염소 못지않게 튼튼하네. 저 예쁜 아가씨는 누구인가? 자네 애인인가? 그런 것 같았어. 아, 정말 빌어먹을 전쟁이지? 어떤가, 이렇게 하면 아픈가? 멋진 친구로군. 새 다리보다 더 멀쩡하게 만들어 주겠네. 아픈가? 물론 아프겠지. 의사들은 사람을 아프게 만드는 재주가 있어요. 지금까지 어떤 치료를 해주던가? 저 아가씨는 이탈리아어를 모르나? 그럼 배워야. 정말 미인이군. 내가 가르칠 수 있는데. 차라리 내가 이 병원에 입원할까? 안 되겠지. 아이를 낳으면 내가 전부 공짜로 해주겠네. 저 아가씨는 이게 무슨 말인지 알아듣고 있는 건가? 그녀는 자네에게 멋진 사내애를 낳아 줄 거야. 자기를 꼭 닮은 금발로 말이야. 좋아, 그만하면 됐네. 과연 미인이군. 나와 저녁 식사를 할 수 있는지 물어봐 주겠나? 아니, 자네에게서 그녀를 빼앗아 갈 수는 없지. 됐네. 됐어요, 아가씨. 다 됐어.」

그는 내 어깨를 가볍게 두드렸다. 「내가 알고 싶은 건 다 알았네. 붕대는 풀게나.」

「한잔하시겠습니까, 발렌티니 박사님?」

「한잔? 좋고말고. 열 잔이라도 괜찮네. 술은 어디에 있나?」

「옷장에 있습니다. 미스 바클리가 술병을 가져올 거예요.」

「건배! 아가씨를 위해 건배! 정말 미인이야. 나중에 이것보다 좋은 코냑을 가져와야겠군.」 그는 콧수염을 가볍게 닦아 냈다.

「수술은 언제입니까?」

「내일 아침. 그 전에는 안 돼. 먼저 자네 위를 비우고 속을 깨끗이 씻어 내야 하거든. 아래층에서 나이 든 간호사를 만나 지시해 두겠네. 잘 있게. 내일 만나세. 저것보다 좋은 코냑을 가져올게. 자네는 여기가 아주 편해 보이는군. 내일까지 잘 있게. 잠을 푹 자둬. 아침 일찍 만나세.」 그는 문가에서 손을 흔들었다. 콧수염은 뾰족했고, 갈색 얼굴에는 미소를 머금고 있었다. 소령인 그의 군복 소매 네모난 테두리 안에는 별 하나가 달려 있었다.

16

 그날 밤 발코니로 이어지는 문이 열려 박쥐 한 마리가 날아들어왔다. 우리는 그 문을 통해 시가지의 지붕 위에 내려앉은 어둠을 내다보고 있었다. 도시 전체에 퍼진 밤하늘의 희미한 빛을 제외하면 방 안은 온통 어두컴컴해서, 박쥐는 겁먹지 않고 마치 밖에 있는 것처럼 방 안 구석구석을 제멋대로 날아다녔다. 우리는 드러누워 박쥐를 쳐다보았다. 우리가 꼼짝도 않고 가만히 누워 있어서 박쥐는 우리를 보지 못한 것 같았다. 박쥐가 다시 밖으로 날아간 뒤에는 환한 탐조등 불빛이 하늘을 가로지르더니 곧 꺼졌고 주위는 다시 컴컴해졌다. 한밤에는 산들바람이 불었고 이웃집 지붕에서 고사포 대원들이 잡담하는 소리가 병실까지 들려왔다. 으스스한 날씨 탓에 그들은 망토를 걸치고 있었다. 밤중에 누군가 올라올까 봐 걱정이 됐지만 캐서린은 모두 잠들었다며 나를 안심시켰다. 우리는 함께 잠들었는데 깨어나 보니 그녀가 곁에 없었다. 하지만 복도를 따라 걸어오는 발자국 소리가 들리고 이어 문이 열리더니 그녀가 침대로 되돌아왔다. 아래층에 가보니 모두 잠들어 있어서 이제 둘이 있어도 괜찮다고 했다. 미스 반 캄펜의 방문에 귀를 대봤는데 잠자는 숨소리만 들렸다는 것이다. 캐서린이 크래커를 가져와서 우리는 그것들을 먹으며 베르무트를 약간 마셨다. 배가 무척 고팠지만, 그녀는 어차피 아침이 오면 먹은 것을 모두 토해서 속을 깨끗이 비워야 할 거라고 했다. 동틀 무렵에 나는 다시 잠들었는데 눈을 뜨자 또다시 그녀가 보이지 않았다. 이윽고 그녀는 산뜻하고 사랑스러운 모습으로 들어와 침대 가장자리에 걸터앉았다. 내가 입에 체온계를 물고 있는 동안 해가 떠올랐다. 집들 지붕 위에 내려앉은 이슬 냄새가 났고, 이어 이웃집 지붕에서 고사포 대원들이 마시는 커피 냄새가 풍겨 왔다.

「산책을 나갈 수 있으면 좋을 텐데.」 캐서린이 말했다. 「휠체어가 있다면 당신을 밀어 줄 수도 있고요.」

「내가 휠체어를 어떻게 타지?」

「간호사들이 도와주면 되죠.」

「그러면 공원으로 나가 아침 식사를 할 수 있겠군.」 나는 열린 출입문 밖을 내다보았다.

「우리가 정말로 해야 할 일은 일단 발렌티니 박사의 수술을 잘 받도록 준비하는 거예요.」

「뛰어난 사람 같더군.」

「당신만큼 그 사람을 좋아하는 건 아니지만 나도 그가 아주 괜찮은 사람이라고 생각해요.」

「침대로 와, 캐서린. 제발.」 내가 말했다.

「안 돼요. 이미 멋진 밤을 보냈잖아요.」

「오늘 밤에도 야근할 수 있겠어?」

「어쩌면요. 하지만 당신이 나를 원하지 않을 거예요.」

「아니, 원해.」

「아니에요. 당신은 수술을 받아 본 적이 없어서 그래요. 수술 후에는 녹초가 돼요.」
「나는 끄떡없을 거야.」
「수술이 끝나면 녹초가 되어 나를 귀찮게 생각할걸요.」
「그러니까 지금 와.」
「안 돼요, 달링.」 그녀가 말했다. 「진료 차트를 작성하고 당신에게 수술 준비를 시켜야 하니까.」
「진심으로 나를 사랑하지 않는 거야? 그게 아니라면 이리 가까이 좀 와.」
「정말 주책없다니까.」 그녀는 내 입술에 키스했다. 「진료 차트는 정상이에요. 체온도 일정하고요. 당신은 체온까지 멋지군요.」
「당신은 모든 게 멋지다고 하는군.」
「아아, 아니에요. 당신 체온이 멋진 거예요. 당신 체온이 정말 자랑스러워요.」
「우리 아이들도 건강한 체온을 유지하겠지.」
「아니요, 아마도 형편없을 거예요.」
「발렌티니의 수술을 준비하려면 당신은 뭘 해야 하는 거지?」
「별로 대단한 건 아니에요. 하지만 상당히 불쾌한 일이죠.」
「그러면 당신이 하지 않으면 좋겠는데.」
「아뇨. 다른 사람이 당신 몸에 손대는 게 싫어요. 바보 같죠? 남이 손대면 난 미칠 듯이 화가 날 거예요.」
「퍼거슨이라도?」
「특히 퍼거슨과 게이지, 또 다른 사람은 이름이 뭐더라?」
「워커?」
「그래요. 이곳엔 간호사들이 너무 많아요. 지금보다 환자가 더 많아야 해요. 안 그러면 우리를 다른 곳으로 보낼지도 몰라요. 지금 네 명이나 되니까.」

「환자들이 더 오겠지. 그러면 간호사들도 필요할 거고. 여긴 상당히 큰 병원이잖아.」

「환자들이 더 많이 입원했으면 좋겠어요. 나를 다른 병원으로 보내 버리면 어쩌죠? 환자들이 더 들어오지 않는다면 난 쫓겨날 거예요.」

「그럼 나도 같이 가는 거지.」

「또 주책없는 소리. 당신은 아직 나가면 안 돼요. 빨리 나아요. 그러면 같이 어딘가로 갈 수 있겠죠.」

「그다음엔?」

「아마 전쟁도 끝나겠죠. 마냥 전쟁만 할 수는 없을 테니.」

「나는 곧 나을 거야. 발렌티니가 잘 고쳐 줄 거야.」

「멋진 콧수염 값을 하겠죠. 오, 달링, 마취에 들어가면 우리 생각이 아닌 다른 생각을 해요. 마취당하면 사람은 마구 지껄이게 되니까.」

「그럼 무슨 생각을 하지?」

「뭐든지, 우리 생각만 빼고. 가까운 사람들을 생각해 봐요. 아니면 다른 여자를 생각해 본든지.」

「싫어.」

「기도해 봐요. 사람들에게 굉장히 좋은 인상을 줄 거예요.」

「어쩌면 지껄이지 않을 수도 있잖아.」

「그래요. 종종 아무 말도 하지 않는 사람들도 있으니까요.」

「난 지껄이지 않을 테야.」

「달링, 큰소리치지 마요. 제발 허풍 말라고요. 당신처럼 사랑스러운 사람은 허풍 같은 거랑 안 어울려요.」

「한마디도 하지 않을게.」

「거봐, 지금도 허풍을 떨고 있잖아요. 장담 같은 거 안 해도 된다니까요. 의사가 심호흡하라고 하면, 그저 기도를 올리거나 시를 읊거나 하면 돼요. 그러면 좋은 인상을 줄 수 있죠. 나도 당신을 자랑스러워할 테고. 당신이 어떻게 하든 난 당신이 자랑스럽지만요. 체온도 멋지고, 어린애처럼 베개를 끌어안고 잘도 자죠. 그게 나인 줄 알고 말이에요. 아니면 혹시 다른 여자를 생각한 건가요? 예쁜 이탈리아 여자?」

「당신이지.」

「물론 나겠죠. 아아, 당신을 사랑해요. 발렌티니 선생이 당신 다리를 완전히 고쳐 주겠죠. 내가 수술을 지켜보지 않아도 된다니 정말 다행이에요.」

「당신은 오늘도 야근을 하겠지?」

「그럼요. 하지만 수술 후라 그 생각은 별로 안 날 거예요.」

「두고 보면 알겠지.」

「달링, 이제 당신은 몸 안팎이 전부 깨끗해졌어요. 고백해요. 지금까지 여자를 몇 명이나 사랑했죠?」

「아무도 사랑하지 않았어.」

「나도?」

「아냐, 당신은 빼고.」

「정말로 말해 봐요. 몇 명이나?」

「없다니까.」

「몇 명이랑 — 뭐라고 얘기하면 좋을까 — 잠자리를 함께 했죠?」

「그런 여자 없어.」

「거짓말.」

「정말인데.」

「좋아요. 계속 그렇게 거짓말을 해줘요. 그게 내가 원하는 거니까. 그 여자들은 예뻤나요?」

「단 한 명하고도 자본 적이 없다니까.」

「좋아요. 그 여자들은 매력적이었나요?」

「무슨 매력? 난 그런 거 몰라.」

「당신은 분명 내 남자에요. 그건 틀림없는 사실이고 당신은 나 말고는 그 어떤 여자의 소유도 아니에요. 하지만 과거에 당신에게 여자들이 있었더라도 난 개의치 않아요. 그들을 두려워하지도 않아요. 하지만 내게 그 여자들 얘기는 하지 마요. 남자가 여자 있는 곳에 찾아가 잠자리를 하는 경우, 여자는 언제 돈 얘기를 꺼내나요?」

「몰라.」

「물론 모르겠죠. 그런 여자도 남자에게 사랑한다고 얘기하나요? 알려 줘요. 그건 알고 싶어요.」

「응, 남자가 원하면.」

「남자도 여자에게 사랑한다고 말하나요? 꼭 좀 알려 줘요. 중요한 거니까.」

「그거야 남자 마음이지. 그럴 생각이 있다면 그렇게 말하겠지.」

「하지만 당신은 그런 적이 없죠? 정말로?」

「없어.」

「정말 없었단 말이죠? 진실을 말해요.」

「없다니까.」 나는 거짓말을 했다.

「당신은 안 했을 거예요. 아아, 당신을 사랑해요, 달링.」

밖에서는 태양이 지붕 위쪽으로 올라와 있었다. 대성당의 뾰족탑이 햇빛에 반짝였다. 나는 몸 구석구석을 깨끗이 씻고서 의사를 기다렸다.

「그게 전부예요?」 캐서린이 다시 물었다. 「여자는 남자가 말해 주기를 바라는 것만 얘기하나요?」

「늘 그런 건 아니지.」

「하지만 난 그럴래요. 당신이 말해 주기를 바라는 것만 말하고, 당신이 해주기를 바라는 행동만 하겠어요. 그러면 당신, 다른 여자 생각은 안 하겠죠?」 그녀는 무척이나 행복한 표정으로 나를 바라보았다. 「당신이 해주기를 바라는 대로 말하고 행동하면, 나는 당신 마음에 쏙 들겠죠. 대성공을 거둘 거예요.」

「그래.」

「수술 준비가 다 됐어요. 나한테 더 원하는 거 있어요?」

「침대로 다시 와.」

「좋아요. 갈게요.」

「아아, 달링, 달링, 달링.」 나는 중얼거렸다.

「봐요.」 그녀가 말했다. 「당신이 원하면 나는 뭐든지 해요.」

「당신은 너무 사랑스러워.」

「난 아직 그건 좀 서툰 것 같아요.」

「그래도 당신은 사랑스러워.」

「당신이 원하는 건 곧 내가 원하는 거예요. 나라는 존재는 더 이상 없어요. 당신이 원하는 존재가 곧 나예요.」

「아, 사랑스러운 사람.」

「나도 꽤 괜찮죠? 안 그래요? 이제 다른 여자는 필요 없겠죠?」

「그럼.」

「봐, 나도 잘하잖아요. 당신이 원하는 거라면 난 뭐든지 해요.」

17

 수술이 끝나고 마취에서 깨어나 보니 저세상에 가 있지는 않았다. 가기는 어디로 가겠는가. 그저 숨이 막혔던 것뿐이다. 화학 약품으로 감각이 마비되었을 뿐 죽음과는 다르다. 마취가 풀리니 술 취한 상태와 비슷해졌다. 다만 구토를 해도 담즙 외엔 아무것도 나오지 않고, 토한 뒤에도 기분이 좋아지지 않는다는 것이 숙취와 달랐다. 침대 끝에 모래주머니들이 보였다. 그것들은 내 발을 칭칭 감은 석고 붕대 밖으로 튀어나온 파이프에 매달려 있었다. 잠시 후 미스 게이지가 나타나 물었다.「기분은 어때요?」

「괜찮아요.」나는 대답했다.

「그분이 무릎 수술을 훌륭하게 해냈어요.」

「시간은 얼마나 걸렸죠?」

「두 시간 반 정도.」

「내가 헛소리는 안 했나요?」

「한마디도요. 지금은 말하면 안 돼요. 조용히 안정을 취해야 해요.」

 나는 메스꺼움을 느꼈다. 캐서린이 옳았다. 오늘 밤 근무는 누가 서든지 상관없다.

 미국 병원에는 이제 입원 환자가 나 말고도 세 명이나 더 들어왔다. 한 명은 조지아 출신으로 적십자사에서 근무하다가 말라리아에 걸린 야윈 청년이었고, 다른 한 명은 뉴욕 출신에 말라리아와 황달에 걸린 역시 야위고 착한 청년이었다. 나머지 한 명은 유산탄과 고성능 폭탄 혼합탄의 뇌관 뚜껑을 기념물로 가져가려고 빼내려다가 부상당한 청년이었다. 오스트리아군이 산간 지대에서 사용하는 유산탄이었는데, 그 뇌관 뚜껑은 폭발한 뒤에도 아무것에나 닿으면 터지게 되어 있었다.
 캐서린 바클리는 계속해서 야간 근무를 자청했기 때문에 간호사들 사이에서 인기가 좋았다. 말라리아에 걸린 미국 청년 둘이 그녀를 바쁘게 했지만, 뇌관 뚜껑을 빼내려던 청년은 우리와 꽤 친했고 꼭 필요한 일이 아니면 밤중에 초인종을 울리지 않았다. 그녀는 환자들을 돌보는 시간 틈틈이 나와 함께 시간을 보냈다. 나는 캐서린을 깊이 사랑했고 그녀도 나를 사랑했다. 나는 주로 낮에 잠을 잤는데 안 자는 동안에는 서로 짧은 쪽지를 써서 퍼거슨을 통해 주고받았다. 퍼거슨은 착한 여자였다. 그녀의 오빠 하나가 52사단에, 그리고 또 하나는 메소포타미아에 있다는 것 말고 나는 그녀의 신상에 대하여 아는 게 거의 없었다. 하지만 퍼거슨은 캐서린 바클리에게 아주 잘 대해 주었다.
 「우리 결혼식에 와줄 거죠, 퍼기?」 한번은 내가 그녀에게 물었다.
 「결혼 못 할걸요.」

「왜요?」

「못 할 거예요.」

「왜 못 한다는 거죠?」

「결혼하기 전에 싸울 텐데요 뭐.」

「절대로 안 싸워요.」

「아직은 모르죠.」

「안 싸운다니까.」

「아니면 당신이 죽을 거예요. 싸우든지 죽든지. 다들 그래요. 결혼은 못 해요.」

나는 팔을 뻗어 그녀의 손을 잡으려 했다. 「잡지 마요.」 그녀가 말했다. 「나는 울지 않아요. 어쩌면 두 사람이 잘될 수도 있겠죠. 하지만 캐서린을 힘들게 하지 않도록 조심해요. 그런 일이 벌어지면 내가 가만있지 않을 거예요.」

「그녀가 난처하게 되는 경우는 없을 겁니다.」

「아무튼 조심해요. 두 사람이 잘되기를 바랄게요. 즐겁게 지내고.」

「재미있게 지내고 있어요.」

「싸우지 말고, 그녀에게 골치 아픈 문제를 일으키지도 말고요.」

「안 그럴게요.」

「그러니까 조심하라고요. 캐서린이 전쟁고아를 낳는 건 싫거든요.」

「당신은 좋은 사람이에요, 퍼기.」

「아니, 비행기 태울 필요 없어요. 다리는 좀 어때요?」

「괜찮아요.」

「머리는요?」 그녀가 손끝으로 내 정수리를 만졌다. 쥐가 난 발을 만질 때처럼 내 머리엔 감각이 없었다.

「별로 안 아파요.」

「그런 타박상으로 미치는 수도 있어요. 정말 아무렇지도 않아요?」

「그래요.」

「운이 좋군요. 쪽지 다 썼어요? 아래층으로 갈 건데.」

「여기 있어요.」 나는 대답했다.

「한동안은 캐서린에게 야간 근무를 하지 말라고 해줘요. 몹시 피곤해 보여요.」

「알겠어요. 그럴게요.」

「내가 대신 해주겠다고 해도 캐서린이 싫다고 해요. 다른 간호사들이야 얼씨구나 그녀에게 맡겨 버리지만. 당신이라면 그녀를 좀 쉬게 할 수 있겠죠.」

「알았어요.」

「미스 반 캄펀은 당신이 오전 내내 잔다고 불평하더군요.」

「그랬겠죠.」

「캐서린이 밤에 좀 쉬도록 해줘요.」

「나도 그녀가 쉬기를 원해요.」

「속마음은 그렇지 않죠? 하지만 그녀를 쉬게 해준다면 당신을 존경할 거예요.」

「다짐해요.」

「못 믿겠는데요.」 그녀는 편지를 들고 나갔다. 나는 초인종을 울렸다. 잠시 후 미스 게이지가 들어왔다.

「무슨 일로?」

「얘기할 게 있어서요. 당분간 미스 바클리는 야간 근무에서 빠져야 할 것 같지 않아요? 무척이나 피곤해 보여요. 어째서 혼자 줄곧 야간 근무를 하는 건가요?」

미스 게이지는 의아한 눈빛으로 나를 바라보았다.

「나는 당신들의 친구예요. 그렇게 돌려 말하지 않아도 된다고요.」

「무슨 소리죠?」

「엉뚱한 말 마요. 그 얘기뿐이에요?」

「베르무트 한잔 하겠어요?」

「좋아요. 한 잔만 마시고 곧바로 나가야 해요.」 그녀는 옷장에서 술병을 꺼내고 컵은 하나만 가져왔다.

「당신은 컵으로 마셔요. 난 병나발을 불 테니까.」

「당신의 건강을 위해.」 미스 게이지가 건배를 했다.

「내가 오전 늦게까지 잔다고 반 캄펀이 뭐라고 합디까?」

「잔소리하죠. 그녀는 당신을 특권층 환자라고 불러요.」

「제기랄.」

「심술궂은 사람은 아니에요. 나이가 많고 까다로울 뿐이죠. 그녀는 당신을 좋아하지 않아요.」

「그래요. 좋아하지 않죠.」

「하지만 나는 좋아해요. 나는 당신 편이에요. 잊지 마요.」

「당신은 무지무지하게 좋은 사람이에요.」

「천만에. 당신이 누굴 좋아하는지는 다 알고 있어요. 하지만 난 당신과 한편이에요. 다리는 어때요?」

「괜찮아요.」

「차가운 광천수를 가져다가 부어 드릴게요. 석고 붕대 안쪽이 근질근질할 거예요. 바깥쪽이 뜨거우니까요.」

「당신은 정말 좋은 사람이에요.」

「많이 가려운가요?」

「아니, 견딜 만해요.」

「석고 붕대에 매달린 모래주머니를 한번 볼게요.」그녀는 허리를 숙였다. 「난 당신의 친구예요.」

「잘 알고 있어요.」

「당신은 몰라요. 하지만 언젠가 알게 되겠죠.」

캐서린 바클리는 사흘 밤을 야간 근무에서 빠진 다음 되돌아왔다. 각자 먼 여행을 떠났다가 다시 만난 기분이었다.

18

그해 여름은 참으로 즐거웠다. 외출할 수 있을 정도로 내 건강이 회복되자 우리는 마차를 타고 공원으로 갔다. 그때 타고 갔던 마차도 기억난다. 말은 천천히 달렸고, 바로 앞쪽에는 반들반들 닦은 실크해트를 쓴 마부의 등이 높게 보였고, 캐서린 바클리가 내 곁에 앉아 있었다. 서로의 손등이 살짝 닿기만 해도 우리는 흥분을 느꼈다. 내가 목발을 짚고 돌아다닐 수 있게 되면서는 〈비피〉 또는 〈그란 이탈리아〉 같은 레스토랑을 찾아가 바깥 베란다에 자리를 잡았다. 웨이터들이 드나들고, 사람들이 지나다니고, 갓등을 씌운 촛대가 식탁보를 장식했다. 〈그란 이탈리아〉가 가장 마음에 든다고 결론을 내린 뒤부터는 수석 웨이터인 조지가 우리의 고정석을 잡아주었다. 그는 뛰어난 웨이터였다. 우리는 주문을 그에게 맡기고는 식사가 나올 때까지 오가는 사람들과 저물녘의 갤러리아를 구경하고 서로를 마주 보았다. 우리는 주로 얼음에 재운 쌉쌀한 카프리 화이트 와인을 마셨지만 그 밖에 프레사, 바르베라 등의 와인이나 기타 달콤한 화이트 와인을 마시기도 했다. 전쟁 중이라 와인 전문 웨이터가 없었기 때문에 조지는 프레사 같은 와인에 대하여 질문을 받으면 부끄러운 미소를 짓곤 했다.

「딸기 맛이 나는 와인을 만드는 나라가 따로 있다고 생각하시는 건 아니겠죠?」

「그렇게 생각한들 어때요?」 캐서린은 말했다. 「그럴듯한데요.」

「원하신다면 시음해 보시죠. 하지만 중위님을 위해 마르고 와인 작은 병을 가져오겠습니다.」

「조지, 나도 한번 마셔 보겠네.」

「중위님, 추천하지 않겠습니다. 딸기 냄새조차 안 나요.」

「날 수도 있죠.」 캐서린은 말했다. 「실제로 그런 맛이 난다면 좋을 텐데.」

「가져오겠습니다.」 조지는 대답했다. 「부인께서 실컷 맛보고 확인하시면 제가 병을 도로 가져가죠.」

별로 대단한 와인은 아니었다. 그의 얘기대로 딸기 향조차 나지 않았다. 우리는 다시 카프리 와인으로 돌아갔다. 어느 날 저녁 내게 돈이 부족하자 조지가 1백 리라를 빌려 주었다. 「별일 아닙니다, 중위님.」 그는 말했다. 「전 다 이해합니다. 남자가 돈을 쓰다 보면 모자랄 때도 있죠. 중위님이나 부인께서 돈이 필요하시다면 언제든 빌려 드리죠.」

저녁 식사가 끝나면 우리는 갤러리아를 산책했다. 또 다른 식당들과 철문 닫힌 상점들을 지나 걸어가다가 작은 가게에서 걸음을 멈추었다. 그곳에서는 샌드위치를 팔았다. 주로 햄과 상추를 곁들인 샌드위치, 손가락만큼 작고 매끈매끈한 갈색 롤빵으로 만든 안초비 샌드위치 등이었다. 병원으로 가져가서 밤중에 출출할 때 먹을 것들이었다. 그런 다음 대성당

앞 갤러리아 바깥쪽에서 지붕 없는 마차를 타고 병원으로 돌아왔다. 수위가 병원 현관으로 마중을 나와 목발 짚은 나를 도와주었다. 나는 마부에게 삯을 치르고, 엘리베이터를 타고 위로 올라갔다. 캐서린은 간호사들이 지내는 층에서 내렸고, 나는 더 올라가 목발을 짚고 복도를 지나 내 방으로 갔다. 때로는 옷을 벗자마자 잠자리에 들기도 했고, 때로는 발코니로 나가 다리를 의자 위에 올려놓은 채 지붕 위로 날아다니는 제비들을 지켜보면서 캐서린이 오기를 기다렸다. 그녀가 올라오면 오랜 여행에서 돌아온 듯 정말 반가웠다. 상황에 따라 나는 목발을 짚고서 대야를 나르는 그녀와 함께 복도를 걷거나, 병실 밖에서 그녀를 기다렸다. 함께 병실로 들어가기도 했다. 사람들이 우리에게 호의적인지 아닌지에 따라 병실로 들어가거나 밖에서 기다리거나 했다. 그녀가 할 일을 모두 마치면 우리는 내 방 발코니에 나가 앉았다. 내가 잠자리에 들고 모두가 잠들면 그녀는 아무도 자신을 찾지 않는다는 것을 확인하고서 내 침대로 왔다. 나는 그녀의 머리를 풀어 주는 것이 좋았다. 그러면 그녀는 갑자기 허리를 굽혀 내게 키스할 때 말고는 꼼짝도 않고 침대에 가만히 앉아서 내가 하는 대로 내버려 두었다. 내가 핀 하나를 뽑아 시트 위에 두면 그녀의 머리칼이 부드럽게 흘러내렸다. 그사이 그녀는 내내 꼼짝 않고 내 일이 끝나기를 기다렸다. 나머지 두 개의 핀을 마저 뽑으면 그녀의 머리는 온통 아래로 쏟아져 내렸다. 그녀가 고개를 숙이면 우리 두 사람은 천막이나 폭포 뒤로 들어간 것처럼 머리카락의 장막에 갇혔다.

그녀의 머릿결은 감탄사가 절로 나올 만큼 아름다웠다. 나는 종종 침대에 드러누운 채 열린 문으로 새어 드는 빛 속에서 그녀가 머리를 틀어 올리는 모습을 지켜보았다. 동트기 직전 때때로 눈부시게 빛나는 호수의 수면처럼, 그녀의 머리카락은 밤중에도 환상적으로 빛났다. 그녀의 얼굴과 몸매는 정말 아름다웠고 부드러운 피부의 감촉도 정말 좋았다. 함께 침대에 나란히 드러누워, 나는 그녀의 볼과 이마와 눈가와 턱과 목을 손가락 끝으로 어루만지며 말했다. 「피아노 건반처럼 매끄럽군.」 그녀는 나의 턱을 쓰다듬으며 말했다. 「사포처럼 뻣뻣해서 건반에는 좀 안 어울리는군요.」

「거칠어?」

「아니, 그저 놀려 본 거예요.」

밤시간은 정말 환상적이었다. 서로 몸이 닿기만 해도 우리는 행복했다. 본격적으로 사랑을 나누는 시간 이외에도 우리는 갖가지 자질구레한 방법으로 사랑을 확인했다. 서로 다른 방에 있을 때면 각자 상대방이 자신에 대해 생각하도록 애써 보기도 했다. 이 방법은 종종 성공하곤 했는데, 어쩌면 두 사람의 생각이 늘 같았기 때문이리라.

그녀가 미국 병원에 온 첫날을 우리는 결혼한 날이라고 생각했다. 날짜를 셀 때면 그날을 기준으로 몇 달이 지났는지를 헤아렸다. 나는 정식으로 결혼하고 싶었지만 캐서린이 거부했다. 만약 우리가 결혼식을 올린다면 당국은 병원에서 그녀를 내보낼 것이고, 또 혼인 신고 절차를 밟기만 해도 감시를 하면서 우리의 관계를 방해하려 들 거라는 것이다. 결혼을 하려면 이탈리아 법률을 따라야 했는데 그 절차가 너무나 복잡했다. 우리 사이에 아기가 생길 수도 있어서 나는 정식으로 결혼식을 올리고 싶었으나 캐서린의 뜻을 따르기로 했다. 서로 결혼한 것이나 다름없는 사이였고, 그런 복잡한 일들은 더 이상 문제가 되지 않았다. 그리고 사실, 나는 결혼하지 않은 상태를 내심 즐기기도 했다. 어느 날 저녁 이 문제에 대해 의논하면서 캐서린은 말했다. 「하지만 달링, 정식으로 결혼하면 나는 쫓겨날 거예요.」

「아닐 수도 있지.」

「그들은 쫓아낼 거예요. 나를 집으로 돌려보내면 우린 종전 때까지 헤어져야만 해요.」

「휴가를 낼게.」

「휴가 정도로는 스코틀랜드까지 왔다가 이곳으로 되돌아올 수 없어요. 게다가 난 당신과 헤어지는 게 싫어요. 도대체 지금 결혼하는 게 무슨 의미예요? 우리는 실제로 결혼한 사이나 마찬가지잖아요? 난 결혼식 따위는 관심 없어요.」

「당신을 위해서 그러는 거야.」

「나라는 존재는 없어요. 내가 곧 당신이에요. 나를 당신과 따로 떼어서 생각하지 마요.」

「여자는 늘 결혼식을 원한다고 하던데.」

「그건 맞아요. 하지만 달링, 난 이미 당신과 결혼했어요. 지금 좋은 아내 노릇을 하고 있잖아요?」

「정말 사랑스러운 아내지.」

「달링, 나도 결혼을 기다리던 때가 딱 한 번 있긴 했어요.」

「그 이야기는 듣고 싶지 않아.」

「그러나 지금은 당신 말고는 그 누구도 사랑하지 않아요. 예전에 누군가가 나를 사랑했다고 해서 그걸 신경 쓸 필요는 없어요.」

「신경 쓰여.」

「당신이 모든 것을 차지했잖아요. 이미 죽은 사람을 질투

해선 안 돼죠.」

「질투하는 건 아니지만, 그런 얘기는 듣고 싶지 않아.」

「심술꾸러기. 난 당신이 온갖 여자를 상대했다는 걸 알지만 전혀 상관하지 않잖아요.」

「우리끼리 은밀히 결혼식을 올릴 방법은 없을까? 내게 무슨 일이 생기거나, 당신이 임신하는 경우를 대비해서.」

「교회나 국가가 인정한 절차 외에 결혼할 수 있는 방법은 없어요. 우리는 이미 은밀히 결혼한 셈이에요. 당신도 알겠지만, 내게 무슨 종교가 있다면 이건 중대한 문제겠죠. 하지만 난 종교가 없거든요.」

「성 안토니 목걸이를 내게 주었잖아.」

「그건 행운을 빌기 위해서죠. 누군가에게서 선물로 받은 거였어요.」

「그럼 아무것도 걱정되지 않는단 말이야?」

「당신과 헤어지게 될까 봐 걱정이에요. 당신이 내 종교예요. 내가 가진 전부예요.」

「알았어. 하지만 당신이 원하면 언제든지 결혼할게.」

「달링, 나를 반드시 법적인 아내로 삼아야 할 것처럼 얘기하지 마요. 난 호적에 오른 거나 다름없는 정식 부인이니까. 당신이 이런 관계를 행복하고 자랑스럽게 여긴다면, 뭐 하나 부끄러울 게 없잖아요. 지금 행복하지 않아요?」

「하지만 당신이 나를 떠나서 다른 남자에게 갈 수도 있잖아.」

「절대로 없어요, 달링. 그런 일은 절대로 없을 거예요. 우린 온갖 무서운 일들을 겪게 되겠죠. 하지만 그것만큼은 걱정하지 않아도 돼요.」

「걱정 안 해. 하지만 나는 당신을 너무 사랑하는걸. 그리고 당신은 예전에 다른 남자를 사랑한 적이 있잖아.」

「그런데 그 남자가 어떻게 됐죠?」

「죽었지.」

「그래요. 만약 그 남자가 안 죽었다면 나는 당신을 만나지도 못했을 거예요. 달링, 난 오로지 한 남자밖에 모르는 여자예요. 난 결점이 많은 여자지만 정절을 아주 소중하게 여겨요. 너무 정숙해서 당신이 지겨워할지도 몰라요.」

「나는 곧 전선으로 돌아가야 해.」

「출발할 때까지 그런 생각은 하지 말아요. 달링, 난 행복하고, 우리는 즐거운 시간을 보내고 있어요. 나는 오랫동안 행복을 잊고 살았고, 당신과 만났을 때는 거의 미치기 일보 직전이었어요. 아니, 실제로 미쳤었는지도 모르죠. 하지만 지금 우리는 행복하고 서로 사랑해요. 그저 지금 이 순간의 기쁨을 누려요. 당신은 행복하지 않아요? 당신이 싫어하는 짓을 내가 저질렀나요? 당신을 즐겁게 하는 일에 내가 소홀했나요? 당신을 위해 머리를 풀까요? 지금 사랑을 나누고 싶어요?」

「응, 어서 침대로 와.」

「알았어요. 먼저 환자들을 둘러보고 금방 올게요.」

19

 여름은 그렇게 지나갔다. 그 시절에 대해서는 기억에 남아 있는 게 거의 없다. 단지 그 여름이 아주 무더웠고 신문에 승리의 소식이 자주 실렸다는 것뿐. 나는 많이 건강해졌다. 다리의 상처도 회복이 빨라서 처음 목발을 짚은 지 얼마 안 되어 목발은 버리고 지팡이만 들고 걸을 수 있게 되었다. 나는 오스페달레 마조레에서 치료를 받기 시작했는데, 물리 치료나, 거울 달린 상자에서 자외선을 쪼이거나, 마사지와 목욕을 하는 등이었다. 오후에 갔다가 치료가 끝나면 카페에 들러 술을 마시면서 신문을 읽었다. 나는 시내를 방황하는 일 없이 카페에서 곧장 병원으로 돌아왔다. 온통 캐서린을 만나고 싶은 생각뿐이었다. 나머지 시간은 그저 흘려보냈다. 대개 오전에는 잠을 자고, 오후에는 종종 경마장에 갔다가 늦게야 물리 치료를 받으러 갔다. 때때로 앵글로-아메리칸 클럽에 들러 유리창 앞의 푹신한 가죽 쿠션 의자에 몸을 파묻고 잡지를 읽었다. 내가 목발을 짚지 않고 걷게 되면서, 병원에서는 우리 둘이 함께 외출하는 것을 탐탁지 않아 했다. 여성 보호자도 없이 간호사 혼자 도움이 필요 없는 환자와 함께 나다니는 것이 부자연스럽다는 것이었다. 그래서 오후에는 둘이 함께 지낼 기회가 많지 않았다. 하지만 퍼거슨이 동행하면 가끔 외출하여 저녁 식사를 할 수 있었다. 캐서린이 많은 일을 맡아 부담을 덜어 주었기 때문에 미스 반 캄펀은 우리 사이를 묵인해 주었다. 그녀는 캐서린이 아주 좋은 가문 출신이라고 생각하여 편파적일 정도로 그녀를 두둔했다. 좋은 집안 출신인 미스 반 캄펀은 가문을 몹시 중시하는 사람이었다. 병원이 무척 바쁘게 돌아가서 그녀는 늘 일에 몰두해야 했다. 그해 여름은 더위가 기승을 부렸다. 밀라노에 아는 사람들이 많았지만, 오후 치료가 끝나면 늘 나는 미국 병원으로 돌아가고 싶은 마음이 간절했다. 전선에서 이탈리아군은 카르소까지 전진하고, 플라바를 지나 쿠크를 점령했으며, 지금은 바인시차 고원을 점령을 앞두고 있었다. 반면 서부 전선은 그리 유리한 것 같지 않았다. 전쟁은 장기전에 돌입하는 듯했다. 미국도 참전은 했지만, 내 생각에 많은 부대를 파견하여 실전에 투입하려면 1년은 걸릴 것이었다. 내년에는 전세가 악화될 수도 있고, 반대로 유리하게 돌아갈 수도 있다. 이탈리아는 엄청나게 많은 인명을 소모하고 있었다. 이 나라가 계속 버틸 수 있을까? 바인시차 지방이나 산 가브리엘레 산을 전부 점령한다 해도, 오스트리아까지는 여전히 많은 산들이 가로놓여 있다. 나도 그런 산들을 전선에서 숱하게 봤다. 엄청나게 높은 산들이 그 너머에 있었다. 카르소의 부대들이 전진하고 있었지만 바닷가의 낮은 지대에는 늪과 소택지가 많았다. 나폴레옹이라면 평원에서 오스트리아군을 격파했으리라. 그는 결코 산간 지대에서 싸우지 않았을 것이다. 적군이 평지로 내려오는 것을 기다렸다가 베로나 부근에서 전멸시켰을 것이다. 서부 전선에서는 여전히 어느 쪽도 상대방을 몰아붙이지 못했다. 어쩌면 전쟁은 일방적인 승리로 끝나는 대신 영원히 계속될지도 모른다. 그것은 또 다른 〈백 년 전쟁〉[46]의 조짐일 수도 있다. 나는 신문을 걸어 놓고 클럽을 나왔다. 조심스럽게 계단을 내려가서 비아 만초니를 따라 올라갔다. 그란 호텔에 이르렀을 때 마차에서 내리는 늙은 마이어스와 그의 아내를 만났다. 그들 부부는 경마장에서 돌아오는 길이었다. 가슴이 큰 마이어스 부인은 검은색 새틴 옷을 잘 차려입고 있었다. 남편은 키가 작고 나이 든 사내였는데 흰 콧수염을 길렀고 평발에 지팡이를 들고 다녔다.

「안녕하세요? 잘 지냈죠?」 그녀는 나와 악수했다. 「잘 있었나?」 마이어스가 말했다.

「부인, 경마는 어땠습니까?」

「좋았어요. 정말 멋졌죠. 세 번이나 이겼으니까.」

「선생님은요?」 나는 마이어스 씨에게 물었다.

「괜찮았지. 한 번 이겼어.」

「이 양반 성적은 나도 몰라요. 내게 얘기하는 법이 없거든요.」

「늘 괜찮은 편이야.」 마이어스 씨가 말했다. 다정한 태도였다. 「자네도 경마장에 좀 나와야 할 텐데.」 대화할 때 그는 상대방에게 기이한 인상을 주었다. 상대방을 아예 쳐다보지 않거나, 혹은 상대방을 다른 사람으로 착각하는 듯한 느낌이었다.

「한번 나가죠.」 내가 대답했다.

46 1337년부터 1453년까지 잉글랜드와 프랑스 사이에 벌어진 전쟁. 실제 전투가 벌어진 기간은 몇 년밖에 되지 않으나 오랜 세월 동안 산발적으로 전투가 벌어져 이러한 이름이 붙었다. 백 년 전쟁의 결과 잉글랜드는 프랑스에 갖고 있던 땅을 잃고서 완전히 자국으로 철수했다.

「조만간 병원에 들르겠어요.」 마이어스 부인은 말했다. 「아들들에게 갖다 줄 게 있어서요. 여러분 모두가 내 아들이에요. 아주 귀여운 아들이죠.」

「다들 반가워할 겁니다.」

「귀여운 아들들. 당신도 마찬가지예요. 내 아들이죠.」

「전 이만 돌아가 봐야겠습니다.」 내가 말했다.

「귀여운 아들들에게 안부 전해 줘요. 가지고 갈 것들이 많은데. 고급 마르살라랑 케이크랑.」

「안녕히 가세요. 오시면 모두들 정말 반가워할 겁니다.」

「또 보세.」 마이어스 씨가 말했다. 「갤러리아 식당가에 한번 들르게. 내 고정 테이블이 있는 식당 알지? 오후엔 늘 그곳에 있다네.」 나는 거리를 따라 올라갔다. 코바에서 캐서린에게 줄 선물을 사고 싶었다. 코바로 들어가 초콜릿 한 상자를 사고, 여직원이 포장을 하는 동안 안쪽 바로 가보았다. 영국인 두 명과 항공병 몇 명이 있었다. 나는 혼자 마티니를 마시고 술값을 계산한 다음 밖의 판매대에서 초콜릿 상자를 집어 들고 병원을 향해 걸어갔다. 라스칼라 극장에서 거리 위쪽에 있는 작은 바까지 걸어가니 그 앞에 내가 아는 사람들 몇이 서 있었다. 미국 영사관의 부영사, 성악 공부를 하는 두 사람, 샌프란시스코에서 온 이탈리아인으로 현재 이탈리아군에 복무하고 있는 에토레 모레티 등이었다. 나는 그들과 어울려 술을 마셨다. 성악가 중 한 명은 랠프 시먼스가 본명인데 엔리코 델크레도라는 예명을 썼다. 그가 얼마나 노래를 잘 부르는지는 모르겠지만, 늘 뭔가 큰 건수를 하나 터뜨릴 것처럼 행동하는 친구였다. 뚱뚱한 몸에, 건초열에 걸린 사람처럼 코와 입 언저리가 바짝 찌든 사람이었다. 피아첸차에서 노래를 부르다가 밀라노로 왔다고 했다. 그곳에 있을 때 「토스카」를 불렀는데 청중의 반응이 굉장했다는 것이다.

「자네는 물론 내 노래를 못 들었겠지.」 그가 말했다.

「여기서는 언제 부를 건가?」

「올가을에 라스칼라 극장에서 부를 예정이야.」

「틀림없이 청중들은 야유하면서 의자를 던지겠지.」 에토레가 말했다. 「모데나에서 청중이 이 친구에게 의자를 던졌다는 얘기 들었지?」

「새빨간 거짓말이야.」

「손님들이 의자를 던졌다니까.」 에토레는 계속했다. 「현장에 있었는걸. 나도 의자를 여섯 개나 던졌는데.」

「흥, 프리스코[47] 출신 웝 주제에.」

「이 친구, 이탈리아어 발음이 영 꽝이잖아.」 에토레가 말했다. 「그러니까 어디를 가든지 의자 세례를 못 면하지.」

「피아첸차 극장은 이탈리아 북부에서도 노래 부르기가 가장 힘든 곳이네.」 또 다른 테너 성악가가 말했다. 「정말 해먹기 어려운 소극장이야. 정말이라니까.」 이 테너 성악가의 본명은 에드거 손더스였는데, 에두아르도 조반니라는 예명을 썼다.

「나도 그곳에 가서 사람들이 의자 던지는 광경을 구경하면 좋겠군.」 에토레가 말했다. 「자네, 이탈리아어로는 노래 못하잖아.」

「저 미친놈.」 에드거 손더스가 대꾸했다. 「의자 던지는 얘기밖에 모르지.」

「내가 그것밖에 모른다고? 자네 둘이 노래를 부를 때 청중

---

47 Frisco. 샌프란시스코를 가리키는 별칭.

들은 의자 던지는 것밖에 몰라.」에토레가 지지 않고 대꾸했다. 「미국에 돌아가면 자네들은 라스칼라 극장에서 대성공을 거두었다고 떠벌릴 테지. 라스칼라에서 한 소절도 부르지 못한 주제에.」

「라스칼라에서 부르기로 되어 있네.」 시먼스가 말했다. 「10월에 〈토스카〉를 부를 예정이야.」

「우리도 가봐야겠군, 안 그래, 맥?」 에토레가 부영사에게 말했다. 「누군가 따라가서 보호해 줘야지.」

「어쩌면 미군이 출동해서 보호해 줄지도 몰라.」 부영사가 대답했다. 「한 잔 더 마시겠나, 시먼스? 손더스, 자네도?」

「좋지.」 손더스가 대답했다.

「자네가 은성 무공 훈장을 탄다는 얘기를 들었네.」 에토레가 내게 말했다. 「어떤 표창장을 받게 되나?」

「잘 몰라. 받을지 안 받을지도 분명치 않은데.」

「받게 될 거야. 아, 코바 식당 계집들은 자네를 굉장한 인물로 생각할걸. 오스트리아군을 2백 명쯤 죽였거나, 단신으로 적군의 참호를 빼앗았다고 생각할 거야. 정말이지 나는 훈장 타는 맛에 군 복무를 한다고.」

「훈장을 몇 개나 탔나, 에토레?」 부영사가 물었다.

「모든 걸 받았지.」 시먼스가 대신 대답했다. 「전쟁이 저 친구를 위해 벌어진다고나 할까.」

「동성 훈장 두 번, 은성 훈장은 세 번.」 에토레는 말했다. 「하지만 증서는 딱 한 장만 도착했어.」

「나머지는 어떻게 됐는데?」 시먼스가 물었다.

「공격 작전이 성공하지 못한 거지.」 에토레가 대답했다. 「그렇게 되면 모든 훈장이 보류되거든.」

「부상은 몇 번이나 당했지, 에토레?」

「심한 부상이 세 번. 그래서 전상(戰傷) 휘장이 세 개야. 이거 보여?」 그는 소매를 돌려 보였다. 어깨에서 약 8인치쯤 내려온 소매에 꿰맨 휘장은 검은 바탕에 은빛 평행선 세 줄짜리였다.

「자네도 하나 받았지.」 에토레는 내게 말했다. 「이걸 갖는다는 건 멋진 일이야. 훈장보다 이게 더 나을걸. 정말이지, 셋쯤 받으면 굉장한 거야. 석 달을 입원해야 하는 부상을 당해도 겨우 한 개밖에 못 타니까.」

「부상당한 부위가 어딘가, 에토레?」 부영사가 물었다.

에토레는 소매를 걷어 올렸다. 「여긴데……」 움푹하게 파인 반질반질하고 붉은 흉터를 보여 주며 그가 말을 이었다. 「다리에도 있지. 각반을 찼기 때문에 지금은 보여 줄 수 없네. 또 한 군데는 발이야. 내 발에는 죽어 버린 뼈가 있는데 지금도 악취가 심해. 아침마다 뼈 부스러기를 조금씩 뽑아내는데 냄새가 정말 고약하지.」

「뭐에 맞았는데?」 시먼스가 물었다.

「수류탄. 그 감자 으깨는 절구 공이처럼 생긴 놈 말이야. 그놈이 내 발 한쪽을 온통 뭉개 버렸어. 자네도 감자 으깨는 절구 공이처럼 생긴 그거 알지?」 그가 내 쪽으로 시선을 돌렸다.

「그럼.」

「그 망할 적병이 던지는 걸 내가 봤거든. 그걸 맞고 쓰러져 생각했지. 이제 죽었구나. 하지만 그놈의 절구 공이는 텅 비어 있었어. 그 빌어먹을 적병을 내가 소총으로 쏴 죽였네. 내가 장교라는 것을 적병에게 숨기려고 늘 소총을 가지고 다녔거든.」

「그 적병 놈은 어떤 표정이었나?」 시먼스가 물었다.

「그놈에게 수류탄은 딱 한 개밖에 없었네. 그런데 왜 던졌는지 나도 모르겠어. 어쩌면 그놈은 늘 그걸 던져 봤으면 싶었던 모양이야. 진짜 전투는 처음이었을 테지. 그 개새끼를 정통으로 쏴 죽였어.」

「자네가 쐈을 때 그 녀석 표정이 어땠냐니까?」 시먼스가 재차 물었다.

「제기랄, 알 게 뭐야?」 에토레가 대답했다. 「배때기를 쐈다고. 대가리를 조준했다가 빗맞을까 봐 말이야.」

「자네가 장교로 근무한 지 얼마나 되었지, 에토레?」 내가 물었다.

「2년. 곧 대위로 진급할 걸세. 자네는 중위를 몇 년 했지?」

「그럭저럭 3년이 되어 가는군.」

「자넨 이탈리아어를 능숙하게 구사하지 못하니 대위는 못 될 거야.」 에토레는 말했다. 「말은 하지만 읽고 쓰는 건 잘 못하잖나. 대위로 진급하려면 교육을 받아야 해. 어째서 미군에 입대하지 않은 거지?」

「어쩌면 앞으로 들어갈 수도 있지.」

「그럴 수 있다면 참 좋을 텐데. 아, 그런데 대위 봉급은 얼마지, 맥?」

「정확히는 몰라. 250달러 정도.」

「젠장, 250달러 가지고 뭘 하란 말이야. 자네는 빨리 미군에 입대하는 게 좋겠어. 나도 들어갈 수 있는지 좀 알아봐 주게.」

「그러지.」

「이탈리아어를 쓴다면 1개 중대는 지휘할 수 있네. 영어로 지휘하는 것도 곧 배울 거야.」

「자네 정도면 장군감이지.」시먼스가 말했다.

「아니야, 장군이 되기에는 지식이 부족해. 장군은 엄청 많이 알아야 하거든. 자네들은 전쟁을 별거 아니라고 생각하지? 하지만 그 머리로는 이류 하사도 못 될걸.」

「이류든 뭐든, 우린 그럴 필요가 없으니 얼마나 다행인가.」 시먼스가 대꾸했다.

「군 당국이 자네들 같은 놈팡이들까지 모두 징집한다면 어쩔 수 없이 군인 노릇을 해야 해. 아, 이보게, 자네 둘을 내 소대에 전입시켰으면 좋겠군. 맥, 자네도 말이야. 자네는 내 연락병을 하면 어떻겠나?」

「대단하셔, 에토레. 하지만 군국주의자 냄새가 풍기는군.」

「난 전쟁이 끝나기 전까지 대령은 될 걸세.」

「전사하지만 않으면.」

「전사는 안 해.」그는 엄지손가락과 집게손가락으로 군복 깃에 달린 별을 매만졌다. 「봤지? 우리는 전사 얘기가 나오면 별을 만져.」

「이젠 가보자고, 심.」손더스가 자리에서 일어나며 말했다.

「그러지.」

「또 만나세. 나도 가봐야겠군.」내가 말했다. 술집의 시계는 6시 5분 전을 가리키고 있었다.「안녕, 에토레.」

「잘 가게, 프레드. 자네가 은성 무공 훈장을 타게 되어 정말 잘됐네.」

「받게 되는지 잘 모르겠어.」

「받게 될 거야, 프레드. 그런 소문이 돌고 있으니까.」

「글쎄, 말썽이나 부리지 말게, 에토레.」

「걱정 마. 술도 안 마시고 싸돌아다니지도 않으니까. 난 술

꾼도 아니고 사창가에 다니는 사람도 아니거든. 내 형편에 어떻게 처신해야 좋은지를 잘 알고 있다네.」

「잘 지내. 대위 진급을 할 거라니 잘됐네.」

「난 승진을 기다릴 필요가 없어. 전공(戰功) 덕분에 대위로 자동 진급하게 되어 있으니까. 별 세 개에 엇갈린 칼 두 자루와 왕관 말이야. 그게 바로 나일세.」

「행운이 있기를.」

「행운이 있기를. 언제 전선으로 복귀하나?」

「얼마 안 있어서.」

「그래, 또 만나겠지.」

「안녕.」

「안녕, 잘 가게나.」

나는 병원으로 가는 지름길인 뒷골목을 따라 걸어갔다. 에토레는 스물세 살이었다. 샌프란시스코에 사는 숙부 밑에서 성장한 그는 토리노의 부모를 찾아왔다가 선전 포고 소식을 듣고 입대했다. 그에게는 여동생이 있었다. 여동생 또한 미국의 숙부와 함께 지내고 있었는데 그해 사범 학교를 졸업할 예정이었다. 하도 영웅 행세를 하는 통에 만나는 사람마다 그를 따분해했고, 특히 캐서린은 그러면 질색을 했다.

「우리 나라에도 영웅들은 있어요.」 그녀는 말했다. 「하지만 달링, 그들은 훨씬 더 조용하죠.」

「난 그의 거들먹거리는 태도가 별로 신경 안 쓰이던데.」

「나도 그럴 거예요. 그가 너무 거만하지 않다면요. 그리고 나를 따분하고, 따분하고, 따분하게 만들지만 않는다면 말이죠.」

「따분하긴 해.」

「달링, 그렇게 말해 주니 고마워요. 하지만 그러지 않아도 돼요. 당신은 그가 전선에서 활약하는 모습을 상상하면서 능력 있는 사람이라고 생각하겠죠. 하지만 난 그런 부류의 남자가 싫어요.」

「알아.」

「알아줘서 정말 고마워요. 그를 좋아하도록 애쓰긴 하겠지만, 정말로 지긋지긋한 사람이에요.」

「오늘 오후에 만났는데 대위로 진급할 거라더군.」

「잘됐네요. 그도 좋아하겠군요.」

「내 계급이 좀 더 올라갔으면 하고 바라지는 않아?」

「아뇨. 고급 식당에 입장할 수 있는 정도면 충분해요.」

「그럼 내 계급이 딱이군.」

「당신 계급은 멋져요. 난 당신이 더 이상 승진하지 않았으면 좋겠어요. 계급이 올라가면 머리가 어떻게 돼서 거만해질지 모르니까. 당신이 잘난 체하지 않는 게 정말 좋아요. 뭐, 잘난 체하더라도 당신과 결혼하겠지만. 하지만 우쭐대지 않는 남편은 마음을 퍽 편안하게 해주죠.」

우리는 발코니에 앉아서 조용히 대화를 주고받았다. 달이 떠오를 때가 되었지만 시내에 안개가 자욱하게 깔려서 달은 보이지 않았다. 잠시 후 이슬비가 부슬부슬 내리기 시작하여 우리는 방으로 들어왔다. 안개는 비로 바뀌더니 곧 비 쏟아지는 소리가 지붕에서 우두둑 들려왔다. 자리에서 일어나 문가에 비가 들이치지 않나 살펴보았는데 괜찮았다. 나는 문이 열린 채로 놔두었다.

「또 누구를 만났어요?」 캐서린이 물었다.

「마이어스 부부를 만났어.」

「그 부부도 좀 이상한 사람들이죠.」

「남편은 본국에서 교도소에 갇힌 적이 있었나 봐. 당국은 나가 죽으라고 그를 석방해 준 것 같아.」

「그런데 밀라노에서 행복하게 살고 있군요.」

「얼마나 행복한지는 나도 모르지.」

「일단 감옥에서 나왔으니까 행복한 거죠 뭐.」

「부인이 여기 병원으로 뭔가 가져오겠다고 하더군.」

「그녀는 늘 좋은 선물을 가져오죠. 당신도 그 부인의 귀여운 아들이에요?」

「그런 셈이지.」

「당신네들은 그 부인의 귀여운 아들들이에요.」 캐서린이 말했다. 「부인은 아들들만 좋아하죠. 저 빗소리 좀 들어 봐요.」

「엄청나게 쏟아지는군.」

「당신은 늘 나를 사랑하죠?」

「그럼.」

「비가 쏟아져도 변함없이?」

「물론이지.」

「안심했어요. 난 비가 무섭거든요.」

「어째서?」 잠이 몰려왔다. 밖에서는 비가 줄기차게 내리고 있었다.

「모르겠어요. 언제나 비가 무서웠어요.」

「난 좋은데.」

「빗속을 걷는 건 좋아요. 하지만 사랑하는 사람들에게 비는 방해가 돼요.」

「난 언제나 당신을 사랑할 거야.」

「나도 비가 오나 눈이 내리나 우박이 쏟아져도 — 또 뭐가 있더라? — 당신을 사랑할 거예요.」

「아, 이거 졸음이 오는데.」

「달링, 좀 자요. 비가 오든 눈이 내리든 뭐가 어찌 되었든 당신을 사랑하니까요.」

「정말로 비를 무서워하는 건 아니지?」

「당신과 함께 있으면 괜찮아요.」

「비가 왜 무서울까?」

「모르겠어요.」

「얘기해 봐.」

「다그치지 마요.」

「털어놔 봐.」

「싫어요.」

「말해 봐.」

「알았어요. 가끔 빗속에서 죽어 있는 나를 보기 때문에 무서워요.」

「말도 안 되는 소리.」

「때때로 빗속에서 죽어 있는 당신을 보기도 해요.」

「그건 좀 가능성이 있군.」

「달링, 그럴 가능성은 없어요. 내가 당신을 지킬 테니까. 충분히 지켜 줄 수 있어요. 하지만 스스로를 지킬 수 있는 사람은 아무도 없죠.」

「제발 그만해. 오늘 밤 당신 왜 이래? 누가 스코틀랜드 사람 아니랄까 봐 그처럼 이상하게 구는 거야? 함께 지낼 시간도 그리 많지 않은데.」

「많지 않죠. 내가 스코틀랜드 사람이고 이상하다는 건 인정해요. 아무튼 그만둘게요. 모두 허튼소리예요.」

「그래, 실없는 소리야.」

「모든 게 잠꼬대에요. 잠꼬대에 지나지 않아요. 난 비가 무섭지 않아요. 비가 왜 무서워? 아아, 하느님, 무섭지 않게 해 주세요.」 그녀는 울었다. 내가 위로하자 울음을 그쳤지만 밖에서는 여전히 비가 내리고 있었다.

20

 어느 날 오후 우리는 경마장에 갔다. 퍼거슨과 뇌관 뚜껑 폭발로 눈에 부상을 입은 미국인 병사 크로웰 로저스도 함께 갔다. 점심 식사를 마치고 여자들이 외출하기 위해 옷을 갈아입으러 간 사이 크로웰과 나는 그의 방 침대에 걸터앉아 경주마의 과거 성적이며 예상이 실린 경마 신문을 읽었다. 머리에 붕대를 감은 크로웰은 경마에 큰 관심은 없었지만 끊임없이 경마 신문을 읽었고, 심심풀이 삼아 모든 말의 성적을 기록했다. 그의 이야기에 따르면 말들은 아주 형편없는 놈들이지만 우리는 그런 말들이 출장하는 경마로 만족해야 했다. 노신사 마이어스 씨는 로저스를 좋아하여 그에게 정보를 주었다. 마이어스 씨는 거의 모든 경마에서 이겼는데, 배당금이 줄어들기 때문에 남에게 정보를 알려 주는 것을 꺼려했다. 경마에는 사람을 속이는 뒷거래가 만연했다. 다른 나라의 경마장에서 출장이 금지된 기수들도 이탈리아에서는 출전이 가능했다. 마이어스의 정보가 믿을 만하긴 했지만 나는 그에게 부탁하지 않았다. 가끔 그는 숫제 대꾸도 않는 때가 있었던 것이다. 그는 정보를 주는 것을 꺼리면서도 어떤 이유에서인지 우리에게 가르쳐 주어야 한다는 의무감을 느끼는 듯했다. 하지만 크로웰에게는 호의적이었다. 크로웰은 두 눈에 부상을 입었는데 한쪽 눈이 더 심했다. 마이어스 역시 눈병으로 고생한 적이 있어서 크로웰을 좋아하는 것 같았다. 그는 어떤 말에 걸었는지 아내에게조차 알려 주지 않았다. 그녀는 따기도 하고 잃기도 했는데 대부분의 경우 잃었고 그래도 내내 수다를 떨었다.

우리 네 사람은 지붕 없는 마차를 타고 산 시로[48]를 향해 달렸다. 화창한 날이었다. 공원을 지나고 전찻길을 따라 시내를 빠져나온 다음 흙먼지가 풀썩거리는 교외 길로 접어들었다. 철책을 두른 별장, 나무가 무성하게 웃자란 넓은 정원, 물이 콸콸 흐르는 도랑, 잎사귀에 먼지를 뒤집어쓴 푸른 채소밭 따위를 지나쳤다. 들판 너머로 농가와 관개 수로를 갖춘 풍요로운 농장이 보였고 북쪽에 있는 산맥도 시야에 들어왔다. 경마장으로 가는 마차들이 많았다. 우리가 군복을 입고 있었기 때문에 문지기들은 입장권 없이도 들여보내 주었다. 마차에서 내려 경마 일정표를 구입한 다음, 경마장 내야를 가로질러 푹신푹신한 잔디밭으로 된 경주로를 지나서 대기소로 갔다. 특별 관람석은 오래된 목조 건물이었는데, 관람석 아래에는 마권 판매소가 마구간까지 한 줄로 늘어서 있었다. 내야 울타리를 따라 군인들이 잔뜩 몰려들었다. 대기소에는 꽤나 많은 사람들이 운집해 있었고, 기수들은 일반 관람석 뒤쪽 나무 밑에서 경주마들이 원을 그리며 걷도록 시키고 있었다. 관중들 중에는 낯익은 사람들도 있었다. 우리는 퍼거슨과 캐서린에게 자리를 잡아 주고 말들을 지켜보았다.

48 San Siro. 밀라노 근교에 있는 장애물 경마장.

말들은 고개를 숙인 채 마부 뒤를 따라 일렬로 돌고 있었다. 그 가운데 자줏빛이 도는 검정말을 가리키며 크로웰은 염색시킨 것이라고 단언했다. 가만히 지켜보니 그럴 성싶었다. 그 말은 안장을 얹으라는 신호가 울리기 직전에 끌려 나왔다. 우리는 마부 완장에 적힌 번호를 보고 경마 일정표에서 그 말을 찾아보았다. 〈자팔라크〉라는 이름을 가진 거세된 검정말이었다. 이번 경마는 1천 리라가 넘는 우승 상금을 탄 적이 없는 말들이 출장하는 경기였다. 캐서린도 그 말이 염색한 것이라고 확신했다. 퍼거슨은 잘 모르겠다고 했다. 나는 좀 의심스럽다고만 생각했다. 우리 모두 그 말에 걸기로 하고 1백 리라를 모았다. 배당 할당표에 따르면 이 말의 배당률은 서른다섯 배나 되었다. 크로웰이 마권을 사러 간 사이, 우리는 기수들이 다시 한 번 말을 달려 보고 나무 아래를 지나 경주로로 나갔다가 출발 지점으로 천천히 몰고 가는 광경을 지켜보았다.

경마를 보기 위해 우리는 일반 관람석으로 올라갔다. 당시 산 시로에는 자동식 출발 장치가 없었기 때문에 출발 신호 담당자들이 모든 말들을 일렬로 늘어서게 했다. 경주로에 선 말들은 자그맣게 보였다. 신호 담당자들이 긴 채찍을 철썩 휘둘러 출발시켰다. 검정말이 선두를 달리며 우리 앞을 지나갔고, 반환점에서 일찍감치 다른 말들을 따돌렸다. 나는 멀리서 망원경으로 관찰했다. 기수는 말이 질주하는 속도를 제어하려 애썼지만 여의치 않았다. 반환점을 돌아 직선 코스로 접어들었을 때 검정말은 15마신이나 앞서 있었다. 말은 결승선을 지나고 나서도 힘이 남아돌아 반환점까지 그대로 달려갔다.

「굉장해요!」 캐서린이 외쳤다. 「우린 3천 리라도 넘게 딸 거예요. 굉장한 말인가 봐요.」

「배당금을 주기 전에 말의 염색이나 번지지 않았으면 좋겠군.」 크로웰이 말했다.

「정말 굉장한 말이에요.」 캐서린은 계속 감탄했다. 「마이어스 씨도 그 말에 걸었을까?」

「우승한 말에 걸었습니까?」 내가 큰 소리로 마이어스에게 물었다. 그는 고개를 끄덕였다.

「난 안 걸었어요.」 마이어스 부인이 말했다. 「어느 말에들 걸었어요?」

「자팔라크요.」

「정말? 서른다섯 배예요!」

「우린 그 말의 색깔이 마음에 들었어요.」

「난 아니에요. 너무 초라해 보였거든요. 다들 그 말에 걸지 말라고 했어요.」

「배당률은 그리 높지 않을걸.」 마이어스가 말했다.

「배당표에는 서른다섯 배라고 나와 있는데요.」 내가 대답했다.

「그렇게까지 돌아가지는 않을 거야. 마지막 순간에 사람들이 그 말에 돈을 많이 걸었거든.」

「누가요?」

「캠프턴 일당이지. 두고 보면 알걸. 두 배 이상은 안 돌아올 거요.」

「그럼 3천 리라는 날아갔네요.」 캐서린이 말했다. 「이런 사기 경마는 딱 질색이에요.」

「2백 리라는 쥐겠군.」

「그까짓 푼돈. 그런 돈을 뭐에 쓰겠어요. 3천 리라를 딴다고 생각했는데.」

「끔찍한 사기로군요.」 퍼거슨이었다.

「그러게.」 캐서린이 대답했다. 「사기니까 우리가 그 말에 걸도록 그냥 내버려 뒀겠지. 3천 리라를 땄다면 좋았을 텐데.」

「내려가서 한잔 마시고 얼마나 배당하는지 좀 봅시다.」 크로웰이 말했다. 우리는 번호를 게시한 곳으로 나갔다. 배당금을 준다는 신호음이 울리자, 우승한 자팔라크 뒤에 〈18.50〉이라는 숫자가 게시되었다. 건 돈이 10리라면 두 배도 안 된다는 뜻이었다.

우리는 본부 스탠드 아래쪽에 있는 간이 술집으로 내려가 위스키소다를 한 잔씩 마셨다. 안면이 있는 이탈리아인 두 명과 부영사 맥애덤스도 만났다. 우리가 여자들에게 돌아가자 그들도 따라왔다. 이탈리아 사람들은 무척 정중했다. 우리가 다시 돈을 걸려고 내려가 있는 동안 맥애덤스는 캐서린의 말벗이 되어 주었다. 마이어스 씨는 마권 판매소 근처에 서 있었다.

「저분이 어느 말에 걸었는지 물어보게.」 나는 크로웰에게 말했다.

「마이어스 씨, 어디에 걸었어요?」 크로웰이 물었다. 마이어스는 경마 일정표를 꺼내 들고 연필로 5번을 찍었다.

「우리도 그 말에 걸어도 괜찮을까요?」

「해보게나. 하지만 우리 마누라한테는 말하지 말고.」

「한잔하시겠습니까?」 내가 물었다.

「아니, 난 술 안 마셔.」

우리는 5번의 우승에 1백 리라를, 3위 이내의 승리에 1백 리라를 건 다음 다시 위스키소다를 마셨다. 기분이 아주 좋았다. 우리는 이탈리아 사람 두어 명을 더 만나 그들과 술을 마시고 같이 여자들 있는 곳으로 돌아갔다. 이 사람들도 조금 전에 만난 두 이탈리아인만큼이나 정중했다. 잠시 후, 아무도 자리에 앉을 수가 없었다. 나는 캐서린에게 마권을 건넸다.

「어떤 말이에요?」

「잘 몰라. 마이어스 씨가 찍은 말이니까.」

「이름도 몰라요?」

「응. 일정표를 보면 알겠지. 5번일걸.」

「참, 감동적일 정도로 남의 말을 잘 듣는군요.」 캐서린이 말했다. 5번이 우승하긴 했지만 배당은 쥐꼬리만 했다. 마이어스 씨는 화를 냈다.

「겨우 20리라를 따겠다고 2백 리라를 걸다니. 10리라 배당금이 12리라라는 게 말이나 돼? 아내는 20리라를 잃었고.」

「당신이랑 같이 아래로 내려갈래요.」 캐서린이 내게 말했다. 이탈리아 사람들도 모두 자리에서 일어섰다. 우리는 아래로 내려가 말 대기소로 갔다.

「이런 거 좋아해요?」

「응, 좋아해.」

「나도 괜찮아요.」 그녀가 말했다. 「하지만 달링, 이렇게 많은 사람들을 만나는 건 견딜 수 없어요.」

「별로 많은 것도 아닌데.」

「그래요. 하지만 마이어스 부부니, 부인과 딸을 데려온 은행원이니 하는 사람들은 ─」

「내 일람불 환어음을 현금으로 바꿔 주는 사람이야.」

「그래요, 하지만 그가 안 해주면 다른 사람이 해주겠죠. 나중에 만난 네 명은 정말 형편없는 사람들이던데요.」

「그럼 이곳에 남아 울타리에서 경마를 구경하지.」
「그거 좋겠네요. 달링, 이번에는 마이어스 씨가 걸지도 않고, 이름도 들어 본 적 없는 말에 걸어 봐요.」
「좋아, 그러지.」

우리는 〈나의 빛〉이라는 이름의 말에 걸었는데, 그 말은 다섯 마리가 뛰는 경마에서 4위를 했다. 우리는 울타리에 몸을 기댄 채, 말들이 질주하고 발굽 소리 요란하게 지나가는 모습을 지켜보았다. 멀리 숲과 들판 너머의 밀라노 시내와 그 너머 산맥이 시야에 들어왔다.

「기분이 훨씬 상쾌해지네요.」캐서린이 말했다. 말들은 땀을 흘려 온몸이 흠뻑 젖은 채 문을 지나 되돌아왔고, 기수들은 말을 진정시키면서 타고 가다가 나무 아래에서 내렸.

「술 한잔 하겠어요? 여기에선 마시면서 경마를 구경할 수 있겠네요.」
「내가 가져오지.」나는 말했다.
「보이를 시켜요.」그녀가 손을 들자 마구간 옆의 파고다 바에서 보이가 왔다. 우리는 원형 철제 탁자에 앉았다.
「우리 둘만 있는 편이 낫지 않아요?」
「그럼.」나는 말했다.
「저기 사람들이 많이 모여 있을 때 난 고독했어요.」
「이 자리가 최고야.」
「그래요, 정말 아름다운 경주로예요.」
「매력적이지.」
「당신의 기분을 망칠 생각은 없어요, 달링. 당신이 원하면 언제든지 저 위로 돌아가도 돼요.」
「아니, 여기에 남아 술이나 마실래. 그런 다음 더 아래로 내려가서 물웅덩이 장애물 경마를 구경하자고.」
「정말 내게 잘해 주는군요.」 캐서린은 말했다.
 한참 동안 둘이서만 있다가 우리는 즐거운 마음으로 다시 사람들에게 돌아갔다. 멋진 시간이었다.

21

 9월이 되자 공기가 차가워지면서 서늘한 밤이 찾아오더니 이어 대낮에도 쌀쌀해지고 공원의 나뭇잎들에 단풍이 들기 시작해 우리는 여름이 지나간 것을 실감했다. 전선의 상황은 아주 불리하게 돌아가고 있었다. 아군은 산 가브리엘레를 점령하지 못했다. 바인시차 고지 전투는 끝났고, 그달 중순이면 산 가브리엘레 전투도 끝날 예정이었다. 이탈리아군은 그곳을 점령할 수 없었다. 에토레는 전선으로 복귀했다. 경마장의 말들도 로마로 옮겨 가는 바람에 경마도 열리지 않았다. 크로웰은 먼저 로마에 후송되었다가 미국으로 송환될 것이었다. 밀라노 시내에서 반전 시위가 두 번이나 일어났고 토리노에서도 심각한 시위가 터졌다. 클럽의 영국인 소령은 이탈리아군이 바인시차 고지와 산 가브리엘레에서 15만의 병력을 잃었고 카르소에서도 4만 명의 손실을 입었다고 알려 주었다. 술을 마시는 내내 소령은 계속 떠들어 댔다. 이곳 남부 지역의 전투도 올해는 끝났어. 이탈리아군은 잘 씹지도 못하는 주제에 많이 물어뜯으려 한 꼴이지. 플랑드르 전선의 공격도 불리하게 돌아간다고. 올가을처럼 전사자가 많이 발생한다면 1년 뒤에 연합군은 무너지고 말걸. 우리 모두 끝장났지만 우리가 그 사실을 깨닫지 못하는 한 모든 것이 괜찮을 거야. 실제로 우리 모두는 끝장났지. 중요한 건 그런 사실을 모르는 체하면서 외면하는 거라고. 역설적이지만 자신들이 끝장났다는 것을 인정하지 않는 국가는 마침내 승리를 거둘지도 모르거든. 우리는 한 잔씩 더 마셨다. 내가 어느 부대의 참모였냐고? 나는 참모가 아니야. 하지만 그는 참모였다. 모든 게 순 헛소리야. 클럽에는 커다란 가죽 소파에 깊숙이 몸을 파묻고 앉은 우리 둘뿐이었다. 그가 신은 군화는 광택 없는 가죽 제품으로 말끔하게 닦인 훌륭한 반장화였다. 그는 모든 게 순 헛소리라고 말했다. 군 당국은 사단의 숫자나 병력의 관점에서만 생각하지. 〈사단, 사단〉 하고 소리치다가 막상 사단 병력을 확보하면 전선에 내보내 몰살시킨다고. 독일군은 승리를 거두었지. 그들은 틀림없이 제대로 된 군인이니까. 옛 훈족의 후예인 독일군은 강인한 전사야. 하지만 그들도 끝장난 것은 마찬가지지. 우리 모두가 끝장났다니까. 나는 러시아군에 대해서 물었다. 그들도 이미 끝장났다고 소령은 대답했다. 자네도 곧 그들이 끝장났다는 걸 알게 될 걸세. 오스트리아군도 끝장났지. 독일군 몇 개 사단을 지원받는다면 전쟁을 계속할 수는 있겠지만. 올가을에 오스트리아군이 공격할까요? 물론이지. 이탈리아군도 끝장났네. 누구나 그 사실을 알고 있지. 훈족의 후예가 트렌티노를 돌파하고 비첸차의 철도를 차단하면 이탈리아군이 어디로 가겠나? 1916년에도 그런 작전을 펼쳤지요, 나는 말했다. 독일군은 아니었어. 아니, 독일군이었어요, 내가 대답했다. 하지만 그런 작전은 아마도 안 쓰겠지, 너무 단순하고 뻔하니까. 뭔가 복잡한 작전을 벌이면서 잘난 체하다가 독일군도 아주 폭삭 끝장나 버릴 테지. 가봐야겠습니다, 내가 말했다. 병원으로 돌아가야 했다.「잘 가게.」소령은 인사했다. 그러고는 쾌활하게 덧붙였다.「모든 행운이 함께하길!」그의 쾌활한 태도와 비관적인 세계관은 꽤나 대조적이었다.

나는 이발소에 들려 면도를 하고 병원으로 돌아왔다. 벌써 오래전에 내 다리는 잘 걸을 수 있을 만큼 회복되어 있었다. 사흘 전에 오스페달레 마조레에서 검사를 받았다. 하지만 그 병원에서의 치료 과정이 끝나려면 여전히 몇 가지 처치를 더 받아야 했다.

나는 절름거리지 않으려고 애쓰며 이면 도로에서 걷는 연습을 했다. 어떤 노인이 아케이드 아래에서 실루엣 뜨기를 하고 있었다. 나는 걸음을 멈추고 지켜보았다. 아가씨 둘이 자세를 취하고 있었고, 그는 고개를 갸우뚱 기울인 채 그녀들을 바라보면서 아주 빠른 솜씨로 실루엣을 만들어 잘랐다. 여자들은 깔깔거리며 웃었다. 흰 종이에 실루엣을 붙여 여자들에게 건네기 전에, 노인은 내게 먼저 보여 주었다.

「멋지죠? 중위님 것도 하나 만들어 드릴까요?」

여자들은 실루엣을 들여다보고 웃음을 터뜨리면서 멀어져 갔다. 예쁜 아가씨들이었다. 그중 하나는 병원 건너편 와인 바에서 일하는 아가씨였다.

「좋아요, 어디 해봅시다.」나는 말했다.

「모자를 벗으세요.」

「아니, 쓴 채로 해줘요.」

「그럼 멋지게 안 나오는데.」그는 명랑한 목소리로 말을 이었다.「하긴, 그게 더 군인답겠군요.」

그는 가위로 검은 종이를 오려 내고 두껍게 오려진 두 장을 따로 떼어 낸 다음, 그 실루엣을 카드에 붙여 내게 건넸다.

「얼마죠?」

「됐습니다.」그는 손을 저었다. 「그냥 해드리는 겁니다.」

「받으세요.」나는 동전 몇 개를 꺼냈다. 「미안하잖아요.」

「아닙니다. 그 실루엣은 심심풀이로 만들어 본 겁니다. 애인에게 주세요.」

「고맙습니다. 또 만나요.」

「안녕히 가세요.」

나는 병원으로 갔다. 편지 몇 통과 공문서 한 통 따위의 것들이 나를 기다리고 있었다. 공문서는 3주 동안 요양 휴가를 다녀온 뒤에 전선으로 복귀하라는 내용이었다. 나는 주의 깊게 읽었다. 그래, 그렇게 되었군. 요양 휴가는 치료 과정이 끝나는 10월 4일부터였다. 3주는 스물한 날. 휴가를 마치고 돌아오면 10월 25일이 된다. 나는 외출하겠다고 병원 직원들에게 얘기한 다음, 병원에서 조금 떨어진 식당으로 나가 저녁을 먹으며 편지들과 「코리에레 델라 세라」[49]를 읽었다. 할아버지가 보낸 편지도 있었다. 가족의 소식과 함께 애국적인 격려의 글, 2백 달러의 송금 수표, 스크랩한 기사 몇 개가 들어 있었다. 고리치아 장교 식당의 사제가 보낸 지루한 편지, 프랑스군 비행 조종사가 된 친구의 편지도 있었다. 제멋대로 날뛰는 녀석들과 잘 어울리고 있다는 이야기였다. 리날디도 짧은 편지로 밀라노에서 언제까지 죽칠 것인지, 뭔가 새로운 뉴스가 있는지 물었다. 그는 내게 레코드판을 사 오라며 목록을 동봉해 보냈다. 나는 키안티 작은 병을 반주 삼아 식사를 마친 다

---

49 Corriere della Sera. 일간지. 〈저녁 뉴스〉라는 뜻.

음 커피를 마시고 코냑도 한 잔 했다. 그러고는 신문을 읽고 나서 편지들을 호주머니에 집어넣고, 다 읽은 신문과 팁 몇 푼을 식탁에 올려 둔 채 나왔다. 병실에 돌아와 외출복을 벗고서 잠옷으로 갈아입었다. 발코니로 통하는 문의 커튼을 내리고 침대에 앉아, 마이어스 부인이 군인 환자들을 위해 가져다준 보스턴 신문을 읽었다. 시카고 화이트삭스는 아메리칸 리그의 페넌트 레이스에서 우승했고, 뉴욕 자이언츠는 내셔널 리그에서 선두를 달렸다. 베이브 루스는 보스턴의 투수로 활약하고 있었다. 논조는 지루했고, 기사는 진부한 지역 사건을 다루었으며, 전쟁 뉴스는 모두 오래된 구문들이었다. 미국 뉴스는 온통 신병 훈련소에 관한 것뿐이었다. 내가 그곳의 훈련병 신세가 아닌 것이 천만다행이었다. 읽을 만한 것이라고는 야구 기사뿐이었는데 정작 나는 야구 경기에 관심이 없었다. 여러 신문들이 한자리에 너절하게 모여 있어서 도무지 흥미를 느끼며 읽을 수가 없었다. 더욱이 최신 신문들도 아니고. 그래도 나는 한참 동안 읽었다. 미국이 정말로 참전할 것인지, 그리고 메이저 리그를 중단할 것인지 궁금했다. 메이저 리그를 중단하지는 않겠지. 밀라노에서도 경마가 계속되고 있지만 그것 때문에 전쟁 상황이 더 나빠지지는 않았으니까 문제 삼을 것도 없잖아. 하지만 프랑스에서는 경마가 중단되었지. 자팔라크라는 말도 프랑스에서 건너온 말이었고. 캐서린은 밤 9시부터 일하게 되어 있었다. 야간 근무를 하러 왔을 때, 나는 복도를 지나가는 그녀의 발걸음 소리를 들었고 한번은 홀을 지나가는 모습을 보기도 했다. 그녀는 이 방 저 방을 돌아다니더니 마침내 내게 왔다.

「늦었어요, 달링.」 그녀는 말했다. 「할 일이 많아서. 좀 어때요?」

나는 공문과 휴가 이야기를 전했다.
「잘됐네요. 어디로 가고 싶어요?」
「아무 데도 가고 싶지 않아. 여기 그냥 있고 싶어.」
「또 주책없는 소리. 휴가지를 고르면 나도 따라갈래요.」
「당신이 어떻게 가?」
「지금은 몰라요. 하지만 따라갈 거예요.」
「당신 정말 대단한데.」
「그렇지도 않아요. 잃을 게 아무것도 없으면 인생은 살아나가기가 그리 어렵지 않으니까요.」
「무슨 소리야?」
「아무것도 아니에요. 과거에는 큰 장애물로 보였던 것이 때로는 하찮게 보이기도 한다는 뜻이에요.」
「그래도 인생은 만만치 않다고.」
「아니, 그렇지 않아요, 달링. 필요하다면 사직하면 되니까. 하지만 그렇게까지 되지는 않을 거예요.」
「어디로 갈까?」
「난 상관없어요. 당신이 원하는 곳이라면 어디든지. 또 아는 사람이 없는 곳이라면 어디든지.」
「어디로 가도 신경 안 쓴다는 거야?」
「신경 안 써요. 당신이 고르는 곳이라면 다 좋아요.」
그녀는 왠지 속상해하는 듯했고 신경이 날카로운 것 같기도 했다.
「캐서린, 오늘 좀 이상한데?」
「뭐가요? 전혀 아니에요.」
「아냐, 좀 이상해.」

「아무렇지도 않아요. 정말이에요.」

「뭔가 있어. 얘기해 봐. 내게는 털어놓을 수 있잖아.」

「아무것도 아니라니까요.」

「어서 얘기해 봐.」

「말하기 싫어요. 당신을 불행하게 하거나 걱정하게 만들 것 같아요.」

「아냐, 그럴 리 없어.」

「정말? 난 괜찮지만 당신이 걱정할까 봐 그래요.」

「당신이 괜찮다면 나도 괜찮아.」

「그래도 말 안 할래요.」

「어서 얘기해 봐.」

「꼭 해야 돼요?」

「응.」

「아이가 생긴 것 같아요, 달링. 3개월쯤 됐어요. 걱정하는 거 아니죠, 응? 제발, 걱정하면 안 돼요.」

「괜찮아.」

「정말 괜찮아요?」

「당연하지.」

「모든 수를 다 써봤어요. 별별 피임약을 다 먹었는데도 소용없었어요.」

「난 걱정 안 되는데.」

「어쩔 수가 없었어요, 달링. 하지만 난 괜찮아요. 당신도 근심하거나 당황하면 안 돼요.」

「당신이 걱정될 뿐이야.」

「바로 그게 문제예요. 그런 걱정은 하지 마요. 누구든지 아이는 가질 수 있으니까. 누구나 임신을 해요. 자연스러운 일이죠.」

「당신은 정말 대단해.」

「아니, 그렇지 않아요. 아무튼 걱정하지 말아요. 당신을 괴롭게 만들지 않겠어요. 지금 당신에게 문제를 일으켰다는 거 알아요. 하지만 이제까지는 착한 여자였잖아요? 당신은 줄곧 아무것도 몰랐죠?」

「응.」

「앞으로도 그렇게 행동하면 돼요. 그냥 걱정 안 하면 되는 거예요. 걱정하고 있군요. 제발 그러지 마요. 근심하지 말라니까요. 당장 그만둬요. 술 한잔 하겠어요? 당신은 술을 마시면 쾌활해지니까.」

「아니, 난 기분 좋은걸. 당신은 정말 굉장해.」

「그렇지 않아요. 하지만 당신이 휴가지만 정하면 모든 준비를 할게요. 10월이라 아주 멋질 거예요. 멋진 시간을 보낼 거고, 당신이 전선으로 복귀하면 매일 편지를 쓸 거예요.」

「내가 귀대하면 당신은 어디 있을 거지?」

「아직은 모르겠어요. 하지만 좋은 곳으로 가야죠. 그런 곳을 찾아볼게요.」

우리는 한참 동안 조용히 앉아서 아무 말도 하지 않았다. 캐서린은 침대에 걸터앉아 있었고 나는 그녀를 바라보았지만 둘 중 누구도 서로의 몸에 손을 대지 않았다. 누군가 방으로 쑥 들어오는 바람에 어색하게 마주 앉은 모양처럼, 우리는 떨어져 있었다. 이윽고 그녀가 손을 내밀어 내 손을 잡았다.

「화난 거예요, 달링?」

「아니.」

「덫에 빠진 기분이 들지 않나요?」

「약간. 하지만 당신 탓은 아니야.」

「내가 당신을 덫에 빠뜨렸다는 뜻이 아니에요. 그런 바보 같은 소리는 하지 마요. 그저 막연하게 덫에 빠졌다는 거지.」

「우리는 언제나 생물적인 덫에 빠져 있다는 기분이 들어.」

몸을 흔들거나 손을 뺀 것은 아니었지만 그녀의 마음은 다른 생각을 하느라고 아주 먼 데 가 있는 듯했다.

「〈언제나〉는 듣기 좋은 말이 아니군요.」

「미안해.」

「괜찮아요. 하지만 난 전에 임신한 적도 없고 심지어 누구를 사랑한 적도 없어요. 당신이 원하는 대로 행동하려고 애썼는데, 〈언제나〉라는 말은 너무한 것 같아요.」

「내 혓바닥을 잘라 버리고 싶어.」

「아, 당신도 참!」 그녀의 넋 나갔던 정신이 되돌아왔다. 「내 말에 신경 쓸 거 없어요.」 우리 둘은 다시 하나가 되었고 어색한 분위기도 사라졌다. 「우리는 정말로 한 몸이니까 일부러 오해를 해서는 안 돼요.」

「그럼.」

「하지만 사람들은 흔히 오해를 하죠. 서로 사랑하다가 일부러 오해해서 싸우고 갑자기 서먹서먹해져요.」

「싸우면 안 되지.」

「싸우지 말아야 해요. 이 세상에서 우리 둘만 같은 편이고, 나머지는 모두 남이기 때문이죠. 우리 사이에 뭔가 틈이 생기면 우리는 끝장이고, 세상은 우리를 마음대로 쥐고 흔들 거예요.」

「그렇게는 못 할걸.」 나는 말했다. 「당신은 아주 용감하니까. 용감한 사람에게는 아무 일도 벌어지지 않아.」

「그들도 죽기는 하죠.」

「하지만 한 번뿐이야.」

「무슨 소린지 잘 모르겠어요. 누가 한 말이죠?」

「비겁한 자는 1천 번을 죽고, 용감한 자는 한 번밖에 죽지 않는대.」[50]

「물론 그렇죠. 누가 그런 말을 했어요?」

「모르겠어.」

「그 말을 한 사람은 어쩌면 비겁한 인간이었을 거예요.」 그녀는 말했다. 「겁쟁이에 대해서는 많이 알았지만 용감한 사람에 대해서는 잘 몰랐던 거죠. 용감하고 총명한 사람이라면 2천 번은 죽을 거예요. 단지 그 무수한 죽음을 말하지 않을 뿐이죠.」

「난 잘 모르겠군. 용감한 사람의 머릿속을 들여다보기란 어려우니까.」

「바로 그런 식으로 용감한 사람은 머릿속 생각을 감추죠.」

「당신은 그 방면의 권위자로군.」

「맞아요, 달링. 난 그런 말을 들을 자격이 충분해요.」

「당신은 용감한 사람이야.」

「아니에요, 하지만 그렇게 되었으면 좋겠어요.」

「난 용감한 사람이 아니지.」 내가 말했다. 「내가 어떤 사람

---

50 셰익스피어의 희곡 「줄리어스 시저Julius Caesar」 제2막 제2장에서 시저의 대사다. 〈비겁한 자는 죽기 전에 여러 번 죽음을 당하지. 하지만 용감한 자는 딱 한 번 죽음의 맛을 볼 뿐이야.〉 헤밍웨이는 〈딱 한 번의 죽음〉이라는 표현을 특히 좋아하여 「프랜시스 매코머의 짧고 행복한 생애The Short Happy Life of Francis Macomber」라는 단편소설에서 셰익스피어의 희곡 「헨리 4세Henry IV」 제2부 제3막 제2장의 유사한 대사를 인용하기도 했다. 〈남자는 단지 한 번 죽을 뿐이야. 우린 모두 하느님에게 죽음을 빚지고 있다고. 어떻게 되었든 간에 올해에 죽는 자는 내년의 죽음을 면제받는다네.〉

인지는 잘 알거든. 전선에 오래 있다 보니 나 자신을 충분히 알게 되었어. 난 2할 3푼을 치지만 그 이상은 도저히 치지 못한다는 것을 아는 야구 선수와 같아.」

「2할 3푼을 치는 야구 선수는 뭐예요? 멋진데요.」

「아니야. 야구에서는 평범한 선수를 가리키는 말이지.」

「하지만 타자는 타자예요.」 그녀가 살짝 나를 치켜세웠다.

「우리 둘 다 너무 자만하는 거 아니야?」 나는 말했다. 「당신이 용감한 건 사실이지만.」

「아니에요. 하지만 용감해지고 싶어요.」

「우리 둘 다 용감해. 술을 마시면 나는 굉장히 용감해지지.」

「우리는 굉장한 사람들이에요.」 캐서린은 말했다. 그러고는 옷장으로 다가가 코냑과 컵을 가져왔다. 「한잔 마셔요, 달링. 내게 아주 잘 대해 주었으니까.」

「별로 생각이 없는데.」

「한 잔만요.」

「그러지 뭐.」 나는 컵에 코냑을 3분의 1쯤 부어 마셨다.

「너무 많이 마시는군요.」 그녀가 말했다. 「브랜디는 용감한 사람의 술이라지요. 하지만 과음하지는 말아요.」

「전쟁이 끝나면 우린 어디에서 지낼까?」

「아마도 노인이 되어 양로원에 가서 살겠지요. 지난 3년 동안 나는 아주 유치하게도 전쟁이 크리스마스에 끝났으면 하고 기대했어요. 하지만 이제는 우리 아들이 부사령관이 될 때쯤에야 끝날지 모르겠다고 생각하죠.」

「어쩌면 장군으로 진급해 사령관이 될지도 몰라.」

「이 전쟁이 백 년 전쟁으로 번지면 우리 아들은 그 두 가지를 다 할 수 있겠군요.」

「한잔 마시지 않겠어?」

「싫어요. 술을 마시면 당신은 늘 기분이 좋아지지만, 난 머리가 어질어질해지니까요.」

「여태 브랜디를 마셔 본 일이 없나?」

「네, 아주 구닥다리 마누라죠.」

나는 팔을 뻗어 마루에 놓인 술병을 집어 들고 다시 한 잔을 따랐다.

「당신의 전우들을 간호하러 가야겠어요.」캐서린이 말했다.「돌아올 때까지 신문이라도 보고 있어요.」

「꼭 가야 해?」

「지금이든 나중이든.」

「좋아, 그럼 지금 가.」

「나중에 올게요.」

「그동안 난 신문이나 다 읽을게.」나는 말했다.

22

그날 밤 추워지더니 다음 날 일어나 보니 비가 내리고 있었다. 오스페달레 마조레에서 돌아오는 길부터는 억수같이 쏟아져 미국 병원으로 돌아왔을 땐 온몸이 푹 젖었다. 병실로 올라온 뒤에도 장대비가 발코니를 계속 때렸다. 바람에 휘날리는 빗발이 유리창을 거세게 두드렸다. 외출복에서 환자복으로 갈아입고 브랜디를 약간 마셨으나 술맛은 그리 좋지 않았다. 밤중에 메스꺼움을 느꼈고 다음 날 아침 식사를 하자 구역질이 올라왔다.

「의심의 여지가 없군.」 미국 병원 의사는 말했다. 「미스, 중위의 눈 흰자위를 보게나.」

미스 게이지가 들여다보았다. 그들은 거울을 들어 내게도 보여 주었다. 눈의 흰자위가 누렇게 떠 있는 게 황달이었다. 나는 2주간 황달을 앓았다. 그리하여 캐서린과 함께 요양 휴가를 떠날 수 없었다. 우리는 라고 마조레[51]에 있는 팔란차로 떠날 계획이었으나 불발로 끝났다. 단풍이 물드는 가을이면 그곳 풍경이 아주 좋았다. 산책로가 있고, 호수에서 송어 낚

---

51 Lago Maggiore. 북부 이탈리아의 마조레 호수.

시를 할 수도 있었다. 인구가 적어서 스트레사보다 지내기도 한결 좋을 것이었다. 스트레사는 밀라노와의 교통편이 좋아 사람들이 많이 몰려들었다. 팔란차에는 멋진 마을이 있고, 어부들이 사는 섬들까지 배를 저어 갈 수 있으며, 가장 큰 섬에는 식당도 있었다. 하지만 우리는 가지 못했다.

내가 황달로 침대에 드러누워 있던 어느 날, 미스 반 캄펀이 병실로 들어와 옷장 문을 열더니 빈 술병들을 찾아냈다. 그 전에 내가 수위를 시켜 술병 한 아름을 내려보냈는데, 그녀가 그 광경을 보고서 술이 더 남아 있으리라 생각하고 올라온 것이었다. 대부분이 베르무트 병이었고 마르살라 병, 카프리 병, 비어 있는 키안티 병, 두서너 개의 코냑 병도 있었다. 수위는 베르무트가 들어 있던 큰 병과 짚으로 싼 키안티 병을 밖으로 날라 가고 마지막으로 브랜디 병만 남겨 둔 터였다. 미스 반 캄펀은 이 브랜디 병들과 퀴멜이 담긴 곰 모양 병을 찾아냈다. 그녀는 특히 이 곰 모양의 술병을 보고서 버럭 화를 냈다. 술병을 들어 올리자 앞발을 든 채 엉덩이를 깔고 주저앉은 곰의 모습이 드러났는데, 곰의 유리 대가리에는 코르크 마개가 박혀 있었고 밑바닥에는 끈적끈적한 술이 좀 남아 있었다. 나는 웃음이 나왔다.

「퀴멜이오.」 내가 말했다. 「최상품은 곰 모양 술병에 들어 있지요. 러시아산입니다.」

「모두 브랜디 병이지요?」 미스 반 캄펀이 물었다.

「잘 보이지 않지만 아마 그럴 겁니다.」

「얼마나 오랫동안 이렇게 마셨죠?」

「돈을 주고 내가 직접 사 온 것들입니다. 이탈리아 장교들이 자주 나를 찾아오는데 그분들에게 대접하려 했던 거예요.」

「중위님은 안 마셨나요?」 그녀는 물었다.

「나도 마셨지요.」

「브랜디라니.」 그녀가 중얼거렸다. 「브랜디 빈 병이 열한 개나 되고 더군다나 저 곰처럼 생긴 술병까지.」

「퀴멜이에요.」

「사람을 보내 저것들을 치우도록 하죠. 술은 저 빈 병들이 전부인가요?」

「지금으로서는.」

「이런 것도 모르고 황달에 걸린 중위님을 가엾게 여겼군요.」

「동정해 주었다니 고맙군요.」

「전선 복귀를 피하려 한다는 이유로 중위님을 비난할 수는 없겠죠. 하지만 알코올 중독으로 황달에 걸리는 것보다는 더 똑똑한 방법이 있었을 텐데요.」

「무슨 중독?」

「알코올 중독. 내 얘기 분명히 들으셨을 텐데요.」 나는 아무 말도 하지 않았다. 「다른 도피 수단을 찾지 못한다면, 중위님은 황달이 나은 뒤에 전선으로 복귀해야 합니다. 자진해서 걸린 황달 때문에 요양 휴가를 떠날 수는 없어요.」

「그렇게 생각합니까?」

「그럼요.」

「미스 반 캄펀은 황달에 걸린 적이 있나요?」

「아니요, 하지만 그런 환자들은 많이 봤어요.」

「사람들이 황달에 걸려 기뻐 날뛰는 광경을 목격했다는 말인가요?」

「그게 전선 복귀보다는 나을 테니까요.」

「미스 반 캄펀.」 나는 말했다. 「제 발로 자기 불알을 걷어차서 환자가 되려는 사람도 있었나요?」

미스 반 캄펀은 이 고약한 질문을 무시했다. 그녀로서는 그 말을 무시하거나 병실에서 나가야 했는데, 아직 나갈 생각은 없었다. 오랫동안 나를 싫어해 왔으니 지금이야말로 그 증오심을 풀어 버릴 때라고 생각한 것이다.

「자해를 저질러 전선 복귀를 피하려 한 병사들을 많이 알아요.」

「내 질문은 그게 아니었습니다. 나 또한 자해를 저지르는 사람들을 봤어요. 내가 묻는 건 제 발로 자기 불알을 걷어차서 환자가 된 사람을 아느냐는 겁니다. 왜냐하면 그게 황달의 고통과 가장 비슷한데, 여자들이 그런 기분을 경험하는 경우는 거의 없을 테니까요. 그렇기 때문에 당신에게 황달에 걸린 적이 있는지 물은 겁니다. 미스 반 캄펀, 왜냐하면 ─」미스 반 캄펀은 방에서 휙 나가 버렸다. 잠시 후 미스 게이지가 병실로 들어왔다.

「반 캄펀에게 뭐라고 한 거예요? 머리끝까지 화가 났던데.」

「자해의 증세를 비교했죠. 그녀가 결코 겪어 보지 못한 출산(出産)이 황달과 비슷한 느낌일 거라고 말해 줄 셈이었는데.」

「어리석은 짓을 했군요. 그녀는 중위님 머리 가죽을 벗기려 할 거예요.」

「이미 내 머리 가죽을 가져갔어요. 이미 내 휴가를 몰수했고, 어쩌면 나를 군사 법정에 세우려 할지도 모르지. 참 심술궂은 여자예요.」

「처음부터 중위님을 싫어했죠.」게이지가 말했다. 「도대체 무슨 일로 그런 거예요?」

「내가 전선 복귀를 피하기 위해 일부러 술을 마시고 황달에 걸렸다는 거예요.」

「풋.」 그녀가 웃었다. 「중위님은 술을 입에도 안 댔다고 증언해 드릴게요. 누구라도 그렇게 증언하겠다고 나설 거예요.」

「하지만 술병들을 들켰는걸요.」

「술병들을 치우라고 내가 수백 번은 얘기했을 거예요. 어디에 있죠?」

「옷장에.」

「여행 가방 있어요?」

「아니, 저 배낭에 넣어 줘요.」

미스 게이지는 술병들을 배낭에 꾸렸다. 「수위에게 맡길게요.」 그녀는 문으로 갔다.

「잠깐.」 그때 미스 반 캄펀이 갑자기 나타나 말했다. 「이 병들은 내가 증거품으로 가지고 가겠어.」 그녀는 수위를 대동하고 있었다. 「이것들을 나르세요. 보고서를 작성할 때 군의관에게 보여 줄 거야.」

그녀는 복도로 나갔다. 수위가 배낭을 날랐다. 그 안에 무엇이 들어있는지는 그도 잘 알고 있었다.

휴가 타먹을 자격을 박탈당한 것 말고는 아무런 일도 일어나지 않았다.

23

 전선으로 복귀하는 날 밤, 나는 수위를 밀라노 역으로 보내 토리노발 기차가 들어오면 미리 좌석을 잡아 두도록 했다. 토리노에서 군용 열차로 편성되는 기차는 밤 10시 30분경에 밀라노에 도착하여 자정에 떠날 예정이었다. 출발 시간까지 밀라노 역에 머물면서 군인들을 태울 것이다. 군용 열차이므로 무료였으나 좌석을 잡기 위해서는 미리 역에 나가 기차가 들어오기를 기다려야 했다. 수위는 혼자 가지 않고 양복점에서 일하다가 입대하여 기관총수로 복무하던 중 휴가를 나와 있던 친구와 함께 가기로 했다. 둘씩이나 자리를 잡으러 갔으니 그중 하나는 좌석을 잡을 수 있을 거라고 생각한 것이다. 나는 두 사람에게 승강장 입장권 살 돈을 주고 내 짐도 함께 들고 가라고 했다. 큰 배낭 한 개와 잡낭 두 개였다.
 오후 5시경 나는 작별 인사를 하고 병원을 나왔다. 수위가 이미 내 짐을 수위실에 가져다 놓았다. 나는 자정 조금 전까지 역으로 가겠다고 했다. 그의 아내는 나를 〈시뇨리노〉라고 부르면서 울었다. 그녀는 그렁그렁한 눈물을 닦고 악수를 한 뒤에 다시 울었다. 그리고 내가 그녀의 등을 부드럽게 토닥이

자 또다시 울기 시작했다. 그녀는 내 옷을 수선해 주곤 했다. 작고 땅딸막한 체구에 얼굴에는 행복이 가득하고 머리는 하얗게 센 여인이었다. 울 때 그녀의 얼굴은 온통 주름투성이가 되었다. 나는 거리 모퉁이에 자리 잡은 와인 바로 들어가 창밖을 내다보며 캐서린을 기다렸다. 밖은 어둡고 추웠으며 안개가 서려 있었다. 나는 주문한 커피와 그라파 값을 치르고 창가의 불빛으로 거리에 지나가는 사람들을 살폈다. 캐서린의 모습이 보인 순간 창문을 똑똑 두드렸다. 그녀는 주위를 살피더니 나를 보고 미소 지었다. 나는 자리에서 일어나 그녀를 맞았다. 그녀는 암청색 망토에 부드러운 펠트 모자 차림이었다. 우리는 함께 걸었다. 인도를 따라 군데군데 들어선 와인 바를 지나 시장의 광장을 가로지르고, 이어 거리 위쪽으로 올라가 아치로 덮인 길을 통과하여 대성당으로 갔다. 대성당은 안개에 젖어 희뿌옇게 보였다. 전차 선로를 지나자 왼쪽에 창문을 환히 밝힌 상점들이 즐비했고 갤러리아 입구가 있었다. 대성당 광장에는 안개가 자욱했다. 정면으로 다가가자 그 석조 건물은 엄청나게 커 보였다. 돌들은 축축하게 젖어 있었다.

「성당 안으로 들어갈까?」

「아뇨.」 캐서린이 대답했다. 우리는 걸음을 멈추지 않았다. 우리는 돌 버팀벽 그늘에 함께 서 있는 한 병사와 여자 곁을 지나쳤다. 두 남녀는 버팀벽에 바짝 기대어 있었는데 남자가 망토로 여자를 감싸고 있었다.

「우리 같은 사람들이군.」 내가 말했다.

「아무도 우리와 같지 않아요.」 캐서린이 대꾸했다. 그리 행복한 말투는 아니었다.

「저 사람들도 어디 아늑한 곳으로 가면 좋을 텐데.」
「그런 곳에 가더라도 별수가 생기겠어요?」
「글쎄, 누구든 갈 곳은 있어야지.」
「대성당이 있잖아요.」 캐서린이 말했다. 이제는 대성당을 지났다. 광장 끝까지 가서 뒤돌아보니 안개에 묻힌 대성당이 아름다웠다. 우리는 가죽 제품을 취급하는 상점 앞에 잠시 섰다. 진열장에는 승마화, 배낭, 스키 장화 등이 있었다. 전시물답게 각각의 상품들 사이에는 일정한 간격을 두었다. 배낭은 중앙에, 승마화는 한쪽 끝에, 스키 장화는 반대쪽 끝에 멀찍이 떨어져 있었다. 검은색 가죽은 기름을 발라 길들인 안장처럼 반들반들했다. 광택 없는 가죽에 기름을 먹인 제품들이 전깃불에 더욱 반짝거렸다.
「언제 스키를 한번 타러 가.」
「두 달만 지나면 뮈렌에서 스키장을 개장할 거예요.」
「그럼 그곳으로 가지.」
「그래요.」 그녀가 대답했다. 우리는 다른 진열장들을 지나쳤고 방향을 틀어 이면 도로 쪽으로 내려갔다.
「이 길로는 와본 적이 없는 것 같아요.」
「마조레 병원에 다니던 길이지.」 나는 말했다. 좁은 골목길이라 우리는 오른쪽에 바싹 붙어 걸었다. 많은 사람들이 안개 속을 오가고 있었다. 거리에 즐비한 상점 진열장마다 불이 켜져 있었다. 우리는 치즈를 잔뜩 쌓아 놓은 진열장을 구경했다. 나는 무기 판매점 앞에서 걸음을 멈추었다.
「잠깐 들어가 보자. 총을 하나 사야겠어.」
「어떤 총?」
「권총 말이야.」 우리는 상점으로 들어갔다. 나는 빈 권총집이 달린 벨트를 풀어 판매대 위에 올려놓았다. 판매대에는 여점원 둘이 있었다. 그들이 몇 자루의 권총을 가져다 보여 주었다.

「이 권총집의 규격과 맞아야 해요.」 나는 권총집을 열면서 말했다. 회색 가죽으로 된 것이었는데 시내에서 차고 다니기 위해 사둔 중고품이었다.

「괜찮은 권총들이 있나요?」 캐서린이 물었다.

「다 비슷비슷한데. 이 권총을 쏴볼 수 있을까요?」 내가 여점원에게 물었다.

「지금은 사격할 수 있는 곳이 없어요.」 그녀가 대답했다. 「하지만 물건은 아주 좋아요. 이거라면 틀림없을 거예요.」

나는 총을 집어 들고 방아쇠를 당겨 보았다. 스프링이 약간 뻑뻑했지만 느낌은 좋았다. 조준해서 다시 당겨 보았다.

「중고품이에요.」 여자는 말했다. 「명사수인 장교가 지녔던 총이죠.」

「그가 이 가게에서 사 간 건가요?」

「그럼요.」

「어떻게 다시 입수했죠?」

「당번병에게서 샀어요.」

「어쩌면 내 총도 있을지 모르겠군. 얼마죠?」

「50리라. 아주 저렴해요.」

「좋아요. 예비 탄창 둘이랑 실탄 한 상자도 줘요.」

그녀는 판매대 아래에서 물건을 꺼냈다.

「대검은 필요 없으세요? 아주 싼 중고품이 있는데.」

「전선으로 가는 길이에요.」

「아, 그러시면 대검은 필요 없겠네요.」

나는 권총과 실탄 대금을 치렀다. 탄창을 제자리에 채운 다음 권총을 빈 권총집에 집어넣고 예비 탄창에 나머지 탄환을 채워 권총집에 달린 가죽 주머니에 넣은 뒤에 다시 벨트를 찼다. 권총이 달려 있으니 벨트가 묵직했다. 무겁긴 하지만 그래도 정규 권총을 장만하는 편이 낫지, 하고 나는 생각했다. 탄환을 언제든지 얻을 수 있으니까.

「이제 완전 무장이군.」 나는 말했다. 「잊지 말고 꼭 해야 할 일이었지. 병원으로 후송되는 중에 어떤 놈이 내 총을 훔쳐갔거든.」

「성능 좋은 권총이면 좋겠네요.」 캐서린은 말했다.

「더 필요하신 건 없으세요?」 여점원이 물었다.

「없는 것 같군요.」

「그 권총에는 매는 끈도 있어요.」

「나도 봤어요.」 여점원은 뭔가 좀 더 팔고 싶어 했다.

「호루라기는 필요 없으세요?」

「필요 없어요.」

여점원과 인사를 하고 우리는 인도로 나왔다. 캐서린이 진열장을 들여다보았다. 여점원이 내다보고 다시 고개 숙여 인사했다.

「나무에 박아 넣은 저 작은 거울들은 뭐에 쓰는 거죠?」

「새를 유혹하는 물건이야. 들판에 나가 저것들을 빙빙 돌리면 종달새들이 그걸 보고 날아오는데, 그러면 이탈리아 사람들은 엽총으로 쏘아 잡지.」

「영리한 사람들이네요. 미국에서는 종달새 같은 건 별로 안 잡겠죠?」

「흔치는 않지.」

우리는 거리를 가로질러 건너편 보도로 걷기 시작했다.

「이제는 기분이 좋아졌어요.」 캐서린은 말했다. 「아까 만나 걸을 때에는 아주 울적했거든요.」

「우리가 함께 있으면 언제나 마음이 포근해지지.」

「우리는 늘 함께 있을 거예요.」

「그래, 자정에 내가 떠나는 것만 빼면.」

「달링, 그런 생각은 그만둬요.」

우리는 거리 위쪽으로 걸어 올라갔다. 안개가 불빛들을 노랗게 만들었다.

「피곤하지 않아요?」 캐서린이 물었다.

「당신은?」

「괜찮아요. 걷는 게 재미있어요.」

「하지만 너무 오래 걷지는 말자고.」

「그래요.」

우리는 방향을 바꾸어 불빛이 없는 이면 도로로 들어가 걸었다. 나는 문득 걸음을 멈추고 캐서린에게 키스했다. 그녀의 손이 내 어깨로 올라오는 것이 느껴졌다. 그녀가 내 망토를 끌어당겨 자신의 몸을 감쌌고, 우리 두 사람은 하나의 망토에 싸였다. 우리는 이면 도로 한구석, 높은 담에 바싹 붙어 서 있었다.

「좀 근사한 곳으로 가지.」

「좋아요.」 캐서린은 대답했다. 우리는 이면 도로를 따라 걸어서 운하 옆으로 난 넓은 대로까지 나왔다. 운하 건너편에는 벽돌 담벼락과 건물들이 늘어서 있었다. 바로 앞 거리 아래쪽에 다리를 건너가는 전차가 보였다.

「다리 앞에서 마차를 잡을 수 있을 거야.」 내가 말했다. 우리는 안개 낀 다리에서 마차를 기다렸다. 전차 몇 대가 귀가하는 사람들을 가득 태운 채 거리를 지나갔다. 이윽고 마차 한 대가 왔지만 손님이 타고 있었다. 자욱한 안개가 비로 바뀌어 부슬부슬 내리기 시작했다.

「걷거나 전차를 타야겠어요.」 캐서린이 말했다.

「마차가 올 거야. 여기가 길목이거든.」

「저기 한 대 오네요.」

마부는 말을 세우고 미터기에 달린 금속 표지를 내렸다. 마차 덮개는 닫혀 있었고 마부의 외투에는 물방울이 묻어 있었다. 니스를 칠한 마부의 모자가 비에 젖어 반짝거렸다. 우리는 좌석에 나란히 앉았다. 머리 위의 방수 덮개 때문에 좌석은 어둑어둑했다.

「마부에게 어디로 가자고 했어요?」

「기차역으로. 그 건너편에 우리가 가려는 호텔이 있지.」

「이대로 가도 괜찮은 거예요? 짐도 없이?」

「응.」 나는 대답했다.

비가 내리는 가운데 뒷골목을 누비며 기차역에 도착하기까지는 상당한 시간이 걸렸다.

「저녁은 안 먹어요?」 캐서린이 물었다. 「배가 고파질 것 같은데.」

「방으로 시켜 먹으면 되지.」

「입을 게 없어요. 잠옷조차.」

「하나 사면 돼.」 나는 그렇게 말하면서 마부를 불렀다.

「비아 만초니로 쭉 올라갑시다.」 그는 고개를 끄덕이고 다음 길목에서 왼쪽으로 방향을 틀었다. 큰 거리로 나서자 캐서린은 상점을 찾기 위해 두리번거렸다.

「저기 상점이 있네요.」 그녀가 말했다. 마차를 세우자 캐서린은 길에 내려 인도를 건너 상점으로 들어갔다. 나는 좌석에 편하게 앉아 그녀가 오기를 기다렸다. 비는 계속 내렸다. 젖은 거리에서 빗물 냄새가 풍겨 왔고 말은 비를 맞아 온몸에서 김을 모락모락 뿜어냈다. 그녀가 꾸러미를 들고 돌아와 좌석에 오르자 마차는 다시 달리기 시작했다.

「사치를 부렸어요, 달링.」 그녀가 말했다. 「하지만 아주 좋은 잠옷이에요.」

호텔에 도착하자 나는 캐서린에게 마차에서 기다리라고 말한 뒤에 안으로 들어가 지배인에게 방을 달라고 했다. 방은 많았다. 곧 마차로 나가 마부에게 요금을 치른 다음 캐서린과 함께 호텔로 들어갔다. 단추가 달린 제복을 입은 키 작은 보이가 짐을 날랐다. 지배인이 엘리베이터 쪽으로 걸어가는 우리를 보고 고개 숙여 인사했다. 엘리베이터는 붉은 벨벳과 놋쇠가 많이 사용된 화려한 것이었다. 지배인도 우리와 함께 엘리베이터에 올랐다.

「식사는 방에서 하시겠습니까?」

「그래요. 메뉴를 올려다 주시오.」 내가 대답했다.

「뭔가 특별한 것을 주문하시겠습니까? 사냥으로 잡은 새라든지 수플레 같은 것 말씀입니다.」

엘리베이터는 계속해서 덜컹덜컹 소리를 내며 3층을 통과더니 철커덕 소리를 내며 멎었다.

「사냥한 새는 뭐가 있소?」

「꿩이나 도요새가 있습니다.」

「도요새로 하지요.」 내가 말했다. 우리는 복도를 걸어갔다. 낡은 카펫이 깔린 복도 양편에 문들이 즐비했다. 지배인은 어느 방 앞에서 걸음을 멈추더니 열쇠로 문을 열었다.

「다 왔습니다. 아주 아늑한 방입니다.」

제복을 입은 키 작은 보이가 방 한복판에 있는 테이블에다 짐을 내려놓았다. 지배인은 커튼을 열어젖혔다.

「밖에 안개가 많이 꼈습니다.」지배인이 말했다. 붉은 벨벳으로 꾸민 방이었다. 거울이 많이 걸려 있었고, 의자 두 개와 새틴 커버를 덮은 큰 침대가 있었다. 욕실로 연결되는 문도 보였다.

「메뉴를 올려 보내겠습니다.」지배인은 고개를 숙여 인사하고 나갔다.

나는 창문으로 다가가 밖을 내다보고 줄을 당겨 두툼한 벨벳 커튼을 쳤다. 캐서린은 침대에 걸터앉아 유리 샹들리에를 올려다보았다. 모자를 벗자 그녀의 머리카락이 샹들리에 불빛을 받아 반짝거렸다. 그녀는 거울을 보면서 머리를 가다듬었다. 나는 다른 세 개의 거울에 비친 그녀의 모습을 바라보았다. 기분이 별로 안 좋아 보였다. 그녀가 망토를 침대에 툭 떨어뜨렸다.

「왜 그래, 달링?」

「내가 창녀가 된 것 같아요. 이런 기분을 느낀 적은 한 번도 없었는데.」나는 유리창으로 걸어가 커튼을 젖히고 밖을 내다보았다. 분위기가 이렇게 울적하게 돌아가리라고는 상상도 못 했다.

「당신은 창녀가 아니야.」

「알아요, 달링. 하지만 그런 기분이 드는 게 싫어요.」그녀의 목소리는 메마르고 팍팍했다.

「이곳은 우리가 들 수 있는 가장 좋은 호텔이야.」그러고서 나는 창밖을 내다보았다. 광장 너머에 기차역 불빛이 보였다. 거리에는 마차들이 지나가고, 공원의 나무들도 눈에 띄었다. 호텔 불빛이 젖은 포장도로 위에 떨어져 반짝거렸다. 이런 제기랄, 뜬금없이 창녀라니 무슨 소리야? 지금 우리가 말다툼이나 할 때야?

「이리로 와요.」 캐서린이 말했다. 메마르고 꽉막한 분위기가 사라진 어조였다. 「이리 와요, 제발. 다시 착한 여자가 될게요.」 나는 침대를 바라보았다. 그녀는 미소를 머금고 있었다.

나는 침대로 다가가 그녀 곁에 앉아 키스했다.

「당신은 나의 착한 여자야.」

「난 정말 당신의 여자예요.」

식사를 마치고 나자 기분이 조금 나아졌다. 잠시 후엔 더 쾌활해졌고, 곧 호텔 방이 우리 집인 양 느껴졌다. 병실이 우리 집이었듯이 이 방도 우리 집이 되었다.

식사하는 동안 캐서린은 내 군복 상의를 어깨에 걸치고 있었다. 배고팠던 참이라 음식이 맛있었다. 우리는 카프리 한 병과 생에스테프 한 병을 마셨다. 내가 거의 다 마셨지만 캐서린도 약간 마신 덕분에 기분이 더 좋아졌다. 저녁 식사로는 수플레 감자 요리, 도요새 요리, 퓌레 드 마롱,[52] 샐러드를 먹었고 후식으로는 자바이오네[53]가 나왔다.

「훌륭한 방이네요.」 캐서린은 말했다. 「아늑하기도 하고요. 밀라노에 있는 내내 이 방에 머물렀다면 좋았을걸.」

「좀 웃기는 방이야. 그렇지만 아늑하긴 하군.」

「죄악이란 멋지고 세련된 거예요.」 캐서린은 말했다. 「죄악

---

52 *purée de marron*. 밤을 삶아서 짓이겨 거른 걸쭉한 음식.
53 *zabaione*. 달걀, 사탕 포도주 향료를 섞어 만든 푸딩.

을 찾아다니는 사람들은 그쪽 방면에 일가견이 있나 봐요. 붉은 벨벳 천은 정말 세련됐네요. 죄악과 잘 어울려요. 거울들도 아주 매력적이고.」

「당신은 사랑스러운 여자야.」

「아침에 이런 방에서 깨어나면 어떤 기분이 들까요? 어쨌든 정말 훌륭한 방이에요.」 나는 다시 생에스테프를 술잔에 따랐다.

「우리도 정말 죄악 비슷한 짓을 한번 해보았으면 좋겠어요.」 캐서린은 말했다. 「우리의 모든 행동은 너무 착하고 단순한 것 같아요. 아무 잘못도 저지르지 못할 거예요.」

「당신은 정말 멋진 여자야.」

「난 단지 허기를 느낄 뿐이에요. 엄청난 허기를.」

「당신은 착하면서도 단순한 여자야.」 나는 말했다.

「착한 것은 잘 모르겠고 단순한 건 맞아요. 그걸 알아챈 사람은 당신뿐이죠.」

「당신을 처음 만났을 때, 나는 어떻게 하면 당신을 데리고 카부르 호텔에 투숙할 수 있을까, 또 그러면 기분이 어떨까 생각하면서 오후를 보냈어.」

「장난 그만해요. 여기는 카부르 호텔이 아니잖아요」

「아니지. 거기선 우리를 받아 주지 않았을걸.」

「언젠가 받아 주겠지요. 하지만 우리 두 사람의 차이가 거기 있었네요, 달링. 난 당신을 처음 만났을 때 아무 생각도 없었는데.」

「전혀?」

「거의.」

「아, 당신은 정말 사랑스러운 여자야.」

나는 다시 와인을 술잔에 따랐다.

「난 아주 단순한 여자예요.」 캐서린은 말했다.

「처음에는 그렇게 보이지 않았어. 좀 이상한 여자 같았지.」

「약간 이상하긴 했어요. 머리가 돌거나 그런 건 아니었지만요. 당신을 혼란스럽게 하지는 않았잖아요?」

「와인은 위대한 거야. 나쁜 일은 모두 잊게 해주니 말이지.」

「좋은 것이긴 하죠.」 캐서린은 말했다. 「하지만 우리 아버지는 술 때문에 심한 통풍을 앓았어요.」

「아버지가 계셔?」

「그럼요. 통풍 환자세요. 우리 아버지를 만나야 한다는 부담감은 가지지 않아도 돼요. 당신은 아버지가 안 계세요?」

「의붓아버지가 있지.」

「내가 그분을 좋아하게 될까요?」

「만나지 않아도 괜찮아.」

「이렇게 즐거운 시간을 보냈으니 이제는 그 어떤 것에도 흥미가 없어요. 당신과 결혼해서 정말 행복해요.」

웨이터가 들어와 그릇을 가지고 나갔다. 잠시 우리는 아무 말 없이 가만히 앉아서 빗소리를 들었다. 저 아래 거리에서 자동차가 경적을 울렸다.

「하지만 내 등 뒤에서 언제나 들리는 소리, 날개 달린 시간의 마차가 서둘러 다가오는 소리.」[54] 나는 중얼거렸다.

「그 시를 알아요.」 캐서린이 말했다. 「마벌이 지은 시예요.

---

54 영국 형이상학파 시인 앤드루 마벌Andrew Marvell(1621~1678)의 시 「수줍어하는 그의 애인에게To His Coy Mistress」 중 한 구절. 사랑의 기쁨을 거부하는 여자를 향해, 인생은 아주 짧으니 아직 시간이 있을 때 사랑을 즐기자고 하는 내용이다.

남자와 같이 살지 않으려 하는 여자에 대한 거죠.」

내 머리는 또렷하고 냉철해져 있었다. 난 현실에 대해 얘기하고 싶었다.

「아이는 어디에서 낳을 거야?」

「몰라요. 어디라도 가장 좋은 곳을 찾아야죠.」

「어떻게 준비할 거지?」

「최선을 다해야죠. 염려하지 마세요. 전쟁이 끝나기 전에 아기를 서넛 더 낳게 될지도 모르니까.」

「이제 거의 가야 할 시간이야.」

「알아요. 당신이 원한다면 이제 그만 나가죠.」

「아니야.」

「그리고 걱정하지 말아요. 지금까지 기분이 좋다가 갑자기 걱정하는군요.」

「걱정하지 않아. 편지는 얼마나 자주 보낼 거야?」

「매일 쓰죠. 당국이 편지를 검열하나요?」

「영어를 잘 모르니까 내용은 삭제하지 못해.」

「그들이 알아보지 못하도록 쓸게요.」

「하지만 너무 엉망으로 쓰지는 마.」

「약간 알아보기 힘들게 쓸게요.」

「이젠 일어날 시간인데.」

「좋아요, 달링.」

「이 좋은 집을 떠나기가 싫군.」

「나도 마찬가지예요.」

「하지만 일어서자고.」

「알았어요. 그러고 보니 우리는 집에서 오랫동안 편안히 지내 본 적이 없군요.」

「언젠가 그럴 날이 오겠지.」
「당신이 돌아올 땐 좋은 집을 마련해 둘게요.」
「어쩌면 곧 돌아올지도 모르는데.」
「어쩌면 발에 가벼운 부상을 입을 수도 있고요.」
「아니면 귓불 같은 곳이라도.」
「아니에요. 당신의 귓불은 온전히 두고 싶어요.」
「발은 안 그렇고?」
「발은 이미 부상당했으니까.」
「달링, 이젠 정말 가야 해.」
「좋아요. 당신이 먼저 나가요.」

24

우리는 엘리베이터를 타지 않고 계단을 걸어 내려왔다. 계단에도 낡은 카펫이 깔려 있었다. 식사 요금은 저녁 식사가 객실로 올라왔을 때 이미 치른 터였다. 계단을 내려가니 아까 식사를 날라 온 웨이터가 문 가까운 곳에 의자를 두고 앉아 있다가 벌떡 일어나 인사했다. 나는 그를 데리고 옆방에 들어가 객실 요금을 계산했다. 지배인은 나를 친구로 기억한다며 선금을 내지 못하게 했지만 내가 방 값을 떼먹고 사라질까 봐 걱정이 되었던지 퇴근하면서 웨이터에게 감시하라고 시킨 모양이었다. 아마 전에 친구에게서 그런 식으로 돈을 떼인 적이 있었나 보지. 하긴, 전쟁 통에 친구라고 나서는 자들이 어디 한둘이어야지.

나는 웨이터에게 마차를 불러 달라고 했다. 그는 내가 들고 있던 캐서린의 짐을 받아 들더니 우산을 쥐고 밖으로 나갔다. 빗속에서 거리를 건너가는 그의 모습이 유리창 밖으로 보였다. 우리는 현관 옆방에 선 채 창밖을 바라보았다.

「기분이 어때, 캐트?」

「졸려요.」

「난 허전하고 배가 고프네.」

「먹을 건 좀 준비했어요?」

「응, 배낭에.」

마차가 오고 있었다. 그것은 곧 멈추었고 말이 빗속에서 고개를 숙이고 있었다. 웨이터가 내리더니 우산을 펴고 호텔로 걸어왔다. 우리는 현관에서 그를 만나 우산을 받아 들고 차도에 서 있는 마차까지 비에 젖은 보도를 걸어갔다. 하수구에는 빗물이 흐르고 있었다.

「짐은 좌석에 있습니다.」 웨이터가 말했다. 그는 우리가 마차를 탈 때까지 우산을 받쳐 주었다. 나는 그에게 팁을 주었다.

「고맙습니다. 즐거운 여행이 되시기를.」 그가 인사했다. 마부가 고삐를 올리자 말이 움직이기 시작했다. 웨이터는 우산을 든 채 호텔 쪽으로 발걸음을 돌렸다. 마차는 거리를 달려 왼쪽으로 돌더니 다시 오른쪽으로 방향을 틀어 기차역 앞에 섰다. 헌병 두 명이 비를 피해 가로등 밑에 서 있었다. 가로등 불이 그들의 모자에서 반짝였다. 기차역의 불빛에 비친 빗줄기는 맑고 투명했다. 기차역 지붕 아래에서 짐꾼 하나가 나왔다. 어깨에 비가 떨어지고 있었다.

「아니, 고맙지만 필요 없소.」

그는 다시 아치 지붕으로 되돌아갔다. 나는 캐서린을 향해 몸을 돌렸다. 그녀의 얼굴은 마차 덮개가 드리운 그늘에 가려져 있었다.

「이제 작별 인사를 해야겠네요.」

「나도 계속 마차를 타고 가면 안 될까?」

「안 돼요.」

「안녕, 캐트.」

「마부에게 병원 가는 길을 일러 줄래요?」

「그래.」

나는 마부에게 갈 곳을 알려 주었다. 그는 고개를 끄덕였다.

「안녕. 당신 자신과 꼬마 캐서린을 잘 보살펴야 해.」

「안녕, 달링.」

「잘 있어.」 나는 인사했다. 빗속으로 걸음을 내디디자 마차가 출발했다. 캐서린이 차창 밖으로 몸을 내밀어, 불빛 속에서 그녀의 얼굴을 볼 수 있었다. 그녀는 미소를 머금고 손을 흔들었다. 마차가 거리를 달려가는데 캐서린이 아치형 입구를 손가락으로 가리켰다. 그곳을 봤지만 헌병 두 명과 아치형 입구 말고는 아무것도 없었다. 비를 피해 지붕 아래로 들어가라는 뜻인 것 같았다. 나는 안으로 들어가 우두커니 선 채 마차가 모퉁이를 돌아가 사라지는 것을 지켜보았다. 그런 다음 정거장을 지나고 통로를 걸어 기차 쪽으로 갔다.

병원 수위가 승강구에서 나를 찾고 있었다. 나는 그를 따라 기차 안으로 들어가서 붐비는 사람들을 헤치고 복도를 지나, 꽉 들어찬 좌석 한구석에 내 부탁을 받은 기관총수가 대신 앉아 있는 객실의 문을 열고 들어갔다. 배낭과 잡낭은 기관총수의 머리 위 짐칸에 있었다. 많은 사람들이 복도에 서 있었다. 객실에 들어서자 승객들의 시선이 일제히 우리에게 쏠렸다. 기차에는 좌석이 부족했다. 모두의 눈길에서 적의가 엿보였다. 좌석 부탁을 받은 기관총수가 내게 자리를 주려고 일어섰다. 그때 누가 내 어깨를 두드렸다. 뒤돌아보니 턱에 불그스름한 상처 자국이 있는, 키가 아주 크고 수척한 포병 대위였다. 복도의 유리창을 통해 객실을 살펴보고 있다가 안으로 들어온 것이다.

「무슨 일입니까?」 나는 몸을 돌려 그와 마주 보고 섰다. 그는 나보다 키가 컸고, 모자챙의 그늘에 가린 얼굴은 아주 수척해 보였다. 흉터는 오래된 것이 아닌지 번쩍거렸다. 찻간의 모든 사람들이 나를 쳐다보았다.

「이렇게 하면 안 되지.」 그는 말했다. 「병사를 시켜 자리를 잡으면 안 돼.」

「하지만 이미 끝난 일이에요.」

그가 마른침을 꿀꺽 삼켰다. 그의 목젖이 위로 올라갔다가 내려왔다. 기관총수는 좌석 앞에 버티고 섰다. 다른 사람들은 유리창을 통해 구경했다. 찻간에 있는 사람들 중 누구도 입을 열지 않았다.

「그렇게 할 권리가 없네. 나는 자네가 오기 두 시간 전부터 와서 기다렸거든.」

「뭘 원하시죠?」

「좌석.」

「저도 마찬가지입니다.」

나는 그의 얼굴을 바라보았다. 찻간의 모든 사람이 나에게 적개심을 드러냈다. 그들을 탓할 수는 없다. 대위의 말이 옳으니까. 하지만 내게는 좌석이 필요하다. 여전히 그 누구도 나를 두둔하는 말은 하지 않았다.

빌어먹을, 나는 생각했다.

「앉으시죠, 대위님.」 나는 말했다. 기관총수가 비키자 키 큰 대위가 앉았다. 그는 나를 쳐다보았다. 기분 나쁜 표정이었지만 아무튼 그는 자리를 차지했다. 「짐을 꺼내게.」 나는 기관총수에게 말했다. 우리는 복도로 나왔다. 기차는 만원이었고, 좌석을 차지하지 못할 것이 뻔했다. 나는 수위와 기관총수에게 10리라씩 주었다. 그들이 복도로 나가 승강구에서 내려 창문으로 살펴보았지만 좌석은 없었다.

「브레시아에서 사람들이 내릴지도 모릅니다.」 수위가 말했다.

「브레시아에서는 오히려 타는 사람들이 더 많을걸.」 기관총수가 말했다. 나는 두 사람과 악수하며 작별 인사를 했고, 곧 그들은 차량을 떠났다. 미안한 표정이었다. 기차가 출발할 때쯤엔 모두가 복도에 서 있었다. 역을 빠져나가며 나는 정거장의 불빛과 구내를 둘러보았다. 여전히 비가 내리고 있었고, 창문은 곧 희뿌옇게 젖어 밖이 보이지 않았다. 시간이 좀 지난 후에 나는 복도 바닥에 드러누워 잠을 잤다. 먼저 돈과 서류가 든 지갑을 셔츠와 바지 사이에 집어넣었다. 바짓가랑이 안쪽에 두면 지갑은 안전하다. 나는 밤새도록 잠을 잤다. 브레시아와 베로나에서 잠을 깼지만 더 많은 사람들이 기차에 올라탔고 나는 곧 다시 곯아떨어졌다. 나는 배낭을 베고서, 누가 짐을 건드리면 금방 반응할 수 있도록 두 팔로 끌어안았다. 잠든 나를 밟고 지나갈 생각이 없다면 누구나 발을 들어 내 몸 위를 넘어가야만 했다. 모두가 복도의 바닥을 따라 쭉 누워 있었다. 더러는 창틀을 잡거나 문에 기댄 채 서 있었다. 그 기차는 늘 만원이었다.

제3부

25

 이제 가을이었다. 나무들은 잎사귀를 떨구어 앙상했고 길들은 질척거렸다. 나는 군용 트럭을 타고 우디네에서 고리치아로 갔다. 길에서 다른 트럭들을 지나치며 시골 풍경을 쳐다보았다. 뽕나무는 앙상했고 들판은 갈색이었다. 여러 줄로 늘어선 헐벗은 나무들에서 떨어진 낙엽들이 비에 젖은 채 길을 덮었다. 인부들은 가로수 사이의 길가에 쌓아 둔 돌무더기에서 돌을 가져와 차바퀴로 파인 구덩이를 메웠다. 산들을 가린 안개 사이로 마을 풍경이 보였다. 강을 건너며 보니 물이 불어나 있었다. 산간 지대에서는 계속 비가 내렸다. 공장과 주택과 별장을 지나 시내로 들어갈수록 훨씬 더 많은 집들이 포격으로 부서져 있었다. 좁은 거리에서 영국 적십자 앰뷸런스를 지나쳤다. 운전병은 햇볕에 거멓게 탄 여윈 얼굴에 모자를 쓰고 있었는데, 아는 얼굴은 아니었다. 차는 시장 관사 앞의 큰 광장에서 멈추었다. 차에서 내리자 운전병이 내 배낭을 내려 주었다. 배낭을 등에 메고 잡낭 두 개는 양손에 든 채 나는 숙소 빌라로 걸어갔다. 하지만 집에 돌아왔다는 기분은 들지 않았다.

나는 축축한 자갈길을 따라 걸으며 나무들 사이로 빌라를 바라보았다. 창문은 모두 닫혔으나 문은 열려 있었다. 안으로 들어가 보니, 타이핑한 서류와 지도가 벽에 붙어 있는 휑한 방 테이블에 소령이 앉아 있었다.

「어이.」 그가 인사했다. 「그래, 몸은 어떤가?」 그는 더 늙고 기운 없어 보였다.

「좋습니다. 이곳 일들은 어떤가요?」

「다 끝장났네.」 그가 대답했다. 「배낭을 놓고 앉게나.」 나는 배낭과 잡낭 두 개를 마룻바닥에 내려놓고 모자를 벗어 배낭 위에 놓았다. 그런 다음 벽에서 의자를 가져다가 소령의 책상 옆에 앉았다.

「최악의 여름이었지. 자네는 이제 건강한가?」

「네.」

「훈장은 받았고?」

「네, 좋은 걸 받았죠. 대단히 고맙습니다.」

「어디 보세.」

나는 망토를 젖혀 리본 두 개를 보여 주었다.

「메달이 들어 있는 상자도 받았나?」

「아니요, 표창장만 받았습니다.」

「상자는 나중에 오겠지. 시간이 좀 걸리니까.」

「저는 무슨 일을 맡아야 합니까?」

「차는 모두 전선에 나가 있어. 여섯 대가 북부의 카포레토에 있네. 카포레토를 아는가?」

「네.」 나는 대답했다. 내 기억엔 계곡에 종탑이 있는 자그맣고 하얀 마을이었다. 깨끗하고 작은 그곳 광장에는 멋진 분수가 있었다.

「앰뷸런스는 그곳에서 활동하고 있다네. 지금 부상자들이 많아. 전투는 끝났고.」

「다른 차들은 어디에 있나요?」

「두 대는 산간 지대에 가 있고, 넉 대는 아직 바인시차에 있지. 다른 두 분대는 카르소에서 제3군의 일을 돕고 있어.」

「저는 뭘 하면 됩니까?」

「자네만 괜찮다면 바인시차로 가서 거기 있는 앰뷸런스 넉 대를 맡아 주게. 지노가 그곳에 나간 지 오래되었으니 교대해 줘야 해. 거기에 가본 적은 없지?」

「네.」

「사정이 아주 안 좋았네. 거기서 차량을 석 대나 잃었어.」

「그 소식은 들었습니다.」

「그렇군, 리날디가 편지를 보냈겠지.」

「리날디는 어디에 있나요?」

「이곳 병원에서 일하고 있네. 여름부터 가을까지 아주 바쁘게 지냈지.」

「그렇군요.」

「사정이 아주 안 좋았어.」 소령이 다시 말했다. 「얼마나 열악했는지 자네는 믿지 못할 걸세. 난 가끔 자네가 정말 운 좋은 남자라고 생각했다네. 그때 부상당한 것 말이야.」

「그게 행운이었다는 건 알고 있습니다.」

「내년이면 더 심해질 거야. 어쩌면 지금 공격해 올지도 모르지. 적군은 곧 공세를 취하겠다고 나발을 불어 대거든. 시기가 너무 늦어서 믿을 수 없긴 하지만 말이야. 강을 보았나?」

「네, 강물이 많이 불었더군요.」

「이제 장마가 시작되었으니 놈들이 공격해 올 것 같지는 않아. 곧 눈도 내릴 테고. 자네 나라 사람들은 어떻게 되었나? 자네 말고도 미국인들이 좀 오려나?」

「1천만 명의 군대가 훈련 중입니다.」

「그중 일부라도 우리한테 보내 주면 좋을 텐데. 하지만 프랑스군이 독차지하겠지. 여기 있는 우리 차례는 없는 셈이야. 좋아, 오늘 밤은 여기서 묵고 내일 승용차를 타고 가서 지노와 교대한 다음 그를 돌려보내게. 길을 아는 병사를 붙여 주지. 지노가 그곳 사정을 낱낱이 알려 줄 걸세. 적군이 여전히 포격을 해오긴 하지만 다 끝난 셈이야. 자네도 바인시차에 한번 가보고 싶겠지.」

「물론이죠. 소령님 곁으로 다시 돌아와 기쁩니다.」

그는 미소를 지었다. 「그렇게 얘기해 주니 고맙네. 난 말이야, 이 전쟁에 질렸어. 자네처럼 후송되었더라면 난 복귀하지 않았을 걸세.」

「그 정도로 사정이 안 좋은가요?」

「안 좋고말고. 가서 씻고 자네 친구 리날디를 만나 보게.」

나는 소령의 방에서 나와 짐을 들고 2층으로 올라갔다. 리날디는 없었지만 그의 소지품은 거기 그대로 있었다. 나는 침대에 걸터앉아 각반을 풀어 오른쪽 군화를 벗고서 침대에 벌렁 드러누웠다. 피곤해서인지 오른쪽 발이 아팠다. 한쪽 신발만 벗고 침대에 드러누운 모습이 바보 같아서 나는 다시 일어나 왼쪽 신발 끈을 풀고 마룻바닥에 벗어 버린 뒤 담요에 누웠다. 창문을 닫아 놓은 탓에 방 안 공기가 후덥지근했지만 너무 지친 나머지 일어나서 창문을 열 수가 없었다. 내 사물(私物)들은 모두 방 한구석에 그대로 처박혀 있었다. 밖이 어두워지기 시작했다. 나는 침대에 드러누운 채 캐서린을 생각하면서 리날디가 오기를 기다렸다. 앞으로는 밤에 잠들기 전이 아니면 캐서린을 생각하지 않기로 결심했지만, 지금은 피곤했고 할 일도 없었기 때문에 그녀를 생각했다. 캐서린 생각에 한참 골몰하는데 리날디가 방 안으로 들어왔다. 그는 예전 그대로였다. 어쩌면 약간 여윈 것 같기도 했다.

「이야, 베이비.」그가 입을 열었다. 나는 침대에서 일어나 앉았다. 그는 다가와 곁에 앉으면서 한 팔로 나를 껴안았다. 「정든 베이비.」그는 내 등을 철썩 때렸고 나는 그의 두 팔을 잡았다.

「이봐, 베이비.」그는 수선을 떨었다. 「어디 무릎을 좀 보자고.」

「바지를 벗어야 할 텐데.」

「벗어, 베이비. 이곳에선 다들 친구잖아. 그 녀석들이 일 처리를 어떻게 했는지 확인하고 싶어서 그래.」 나는 일어나 바지를 벗고 무릎 붕대를 풀기 시작했다. 리날디는 마룻바닥에 주저앉아 내 무릎을 앞뒤로 가만가만 움직여 보았다. 흉터를 쓰다듬고, 양쪽 엄지로 무릎뼈를 꾹꾹 눌러 보고, 무릎을 부드럽게 흔들어 보기도 했다.

「이걸로 무릎 관절의 접합이 끝났다는 거야?」

「응.」

「자네를 돌려보내다니 너무한데. 접합을 좀 더 완벽하게 마무리해야 했는데.」

「전보다 훨씬 나아졌어. 판자처럼 뻣뻣했었는데 말이야.」

리날디는 내 무릎을 좀 더 구부렸다. 나는 그의 두 손을 관찰했다. 뛰어난 외과 의사의 손답게 미끈했다. 정수리를 보니 좌우로 부드럽게 갈라진 머리카락에 윤기가 흐르고 있었다.

그가 내 무릎을 심하게 구부렸다.

「아야!」 입에서 신음소리가 흘러나왔다.

「물리 치료를 더 받았어야 해.」 리날디는 말했다.

「예전보다 낫다니까.」

「알고 있네, 베이비. 하지만 이 문제에 관해서는 내가 자네보다 좀 더 잘 알아.」 그는 일어나 침대에 걸터앉았다. 「무릎 수술 자체는 잘되었네.」 무릎 검사를 마친 그가 말을 이었다. 「자, 이제는 거기에서 있었던 일들을 모조리 털어놓게나.」

「얘깃거리가 전혀 없는데. 조용히 지냈으니까.」

「유부남이 아내한테 하는 소리 같군. 그래, 무슨 일이 있었나?」

「아무 일도 없었어. 자네야말로 어떻게 지냈나?」

「이놈의 전쟁 때문에 녹초가 되었어. 전쟁의 무게에 짓눌려 우울하기 짝이 없다니까.」 리날디는 두 손을 무릎 위에 모아 쥐었다.

「놀라운걸.」 나는 말했다.

「왜, 나는 인간적인 감정을 가지면 안 되나?」

「안 되지. 자네가 즐겁게 지냈다는 건 얼굴에 다 쓰여 있는 걸. 자, 어서 털어놔 봐.」

「여름부터 가을까지 내내 수술만 했어. 온통 일에 매달렸지. 모든 사람들의 일을 도맡아 한 셈이야. 힘든 일은 모조리 내게 맡겼으니까. 정말이지 베이비, 나도 멋진 외과 의사가 될 모양이야.」

「잘됐군.」

「난 아무 생각도 없네. 정말이지, 아무 생각 없어. 그저 수술할 뿐이지.」

「그렇군.」

「하지만 베이비, 모두 끝장이야. 지금은 수술하지 않지만 기분은 정말 엿 같아. 이놈의 전쟁, 지긋지긋해. 내 말을 정말 있는 그대로 믿어 주게. 이제는 자네가 내 기분을 띄워 줄 차례야. 축음기 레코드판은 사 왔겠지?」

「응.」

레코드판은 종이로 감긴 채 배낭의 마분지 상자 속에 들어 있었다. 나는 너무 피곤해서 그것을 꺼내기도 힘들었다.

「어디 몸이 안 좋은가, 베이비?」

「기분이 지랄 같아.」

「이놈의 전쟁, 지긋지긋하다니까.」 리날디가 다시 말했다. 「자, 술에 취해 기운을 내자고. 밖에 나가 계집을 끼고 진탕 놀아 보는 거야. 그러면 기분이 나아지겠지.」

「난 황달에 걸렸어. 술을 먹으면 안 돼.」

「아니, 베이비, 그런데 어떻게 복귀한 건가? 점잖은 겁쟁이가 되어 돌아왔군그래. 아무튼 이놈의 전쟁은 돼먹지 않았어. 도대체 왜 이런 짓을 시작했을까?」

「한잔해. 취하고 싶지는 않지만 한잔 마시자고.」

리날디는 방을 가로질러 세면대로 가서 유리컵 두 개와 코냑 한 병을 가져왔다.

「오스트리아산 코냑이지.」 그가 말했다. 「별 일곱 개짜리야. 산 가브리엘에서 노획한 건 이것뿐이라고.」

「거기 갔었나?」

「아니. 어디에도 안 갔지. 줄곧 여기에서 지내며 수술만 했다니까. 베이비, 이건 자네가 쓰던 양치질 컵이야. 자네를 잊지 않기 위해 내내 보관하고 있었지.」

「자네의 양치질을 잊지 않기 위해서였겠지.」

「천만에, 내 것도 있는걸. 이걸 보관한 건, 자네가 아침마다 욕지거리를 하거나 아스피린을 삼키며 창녀를 저주하거나 자네 이빨에서 빌라 로사를 닦아 내려고 애쓰던 일을 기억하기 위해서였어. 이 컵을 볼 때마다 자네가 칫솔로 양심을 씻으려고 애쓰던 모습이 생각났지.」 그는 침대로 다가서면서 말했다. 「내게 키스하고, 자네가 샌님이 된 게 아니라고 말해 주게.」

「원숭이한테 어떻게 키스를 하나?」

「그래 알아, 이 훌륭한 앵글로 색슨 청년아. 안다고. 자네는 후회하는 청년이야. 앵글로 색슨이 칫솔로 창녀 집의 후회스러운 뒷맛을 닦아 낼 때까지 기다리며 구경해 주겠네.」

「유리컵에 코냑이나 따라.」

우리는 컵을 부딪치고 마셨다. 리날디는 나를 비웃었다.

「자네를 취하게 만들어 자네의 앵글로 색슨 간(肝)을 우선 들어내겠어. 그런 다음 튼튼한 이탈리아 간을 집어넣어 다시 사나이로 만들어 주겠네.」

나는 컵을 내밀어 몇 잔 더 마셨다. 이제 밖은 어두웠다. 코냑 잔을 든 채, 나는 창가로 다가가 문을 열었다. 비는 그쳤다. 밖의 날씨는 더 추워졌고 숲에는 안개가 내렸다.

「창밖으로 코냑을 버리지 말게.」 리날디가 말했다. 「마시지 못한다면 내게 주든지.」

「쓸데없는 소리.」 나는 대꾸했다. 리날디를 다시 만나 기뻤다. 2년 동안 그는 나를 놀려 댔지만 나는 늘 그를 좋아했다. 우리는 서로를 잘 이해했다.

「결혼했나?」 그는 침대에서 물었다. 나는 창문 옆 벽에 기댄 채 서 있었다.

「아직.」
「사랑해?」
「응.」
「그 영국 여자?」
「그래.」
「가엾은 친구. 그래, 잘해 주던가?」
「물론이지.」
「내 말뜻은 침대에서 잘해 주더냐 이거야.」
「입 닥쳐.」
「그러지. 내가 얼마나 남을 배려하는 사람인지 자네는 알 거야. 그런데 그 여자는 침대에서 ─」
「리닌, 제발 그만두게. 친구가 되고 싶다면 입을 다물어.」
「베이비, 자네의 친구가 되고 싶은 게 아니라 우린 이미 친구야.」
「그럼 관둬.」
「그러지 뭐.」

나는 침대로 다가가 리날디 곁에 앉았다. 그는 술잔을 든 채 마룻바닥을 내려다보았다.

「내 마음 알지, 리닌?」
「아, 그럼. 평생 동안 나는 신성한 일들을 봐왔어. 자네하고 있을 때에는 그런 일이 별로 없었지만, 분명 자네에게도 그런 면이 있겠지.」 그는 마룻바닥을 내려다보았다.
「자네한테는 없나?」 내가 물었다.
「없어.」
「전혀?」
「그렇다니까.」

「어머니나 누이에 대해서도?」

「자네 누이에 대해서도 마찬가지지.」 리날디는 재빨리 대꾸했다. 우리는 함께 웃었다.

「슈퍼맨이 등장하셨군.」 나는 말했다.

「어쩌면 질투를 하는 건지도 몰라.」

「아니, 질투가 아닐 거야.」

「그런 게 아니라 뭔가 다른 걸 의미하는 거야. 자네, 결혼한 친구들이 있나?」

「그럼.」 나는 대답했다.

「난 없네.」 리날디가 말했다. 「서로 사랑하는 부부는 내 친구가 되지 못해.」

「어째서?」

「그들은 나를 싫어하니까.」

「왜?」

「나는 뱀이거든. 이성의 뱀.」

「착각하는군. 사과가 이성일세.」

「아니, 뱀이야.」 그는 쾌활해져 있었다.

「난 자네가 그런 심오한 생각을 내버릴 때가 더 좋아.」 내가 말했다.

「베이비, 난 자네를 좋아해. 내가 이탈리아의 위대한 사상가로 바뀌는 순간, 자네는 내 코를 납작하게 만들어 버린단 말이야. 하지만 난 입으로 말할 수 없는 것들을 많이 알고 있지. 자네보다 아는 게 많다는 얘기야.」

「그래그래.」

「하지만 자네의 인생이 더 재미있긴 할 거야. 후회를 하면서도 자네는 더 멋진 시간을 보내게 될 거라고.」

「그렇게 생각 안 해.」

「아니, 내 말은 진실이야. 난 이제 일할 때만 행복해.」 그는 다시 마룻바닥을 내려다보았다.

「자넨 그런 감정을 극복할 수 있을 거야.」

「아니야. 그 밖에 좋아하는 일은 두 가지뿐이네. 하나는 내 업무에 해롭고, 또 하나는 반 시간이나 15분이면 끝나 버리지. 어떤 경우에는 더 짧기도 하고.」[55]

「가끔은 훨씬 더 짧을 때도 있지.」

「시간 기록은 좀 나아질 수도 있어. 베이비, 자네는 잘 몰라. 어쨌든 내겐 이 두 가지와 일이 있을 뿐이야.」

「다른 것들도 얻게 될 걸세.」

「천만에. 우리는 결코 다른 가능성을 얻지 못해. 우리는 우리가 가진 모든 것을 태어날 때 이미 가지고 태어나. 결코 그 이상을 배우지 못해. 새로운 것을 익히지 못하거든. 우리 모두는 완제품으로 출발하는 거지. 자네는 라틴인으로 태어나지 않은 걸 고마워해야 돼.」

「라틴인이라는 건 없어. 〈라틴〉식 사고방식이 있을 뿐이지. 자네는 결점을 지나치게 내세우는군.」

리날디는 고개를 쳐들고 웃었다.

「이젠 그만하지. 이렇게 많이 머리를 굴리면서 생각하면 피곤해져.」 방에 들어올 때부터 그는 피곤해 보였다. 「식사 시간이 거의 다 됐군. 자네가 복귀하여 반갑네. 자네는 내 최고의 친구이자 전우니까.」

「전우들은 몇 시에 식사를 하나?」 나는 물었다.

「곧. 우리는 자네의 간을 위해 좀 더 마시게 될 거야.」

55 술과 섹스를 의미한다.

「성 바울로처럼.」

「인용이 정확하지 못하군. 와인과 위장이야. 〈그대의 위장을 위해 와인을 조금 마실지어다.〉⁵⁶ 이렇게 되는 걸세.」

「그 술병에 뭐가 들었든, 자네가 말하는 그 무엇을 위해.」

「자네의 애인을 위해.」 리날디는 컵을 내밀었다.

「좋아.」

「그녀에 관해 더러운 말은 결코 안 하겠네.」

「너무 애쓸 건 없어.」

그는 코냑을 마셨다. 「난 순수해. 베이비, 자네와 비슷하단 말이야. 나도 영국 여자와 사귈 거야. 사실, 자네 여자는 내가 먼저 알았는데 내게는 키가 약간 크더군. 키 큰 여자는 누이로 모시라.」 그는 인용문을 읽듯이 말했다.

「자네는 정말 순수해.」 나는 말했다.

「물론이지. 그래서 사람들은 나를 〈리날도 푸리시모〉[57]라고 부르지.」

「〈리날도 스포르치시모〉[58]가 아니고?」

「자, 베이비, 내 마음이 아직 순수할 때 내려가서 식사를 하자고.」

나는 세수하고 머리를 빗은 다음 그와 함께 계단을 내려갔다. 리날디는 약간 취한 상태였다. 식당은 아직 준비가 덜 되어 있었다.

「술을 가져와야겠군.」 리날디가 말했다. 그는 계단을 올라

---

56 「디모테오에게 보낸 첫째 편지」 5장 23절. 〈이제는 물만 마시지 말고 위장을 위해서나 자주 앓는 그대의 병을 위해서 포도주를 좀 마시도록 하시오.〉
57 *Rinaldo Purissimo*. 가장 순수한 리날도.
58 *Rinaldo Sporchissimo*. 가장 방탕한 리날도.

갔다. 식탁에 앉아서 기다리고 있는데 그가 술병을 가지고 돌아와 각자 반 컵씩 코냑을 따랐다.

「너무 많아.」 나는 컵을 들어 식탁 위의 등불에 비추어 보았다.

「뱃속에는 많지 않아. 술은 참 기묘한 물건이지. 속을 완전히 태워 버리거든. 이것보다 더 나쁜 건 없을걸.」

「좋아.」

「날마다 자기를 파괴하는 거야.」 리날디는 말을 이었다. 「위장을 망치고 손을 떨리게 하고. 망조 든 외과 의사에게 제격이지.」

「자네가 추천하는 처방인가?」

「진심으로. 난 이 방법 말고는 사용 안 해. 쭉 들이켜게. 그런 다음 병에 걸리기를 각오하는 거지.」

나는 절반쯤 마셨다. 홀에서 당번병이 외치는 소리가 들려왔다. 「수프! 수프가 준비되었습니다!」

소령이 들어와 우리에게 고개를 끄덕여 인사하고 자리에 앉았다. 식탁에 앉은 그의 모습이 아주 작아 보였다.

「다들 온 건가?」 그가 물었다. 당번병은 수프 그릇을 내려놓고 한 접시 가득 떠 담았다.

「이게 전부입니다.」 리날디가 대답했다. 「사제가 오지 않는다면 말입니다. 페데리코가 여기 있다는 걸 알면 나타날 텐데요.」

「사제는 어디 있나요?」 나는 물었다.

「307에 가 있어.」 소령은 말했다. 그는 열심히 수프를 먹으면서 위로 말려 올라간 희끗한 콧수염을 조심스레 닦고 입가를 훔쳤다. 「곧 올 거야. 307에 전화를 걸어서 자네가 이곳에 왔다고 전했으니까.」

「왕년의 떠들썩한 분위기가 아쉬운데요.」 내가 말했다.

「그래, 너무 조용하지.」 소령이 대답했다.

「이제 내가 한번 떠들어 볼까.」 리날디가 덧붙였다.

「엔리코, 와인 좀 들게.」 소령은 내 잔 가득 와인을 따랐다. 스파게티가 들어오자 모두들 그걸 먹느라 손이 바빴다. 다 먹을 무렵 사제가 들어왔다. 전과 다름없이 조그맣고 가무잡잡하고 빈틈없는 모습이었다. 나는 일어나 그와 악수를 나누었다. 그가 내 어깨에 손을 얹고 말했다.

「소식을 듣자마자 달려왔습니다.」

「앉으시오, 늦었군.」 소령은 말했다.

「안녕, 사제님.」 리날디는 영어로 인사했다. 왕년에 사제를 놀려 먹던 대위에게서 이런 말투를 배운 것이다. 그 대위는 영어를 몇 마디 지껄일 줄 알았으니까. 「안녕하세요, 리날디.」 사제가 대답했다. 당번병이 수프를 가져왔지만 그는 스파게티부터 먹겠다고 했다.

「건강은 어떻습니까?」 그가 내게 물었다.

「좋습니다. 그동안 어떻게 지내셨나요?」

「와인 좀 드시죠, 사제님.」 리날디가 끼어들었다. 「그대의 위장을 위해 와인을 조금 마실지어다. 이건 아시다시피, 성 바울로의 말씀입니다.」

「네, 압니다.」 사제는 공손하게 말했다. 리날디는 그의 잔을 채웠다.

「그 성 바울로는······.」 리날디가 계속 지껄였다. 「온갖 골칫거리를 만들어 낸 장본인이거든.」 사제는 나를 바라보면서 미소를 지었다. 그렇게 약을 올려도 사제는 이제 아무렇지도 않았다.

「그 성 바울로란 사람은 말이야.」 리날디가 말을 이었다. 「주정뱅이에다 오입쟁이인데, 한창때가 지난 다음에야 그런 짓거리가 나쁘다고 했거든. 자기는 마음대로 놀아 놓고, 아직 한창때인 우리에게 그런 고약한 규칙을 만들어 뒤집어씌웠단 말일세.[59] 안 그런가, 페데리코?」

소령은 미소를 지었다. 이제 우리는 쇠고기 스튜를 먹고 있었다.

「날이 저문 뒤에는 절대로 거룩한 성자에 대해 지껄이지 않기로 했어.」 나는 대꾸했다. 사제는 스튜를 먹다가 고개를 들고 내게 미소를 보냈다.

「저것 봐, 사제 편에 붙었네.」 리날디가 말했다. 「사제님을 놀려 대던 그 착한 친구들은 다 어디 간 거야? 카발칸티는? 브룬디는? 체사레는? 우리 편도 없이 나 혼자서 사제님을 놀려야 하나?」

「이분은 훌륭한 사제님이야.」 소령이 말했다.

「이분은 훌륭한 사제님이죠.」 리날디가 따라 말했다. 「그래도 사제는 사제거든. 난 말이야, 이 식당을 왕년의 떠들썩한 곳으로 만들어 보려는 거야. 페데리코를 즐겁게 해주려고. 사제님, 지옥에나 가세요!」

소령은 리날디를 바라보고 그가 취했다는 것을 알아챈 듯했다. 그의 야윈 얼굴은 창백했다. 희멀건 이마와 대비되어 머리카락이 유난히 검게 보였다.

「좋습니다, 리날도.」 사제가 친근하게 대답했다. 「좋아요.」

「지옥으로 꺼져. 이놈의 전쟁이고 뭐고 다 지옥으로 꺼지

---

59 성 바울로는 주정뱅이에다 오입쟁이인 적이 없다. 리날디는 성 아우구스티누스와 성 바울로를 혼동하고 있다.

란 말이야.」 그는 의자에 풀썩 주저앉았다.

「스트레스를 너무 많이 받아서 지쳐 버린 거야.」 소령이 내게 말했다. 그는 쇠고기를 다 먹은 다음 빵 조각으로 고기 국물을 닦아 먹었다.

「될 대로 되라지.」 리날디는 식탁에 둘러앉은 사람들을 향해 말했다. 「이놈의 짓거리는 깡그리 지옥으로 꺼지란 말이야.」 그는 창백한 얼굴에 초점 풀린 눈빛으로 도전하듯 주위를 둘러보았다.

「그럼.」 내가 맞장구를 쳤다. 「온통 빌어먹을 짓거리지.」

「아니, 아니야.」 리날디가 말했다. 「자네는 못 해. 그렇게 못 한다고. 자네는 메마르고 텅 빈 인간이야. 그것 말고는 아무것도 없지. 정말이지 아무것도 없어. 무엇이 있단 말이야, 제기랄. 난 알거든, 내가 언제 이 일을 그만둘는지 말이지.」

사제는 고개를 내저었다. 당번병이 스튜 접시를 가져갔다.

「어째서 고기를 먹는 거요?」 리날디가 사제 쪽으로 몸을 돌렸다. 「오늘이 금요일이라는 것도 모르오?」

「오늘은 목요일이지요.」 사제는 대답했다.

「거짓말 마. 금요일이야. 당신은 주님의 살을 먹고 있는 거요. 하느님의 몸을 말이야. 내가 알아. 이건 오스트리아 병사의 시체거든. 당신은 지금 그걸 먹고 있는 거라고.」

「하얀 고기는 장교의 살이고.」 내가 그 구닥다리 농담을 완성해 주었다.

리날디가 웃었다. 그러고는 또 잔을 채웠다.

「상관 말게. 난 약간 돌았으니까.」

「당신은 휴가를 얻어야 해요.」 사제가 말했다.

소령이 그에게 고개를 흔들어 보였다. 리날디는 사제를 바라보았다.

「내가 휴가를 떠나야 한다는 거요?」

소령이 사제를 향해 고개를 흔들어 보였다. 리날디는 사제를 계속 바라보고 있었다.

「원한다면요.」 사제가 대답했다. 「싫으면 말고.」

「지옥으로나 꺼져.」 리날디가 대꾸했다. 「누구나 나를 쫓아내려 한단 말이야. 매일 저녁마다 나를 쫓아내려고 궁리해. 난 싸워 물리치지. 내가 그것에 걸렸다고 뭐가 달라져? 누구나 걸렸는걸. 온 세상이 다 걸려 있어.」 그는 연사 같은 어조로 계속 지껄였다. 「먼저 말이야, 그건 조그만 뾰루지에 지나지 않거든. 그다음에는 어깨 사이에 붉은 발진으로 나타나. 그런 다음에는 아무런 징후도 확인할 수 없어. 우리는 수은을 하늘처럼 믿을 뿐이지.」

「아니면 살바르산[60]을.」 소령이 조용한 어조로 끼어들었다.

「그것도 일종의 수은제 약이죠.」 리날디는 대답했다. 그는 이제 신이 난 것 같았다. 「이 두 가지에 대해서는 내가 좀 알지. 이것 봐요, 사제님, 당신은 결코 걸리지 않을 거예요. 우리 베이비는 걸릴 테지만. 이건 산업 재해야. 일종의 직업병이라고.」

당번병이 과자와 커피를 가져왔다. 후식은 진한 소스를 곁들인 일종의 검은 빵 푸딩이었다. 램프 안에서 연기가 피어올라 유리등 위로 바싹 올라왔다.

「양초를 두 자루 가져오고, 램프는 치워.」 소령이 지시했다. 당번병은 불을 켠 두 자루의 양초를 접시에 받쳐 가져온 다음, 램프를 가져가면서 후 불어 불을 꺼버렸다. 리날디는 이제 조용했다. 진정된 것 같았다. 우리는 조금 더 대화를 나

60 매독 약.

누고 커피를 마신 후 모두 복도로 나갔다.

「자네는 사제님과 얘기하고 싶겠지. 난 마을로 가봐야 해.」 리날디가 말했다. 「잘 자요, 사제님.」

「당신도요, 리날도.」 사제도 인사했다.

「프레디, 이따 보자고.」 리날디가 말했다.

「그래. 일찍 들어와.」 그는 얼굴을 찌푸리더니 문밖으로 나갔다. 소령은 우리와 함께 서 있었다. 「저 친구, 피곤한 데다 일이 너무 많아.」 소령은 말했다. 「게다가 자신이 매독에 걸렸다고 생각하지. 난 아니라고 생각하지만 정말 걸렸을 수도 있어. 자기 자신을 직접 치료하고 있다네. 잘 자게, 엔리코, 동트기 전에 응급 구호소로 떠날 거지?」

「네.」

「그럼 잘 가게.」 그는 말했다. 「행운을 비네. 페두치가 자네를 깨워 함께 떠날 걸세.」

「안녕히 계십시오, 소령님.」

「잘 가라고. 오스트리아군이 공세를 펼칠 거라고 나발들을 불지만 난 안 믿어. 난 말이야, 공세가 아예 없었으면 좋겠네. 아무튼 여기서는 아닐 거야. 전선에 나가 있는 지노가 모든 걸 얘기해 줄 걸세. 요즘엔 전화도 잘돼.」

「정기적으로 전화를 걸겠습니다.」

「그래 주게. 잘 자게. 리날디가 브랜디를 너무 마시지 않도록 보살펴 주고.」

「노력하겠습니다.」

「잘 자요, 사제님.」

「주무십시오, 시뇨르 마조레.」

소령은 자기 사무실로 갔다.

26

나는 문가로 다가가 밖을 내다보았다. 비는 그쳤지만 엷은 안개가 내려와 있었다.

「2층으로 올라갈까요?」 내가 사제에게 물었다.

「잠깐밖에 못 있어요.」

「올라갑시다.」

우리는 계단을 지나 내 방으로 갔다. 나는 리날디의 침대에 드러누웠다. 사제는 당번병이 마련한 내 간이침대에 걸터앉았다. 방은 어두침침했다.

「그런데……」 사제가 입을 열었다. 「건강은 정말 어떻습니까?」

「괜찮아요. 오늘 밤은 고단한 것뿐이에요.」

「나도 고단해요. 특별한 이유도 없이 말입니다.」

「전쟁은 어떻게 되는 겁니까?」

「내 생각엔 조만간 끝날 것 같습니다. 왠지 그런 느낌이 들어요.」

「어째서죠?」

「당신도 아까 소령의 태도를 보았지요? 유순하지 않던가요? 요즘엔 많은 사람들이 그렇답니다.」

「나도 느낍니다.」 나는 대답했다.

「지난여름은 끔찍했죠.」 사제가 말했다. 그는 내가 후송되었을 때보다 스스로에 대해 더 확신을 가지게 된 듯했다. 「얼마나 지독한지 당신은 도저히 못 믿을 거예요. 현장에 뛰어들어 상황을 파악하기 전에는 말이죠. 많은 사람들이 이번 여름에 전쟁을 제대로 실감했어요. 내 생각엔 결코 전쟁을 올바로 인식하지 못할 것 같던 장교들마저 이제 실상을 알게 된 것 같습니다.」

「앞으로 어떻게 될까요?」 나는 손으로 담요를 툭툭 쳤다.

「잘 모르지만 오래가지 않을 거예요.」

「무슨 일이 벌어질까요?」

「그들은 전쟁을 그만둘 겁니다.」

「어느 편이?」

「양쪽이.」

「그러면 좋을 텐데요.」 나는 말했다.

「그러리라 믿지 않나요?」

「쌍방이 즉시 전쟁을 그만둘 거라고는 생각하지 않아요.」

「나도 마찬가지에요. 그건 너무 큰 기대죠. 하지만 사람들이 변하는 걸 보면 전쟁이 오래갈 것 같지는 않아요.」

「이번 여름 전투는 어느 쪽이 이긴 거죠?」

「승자는 없어요.」

「오스트리아군이 이긴 거죠.」 나는 말했다. 「우리가 산 가브리엘레를 탈환하는 것을 막아 냈으니 그들의 승리에요. 그들은 전쟁을 그만두지 않을 겁니다.」

「하지만 그들도 우리처럼 느낀다면 그만둘 거예요. 그들

역시 우리와 똑같이 쓰라린 경험을 했을 테니까.」

「이기고 있는 싸움을 그만두는 사람은 없어요.」

「나를 낙담시키는 말이군요.」

「내 생각을 그대로 말했을 뿐입니다.」

「그렇다면 전쟁이 계속될 거라고 생각합니까? 아무런 변화도 일어나지 않을까요?」

「모르겠어요. 그저 오스트리아군이 승리를 거두었으니까 전쟁을 그만두지 않을 거라고 생각할 뿐이죠. 패배하면 우리는 크리스천이 됩니다.」

「오스트리아인도 크리스천이에요. 보스니아 사람들만 빼고.」

「형식적 의미의 크리스천을 말하는 게 아닙니다. 〈우리 주님〉같은 사람을 뜻하는 거죠.」

그는 아무 말도 하지 않았다.

「우리는 패배했기 때문에 유순해진 거예요. 만약 베드로가 올리브 동산에서 주님을 구출했다면 주님은 어떻게 되었을까요?」

「달라지지 않았을 겁니다.」

「난 그렇게 생각하지 않아요.」 나는 말했다.

「당신은 나를 낙담시키는군요. 나는 뭔가 획기적인 일이 일어날 거라고 믿으면서 기도하고 있습니다. 그게 아주 가까이 왔다고 느껴요.」

「그런 일이 일어날지도 모르죠.」 나는 대답했다. 「하지만 그런 일은 우리에게만 생길 거예요. 상대방도 우리처럼 느낀다면 좋겠지만, 그들은 이겼으니까 다른 생각일 겁니다.」

「많은 병사들이 늘 이런 걸 느껴 왔어요. 전쟁에서 패배했다고 느끼는 게 아니지요.」

「그들은 애초부터 패배해 있었던 겁니다. 농장에서 일하던 사람들을 잡아다가 군대에 집어넣은 때부터 이미 패배자예요. 그렇기 때문에 농부에게는 지혜가 있습니다. 처음부터 패배하고 들어가기 때문이죠. 그들에게 권력을 주고 지켜보세요. 과연 얼마나 지혜로울지 말입니다.」

사제는 아무 말도 하지 않고 생각에 잠겼다.

「나도 아주 울적합니다.」 나는 말을 이었다. 「그래서 이런 문제들은 별로 생각하고 싶지 않아요. 아니, 아예 생각을 않죠. 그러다가 일단 말하기 시작하면 아무 생각 없이 머릿속에서 떠오르는 대로 지껄입니다.」

「나는 지금껏 무엇인가를 기대해 왔습니다.」

「패전을?」

「아니, 그 이상의 것을.」

「그 이상의 것은 없습니다. 승리 외에는. 어쩌면 그게 더 나쁜 것일지도 모르지만요.」

「나는 오랫동안 승리를 희망했지요.」

「나도 그렇습니다.」

「이제는 도무지 뭐가 뭔지 모르겠어요.」

「이것이 아니면 저것일 수밖에 없죠.」

「이젠 승리를 믿지 않습니다.」

「나도 그래요. 하지만 패배를 믿지도 않아요. 비록 그게 더 나을지는 몰라도.」

「그럼 뭘 믿습니까?」

「잠드는 것.」 나는 대답했다. 그가 일어섰다.

「너무 오래 있어서 미안합니다. 하지만 당신과 얘기하는 게 좋아서요.」

「사제님과 다시 대화하게 되어 정말 즐거웠습니다. 방금 잠을 믿는다고 한 건 별 뜻 없이 한 얘기예요.」

우리는 자리에서 일어나 어둠 속에서 악수를 했다.

「나는 지금 307에서 지내고 있어요.」 그는 말했다.

「난 내일 아침 일찍 응급 구호소로 떠납니다.」

「돌아오거든 또 만납시다.」

「함께 산책하면서 대화를 나누죠.」 나는 그를 따라 방문까지 갔다.

「아래층까지 내려오지 마세요.」 그가 말했다. 「당신이 돌아와 정말 반갑습니다. 당신에게는 귀대가 그리 즐거운 일이 아니겠지만.」 그는 내 어깨에 손을 올렸다.

「난 아무렇지도 않습니다. 잘 들어가세요.」

「잘 자요, 차우!」

「사제님도!」 나는 말했다. 죽을 것처럼 졸렸다.

27

리날디가 들어왔을 때 잠에서 깨어났지만 그가 말을 걸어오지 않아서 다시 잠들었다. 아침이 되어 나는 옷을 갈아입고 동트기 전에 임지로 떠났다. 내가 나올 때까지 리날디는 잠들어 있었다.

전에는 바인시차를 볼 일이 없었다. 내가 부상을 당했던 이손초 강의 그 지점을 지나 오스트리아 군대가 진지를 구축했던 산등성이를 오르자 이상한 기분이 들었다. 가파른 도로가 새로 생기고 트럭들이 많이 다녔다. 그곳을 지나자 길이 평평해졌고 안개에 잠긴 숲과 가파른 언덕이 보였다. 아군이 신속하게 점령하여 파괴되지 않은 숲들이었다. 언덕으로 엄호되지 않는 도로 양쪽과 노면은 매트로 가려져 있었다. 도로는 폐허가 된 마을에서 끝났다. 그 너머 높은 곳에 전선이 있었다. 주위에 대포들이 많았다. 집들이 크게 파괴되었지만 그 외의 것들은 잘 정돈되었고 사방에 표지판이 세워졌다. 우리는 지노가 있는 곳을 찾아냈다. 그는 우리에게 커피를 대접했다. 나는 그와 함께 다니면서 여러 사람들을 만나고 응급 구호소들을 둘러보았다. 지노의 얘기에 따르면 영국 앰뷸런스들은 바인시차에서 훨씬 더 내려간 라브네에서 활동하고 있었다. 그는 영국인을 높이 칭찬했다. 상당한 양의 포탄이 여전히 떨어지지만 부상자들은 많지 않다고 했다. 장마가 시작되면 환자가 많아질 것이라는 얘기도 했다. 오스트리아군이 공격해 올 거라는 말이 나돌지만 그는 믿지 않았다. 아군이 공격할 것이라는 얘기도 있지만 새로운 증원군을 보내지 않았으니 그것 역시 끝난 얘기라고 했다. 산속은 음식이 변변찮아서 그는 고리치아로 나가 실컷 먹어 보았으면 좋겠다고 말했다. 어제저녁에는 뭘 먹었소? 내가 대답하자 그는 멋진 식사라며 부러워했다. 그는 특히 디저트에 감탄했다. 나는 자세하게 설명하지 않고 그냥 〈돌체〉[61]라고만 했다. 빵으로 만든 평범한 푸딩일 뿐이었는데 지노는 그보다는 더 정성 들인 달콤한 케이크를 상상하는 듯했다.

지노는 자신의 다음 임지가 어디인지 아느냐고 물었다. 나는 잘 모르겠지만 카포레토에 다른 앰뷸런스들이 있다는 얘기를 들었다고 대답했다. 그는 그쪽으로 가기를 바라고 있었다. 카포레토는 아주 아늑한 곳이고 그 건너편에 솟아 있는 높은 산들이 참 좋다고 했다. 꽤 괜찮은 청년이었다. 누구나 그를 좋아하는 것 같았다. 그는 산 가브리엘레 전투와 실패로 돌아간 롬 공격이야말로 생지옥이었다고 말했다. 오스트리아군은 우리 위쪽에 있는 테르노바 능선의 숲 속에 엄청나게 많은 야포를 설치하여 매일 밤 맹렬하게 도로를 포격했다. 그의 신경을 특히 자극한 것은 해군의 함포 사격이었다. 수평 탄도이기 때문에 나도 그 사격을 바로 알아볼 수 있을 거라고 했다. 포격이 개시되는 순간 대기를 찢는 것 같은 포성이

---

61 *dolce*. 달콤한 것.

거의 동시에 터져 나오지. 적군은 으레 두 문의 포를 연속적으로 쏘아 대는데, 한 발을 먼저 쏘고 연이어 두 번째 것을 발사해. 폭발과 함께 흩어지는 파편은 어마어마하다고. 그는 파편 한 조각을 내게 보여 주었는데, 1피트 길이의 반들반들한 톱날 모양의 금속 조각이었다. 배빗 합금[62] 같았다.

「그리 위력적이라고 생각하지는 않아.」 지노는 말했다. 「하지만 무섭지. 포탄이 모조리 나를 향해 날아오는 것처럼 들리니까. 쿵 하는 소리가 들리자마자 대기를 찢는 소리가 나고 그다음에 폭발하는 거야. 너무 무서워 죽을 지경이지. 그렇게 겁을 먹는다면 부상당하지 않는 게 무슨 소용이겠나?」

지금 아군 진지의 반대편에는 크로아티아 사람들과 마자르 사람들이 있다고 했다. 우리 부대는 아직도 공격용 진지에서 버티고 있었다. 그러나 오스트리아군이 공격해 올 경우엔 이렇다 할 철조망도, 후퇴할 만한 적절한 장소도 없다. 고원 지대에서 조금 내려가면 방어 진지를 구축하기 좋은 나지막한 산간 지대가 있긴 하지만, 실제적인 방어 준비는 아예 없었다. 아무튼 이 바인시차의 느낌이 어떠냐고 그는 물었다.

나는 이곳이 좀 더 평평한 고원 지대일 거라고 예상했으며, 이렇게 울퉁불퉁한 줄은 몰랐다고 말했다.

「알토 피아노[63]지.」 지노는 말했다. 「그냥 고원이 아니고.」

우리는 그가 머무는 숙소의 지하실로 돌아왔다. 나는 작은 산들의 연속된 봉우리보다는 꼭대기가 평평하고 약간 깊은 곳도 있는 산등성이를 방어하는 편이 더 쉽고 실용적인 것 같다고 말했다. 아울러 평지보다 산간 지대에서 공격하는 것이

---

62 *babbitt metal*. 주석, 안티몬, 납, 구리의 합금.
63 *alto piano*. 높은 고원.

더 쉽다는 주장도 펼쳤다. 그는 대답했다. 「산도 산 나름이지. 산 가브리엘레를 보라고.」

「그래.」 나는 말했다. 「하지만 그들이 곤경을 겪었던 곳은 평평한 산꼭대기였거든. 정상까지는 쉽게 올라갔지만 말이야.」

「그리 쉽게 올라간 것도 아니야.」 그는 말했다.

「그래. 아무튼 산이라기보다 요새였기 때문에 산 가브리엘레는 특별한 경우지. 오스트리아 군대가 몇 년 동안 그곳을 요새화했거든.」 나는 전략적인 관점에 입각하여 기동전(機動戰)에 대해 말한 것이었다. 산간 지대에 전선을 유지한다 하더라도 기동성이 좋은 부대는 쉽게 그 지대를 우회할 수 있기 때문에 산간 지대의 이점은 별 도움이 되지 않는다. 또한 부대의 기동성은 인간의 힘으로 얼마든지 확보 가능하지만 산은 원천적으로 기동성이 없다. 게다가 산에서 사격하면 늘 사정거리를 지나치게 멀리 잡게 된다. 아군의 측면이 뚫리면 산꼭대기에는 정예 부대만 남게 된다. 나는 산악 전투를 믿지 않는다면서 이 문제에 대해 많이 생각해 보았다고 지노에게 말했다. 아군이 어떤 산을 빼앗으면 적군은 또 다른 산을 점령할 것이다. 하지만 정말로 결정적인 순간에 이르면 모든 병사들은 산에서 내려와 평지에서 결판을 내야 한다.

그럼 산간 지대가 국경 지역이라면 어떻게 하지? 그는 물었다.

아직 그것까지는 연구하지 못했다, 라고 나는 대답했고 우리 둘은 함께 웃었다. 「하지만······.」 나는 말을 이었다. 「예전에 오스트리아군은 늘 베로나 부근의 평지에서 큰 타격을 받았지. 적군은 오스트리아군을 평원 지대로 내려오도록 놔두었다가 그곳에서 격파했단 말이야.」

「그래. 하지만 그들은 프랑스 군대였잖아. 외국에서 싸우는 원정 군대는 군사적인 문제를 거침없이 해결할 수 있지.」

「그렇지.」 나는 동의했다. 「자기 조국이라면 그토록 냉정하게 전투 지역을 선정할 수 없겠지.」

「하지만 러시아 군대는 그렇게 했다고. 그걸로 나폴레옹을 함정에 빠뜨렸잖아.」

「맞아. 하지만 그건 광활한 영토 덕분에 가능했지. 만약 이탈리아에서 나폴레옹을 함정에 빠뜨리기 위해 후퇴했다면 어디로 갔겠나? 브린디시[64]까지 곧장 밀려 버릴 텐데.」

「끔찍한 곳이지.」 지노는 대답했다. 「거기에 가본 적 있나?」

「머문 적은 없지.」

「우리 나라를 사랑하긴 하지만 브린디시나 타란토는 도무지 좋아할 수 없다고.」

「바인시차가 좋은가?」 나는 물었다.

「땅은 신성하지.」 그가 말했다. 「하지만 이 땅에서 감자가 많이 자랐으면 좋겠어. 이곳에 와보니 오스트리아군이 심어 놓은 감자밭이 있지 뭔가.」

「식량은 정말 부족한가?」

「나는 한 번도 배부르게 먹은 적이 없네. 내가 대식가인 탓도 있지. 아무튼 그동안 굶어 죽지는 않았지. 식사는 보통이야. 전선에 배치된 연대는 괜찮게 먹지만 후방의 지원 부대는 부족하지. 어디선가 뭔가 새고 있는 거야. 어느 한구석에 식량이 산더미처럼 쌓여 있겠지.」

「도그피시[65]들이 다른 곳에 팔아먹는 모양이지.」

「그래. 전방에 있는 대대들에는 가능한 한 많이 보급하지

---

64 이탈리아 남단의 도시.

만, 후방 부대는 형편없지. 우리는 오스트리아군이 심은 감자와 숲에서 딴 밤을 닥치는 대로 먹었네. 급식을 좀 더 잘해 줘야지. 우리는 아주 많이 먹는 사람들이니 말이야. 나는 식량이 많이 있을 거라고 확신해. 병사들에게 식량 부족은 아주 나쁜 일이지. 급식이 병사들에게 어떤 영향을 미치는지 잘 알잖나?」

「물론. 그렇게 해서는 전쟁에 이길 수 없지.」

「패전 이야기는 그만하자고. 안 그래도 파다하게 나돌고 있으니까. 올여름의 영광스러운 성과가 헛된 희생이 되어서는 안 될 텐데.」

나는 아무 말도 하지 않았다. 신성하다느니, 영광스럽다느니, 희생을 했다느니 하는 공허한 표현은 늘 나를 당혹스럽게 했다. 때때로 소리가 잘 들리지 않는 곳, 고함 소리만 들려오는 그런 곳에서 비를 맞으며 그런 단어들을 듣기도 했다. 전단 붙이는 사람이 이미 오래된 포고문 위에 새롭게 덧붙인 포고문에서 그런 단어들이나 표현을 읽은 적도 있었다. 하지만 나는 결코 신성한 것을 눈으로 본 일이 없었고, 영광스럽다는 것에서 영광을 찾아볼 수 없었으며, 희생물로 바친 가축은 땅속에 파묻는다는 것만 다를 뿐 시카고의 가축 수용소[66]에 수용된 가축이나 마찬가지였다. 도저히 귀로 들어 줄 수 없는 추상적인 단어들이 너무 많다. 그리하여 땅의 이름만이 위엄을 지닌다. 어떤 숫자, 어떤 날짜, 어떤 땅의 이름만이 사람들

---

65 *dogfish*. 제1차 대전 중 식량을 훔쳐서 암시장에 팔아먹는 자들을 가리키던 은어.
66 도축을 위해 소, 돼지, 양, 말 등을 임시로 수용해 두는 곳으로 대부분 도살장과 함께 있다.

이 말할 수 있고 의미를 부여할 수 있는 유일한 단어들이다. 영광, 명예, 용기, 신성과 같은 추상적인 어휘들은 마을 이름, 도로 번호, 하천 이름, 연대(聯隊) 번호, 날짜들 같은 구체적인 이름들 곁에 갖다 놓으면 지저분하기 짝이 없어진다. 지노는 애국자였다. 가끔 우리 사이를 갈라놓는 얘기를 하지만 좋은 친구이기도 했다. 그가 애국자답게 그런 추상적인 단어를 사용하는 것을 나는 이해했다. 태어나면서부터 애국자이니까. 그는 페두치와 함께 차를 타고 고리치아로 떠났다.

그날은 하루 종일 폭우가 몰아쳤다. 바람이 비를 휘몰아 온 탓에 어디에서나 물웅덩이와 진창이었다. 부서진 집들의 회반죽은 잿빛으로 젖어 있었다. 오후 늦게 비가 그친 후, 나는 제2호 응급 구호소에서 운무가 가득한 산봉우리를 바라보았다. 또한 비에 젖어 헐벗은 시골의 가을 풍경과, 도로에 즐비하게 세운 짚단에서 물방울이 떨어지는 광경도 보았다. 해는 떨어지기 전에 마지막으로 구름 사이로 나와서 능선 너머의 앙상한 숲을 비췄다. 산마루 숲에는 오스트리아군의 대포들이 많았지만 정작 발사하는 것은 몇 대뿐이었다. 나는 전선 근처 파괴된 농가의 상공에 갑자기 피어오른 둥그스름한 유산탄 포연을 지켜보았다. 중심 부분에 누렇고 흰 섬광이 번쩍이는 부드러운 연기 덩어리였다. 섬광이 번쩍인 다음에는 대기를 찢는 포성이 들리고, 연기 덩어리가 흩어지면서 바람에 날려 간다. 부서진 집들의 쓰레기 더미나 응급 구호소로 쓰이는 파괴된 집 곁의 도로에는 유산탄 파편들이 많았지만 그날 오후 구호소 부근에는 포탄이 떨어지지 않았다. 우리는 두 차에 부상자들을 나누어 싣고 도로를 따라 달렸다. 길은 젖은 밀짚 매트들로 위장되어 있었는데 일몰의 잔광이 매트

조각들 틈새로 스며들었다. 산 뒤편, 매트로 위장하지 않은 도로로 빠져나오기 전에 날은 저물었다. 우리는 그 도로를 따라 계속 달려 모퉁이를 돌아 탁 트인 곳으로 나왔다가 다시 밀짚 매트의 터널로 들어갔다. 전체적으로 네모졌으나 위쪽은 아치 형태로 된 터널이었다. 그 터널을 빠져나오자 다시 비가 내리기 시작했다.

밤이 되자 바람이 불었다. 장대비가 쏟아지는 새벽 3시, 포격이 시작되면서 크로아티아인 부대가 산간 초원을 가로지르고 산재한 숲을 통과하여 아군의 전선을 기습했다. 모두 어둠 속에서 비를 맞으며 싸웠고, 제2선에 있던 공포에 질린 이탈리아 병사들의 필사적인 반격이 그들을 물리쳤다. 비가 내리는 가운데 포탄과 로켓탄이 수없이 발사되었고, 기관총과 소총 소리가 전선 곳곳에서 요란하게 울려 퍼졌다. 적군이 다시 오지 않자 주위는 점점 조용해졌다. 돌풍과 비 사이로 멀리 북쪽에서 포격의 굉음이 들려왔다.

부상병들 가운데 몇 명은 들것에 실려 왔고, 몇 명은 제 발로 걸어서, 혹은 병사들의 등에 업힌 채 들판을 건너 구호소로 찾아왔다. 온몸이 비에 젖었고 하나같이 겁에 질려 있었다. 구호소 지하실에서 들것이 올라오는 대로 우리는 앰뷸런스 두 대에 부상병들을 나누어 실었다. 두 번째 차량의 문을 닫아 잠글 때 내 얼굴을 때리던 비가 눈으로 바뀌기 시작했다. 눈송이들은 빗속에서 빠르고 무겁게 내려왔다.

날이 밝았을 때 거센 바람은 여전했지만 눈은 그쳐 있었다. 아까 날리던 눈송이들은 젖은 땅에 떨어지면서 곧 녹아 버렸고 이제는 다시 비로 바뀌었다. 동튼 직후에 적군으로부터 또 한 차례의 공격이 있었지만 실패로 돌아갔다. 우리는 하루 종일 그들의 공격을 예상했으나 해가 질 때까지 아무 일도 없었다. 포탄은 오스트리아 포병대가 집결한 기다란 능선의 삼림 지대 남쪽에서 날아왔었다. 추가 포격이 있을 거라고 생각했지만 포탄은 떨어지지 않았다. 주위가 어두워지자 마을 뒤쪽 들판에서 아군의 대포들이 일제히 발사되었다. 포탄들이 공중을 날아가면서 내는 소리가 아군을 안심시켰다.

남쪽 공격이 실패로 돌아갔다는 소식이 들렸다. 그리고 그날 밤 적은 공격해 오지 않았지만, 북쪽 전선이 돌파되었다는 소식이 돌았다. 한밤중에 후퇴를 준비하라는 전갈이 왔다. 구호소에 있던 대위가 내게 그 소식을 전했다. 여단 본부에서 들었다는 것이었다. 잠시 후 그는 전화기에서 돌아오더니 그건 사실이 아니라고 했다. 여단 본부는 무슨 일이 있더라도 바인시차를 사수하라는 명령을 받았다는 것이다. 북쪽 전선이 어떻게 뚫렸는지 묻자, 그는 오스트리아군이 아군 제27군단의 방어를 돌파하고 카포레토로 진격 중이라고 했다. 북쪽에서 하루 종일 큰 전투가 벌어졌고, 아군이 뒤로 밀리고 있었다. 대위는 여단 본부에서 들은 얘기라고 설명했다.

「그 병신들이 당했다면 우리는 끝장난 거야.」 그가 말했다.

「공격하는 선봉 부대가 독일군이랍니다.」 군의관이 덧붙였다. 독일군이라는 단어가 왠지 두려움을 불러일으켰다. 우리는 독일군과 상대하고 싶은 마음이 전혀 없었다.

「독일군 15개 사단이 투입되었다는군.」 군의관이 말했다. 「그들이 북쪽 전선을 돌파했다면 우리는 고립될지 몰라.」

「여단 본부에서는 이 전선을 사수하라고 하네. 북쪽이 심각하게 돌파된 건 아니어서 마조레 산 산간 지대를 가로질러 전선을 확보할 수 있다는 거지.」

「그런 얘기는 어디서 들은 겁니까?」

「사단 본부에서.」

「우리가 후퇴할 거라는 말도 그쪽에서 나왔네.」

「우리는 군단 사령부 소속입니다.」 나는 말했다. 「하지만 이곳에서는 대위님의 지시를 받습니다. 대위님이 후퇴를 지시하면 당연히 따릅니다. 하지만 분명하게 명령해 주십시오.」

「상부의 명령은 이곳을 사수하라는 거라네. 우선 자네는 부상자들을 이곳에서 분류소로 옮겨 주게.」

「가끔은 분류소에서 야전 병원으로 데려가기도 했습니다.」 나는 대답했다. 「그런데, 한 번도 후퇴해 본 적이 없어서……. 만약 후퇴한다면 부상자들을 어떻게 전원 후송하죠?」

「전원 후송은 아니야. 될 수 있는 대로 많이 후송해야겠지만 힘이 미치지 못하는 나머지는 남겨 두고 가야지.」

「차량에는 뭘 싣고 갑니까?」

「병원 장비.」

「알겠습니다.」 나는 말했다.

다음 날 밤 후퇴가 시작되었다. 우리는 독일군과 오스트리아군이 북쪽을 돌파하고 치비달레와 우디네를 공격하기 위해 산간 계곡 지대로 내려오고 있다는 소식을 들었다. 아군의 후퇴는 질서 정연했으나 비에 젖어 침울했다. 한밤중에 혼잡한 길을 따라 천천히 걸으면서, 우리는 전선에서 물러나 비를 맞으며 행군하는 부대, 대포, 마차를 끄는 말, 노새, 트럭 등을 지나쳤다. 진군할 때와 마찬가지로 혼란은 없었다.

그날 밤, 우리는 고원에서 가장 피해가 적은 마을에 세워 두었던 야전 병원들의 철수 작업을 거들었다. 부상병들은 플라바의 강둑으로 이동시켰다. 다음 날은 하루 종일 비를 맞으며 플라바의 야전 병원과 분류소를 철수했다. 비는 줄기차게 내렸다. 바인시차 부대들은 10월의 비를 맞으며 고원에서 후퇴하여 그해 봄 대승을 거두었던 이손초 강을 건넜다. 다음 날 한낮 무렵 우리는 고리치아에 도착했다. 비는 그쳤고 마을은 거의 비어 있었다. 거리에 나가 보니 군인들이 사병용 창녀 집에서 창녀들을 트럭에 태우고 있었다. 모두 일곱 명이었다. 여자들은 모자와 외투 차림에 작은 옷 가방을 들고 있었다. 그들 가운데 둘이 울음을 터뜨렸고, 한 명은 우리에게 추파를 던지다가 혀를 내밀어 위아래로 날름거렸다. 입술이 두툼하고 눈이 검은 여자였다.

나는 차를 세우고 그쪽으로 다가가 포주에게 말을 걸었다. 장교용 창녀 집 여자들은 그날 아침 일찍 출발했다고 그녀는 말했다. 당신네들은 어디로 가는 길이죠? 코넬리아노. 트럭이 출발했다. 입술이 두툼한 여자가 또다시 우리에게 혀를 내밀어 날름거렸다. 포주는 손을 흔들었다. 두 여자는 여전히 울고 있었다. 다른 여자들은 흥미롭다는 듯 마을을 둘러보았다. 나는 다시 차에 올라탔다.

「저 여자들과 함께 가야 하는데.」 보넬로가 말했다. 「그러면 유쾌한 여행이 될 텐데 말입니다.」

「우리도 흥미진진한 여행을 하게 될 거야.」 내가 대꾸했다.

「지랄 같은 여행을 하게 될걸요.」

「바로 그 얘기야.」 나는 말했다. 우리는 차도를 따라 빌라로 갔다.

「저 거친 녀석들이 트럭으로 기어들어 창녀를 덮치는 꼴이나 좀 보면 좋겠네요.」

「그럴 것 같은가?」

「그럼요. 제2군의 사병 중 저 포주를 모르면 간첩인걸요.」

우리는 빌라 앞까지 갔다.

「그들은 저 포주를 수녀원장이라고 부른답니다.」보넬로가 계속 이야기했다. 「여자들은 새로 온 애들이지만 포주는 누구나 알죠. 아까 철수한 여자들은 후퇴 직전에 데려온 애들인가 봐요.」

「창녀들이 고생깨나 하겠는데.」

「틀림없이 그럴 겁니다. 나 또한 저년들이랑 공짜로 한번 해보면 좋겠다고 생각했으니까요. 아무튼 저놈의 집에서는 너무 비싸게 받았어요. 정부는 위안해 준다면서 우리를 착취했다니까요.」

「차를 밖에 내놓고 정비공에게 살펴보라고 하게.」 나는 지시를 내렸다. 「엔진 오일을 바꾸고 기어를 점검해. 차에 가솔린을 가득 채운 뒤에는 잠을 좀 자두게나.」

「네, 중위님.」

빌라는 비어 있었다. 리날디는 후방으로 철수하는 병원을 따라가고 없었다. 소령도 참모 차량에 병원 요원들을 싣고 떠나가 버렸다. 창문에 내게 남긴 쪽지가 붙어 있었다. 복도에 쌓아 둔 물건들을 차에 싣고 포르데노네로 오라는 내용이었다. 정비공도 이미 떠난 뒤였다. 나는 차고로 되돌아갔다. 거기 있는 동안 다른 두 대의 차가 도착하여 운전병들이 내렸다. 비가 다시 내리기 시작했다.

「너무 졸렸어요. 플라바에서 여기까지 오는 동안 세 번이나 졸았다니까요.」 피아니가 말했다. 「중위님, 이제 뭘 해야 하죠?」

「엔진 오일을 바꾸고 윤활유를 치고 가솔린을 채운 다음에 차를 빌라 앞쪽으로 몰고 나와. 그다음에는 선발대가 남긴 잡동사니들을 싣는 거다.」

「그러고서 출발합니까?」

「아니, 그 전에 세 시간쯤 잠을 자두어야 해.」

「세상에, 잠잘 수 있다니 고맙습니다. 운전하면서 통 눈을 뜨고 있을 수가 없었어요.」

「아이모, 자네 차는 어때?」 나는 물었다.

「상태가 괜찮습니다.」

「작업복을 갖다 주게. 엔진 오일 바꾸는 걸 도와주지.」

「아닙니다, 중위님. 그까짓 건 일도 아니에요. 중위님은 짐이나 싸세요.」

「내 짐은 다 정리했어. 선발대가 남긴 짐을 챙기고 나올 테니 준비가 되는 대로 곧 차를 빌라 앞쪽으로 돌려 놔.」

병사들은 별장 앞으로 차를 몰고 왔다. 우리는 복도에 쌓여 있던 병원 장비들을 차에 실었다. 짐을 전부 실은 뒤, 비 내리는 나무 아래 차도에 차량 석 대를 나란히 세워 두고 안으로 들어갔다.

「주방에 불을 지피고 옷가지를 말리자.」 나는 말했다.

「옷 따위는 마르든 말든 상관없습니다.」 피아니가 대답했다. 「잠을 먼저 자야겠어요.」

「난 소령님 침대에서 자겠어요.」 보넬로였다. 「늙은 양반이 해골을 굴리던 곳에서.」

「잠자리는 아무래도 좋아.」 피아니가 말했다.

「여기에도 침대가 둘 있어.」 나는 문을 열었다.

「그 방에 뭐가 있는지 전혀 몰랐어요.」 보넬로가 말했다.

「저게 늙은 물고기 머리의 방이었군.」 피아니였다.

「너희 둘은 거기서 자도록 해. 내가 깨울 테니.」

「중위님이 너무 오래 주무시면 오스트리아 군인이 우리를 깨울 겁니다.」 보넬로가 말했다.

「난 늦잠을 안 자. 아이모는 어디에 있나?」

「주방에 갔습니다.」

「이젠 그만 자게.」

「그래야겠어요.」 피아니가 말했다. 「하루 종일 앉은 채 졸았다니까요. 눈꺼풀이 자꾸 내려오면서 고개를 계속 처박았죠.」

「군화를 벗어.」 보넬로가 말했다. 「늙은 물고기 머리의 침대니까 말이야.」

「물고기 머리 따위야 우습지.」 피아니는 진흙투성이 군화를 신은 채 발을 쭉 뻗더니 팔베개를 하고 침대에 드러누웠다. 나는 주방으로 가보았다. 아이모가 난로에 불을 지피고 물 주전자를 올려놓고 있었다.

「파스타 아시우타를 좀 만들어 볼 생각입니다.」 그는 말했다. 「잠에서 깨면 모두 배고파할 거예요.」

「졸리지 않나, 바르톨로메오?」

「그렇게 심하지는 않아요. 물이 끓기 시작하면 그대로 놔두고 자겠습니다. 불은 저절로 꺼질 테니까.」

「좀 자두는 게 좋을걸. 식사는 치즈와 통조림 쇠고기를 먹으면 돼.」

「이게 나아요. 무정부주의자 두 녀석에겐 뭔가 따뜻한 게 좋을 겁니다. 중위님은 주무세요.」

「소령 방에 침대가 하나 있어.」

「거기서 주무세요.」

「아니야, 나는 전에 쓰던 방으로 갈게. 한잔 생각 있나, 바르톨로메오?」

「출발할 때 마시지요. 지금은 아무 소용 없습니다.」

「세 시간 뒤에 자네가 깼는데도 내가 부르지 않으면 나를 깨우게, 알겠나?」

「전 시계가 없는데요, 중위님.」

「소령 방에 벽시계가 있네.」

「알겠습니다.」

식당을 빠져나온 나는 복도를 지나서 대리석 층계를 올라가 리날디와 함께 지내던 방으로 갔다. 비는 계속 내렸다. 창가로 다가가 밖을 내다보았다. 이제 어두워지고 있었다. 나무 아래 나란히 세워 둔 차량 석 대가 보였다. 나무에서 빗방울이 떨어졌다. 공기는 싸늘했고 나뭇가지에 빗방울이 대롱대롱 매달려 있었다. 나는 리날디의 침대로 되돌아가 드러누워 잠을 청했다.

출발하기 전에 우리는 주방에 모여 식사를 했다. 아이모가 양파와 통조림 고기를 다져 만든 스파게티 요리를 내놓았다. 모두 식탁에 둘러앉아 빌라 지하실에 남아 있던 와인 두 병을 마셨다. 밖은 어두컴컴했고 여전히 비가 내렸다. 식탁에 앉은 피아니는 무척 졸린 표정이었다.

「전진보다 후퇴가 좋아.」 보넬로가 말했다. 「후퇴할 때는 바르베라를 마시니까.」

「지금은 그걸 마시지만 내일은 빗물을 마실지도 몰라.」 아이모가 대꾸했다.

「내일이면 우디네에 가 있겠지. 거기서 화끈하게 샴페인을 마시자고. 한량들이 많은 곳이니까. 피아니, 일어나! 내일 우디네에서 샴페인을 마시는 거야.」

「잠은 깼어.」 피아니가 말했다. 그는 스파게티와 고기를 접시에 담았다. 「아이모, 토마토소스는 없어?」

「없어.」

「우디네에서 샴페인을 마시는 거야.」 보넬로가 말했다. 그는 연붉은 색깔의 바르베라를 술잔에 따랐다.

「우디네에 도착하기 전에 마실 수도 있겠지.」 피아니였다.

「많이 잡수셨습니까, 중위님?」 아이모가 내게 물었다.

「실컷 먹었어. 그 술병 이리 주게, 바르톨로메오.」

「한 사람 앞에 한 병씩 돌아가도록 차에 실어 놓았습니다.」

「좀 잤나?」

「별로 잠이 없어서요. 아무튼 조금은 잤습니다.」

「내일이면 왕의 침대에서 잘 거야.」 보넬로가 말했다. 기분이 무척 좋은 듯했다.

「내일이면 좋은 데서 잘 거야.」 피아니가 중얼거렸다.

「난 왕비마마와 잘 거야.」 보넬로가 끼어들었다. 그는 내가 이 농담에 어떻게 반응하는지 살폈다.

「넌 사령관 마누라하고 자겠지.」 피아니가 졸린 표정으로 대꾸했다.

「중위님, 이건 반역입니다.」 보넬로가 말했다. 「사령관 운운은 반역이잖습니까?」

「집어치워.」 나는 말했다. 「그까짓 술 몇 잔 마시고 벌써부터 헛소리야?」 밖에서는 비가 세차게 내렸다. 손목시계를 들여다보니 9시 30분이었다.

「출발 시간이다.」 나는 말하면서 일어섰다.

「중위님은 누구 차에 타실 겁니까?」 보넬로가 물었다.

「아이모 차에 타겠다. 다음은 자네, 그 뒤에 피아니가 따라

와. 코르몬스로 이어지는 길을 따라 출발한다.」

「졸까 봐 겁나요.」 피아니가 말했다.

「좋아, 내가 자네 차에 타지. 다음 차는 보넬로, 그다음은 아이모.」

「그게 최선의 방법입니다. 졸려 죽겠으니까 누가 옆에 있어야 해요.」

「내가 운전할 테니 자넨 좀 자두라고.」

「아닙니다. 선잠이 들 때 옆에서 누가 깨워 준다면 졸려도 그런대로 운전할 수 있어요.」

「내가 자네를 깨우지. 이제 불을 끄자고, 바르토.」

「그냥 놔둬도 괜찮을 것 같은데요.」 보넬로가 말했다. 「이 빌라는 이제 더 이상 아무 소용도 없잖아요.」

「내 방에 조그만 트렁크가 있는데, 피아니, 자네가 좀 가져오겠나?」

「그러죠. 보넬로, 가자.」 그는 보넬로를 데리고 집 안으로 들어갔다. 두 사람이 층계를 올라가는 소리가 들렸다.

「멋진 곳이었습니다.」 바르톨로메오 아이모가 중얼거렸다. 그는 와인 두 병과 치즈 반 덩어리를 잡낭에 집어넣었다. 「이런 곳은 다시 없겠죠. 그런데 우린 어디로 후퇴하는 겁니까, 중위님?」

「탈리아멘토 강을 지난 어떤 지점이라고 하더군. 병원과 관련 부대는 포르데노네에 주둔하게 될 거야.」

「이곳이 포르데노네보다 좋은 마을입니다.」

「난 포르데노네를 잘 몰라. 그냥 스쳐 지나간 적만 있었지.」

「뭐, 별 볼 일 없는 곳입니다.」 아이모가 말했다.

28

 우리는 마을을 빠져나왔다. 큰 도로를 열 지어 지나가는 부대와 야포들뿐, 비에 젖고 어둠에 싸인 마을은 텅 비어 있었다. 다른 길을 가던 많은 트럭과 짐마차 몇 대도 큰 도로로 몰려들었다. 피혁 공장을 지나 간선 도로로 올라서니 부대, 트럭, 짐마차, 야포들이 천천히 움직이며 하나의 거대한 대열을 이루고 있었다. 우리는 느리면서도 꾸준하게 빗속을 나아갔다. 우리 차의 라디에이터 뚜껑은 짐을 아주 높이 싣고 젖은 캔버스 천으로 덮은 트럭의 꽁무니를 바싹 따라갔다. 갑자기 그 트럭이 멈추는 바람에 대열 전체가 정지했다. 트럭이 다시 움직이기 시작하고 우리도 조금 나아갔지만 다시 멈추었다. 나는 차에서 내려 트럭과 마차와 말의 젖은 목덜미 사이를 지나치며 앞쪽으로 걸어갔다. 대열은 훨씬 앞에서부터 멈추어 있었다.

 나는 도로에서 벗어나 발판을 딛고 도랑을 건너 반대편 들판을 따라 걸어갔다. 들판을 지나 앞으로 나아가니 빗속에서 꼼짝도 못 하는 대열이 나무들 사이로 보였다. 내가 걸어간 거리는 1마일 정도였다. 대열은 전혀 움직이지 않았지만 꼼짝 못 하는 차량들 너머 보이는 보병 부대는 서서히 움직이고 있었다. 나는 앰뷸런스 차량으로 되돌아왔다. 이 움직이지 않는 대열은 우디네까지 뻗어 있을지도 모른다. 피아니는 핸들에 엎드려 잠들어 있었다. 나도 그의 옆자리에 올라 잠이 들었다. 몇 시간이 지난 뒤 앞 트럭이 기어를 넣는 소리가 들려왔다. 피아니를 깨워 출발했지만 몇 야드 움직이다가 멈추고 다시 나아가기를 반복했다. 비는 여전히 내리고 있었다.

밤중에 대열은 다시 정지하더니 전혀 움직이지 않았다. 나는 차에서 내려 아이모와 보넬로를 보러 뒤쪽으로 갔다. 보넬로는 차에 공병 부사관 두 명을 태우고 있었는데, 내가 다가가자 그들은 긴장하는 모습이었다.

「이들은 다리에 뭔가를 설치하라는 지시를 받고 뒤에 남았답니다.」 보넬로가 설명했다. 「소속 부대를 찾을 수 없다고 하기에 태웠습니다.」

「중위님, 허가해 주십시오.」 부사관들이 말했다.

「허가하지.」 나는 말했다.

「중위님은 미국인이야.」 보넬로가 말했다. 「누구든지 태워 주시지.」

부사관 중 한 명이 미소를 지었다. 또 다른 부사관은 내가 북아메리카나 남아메리카에서 온 이탈리아인인지 물었다.

「이분은 이탈리아인이 아니라니까. 영어를 쓰는 북아메리카인이라고.」

부사관들은 정중했지만 그 말을 믿지는 않았다. 나는 그들 곁을 떠나 아이모에게로 갔다. 그는 옆자리에 두 소녀를 앉혀 놓고 구석에 비스듬히 앉아 담배를 피우고 있었다.

「아이모, 아이모.」 내가 불렀다. 그는 웃었다.

「저 애들에게 말 좀 걸어 보세요, 중위님. 도무지 못 알아듣겠어요. 이봐!」 그는 여자아이의 허벅지에 손을 얹고 다정하게 꼬집는 시늉을 했다. 소녀는 숄을 바싹 끌어당겨 몸을 감싸고 그의 손을 밀쳤다. 「어이! 중위님에게 너희들 이름과 이곳에서 뭘 했는지 말씀드려.」

한 소녀가 나를 뚫어지게 바라보았다. 또 다른 소녀는 시선을 내리깔았다. 나를 바라보던 소녀는 한마디도 알아들을 수 없는 사투리로 내게 뭔가를 말했다.[67] 통통하고 가무잡잡한 피부에 열여섯 살쯤 돼 보였다.

「소렐라?」[68] 나는 또 다른 소녀를 가리켜 보이며 물었다.

그녀는 고개를 끄덕이고 미소를 지었다.

「좋아.」 나는 여자아이의 무릎을 툭툭 두드렸다. 내 손이 닿자 소녀의 몸이 바싹 굳었다. 여동생은 한 번도 고개를 들지 않았다. 한 살 정도 아래인 듯했다. 아이모가 언니의 허벅지에 손을 얹자 소녀는 얼른 그 손을 밀쳤다. 그는 소녀를 보고 웃었다.

「좋은 사람.」 그는 자신을 가리키며 말했다. 「좋은 사람이야.」 이번엔 나를 가리켰다. 「걱정하지 마.」 여자아이는 사나운 눈초리로 그를 바라보았다. 두 소녀는 마치 두 마리의 들새 같았다.

「내가 싫다면 뭣 때문에 이 차에 탄 거지?」 아이모가 말했다. 「이 애들은 내가 손짓을 하자마자 즉시 차에 올라탔답니다.」 그는 소녀 쪽으로 몸을 돌렸다. 「염려하지 마.」 그는 말

---

67 이탈리아의 시골 사람들이 쓰는 사투리는 그 지역에서 1백 마일만 벗어나도 통하지 않는 경우가 많다.
68 *sorella*. 여동생.

했다. 「그런 짓을 당할 위험은 없어.」 그는 상소리를 했다. 「그런 짓을 할 만한 장소도 없고.」 소녀는 그 상소리를 알아듣는 듯한 표정을 보였지만 우리로서는 그 이상을 알 수 없었다. 그녀는 아주 겁먹은 눈빛으로 그를 쳐다보았다. 그러더니 숄을 다시 몸 쪽으로 단단하게 잡아당겼다. 「차가 만원이야.」 아이모가 말했다. 「그런 짓을 당할 위험은 없어. 그런 짓을 할 만한 장소도 없고.」 그가 상소리를 내뱉을 때마다 소녀는 긴장했다. 이어 몸이 뻣뻣하게 굳은 채로 앉아서 그를 바라보다가 울기 시작했다. 입술이 떨리다가 눈물이 통통한 볼을 타고 흘러내렸다. 동생은 시선을 내리깐 채 언니의 손을 꼭 잡고 그대로 앉아 있었다. 아주 사나웠던 언니는 이제 흐느끼기 시작했다.

「겁먹은 모양이구나.」 아이모가 말했다. 「겁줄 생각은 없었는데.」

아이모는 잡낭을 들더니 치즈를 꺼내 두 조각으로 잘랐다. 「자, 울지 마.」

언니는 고개를 가로저으면서 계속 울었지만 동생은 치즈를 받아 들고 먹기 시작했다. 잠시 후, 동생이 언니에게 치즈 조각을 건넸고 둘은 함께 먹었다. 언니는 여전히 간헐적으로 흐느꼈다.

「조금 지나면 괜찮아질 겁니다.」 아이모가 말했다.

그때 그에게 어떤 생각이 떠오른 모양이었다. 「너 숫처녀니?」 그는 곁에 앉은 소녀에게 물었다. 그녀는 세차게 고개를 끄덕였다. 「이쪽도?」 이번엔 동생을 가리켰다. 두 소녀는 고개를 끄덕였고 언니가 사투리로 뭔가 얘기하기 시작했다.

「그래.」 바르톨로메오는 말했다. 「그래, 괜찮아.」

두 소녀는 기분이 한결 나아진 듯했다.

나는 구석에 비스듬히 앉은 아이모와 두 소녀를 남겨 두고 피아니의 차로 돌아왔다. 대열은 움직이지 않았지만 보병 부대들은 계속해서 지나갔다. 비는 줄기차게 내렸다. 대열이 멈춘 것은 부분적으로 비에 젖은 전선 때문에 고장 난 차들 탓도 있는 것 같았다. 그보다는 사람이나 말이 꾸벅꾸벅 졸았던 것이 더 그럴싸한 이유인지도 모른다. 하지만 그것도 완벽한 이유는 되지 못한다. 모든 사람이 깨어 있는 도시에서도 때때로 교통 체증이 발생하니까. 말과 자동차는 뒤섞여서 서로에게 방해가 될 뿐이다. 농부의 짐마차도 마찬가지다. 아이모와 함께 있는 두 예쁜 소녀들도 마찬가지다. 후퇴 행렬은 두 처녀가 낄 자리가 아니다. 숫처녀. 아마도 신앙심이 깊겠지. 전쟁이 아니라면 지금쯤 우리 모두 잠자리에 들었을 것이다. 나는 침대에 들어가 머리를 베개에 내려놓을 것이다. 침대와 식탁.[69] 나는 침대에서 판자처럼 뻣뻣이 사지를 펴고 누우리라. 지금쯤 캐서린은 시트를 하나를 아래에 깔고, 하나는 위에 덮고 자고 있겠지. 그녀가 몸을 어느 쪽으로 돌리고 자더라? 왼쪽? 오른쪽? 어쩌면 자고 있지 않을 수도 있다. 드러누운 채 내 생각을 할까? 불어라, 불어라, 너 서풍이여.[70] 그래, 바람이 분다. 비는 가랑비가 아니라 굵은 장대비였다. 밤새도록 비가 내렸다. 비는 비를 몰고 오지. 저것 봐. 아, 내 사랑이 내 품에 안겨 있고 내가 다시 그녀와 함께 침대에 누워 있다면 얼마나 좋을까. 내 사랑 캐서린. 내 사랑 캐서린을 비

---

69 *bed and board*. 〈숙식〉, 혹은 〈부부 생활〉을 의미하기도 한다.

70 셰익스피어의 희곡 「뜻대로 하세요 As You Like It」 제2막 제7장 에이미언스의 대사. 〈불어라, 불어라, 그대 겨울바람아.〉

처럼 내리게 하소서. 바람아 불어라. 너의 넓은 품에 그녀를 안아 다시 내게 보내 다오. 그래, 우리는 모두 바람 속에 있어. 누구나 바람에 휩쓸려 있어. 가랑비는 저 큰 바람을 가라앉힐 수 없지. 「캐서린, 잘 자.」 나는 큰 소리로 외쳤다. 「당신이 잘 자기를. 달링, 그렇게 한쪽으로 누워서 불편하거든 다른 쪽으로 돌아누우면 돼.」 나는 계속해서 말했다. 「냉수를 좀 가져다줄게. 조금만 지나면 아침이 될 테고 그러면 사정은 지금보다 좋아질 거야. 당신을 이렇게 불편하게 해서 어떻게 하지? 정말 미안해. 내 사랑, 잠을 좀 청해 봐.」

그동안 쭉 자고 있었던걸요, 캐서린이 말했다. 당신, 잠꼬대를 하는군요. 괜찮아요?

정말 거기 있어?

물론이죠, 아 여기 있어요. 난 어디 가지 않아요. 이런 일들은 우리 사이를 절대로 바꾸어 놓지 못해요.

당신은 너무 귀엽고 사랑스러워. 밤중에 어디 가버리는 건 아니지?

물론이죠. 난 가지 않아요. 항상 여기 있어요. 당신이 원하기만 하면 언제든 달려갈게요.

「……대열이 다시 움직이기 시작하네요.」 피아니의 목소리였다.

「깜박 졸았나 봐.」 내가 말했다. 시계를 보니 새벽 3시였다. 나는 좌석 뒤에 놓아 둔 바르베라 병을 집으려고 팔을 뻗었다.

「큰 소리로 잠꼬대를 하시던데요.」

「영어로 꿈을 꾸었지.」

빗줄기가 차차 약해졌다. 우리는 앞으로 나아갔다. 하지만 동트기 전에 대열은 다시 꼼짝달싹 못 하게 되었다. 날이 밝

앉을 때 우리는 조금 높은 지대에 도착했는데, 퇴각 도로는 앞쪽으로 훨씬 멀리까지 뻗어 있었으며 자동차 대열 사이를 빠져나가는 보병들을 제외하면 모든 것이 정지 상태였다. 대열은 다시 움직이기 시작했지만, 낮 동안의 속도로 보아 아무래도 우디네까지 가려면 간선 도로에서 벗어나 그 고장을 가로지르는 이면 도로를 타는 편이 좋겠다고 나는 판단했다.

밤중에는 많은 농부들이 시골길의 구석구석에서 대열에 끼어들었다. 값나가는 가재도구를 실은 짐마차들이 보였다. 침대 매트리스 사이로 삐죽 삐져나온 거울도 있었고, 짐마차에 매어 놓은 닭이나 오리들도 있었다. 우리 앞에 가는 짐마차에는 재봉틀이 실려 있었다. 모두들 가장 값진 물건을 챙긴 것이다. 부녀자들은 비를 피해 짐마차에 웅크려 앉았고, 될 수 있는 대로 마차에 바싹 붙어 따라가는 여자들도 있었다. 이제 대열에는 개들까지 끼어 마차 옆에서 따라가는 중이었다. 질척질척한 길 양쪽 도랑은 물로 가득 차 있었고, 길가에 늘어선 가로수 너머의 들판은 빗물에 흥건하게 젖어 건너기 힘들 것 같았다. 나는 차에서 내려 어느 정도 걸어가며 샛길을 찾아보았다. 샛길은 많았지만 엉뚱한 곳으로 빠진다면 곤란해질 터였다. 샛길들을 기억해 낼 수가 없었다. 늘 간선 도로를 타고서 빠르게 지나쳤던 데다 전부 비슷비슷한 모양이었기 때문이다. 이제 대열을 뚫고 나가려면 샛길을 찾아내야만 한다. 오스트리아군이 어디에 있는지, 또 상황이 어떻게 돌아가는지는 아무도 모르지만 비가 그치고 전투기가 날아와 이 대열에 기총 소사라도 퍼붓는다면 모두가 끝장날 것이 틀림없다. 몇 사람이 트럭을 버리고 도망치거나 말 몇 마리가 죽기라도 한다면 도로의 모든 움직임은 완전한 마비 상태에 빠지고 말리라.

 비도 이제 심하게 내리지 않아 날이 갤 것 같았다. 나는 길 가장자리를 따라 나아가다가 양쪽에 나무 울타리가 있는 두 들판 사이에 북쪽으로 뚫린 작은 이면 도로를 발견하고는 차라리 이 길을 택하는 것이 좋겠다고 생각하여 서둘러 차로 돌아갔다. 피아니에게 차를 돌리라고 말하고 나서 보넬로와 아이모에게도 가서 알렸다.

「만약 저 길이 엉뚱한 곳으로 빠진다면 곧 되돌아와 대열에 합류하면 돼.」 나는 말했다.

「이들은 어떻게 하죠?」 보넬로가 물었다. 두 부사관은 조수석에 앉아 있었다. 면도하지 않은 얼굴이었지만 그런대로 이른 아침의 군인다웠다.

「차를 밀 때 쓸모가 있겠지.」 나는 그렇게 대답한 다음 아이모에게 가서 들판을 횡단할 생각이라고 얘기했다.

「우리 숫처녀 자매는 어쩌죠?」 아이모가 물었다. 두 소녀는 잠들어 있었다.

「그다지 쓸모가 없을 텐데. 차를 밀 수 있는 사람을 태워야 할 거야.」

「그런 사람은 뒷좌석에 태울 수 있습니다. 차에는 아직 여유가 있으니까요.」

「알았네, 자네 생각대로 해. 차를 밀 수 있도록 어깨가 떡 벌어진 녀석을 골라 태우게.」

「저격병이 좋겠어요.」 아이모는 빙긋이 웃었다. 「그 녀석들은 어깨가 아주 넓죠. 어깨 넓이를 재보고 합격시키니까요. 중위님, 기분은 좀 어떻습니까?」

「좋아. 자넨 어때?」

「좋습니다. 그런데 배가 고파요.」

「이 길을 따라가면 뭔가 있을 테니까 차를 세우고 먹도록 하지.」

「다리는 어떻습니까, 중위님?」

「괜찮아.」 나는 대답했다. 자동차 발판에 올라서서 앞을 내다보니 피아니의 차가 대열을 빠져나가 작은 샛길로 들어서는 모습이 보였다. 잎이 떨어진 나무 울타리 사이로 언뜻언뜻 그의 차가 보였다. 보넬로도 방향을 틀어 차를 따라갔다. 피아니가 앞장서서 길을 헤치며 나아갔기 때문에 우리는 두 대의 앰뷸런스를 앞세우고 울타리 사이의 비좁은 길을 따라갈 수 있었다. 샛길은 한 농가로 이어졌다. 피아니와 보넬로가 농가 마당에 차를 세웠다. 나지막하고 기다란 집이었는데, 문 입구에 포도나무 격자 시렁이 있었다. 마당에 우물이 있어서 피아니는 물을 길어 라디에이터에 채웠다. 저속 기어로 너무 오래 달린 탓에 냉각수가 아주 뜨거워져 김을 내뿜고 있었다. 농가에는 인적이 없었다. 나는 온 길을 돌아보았다. 농가가 들판에서 약간 높은 지대에 위치한 탓에 그 일대가 잘 보였다. 도로, 울타리, 들판, 후퇴 대열이 지나가는 도로에 즐비한 가로수들이 보였다. 부사관 둘은 집 안을 뒤지고 있었다. 두 소녀는 잠에서 깨어나 마당, 우물, 농가 앞에 주차한 두 대의 앰뷸런스, 우물가에 있는 세 명의 운전병을 바라보았다. 부사관 한 명이 손에 괘종시계를 들고 나왔다.

「제자리에 돌려놓게.」 나는 지시했다. 그는 나를 쳐다보더니 집으로 들어갔다가 빈손으로 다시 나왔다.

「자네 친구는 어디 갔나?」 나는 물었다.

「화장실에 갔습니다.」 그는 앰뷸런스 좌석으로 올라갔다.

우리가 버리고 떠날까 봐 두려운 모양이었다.

「아침 식사를 하는 게 어떨까요, 중위님?」 보넬로가 물었다. 「뭔가 먹을 게 있을 겁니다. 시간도 그리 오래 안 걸려요.」

「이 길에서 저쪽으로 빠져 내려가면 어디든 나오겠지?」

「그럼요.」

「좋아, 그럼 아침을 먹도록 하지.」 피아니와 보넬로가 집 안으로 들어갔다.

「자, 내려라.」 아이모가 소녀들에게 말했다. 그는 손을 내밀어 자매가 내리는 것을 도우려 했다. 언니는 고개를 가로저었다. 그들은 빈 집에 들어가지 않으려 했다. 우리의 뒷모습을 바라보기만 할 뿐이었다.

「까다로운 년들이야.」 아이모가 중얼거렸다. 우리는 함께 농가로 들어갔다. 넓고 어두침침한 것이 폐가 같은 느낌이었다. 보넬로와 피아니는 부엌에 있었다.

「먹을 게 많지 않습니다.」 피아니가 말했다. 「말끔히 정리하고 떠났군요.」

보넬로는 육중한 부엌 식탁에 큰 치즈를 올려놓고 잘랐다.

「치즈는 어디에 있었지?」

「지하실에요. 피아니가 와인과 사과도 찾아냈어요.」

「그 정도면 아침 식사로는 훌륭하지.」

피아니는 버드나무 잔가지를 엮어 싸맨 커다란 와인 항아리의 코르크 마개를 뽑는 중이었다. 그는 항아리를 기울여 와인을 구리 냄비에 가득 따랐다.

「냄새가 좋은걸. 술잔을 몇 개 찾아봐, 바르토.」 그가 말했다.

그때 두 부사관이 들어왔다.

「치즈 좀 드시게, 부사관님들.」 보넬로가 말했다.

「빨리 가야 할 텐데.」한 부사관이 치즈를 먹고 와인을 마시면서 말했다.

「곧 갈 테니 염려 마.」보넬로는 말했다.

「군대는 밥심으로 움직이지.」내가 덧붙였다.

「네?」한 부사관이 물었다.

「먹어 두는 게 좋단 말이네.」

「네. 하지만 시간이 없습니다.」

「저 자식들은 든든히 먹어 둔 모양이지.」피아니가 말했다. 두 부사관이 그를 쳐다보았다. 그들은 우리 일행에게 반감을 가지고 있었다.

「이 부근의 길을 잘 아십니까?」한 부사관이 내게 물었다.

「아니.」나는 대답했다. 두 사람은 서로 마주 보았다.

「출발하는 게 좋겠습니다.」좀 전의 부사관이 다시 말했다.

「출발할 거야.」그러고서 나는 와인을 한 잔 더 마셨다. 치즈와 사과를 먹은 다음이라 술맛이 좋았다.

「치즈는 가져가지.」나는 그렇게 말하면서 밖으로 나왔다. 보넬로가 큰 와인 항아리를 들고 나왔다.

「항아리가 너무 커.」내가 말했다. 그는 아쉽다는 듯 항아리를 내려다보았다.

「제가 봐도 크긴 크군요.」그가 말했다. 「술을 채워 줄 테니 수통들을 내놔.」수통에 와인을 콸콸 부어 넣자 와인이 흘러넘쳐 마당에 깐 돌바닥에 떨어졌다. 그는 와인 항아리를 들어 문 바로 안쪽에 내려놓았다.

「이러면 오스트리아 군바리 놈들이 와인을 찾겠다고 문을 부수지는 않겠지.」

「이제 움직이자고.」내가 말했다.「피아니와 내가 앞장서지." 두 공병 부사관은 이미 보넬로 옆 좌석에 앉아서 떠나기를 기다리는 중이었다. 소녀들은 치즈와 사과를 먹고 있었다. 아이모는 담배를 피웠다. 우리는 좁은 길로 나아가기 시작했다. 나는 뒤따라오는 두 대의 차량과 농가를 돌아보았다. 나지막하지만 견고하게 잘 지어진 석조 집이었다. 우물 주위에 만든 쇠 시렁이 참으로 훌륭했다. 우리 앞쪽으로 난 길은 비좁고 질척질척했고, 양쪽에는 높은 산울타리가 있었다. 뒤에서 아이모와 보넬로가 모는 두 대의 차량이 바짝 따라왔다.

29

 정오 무렵 우리는 진창길에 처박혔다. 짐작건대 우디네에서 약 10킬로미터 정도 떨어진 곳인 듯했다. 비는 오전 중에 그쳤다. 전투기 소리를 세 번이나 들었고, 그게 머리 위 상공을 지나 왼쪽으로 멀리 날아가더니 간선 도로를 폭격하는 광경도 보았다. 그물망 같은 이면 도로를 가까스로 헤쳐 나가다가 막다른 길로 접어들기도 했지만, 우리는 늘 되돌아 나와 다른 길을 찾으며 점점 우디네에 접근했다. 이번엔 아이모의 차가 막다른 길에서 돌아 나오다가 길가의 무른 땅에 빠졌다. 바퀴는 헛돌기만 하고 점점 땅을 깊이 파며 내려앉더니 결국 기어가 흙에 닿고 말았다. 바퀴 앞의 흙을 파헤치고 체인이 물리도록 나뭇가지를 깔아 놓은 다음 차량을 힘껏 밀어 단단한 길 위로 올라서게 하는 수밖에 없었다. 모두 도로에 내려 차 주위를 둘러섰다. 두 부사관이 차의 상태를 살펴보고 바퀴를 점검했다. 그러더니 아무 말 없이 길 아래쪽으로 걸어가기 시작했다. 나는 그들을 뒤쫓아 갔다.
 「이봐, 어디 가는 거야?」 내가 소리쳤다. 「나뭇가지를 꺾어 와.」

「가야 합니다.」한 부사관이 말했다.

「무슨 소리야? 어서 가서 나뭇가지를 꺾어 오란 말이야.」

「우리는 가야 한다니까요.」그가 다시 대답했다. 또 다른 부사관은 아무 말도 하지 않았다. 두 사람은 서둘러 걸으며 내 쪽은 아예 쳐다보지도 않았다.

「명령이다, 차로 복귀하고 나뭇가지를 꺾어 와.」내 말에 한 부사관이 돌아다보았다. 「우리는 가야 합니다. 시간이 좀 지나면 길이 차단될 겁니다. 중위님은 우리에게 명령할 수 없습니다. 우리의 상관이 아니니까요.」

「명령이다, 나뭇가지를 꺾어 와.」내가 다시금 명령했지만 그들은 방향을 돌려 다시 길을 가기 시작했다.

「멈춰.」나는 소리쳤다. 두 사람은 양쪽 산울타리 사이의 진창길을 계속 걸었다. 「명령이다, 멈춰!」나는 소리를 질렀다. 그들은 더 빨리 걸었다. 나는 권총집을 열고 총을 꺼낸 다음 말 많은 부사관을 겨냥하여 발사했다. 총알이 빗나가자 두 사람은 뛰기 시작했다. 세 발을 쏘자 한 놈이 쓰러졌다. 또 다른 놈은 산울타리를 뚫고 들어가 시야에서 사라졌다. 그가 들판을 가로질러 뛰는 모습이 나타나 산울타리 사이로 발사했다. 찰칵 소리를 내면서 탄환이 떨어져 탄창을 갈아 끼웠다. 거리가 너무 멀어 두 번째 부사관은 쏠 수 없었다. 그는 고개를 숙인 채 저 멀리 들판을 가로질러 뛰고 있었다. 나는 빈 탄창을 다시 채워 넣기 시작했다. 보넬로가 다가왔다.

「제가 저놈의 숨통을 끊어 버리겠습니다.」그가 말했다. 나는 그에게 권총을 건넸다. 보넬로는 길바닥에 머리를 박고 뻗어 있는 공병 부사관 쪽으로 갔다. 그러더니 허리를 숙여 그의 머리에 권총을 대고 방아쇠를 당겼다. 권총은 발사되지 않았다.

「공이치기를 당겨야지.」 내가 말했다. 그는 발사 준비를 한 다음 두 번 쏘았다. 그리고 나서 부사관의 다리를 잡고 길가로 끌어당겨 산울타리 옆에 내던졌다. 그가 돌아와 내게 권총을 돌려주었다.

「개새끼.」 보넬로가 욕설을 내뱉으며 부사관 쪽을 바라보았다. 「제가 쏘는 것 보셨죠, 중위님?」

「빨리 나뭇가지를 꺾어 와야 해.」 나는 말했다. 「또 한 놈은 맞기나 한 건가?」

「안 맞은 것 같아요.」 아이모가 말했다. 「너무 멀어서 권총으로는 맞힐 수 없었을 거예요.」

「지저분한 인간쓰레기 같으니.」 피아니가 중얼거렸다. 우리는 다 같이 나뭇가지와 잔가지를 꺾어 왔다. 차에서 짐을 모두 내렸다. 보넬로는 바퀴 앞의 흙을 파내고 있었다. 준비가 끝나자 아이모가 차에 시동을 걸고 기어를 넣었다. 바퀴는 나뭇가지와 진창을 튀기면서 헛돌았다. 보넬로와 나는 뼈마디에서 우두둑 소리가 날 때까지 차를 밀었다. 차는 꼼짝도 하지 않았다.

「아이모, 차를 앞뒤로 움직여 봐.」 나는 말했다.

그가 후진 기어를 넣었다가 다시 전진으로 바꾸었다. 아무 소용 없었다. 바퀴는 점점 깊이 파고들 뿐이었다. 기어는 다시 중립 상태에 들어갔고 바퀴는 이미 파놓은 구멍에서 헛돌았다. 나는 일어섰다.

「밧줄로 당겨 보지.」

「중위님, 별로 소용이 없을 것 같습니다. 똑바로 당겨지지 않을 거예요.」

「그래도 한번 해보자고. 다른 방법으로는 차를 뺄 수가 없잖아.」

진창에 빠지지 않은 피아니와 보넬로의 차는 좁은 길을 따라 간신히 나아갈 수 있었다. 우리는 두 차에 밧줄을 걸고 당겼다. 바퀴는 옆으로만 조금씩 움직일 뿐 진창을 벗어나지는 못했다.

「안 되는데. 그만둬.」 나는 소리쳤다.

피아니와 보넬로가 차에서 내려 되돌아왔다. 아이모도 내렸다. 소녀들은 40야드쯤 떨어진 길가의 돌담에 앉아 있었다.

「어떻게 할까요, 중위님?」 보넬로가 물었다.

「땅을 파고 다시 한 번 나뭇가지로 해보자고.」 그렇게 말하며 나는 길을 바라보았다. 이렇게 된 건 다 내 잘못이야. 내가 이리로 오자고 했으니까. 이런저런 생각이 내 머리를 스쳐 지나갔다. 태양은 이제 구름 뒤에서 거의 빠져나왔다. 울타리 옆에는 부사관의 시체가 뒹굴고 있었다.

「저놈의 상의와 망토를 진창에 깔아 보지.」 나는 말했다. 보넬로가 그것들을 벗기러 갔다. 나는 나뭇가지를 꺾고 아이모와 피아니는 바퀴 앞과 옆의 흙을 파냈다. 나는 망토를 상의에서 잘라 내어 그것을 다시 두 쪽으로 찢은 다음 진창의 바퀴 밑에 깔고, 바퀴가 걸리도록 나뭇가지를 쌓았다. 그런 식으로 준비를 갖추자 아이모가 운전석에 앉아 시동을 걸었다. 바퀴는 계속 헛돌았다. 우리는 밀고 또 밀었지만 아무 소용 없었다.

「도저히 안 되겠군.」 내가 말했다. 「차 안에 뭐 가져갈 거 있나, 아이모?」

아이모는 보넬로와 함께 차로 들어가 치즈와 와인 두 병,

망토를 가지고 내렸다. 보넬로는 바퀴 뒤편에 앉아 부사관의 상의 주머니를 뒤졌다.

「상의는 내던져 버려.」나는 지시했다.「아이모의 숫처녀들은 어떻게 할까?」

「뒤에 태우면 되죠.」피아니가 대답했다.「남은 길이 그리 멀지 않으니까요.」

나는 앰뷸런스의 뒷문을 열었다.

「자, 어서 타라.」두 소녀는 구석에 올라앉았다. 그들은 조금 전에 있었던 충격 사건을 애써 모르는 체하고 있었다. 뒤돌아보니 죽은 부사관이 더러운 긴 소매 속옷 바람으로 누워 있었다. 나는 피아니의 차에 타고 출발했다. 우리는 들판을 건너갈 계획이었다. 도로가 들판으로 접어들자 나는 차에서 내려 앞서 걸었다. 건너가기만 한다면 들판 저편의 좋은 길에 오를 수 있었다. 그러나 들판이 너무 무르고 진흙투성이라 건널 수가 없었다. 마침내 바퀴 중심축 부분까지 흙 속에 빠져 차가 꼼짝달싹 못 하게 되자, 우리는 들판 한가운데 차 두 대를 버리고 우디네를 향해 걷기 시작했다.

간선 도로로 이어지는 길에 접어들었을 때, 나는 두 소녀에게 그쪽을 가리켰다.

「저리로 걸어가. 사람들을 만날 수 있을 거야.」그들은 나를 물끄러미 바라보았다. 나는 지갑을 꺼내 10리라짜리 지폐를 한 장씩 주었다.「저기로 가봐.」나는 큰길을 가리키면서 말을 이었다.「친구들! 가족들! 이런 사람들이 있을 거야.」

그들은 내 말을 알아듣지 못했지만 돈을 움켜쥐고 길을 걷기 시작했다. 내가 돈을 도로 빼앗을까 봐 불안한지 힐끔힐끔 뒤돌아보았다. 나는 숄을 단단히 감싸 쥐고 불안한 듯 우리를 돌아보면서 걸어가는 그들을 지켜보았다. 세 운전병들은 웃고 있었다.

「제가 저 방향으로 가면 얼마나 주시렵니까, 중위님?」 보넬로가 물었다.

「저 아이들 둘만 있는 것보다는 사람들 사이에 섞이는 편이 나을 거야. 대열을 따라잡을 수만 있다면 말이지.」 나는 말했다.

「2백 리라만 준다면 난 곧장 걸음을 되돌려 오스트리아군에게 갈래.」 보넬로가 말했다.

「적군이 그 돈을 빼앗을걸.」 피아니가 말했다.

「그동안 전쟁이 끝날지도 모르지.」 아이모였다. 우리는 걸음을 재촉하며 길 위쪽으로 갔다. 태양이 구름 사이를 빠져나오는 중이었다. 길가에는 뽕나무들이 있었다. 나무들 사이로 두 대의 대형 앰뷸런스가 들판에 갇혀 있는 모습이 보였다. 피아니도 뒤를 돌아보았다.

「저걸 꺼내려면 길을 새로 닦아야겠군.」 그가 말했다.

「정말이지, 자전거라도 있으면 좋겠어.」 보넬로가 투덜거렸다.

「미국에서도 자전거를 탑니까?」 아이모가 내게 물었다.

「예전에는 많이들 탔지.」

「여기서는 굉장한 물건이랍니다. 대단한 귀중품이죠.」

「제발 자전거라도 있었으면. 걷는 건 딱 질색이라고.」

「포성인가?」 내가 물었다. 멀리서 포성이 들린 것 같았다.

「잘 모르겠습니다.」 아이모가 대답했다. 그는 귀 기울여 들었다.

「그런가 본데.」 내가 중얼거렸다.

「먼저 기병과 마주치겠죠.」 피아니가 말했다.

「적군엔 기병이 없을걸.」

「제발 없었으면!」 보넬로가 소리쳤다. 「빌어먹을 기병 놈의 창에 찔려 죽고 싶지는 않으니까.」

「중위님, 아까 그 부사관을 확실히 쏘신 거죠?」 피아니가 확인했다. 우리는 빠른 걸음으로 걷고 있었다.

「내가 그놈을 죽였어.」 보넬로가 말했다. 「이번 전쟁에서 사람을 죽여 본 적이 없었어. 하지만 늘 부사관을 죽이고 싶었지.」

「자넨 가만있는 놈을 죽였지.」 피아니가 대꾸했다. 「자네가 쏠 때 그놈이 빠르게 도망치고 있지는 않았잖아.」

「상관 마. 아무튼 평생 못 잊을 사건이야. 내가 그 부사관 개자식을 죽였어.」

「고해 성사 볼 때 뭐라고 할 건가?」 아이모가 물었다.

「이렇게 할 거야, 〈축복해 주십시오, 사제님. 저는 부사관을 죽였습니다.〉」 모두 껄껄 웃었다.

「저 친구는 무정부주의자랍니다.」 피아니가 보넬로를 가리켰다. 「성당엔 가지도 않아요.」

「피아니도 무정부주의자예요.」 보넬로도 응수했다.

「정말 무정부주의자야?」 내가 물었다.

「아닙니다, 중위님. 우리는 사회주의자입니다. 이몰라[71] 출신이죠.」

「중위님도 그곳에 가보셨나요?」

「아니.」

「정말 좋은 곳입니다, 중위님. 전쟁이 끝나면 한번 오세요.

71 이탈리아 북중부에 있는 작은 마을.

마을에 볼만한 게 많습니다.」

「모두가 사회주의자인가?」

「누구나 그렇습니다.」

「좋은 마을인가?」

「멋진 곳이죠. 그런 마을은 못 보셨을 거예요.」

「어떻게 사회주의자가 되었지?」

「모두가 사회주의자예요. 아닌 사람은 한 명도 없죠. 우리는 원래 사회주의자였어요.」

「한번 오세요, 중위님. 중위님도 사회주의자로 만들어 드리죠.」

길이 왼쪽으로 구부러지더니 조그만 언덕이 나왔고 돌담 너머로 사과 과수원이 보였다. 오르막으로 바뀌고부터는 대화가 그쳤다. 우리는 시간을 다투며 아주 빠른 걸음으로 함께 걸었다.

30

 잠시 후 우리는 강으로 통하는 길을 걷고 있었다. 다리로 이어지는 도로에는 버려진 자동차와 짐마차들이 기다란 줄을 이루었다. 사람은 보이지 않았다. 강물이 불어 있었고 다리는 중심부가 폭파되어 석조 아치가 물속으로 떨어진 채였다. 흙탕물이 그 위로 넘실거렸다. 우리는 건널 곳을 찾기 위해 강둑 위로 올라섰다. 앞쪽 상류로 가면 철도 다리를 통해 강을 건널 수 있을 것 같았다. 길이 젖어서 진흙으로 질척거렸다. 병사들은 찾아볼 수 없었고 내버린 트럭과 짐들만 눈앞에 가득했다. 강둑 주위에는 사람도 물건도 아예 보이지 않고 오로지 젖은 덤불과 진창만이 쓸쓸했다. 강둑을 따라 계속 올라가자 마침내 저 앞에 철도 다리가 나타났다.

 「아름다운 다리군.」 아이모가 말했다. 평소에는 바싹 말라 있는 강바닥 위에 세워진 기다랗고 평범한 철교였다.

 「저 다리를 폭파하기 전에 서둘러 건너는 게 좋겠어.」 나는 말했다.

 「폭파할 사람이 어딨겠어요.」 피아니가 대답했다. 「모두 달아났는데요.」

「지뢰를 매설했을지 몰라. 중위님이 먼저 건너세요.」 보넬로였다.

「저 무정부주의자가 무슨 소리를 하는 거야?」 아이모가 발끈했다. 「그러는 저 친구더러 먼저 건너가라고 하세요.」

「아니야, 내가 먼저 건널게.」 나는 말했다. 「한 사람이 건넌다고 터질 정도는 아닐 거야.」

「보라고.」 피아니가 말했다. 「저게 바로 생각하는 게 머리가 있다는 거야. 자넨 어째서 머리가 없는 건가, 이 무정부주의자야?」

「내게 머리가 있다면 이런 데 오지도 않았을걸.」 보넬로가 대꾸했다.

「제법 그럴듯한 말인데요, 중위님.」 아이모가 말했다.

「정말 그럴듯하군.」 나는 맞장구쳐 주었다. 우리는 이제 다리 가까이 다가섰다. 하늘에는 구름이 다시 깔리고 비도 조금씩 내리기 시작했다. 다리는 길고 견고해 보였다. 우리는 강둑 위로 기어 올라갔다.

「한 번에 한 사람씩 건너지.」 나는 그렇게 말하고 건너기 시작했다. 침목과 레일을 관찰하면서 철사 덫이나 폭발물이 있는지 살폈지만 아무것도 없었다. 침목 틈새로 저 아래쪽에 흙탕물이 빠르게 흘러가는 것이 보였다. 비 내리는 들판 앞쪽으로 역시 비에 잠긴 우디네가 보였다. 다리를 건넌 다음 나는 뒤를 돌아보았다. 강 상류 쪽에 또 다른 다리가 있었다. 지켜보는 동안 누런 진흙빛 차량이 그 다리를 건넜다. 잠시 보이던 그 자동차는 높은 난간 탓에 곧 시야에서 사라졌다. 하지만 운전병과 조수석에 탄 한 사람, 뒷좌석의 두 사람, 이렇게 네 명의 머리를 분명히 보았다. 모두 독일군 철모를 쓰고 있었다. 다리를 건넌 차는 가로수와 길가에 버려진 차량들을 지나쳐 사라졌다. 나는 철교를 건너는 아이모와 나머지 두 병사에게 빨리 오라고 손짓했다. 그런 다음 다시 아래로 기어 내려가 철둑 옆에 엎드렸다. 아이모가 나를 따라왔다.

「차를 보았나?」 내가 물었다.

「아니요, 중위님을 지켜보느라.」

「독일군 참모 차 한 대가 저기 상류 쪽 다리를 건너갔어.」

「참모 차요?」

「그래.」

「맙소사.」

다른 두 명도 건너와 우리 모두 철둑 뒤쪽 진창에 웅크리고서 철도 다리의 레일과 줄지어 늘어선 가로수, 도랑, 도로를 내다보았다.

「그렇다면 우리는 낙오되어 고립된 걸까요, 중위님?」

「잘 모르겠어. 독일군 참모 차가 저 길을 갔다는 것, 그게 내가 아는 전부야.」

「이상한 기분 안 드세요, 중위님? 머릿속에 묘한 생각이 떠오르지 않으세요?」

「농담하지 마, 보넬로.」

「일단 한잔하는 게 어떨까요?」 피아니가 물었다. 「고립되었다니 더욱더 한잔하는 게 좋겠어요.」 그는 수통 마개를 풀어 빼냈다.

「저것 봐! 저런!」 아이모가 길 쪽을 가리켰다. 돌다리 난간을 따라 독일군 철모들이 움직이고 있었다. 그들은 몸을 앞으로 숙인 채, 마치 유령처럼 미끄러지듯이 달렸다. 다리를 빠져나오자 그들의 전신이 드러났다. 자전거 부대였다. 나는 앞줄 두 병사의 얼굴을 보았다. 불그스레하고 건강한 낯빛이었다. 철모는 이마와 옆얼굴까지 깊숙이 내려왔고, 소총은 자전거 축에 묶여 있었다. 수류탄은 손잡이 부분을 아래로 돌려 벨트에 고정시켰다. 비에 젖은 철모와 회색 군복 차림으로 그들은 전면과 양쪽을 두루 살피면서 질서 정연하게 자전거를 타고 갔다. 맨 앞에는 둘, 그다음은 나란히 넷, 또 둘, 다음은 10여 명에, 또 10여 명, 마지막으로 한 명이었다. 모두 말이 없었다. 강물 소리 때문에 우리 귀에 들리지 않은 것일 수도 있다. 그들은 길 위쪽으로 사라졌다.

「하느님 맙소사.」 아이모가 신음했다.

「독일군이야.」 피아니가 말했다. 「오스트리아군이 아니라고.」

「왜 저들을 막는 사람들이 없는 거지?」 내가 말했다. 「왜 아군은 저 다리를 폭파하지 않은 거지? 왜 이 강둑에 기관총을 설치하지 않았을까?」

「중위님이 명령을 내려 주십시오.」 보넬로가 말했다.

화가 치밀었다.

「이런 빌어먹을! 온통 미친 짓이야. 강 아래쪽 작은 다리는 폭파하고, 여기 간선 도로의 큰 다리는 그냥 놔두고. 모두들 어디로 간 거야? 적군을 막으려는 생각이 아예 없는 거야?」

「저희에게 명령을 내려 주세요.」 보넬로가 되풀이했다. 나는 입을 다물었다. 그런 건 내 소관이 아니었다. 내 임무는 석 대의 앰뷸런스를 이끌고 포르데노네에 도착하는 것이었다. 하지만 실패했다. 지금 할 일은 어떻게 해서든 포르데노네로 가는 것이다. 일이 잘못되면 그 앞에 있는 우디네까지도 어려울 수 있다. 제기랄, 못 가도 할 수 없지. 이제 할 일은 마음을 가라앉히고 사살당하거나 포로로 잡히지 않도록 하는 거야.

「마개를 열어 놓은 수통 없나?」 피아니에게 묻자 그가 수통을 건넸다. 나는 한 모금 쭉 마셨다. 「출발하는 게 좋겠군. 서두를 건 없어. 뭔가 좀 먹고 가지 않겠나?」

「여긴 지체할 곳이 못 됩니다.」 보넬로가 대답했다.

「좋아. 출발하지.」

「이쪽 길을 따라갈까요? 저들 눈에 안 보이게 말입니다.」

「위로 올라가는 게 좋겠어. 아까는 저쪽 다리로 건너갔지만 이 다리로 올지도 모르니까. 적들이 먼저 위쪽으로 가서 우리를 발견하면 안 돼.」

우리는 철길을 따라 걸었다. 양쪽에 비에 젖은 들판이 펼쳐졌다. 들판 건너편으로 우디네의 언덕이 보였다. 언덕 위에 있는 성채 지붕들은 포격으로 허물어졌지만 종탑과 시계탑은 여전히 남아 있었다. 들판에는 뽕나무들이 많았다. 전방에 철로가 파괴된 지점이 나타났다. 침목들도 포격에 뜯겨 강둑 아래로 나가떨어져 있었다.

「엎드려! 엎드려!」 아이모가 소리쳤다. 우리는 철둑 옆에 납작 엎드렸다. 또 다른 자전거 부대가 길을 지나갔다. 나는 철둑 가장자리에서 고개를 내밀어 그들이 지나가는 모습을 바라보았다.

「우리를 보고도 그냥 가는데.」 아이모가 말했다.

「중위님, 위쪽으로 가다가는 총에 맞아 죽을 것 같은데요.」 보넬로가 말했다.

「저들은 우리에겐 관심이 없어.」 내가 말했다. 「뭔가 다른 목표가 있나 보군. 갑자기 나타나는 게 훨씬 위험하지.」

「전 여기 말고 눈에 잘 안 띄는 길로 가고 싶어요.」 보넬로가 말했다.

「좋을 대로 해. 우린 선로를 따라 걷겠네.」

「돌파할 수 있을까요?」 아이모가 물었다.

「그럼, 아직은 적군이 그리 많지 않으니까. 어둠을 틈타 빠져나갈 수 있을 거야.」

「그 참모 차의 임무는 뭐였을까요?」

「알 수 없지.」 나는 대답했다. 우리는 선로를 따라 계속 걸었다. 보넬로는 강둑의 진창길을 걷다가 지쳐서 우리 쪽으로 올라왔다. 철로가 이제 간선 도로에서 벗어나 남쪽으로 뻗어 나가, 우리는 도로의 움직임을 살펴볼 수 없었다. 운하를 가로지르는 짧은 다리가 폭파되어 있었지만 우리는 남아 있는 부분들로 기어 올라가 그 다리를 건넜다. 그때 우리의 앞쪽에서 총성이 울렸다.

우리는 운하 건너편 철로로 올라섰다. 철로는 나지막한 들판을 지나 곧바로 마을 쪽으로 이어졌다. 앞쪽에는 또 다른 철로가 있었다. 북쪽은 우리가 아까 자전거 부대를 보았던 간선 도로였고, 남쪽은 양쪽에 무성한 숲을 거느린 협로였다. 나는 남쪽으로 곧장 가서 마을을 우회하여 남하한 다음 캄포르미오 쪽으로 가다가 다시 간선 도로를 타고 탈리아멘토 강으로 가는 게 좋겠다고 생각했다. 우디네를 지나 이면 도로를 따라가면 아군이 후퇴하던 간선 도로를 피해 갈 수 있다. 나는 철둑 아래로 내려갔다.

「따라와.」 내가 말했다. 샛길을 따라 마을 남쪽으로 갈 생각이었다. 모두가 철둑 아래로 내려섰을 때, 누군가 샛길에서 우리 쪽으로 총을 한 발 쏘았다. 탄환은 철둑의 진창에 박혔다.

「도로 올라가!」 내가 외쳤다. 그러고는 진창에 미끄러지며 철둑 위로 뛰기 시작했다. 운전병들은 내 앞을 힘차게 달렸다. 나도 있는 힘껏 철둑으로 올라갔다. 무성한 덤불숲에서 총성이 두 번 더 울렸다. 철로를 가로지르던 아이모가 비틀거리더니 얼굴을 길바닥에 처박으며 쓰러졌다. 우리는 그를 철둑 반대편으로 끌고 내려가 반듯이 눕혔다.「머리가 비탈 위쪽을 향하게 눕혀.」나는 말했다. 피아니가 그를 돌려 눕혔다. 그는 아래쪽으로 다리를 뻗고 비탈진 철둑 진창에 드러누운 채 이따금씩 피를 토했다. 우리 셋은 비를 맞으며 웅크려 앉아 그를 내려다보았다. 목덜미 아래쪽을 맞았는데 탄환이 위로 치밀고 올라와 오른쪽 눈 밑부분으로 빠져나왔다. 내가 총구멍 두 군데를 틀어막는 동안 그는 죽었다. 피아니는 아이모의 머리를 내리고 구급붕대로 얼굴을 닦아 준 다음 그대로 두었다.

「이런 개자식들.」피아니가 웅얼거렸다.

「독일군이 아니야.」나는 말했다.「저곳엔 독일군이 있을 수가 없어.」

「이탈리아군이야.」피아니는 이탈리아인을 경멸스럽게 부르는 〈이탈리아니 *Italiani*〉라는 단어를 썼다. 보넬로는 아무 말도 없었다. 그는 아이모 곁에 앉아 있었으나 그를 쳐다보지 않았다. 피아니는 철둑 아래로 굴러떨어진 아이모의 군모를 주워 그의 얼굴을 덮었다. 그러고는 수통을 꺼냈다.

「한 모금 마실래?」그가 보넬로에게 수통을 건넸다.

「아니.」그러고서 보넬로는 나를 향해 말했다.「철로를 걸으면 우리도 이런 일을 당할지 몰라요.」

「아니.」나는 말했다.「우리가 들판을 건너려고 했기 때문에 쏜 거야.」

보넬로는 고개를 저었다.「아이모가 죽었습니다. 다음 차례는 누굴까요, 중위님? 이젠 어디로 가죠?」

「총을 쏜 자들은 이탈리아군이야.」 나는 되뇌었다. 「독일군이 아니었어.」

「독일군이라면 우리 모두를 죽였겠죠.」 보넬로가 말했다.

「독일군보다 이탈리아군이 더 위험해. 안전한 곳에 있던 후방 부대는 뭐든지 겁부터 내니까. 반면에 독일군은 자기들의 목표물을 잘 알고 그것에만 집중하거든.」

「그럴듯하군요.」 보넬로는 말했다.

「이제 어디로 가죠?」 피아니가 물었다.

「어두워질 때까지 어딘가에 숨어 있다가 가는 게 좋겠다. 남쪽으로 곧장 간다면 무사할 텐데.」

「아까 쏜 게 정당하다는 걸 증명하기 위해 저들은 또다시 총질을 할 거예요.」 보넬로는 말했다. 「나는 저들의 비위를 건드리지 않으렵니다.」

「가능한 한 우디네 가까운 곳으로 접근하여 거기서 잠시 숨어 있자. 그러다가 어두워지면 앞으로 나아가자고.」

「그럼 가죠.」 보넬로가 말했다. 우리는 철둑 북쪽으로 내려갔다. 나는 뒤돌아보았다. 아이모는 철둑과 직각을 이루며 진창에 누워 있었다. 그는 퍽 작아 보였다. 두 팔은 겨드랑이에 붙이고 각반 찬 다리와 진흙투성이 장화를 가지런히 모은 채 군모로 얼굴을 덮고 있었다. 누가 봐도 죽은 모습이었다. 비가 내리고 있었다. 나는 지금껏 여러 사람을 알아 왔으나 그 누구 못지않게 그를 좋아했다. 그의 신분증명서가 내 호주머니에 있었다. 가족에게 편지를 보내야겠군. 들판 건너 앞쪽에 농가가 보였다. 주변에 나무들이 서 있고, 뒤편에는 부속 건물들이 딸려 있었다. 2층에는 기둥을 세운 발코니가 있었다.

「조금 떨어져 거리를 유지한 채 걷는 게 좋겠어.」 내가 말했다. 「내가 앞장서지.」 나는 농가를 향해 걸어갔다. 마침 들판을 가로지르는 샛길이 나왔다.

 들판을 걸어가면서 농가 주위의 숲이나 농가 안에서 누군가 우리에게 직접 사격할지도 모른다는 생각이 들었다. 나는 농가를 뚫어져라 쳐다보며 그곳으로 걸어갔다. 2층 발코니는 헛간으로 연결되었는데, 발코니 기둥들 사이로 건초가 삐죽 나와 있었다. 안뜰에는 돌을 깔아 놓았다. 농가를 둘러싼 나무들에서 빗방울이 떨어졌다. 짐을 싣지 않은 커다란 두 바퀴 수레는 손잡이가 위로 쳐들린 채 비를 맞고 있었다. 나는 안뜰을 가로질러 발코니의 처마 아래 멈춰 섰다. 농가의 문이 열려 있어 곧바로 안으로 들어갔다. 보넬로와 피아니가 뒤따라 들어왔다. 내부는 어두웠다. 뒤돌아 부엌으로 가보니 커다란 개방형 아궁이에 재가 남아 있었다. 잿더미 위에 냄비들이 매달려 있었지만 모두 빈 것들이었다. 부엌을 한번 둘러보았지만 먹을 것은 보이지 않았다.

 「저기 헛간에 가서 숨어 있는 게 좋겠어.」 나는 말했다. 「피아니, 뭐든지 먹을 것이 있으면 찾아서 가져오게.」

 「찾아보겠습니다.」 피아니가 대답했다.

 「저도 찾아볼게요.」 보넬로도 나섰다.

 「좋아. 난 올라가서 헛간을 살펴볼게.」 나는 아래층 마구간에서 위로 올라가는 돌계단을 찾아냈다. 비가 내리는데도 마구간에서는 건조하고 상쾌한 냄새가 났다. 피난을 떠날 때 데리고 갔는지 소는 한 마리도 없었다. 헛간에 건초가 절반쯤 쌓여 있었다. 지붕에는 창문 두 개가 뚫려 있었는데, 하나는 판자로 막아 놓았고, 나머지 하나는 북쪽으로 난 좁은 채광

창이었다. 소들에게 먹이를 내려 줄 때 쓰는 널빤지가 경사로를 만들며 비스듬히 세워져 있었다. 또한 헛간에는 들보 여러 개가 얼기설기 공간을 가로지르고 있었는데, 건초 수레들을 들여 저장용 건초를 위로 올리기 좋도록 만든 시설이었다. 지붕에서 빗소리가 들리고 건초 냄새가 구수하게 풍겼다. 아래로 내려가니 마구간에서 마른 말똥 냄새가 은은히 올라왔다. 남쪽 창문을 막은 판자를 조금 뜯어내어 안뜰을 내려다보았다. 또 다른 창문으로는 북쪽 들판이 내다보였다. 뜻밖의 사태가 일어나면 두 창문에서 지붕을 타고 뛰어내리거나, 계단을 쓸 수 없을 경우엔 건초 내리는 경사로를 타고 도망칠 수 있었다. 큰 헛간이라 무슨 소리가 들리면 건초 더미에 숨는 것도 가능했다. 은신처로는 적당한 곳이었다. 후방 부대 놈들이 사격만 하지 않았다면 우리는 벌써 남쪽으로 빠져나갈 수 있었을 텐데. 그곳에는 독일군이 있을 리 없다. 독일군은 북쪽에서 침입하여 치비달레 도로를 따라 남하하고 있다. 그들이 남쪽에서 이곳 북쪽으로 올라오는 일은 없을 것이다. 소속 부대로부터 고립되어 낙오한 우리에겐 독일군보다 이탈리아군이 훨씬 더 위험했다. 그들은 공포에 휩싸여 눈에 띄는 것이라면 닥치는 대로 쏴댔다. 지난밤 후퇴하면서 우리는 많은 독일군이 이탈리아 군복을 입은 채 북쪽에서 남쪽으로 후퇴하는 대열에 뒤섞였다는 소문을 들었다. 하지만 나는 그런 얘기를 믿지 않았다. 전쟁 통에는 으레 그런 소문이 떠도는 법이다. 적은 늘 유언비어를 퍼뜨린다. 도대체 우리 쪽에서 적을 교란하기 위해 독일군 군복을 입고 저들의 부대에 침투한 사람이 있었던가. 그런 사람은 본 적도 없다. 어쩌면 그랬을지도 모르지만 그건 어려운 일이다. 나는 독일군이 그런 짓을 했으리라고 생각하지 않았다.

 독일군은 그런 교란 작전을 벌일 필요가 없다. 우리의 후퇴를 방해할 이유가 무엇인가. 아군의 퇴각 규모가 워낙 큰 반면 도로의 수는 너무 적어서 교란은 저절로 이루어지고 있다. 독일군은 말할 것도 없고, 그 누구도 그런 교란 명령을 내리지 않는다. 그런데도 이탈리아군은 우리를 독일군이라고 뒤집어씌우면서 쏴 죽이려 하는 것이다. 그들은 이미 아이모를 쏴 죽였다. 건초 냄새가 구수했다. 건초 더미가 가득한 헛간에 누워 있으니 그동안의 모든 날들이 가뭇없이 사라졌다. 옛날 어린 시절에 나는 헛간에 드러누워 친구들과 이야기를 나누고, 헛간 벽 높은 곳에 뚫린 세모꼴 구멍에 앉은 참새를 공기총으로 쏘곤 했다. 지금 그 헛간은 사라졌다. 어느 해엔가 사람들이 솔송나무 숲을 마구 베어 냈고 그 결과 숲이 있던 자리에는 그루터기, 말라비틀어진 우듬지, 나뭇가지, 잡초만 남았다. 너는 과거의 그 헛간으로 되돌아가지 못한다. 너는 이제 뒤쪽으로, 그러니까 북쪽으로 돌아갈 수 없다. 만약 앞쪽으로, 그러니까 남쪽으로도 나아가지 못한다면 어떤 일이 벌어질까? 밀라노에는 영영 돌아가지 못하겠지. 만약 운이 좋아 밀라노로 돌아간다면 어떤 일이 벌어질까?

 그런 생각을 하던 중 북쪽의 우디네를 향해 발사하는 기관총 소리가 들렸다. 포성은 없었다. 그것만 해도 고마운 일이다. 독일군이 도로 주변에 몇몇 부대를 배치한 게 틀림없다. 헛간의 희뿌연 빛 속에서 아래쪽을 내려다보자 바닥에 피아니가 서 있는 모습이 눈에 들어왔다. 그는 기다란 소시지와 뭔가 들어 있는 항아리와 와인 두 병을 들고 있었다.

 「올라오게. 사다리가 있어.」 그러고서 나는 그가 들고 있는 물건을 올리도록 도와야 한다는 것을 깨닫고 아래로 내려갔다. 건초 더미에 누워 있다가 일어서니 머리가 띵했다. 약간 선잠이 들었던 모양이다.

「보넬로는 어디 있지?」 내가 물었다.

「곧 말씀드리겠습니다.」 피아니가 대답했다. 우리는 사다리를 타고 올라가 건초 위에 먹을 것들을 내려놓았다. 피아니는 코르크 따개가 달린 칼을 꺼내 와인 코르크를 뽑았다.

「병 주위에 봉랍을 발랐는데요. 고급품일 겁니다.」 그는 미소를 지었다.

「보넬로는 어디 갔지?」

「달아났어요, 중위님.」 그가 대답했다. 「차라리 포로가 되겠답니다.」

나는 아무 말도 하지 않았다.

「총 맞아 죽을지 모른다며 벌벌 떨었어요.」

나는 와인 병을 들어 올린 채 아무 말도 하지 않았다.

「아시다시피 우리는 이 전쟁이 옳다고 생각하지 않습니다, 중위님.」

「자네는 왜 가지 않았지?」 내가 물었다.

「중위님을 버릴 수는 없으니까요.」

「그는 어디로 간 거야?」

「모르겠습니다, 중위님. 그냥 떠났습니다.」

「좋아. 소시지나 잘라 줘.」

피아니는 희뿌연 빛 속에서 나를 바라보았다.

「말씀드리면서 자르고 있었어요.」 우리는 건초 더미에 앉아 소시지를 먹고 와인을 마셨다. 결혼식 때 쓰려고 아껴 둔 와인임이 틀림없었다. 하지만 어찌나 오래됐는지 색이 변할

지경이었다.

「자네는 이 창으로 밖을 내다보게. 나는 저쪽 창으로 감시할 테니까.」

우리는 와인을 한 병씩 차지하고 마셨다. 나는 와인 병을 들고 가서 건초 더미에 주저앉아 좁은 창문을 통해 비에 젖은 시골 풍경을 내다보았다. 무슨 특별한 광경을 보리라고 기대하진 않았지만 황량한 들판, 앙상한 뽕나무, 계속 내리는 빗방울밖에는 아무것도 없었다. 와인도 기분을 좋게 해주지는 못했다. 너무 오래 둔 탓에 술맛이 삭고 색깔과 풍미가 없어진 것이다. 나는 점점 어두워지는 바깥 풍경을 지켜보았다. 어둠은 곧 땅바닥까지 내려앉았다. 오늘은 비가 내려 칠흑같이 어두운 밤이 되리라. 곧 아주 캄캄해져서 더 이상 경계할 필요가 없게 되었을 때 나는 피아니 곁으로 갔다. 잠들어 있는 그를 깨우지 않고 곁에 한동안 앉아 있었다. 몸집이 커다란 피아니는 깊은 잠에 빠져 있었다. 얼마간 지난 후에 그를 깨워 우리는 출발했다.

무척 기이한 밤이었다. 나는 뭘 기대했을까. 어쩌면 죽음이나 어둠 속의 충격 또는 탈주를 예상했는지도 모른다. 어쨌든 그런 일은 벌어지지 않았다. 독일군 1개 대대가 지나가는 동안 우리는 간선 도로 옆 도랑에 납작 엎드려 기다리다가 그들이 통과한 뒤 길을 건너 북쪽으로 갔다. 빗속에서 독일군과 두 번이나 마주칠 뻔했지만, 그들은 우리를 보지 못했다. 우리는 이탈리아군도 만나지 않고 마을을 지나 북쪽으로 올라간 다음 퇴각의 본류에 휩쓸려 들어가 탈리아멘토 강을 향해 밤새 걸었다. 그때까지 나는 퇴각의 규모가 얼마나 거대한지 모르고 있었다. 그 고장 전체가 퇴각하는 군대와 함께 피난을 가고 있었다. 우리는 자동차보다 빠른 속도로 밤새도록 걸었다. 난 다리가 아프고 피곤했지만 걸음을 늦추지 않았다. 차라리 포로가 되겠다는 보넬로의 결심은 어리석은 짓이었다. 총 맞아 죽는 게 두렵다니. 그런 위험은 전혀 없었다. 우리는 특별한 사고 없이 아군과 적군을 피해 가며 걸어왔다. 아이모가 사살된 것을 제외하면 위험 따위는 결코 없었다. 철길에서 온몸을 드러내고 걸어도 그 누구도 우리를 신경 쓰지 않았다. 아이모의 죽음은 아무 까닭도 없이 갑자기 들이닥친 사고였다. 나는 보넬로가 어디에 있을지 궁금했다.

「기분은 좀 어떠십니까, 중위님?」 피아니가 물었다. 우리는 차량과 부대가 뒤엉켜 혼란스러운 도로 가장자리를 걷고 있었다.

「괜찮아.」

「이렇게 걷는 데 좀 지쳤습니다.」

「글쎄, 지금은 걷는 수밖에 없지. 걱정 따윈 하지 말고.」

「보넬로는 바보였어요.」

「그래, 정말 바보짓을 했지.」

「그 녀석을 어떻게 하실 생각입니까, 중위님?」

「모르겠어.」

「아시겠지만, 전쟁이 이렇게 계속된다면 당국은 그의 가족을 괴롭히겠죠.」

「전쟁을 계속해선 안 돼.」 어떤 병사가 끼어들었다. 「우리는 집으로 갈 거야. 전쟁은 끝났어.」

「자, 다들 집으로 가자고.」

「모두들 집으로 가는 거야.」

「빨리 앞서 가시죠, 중위님.」 피아니가 말했다. 그는 병사들을 빨리 지나치고 싶어 했다.

「중위님? 누가 중위님이야? *A basso gli ufficiali*(장교들을 타도하라)*!*」

피아니가 내 팔을 붙잡았다. 「이제부터는 이름으로 부르는 게 좋겠습니다. 놈들이 소동을 일으킬지도 몰라요. 저들은 이미 몇몇 장교를 쏴 죽였습니다.」 우리는 걸음을 재촉하여 그들을 지나쳤다.

「보고서를 작성하겠지만 그의 가족을 곤란하게 만드는 내용은 안 쓸 작정이야.」 나는 아까 하던 이야기를 마저 끝냈다.

「전쟁이 끝나면 아무 상관 없을 겁니다. 하지만 끝날 것 같지 않아요. 전쟁이 끝난다니, 그런 건 너무 좋은 일이라 일어나지 않을 거예요.」

「곧 알게 될 테지.」 나는 말했다.

「끝나지 않을 것 같아요. 누구나 끝났다고 생각하지만 난 안 믿어요.」

「*Viva la Pace*(평화 만세)*!*」 어떤 병사가 소리를 질렀다. 「우리는 집으로 돌아간다!」

「모두가 집으로 간다면 좋을 텐데.」 피아니가 중얼거렸다. 「집으로 돌아가고 싶지 않으세요?」

「가고 싶지.」

「절대 못 돌아갈 겁니다. 전쟁은 끝난 게 아니에요.」

「*Andiamo a casa*(집으로 돌아가자)*!*」 어떤 병사가 외쳤다.

「총을 던져 버리는군요.」 피아니가 말했다. 「행군하면서 소총의 끈을 풀고 던지는데요. 그러고는 아우성치는군요.」

「총은 가지고 있어야 할 텐데.」

「총을 버리면 전쟁터로 내몰지 않으리라 생각하나 봐요.」

비 내리는 어둠 속에서 길을 따라가는 동안, 나는 부대의 많은 병사들이 여전히 총을 가지고 있는 모습을 보았다. 소총들은 외투 밖으로 삐죽 나와 있었다.

「어느 여단 소속인가?」 한 장교가 큰 소리로 물었다.

「*Brigata di Pace*(평화의 여단)*!*」 누군가 외쳤다. 장교는 아무런 대꾸도 하지 않았다.

「뭐라고 했어? 장교가 뭐라고 했지?」

「장교 타도! *Viva la Pace*(평화 만세)*!*」

「이리로 오세요.」 피아니가 나를 불렀다. 우리는 차량들의 행렬 속에 버려진 두 대의 영국 앰뷸런스를 지나쳤다.

「고리치아에서 온 차들이군요. 저 차들을 알아요.」

「우리보다 훨씬 멀리 왔군.」

「일찍 떠났을 거예요.」

「운전병들은 어디에 있을까?」

「아마도 앞쪽에 있겠죠.」

「독일군이 우디네 근교에서 정지했을 텐데……. 지금 이 사람들은 모두 강을 건너겠지.」

「그렇죠.」 피아니는 대답했다. 「그래서 전쟁은 계속되는 거예요.」

「독일군은 계속 진격할 수 있었어. 어째서 진군하지 않았는지 모르겠군.」

「글쎄요, 전 이런 종류의 전쟁에 대해서 아는 게 없어요.」

「수송 차량이 도착하기를 기다리는 중일 테지.」

「전 모르겠습니다.」 피아니가 말했다. 혼자 있게 되자 그는 상당히 점잖아졌다. 다른 병사들과 어울릴 땐 입이 몹시 거칠었는데.

「자넨 결혼했나?」

「제가 결혼했다는 걸 아시잖아요.」

「그래서 포로로 잡히고 싶지 않았던 거군.」

「그것도 이유가 되죠. 중위님은 결혼하셨나요?」

「아니.」

「보넬로도 미혼이에요.」

「결혼한 남자가 어떻다고 단정할 수는 없지. 하지만 기혼자는 아내 곁으로 돌아가고 싶어 하기 마련이야.」 아내 얘기를 하니 기분이 좋아졌다.

「그렇죠.」

「발은 어때?」

「꽤 쓰라린데요.」

날이 밝기 전 우리는 탈리아멘토 강둑에 도착하여 물이 불어 있는 강을 따라 다리 쪽으로 걸어갔다. 모든 사람들과 말들이 그리로 건너고 있었다.

「이 강을 방어하면서 전선을 유지했어야 했는데.」 피아니는 말했다. 어둠 속에서도 물이 많이 불어 있는 것을 볼 수 있었다. 강물이 굽이치고 있었고 강폭은 넓었다. 나무다리의 길이는 약 4분의 3마일쯤 되는 것 같았다. 평소라면 강물이 다리의 훨씬 아래쪽에서 널따란 자갈투성이 강바닥을 비좁게 흘렀을 텐데, 지금은 판자 바닥 바로 아래서 넘실거렸다. 우리는 강둑을 따라가서 다리를 건너는 빽빽한 군중 틈에 끼어들었다. 빗속에서 탁류 위로 불과 몇 피트 떨어진 곳을 천천히 걸으며, 나는 바로 앞의 포병 탄약 상자를 따라갔다. 난간 너머로 강물을 내려다보았다. 제 걸음으로 걷지 못하고 군중에 떠밀려 가느라 몹시 피곤했다. 다리를 건넌다는 즐거움도 없었다. 날이 밝고 비행기가 이 다리를 폭격한다면 어떻게 될까 걱정스러웠다.

「피아니.」

「저 여기 있습니다, 중위님.」 그는 혼잡한 인파의 약간 앞쪽에 끼어 있었다. 입을 여는 사람은 아무도 없었다. 모두 너나 할 것 없이 가능한 한 빨리 다리를 건너려 했다. 오로지 그 생각뿐이었다. 다리 끝에 거의 다다르고 있었다. 끝머리에는 장교 몇 명과 헌병이 양쪽에서 회중전등을 비추며 서 있었다. 지평선을 배경으로 그들의 검은 윤곽이 보였다. 그들에게 다가가고 있는데 장교가 대열에 섞인 한 남자를 가리켰다. 헌병이 그에게 다가가더니 팔을 붙들고 연행했다. 그는 남자를 도로에서 끌어냈다. 우리는 거의 그들 맞은편까지 왔다. 장교들은 대열 속의 사람들을 샅샅이 살피고, 가끔은 서로 뭐라 말하면서 앞으로 걸어 나가 얼굴을 전등으로 비춰 보기도 했다. 우리가 그들 바로 앞에 이르기 직전, 그들이 다시 누군가를 끌어냈다. 나는 그 사람을 보았다. 중령이었다. 전등을 비출 때 소매의 네모 안에 들어 있는 별이 보였다. 머리가 희끗하고 작은 키에 몸은 뚱뚱한 남자였다. 헌병은 그를 장교들이 서 있는 뒤쪽으로 데려갔다. 그들 앞에 다 왔을 때, 한두 사람이 나를 빤히 쳐다보는 것이 느껴졌다. 그들 중 하나가 나를 가리키면서 헌병에게 뭐라고 말했다. 헌병은 대열의 가장자리를 헤치고 나를 향해 오더니 곧바로 내 멱살을 잡았다.

「뭐 하는 짓이야?」 나는 주먹으로 그의 얼굴을 갈겼다. 모자를 쓴 그의 얼굴이 위로 들리고, 콧수염이 말려 올라간 뺨에서 피가 흘렀다. 또 다른 헌병이 군중을 헤치며 우리를 향해 달려왔다.

「뭐 하는 짓이냐고!」 내가 다시 소리쳤다. 그는 대답하지 않았다. 그저 나를 붙잡을 기회만 엿보고 있었다. 나는 권총을 꺼내기 위해 팔을 뒤춤으로 돌렸다.

「장교에게 손댈 수 없다는 걸 모르나?」

또 다른 헌병이 뒤에서 덤비더니 내 팔을 잡아 올려 비틀었다. 몸을 돌리자 또 한 놈이 목을 끌어안았다. 나는 발로 그의 정강이를 걷어차고 왼쪽 무릎으로 녀석의 사타구니를 내질렀다.

「반항하면 쏴라.」 누군가 명령하는 소리가 들렸다.

「도대체 무슨 짓이야?」 나는 고함치려 했지만 목소리가 크게 나오지 않았다. 그들은 이제 나를 길가로 끌고 나왔다.

「반항하면 쏴도 좋아.」 한 장교가 말했다. 「뒤로 끌고 와.」

「너는 누구냐?」

「곧 알게 돼.」

「누구냐고!」

「야전 헌병이다.」 또 다른 장교가 대답했다.

「어째서 네가 직접 나보고 옆으로 나오라 하지 않고 이 비행기 놈들을 시켜서 붙잡는 거지?」

그들은 대답하지 않았다. 대답하지 않아도 되었다. 야전 헌병이기 때문이다.

「다른 놈들과 함께 뒤로 끌고 가.」 첫 번째 장교가 지시했다. 「봤지? 저놈은 외국인 억양으로 이탈리아 말을 하고 있어.」

「그건 너도 마찬가지야, 이 개자식아.」 나는 대꾸했다.

「다른 놈들과 함께 뒤로 끌고 가.」 첫 번째 장교가 다시 말했다. 그들은 장교들이 서 있는 곳을 돌아 길 아래 강둑 옆의 들판, 여러 사람들이 모여 있는 그곳으로 나를 데려갔다. 우리가 그쪽으로 갈 때 일제 사격 소리가 났다. 번쩍하는 소총들의 불빛이 보이고 곧 총소리가 들렸다. 우리는 사람들이 모여 있는 곳으로 갔다. 장교 네 명 앞에 군인 하나가 서 있고 헌병들이 양쪽을 지켰다. 한 무리의 사람들이 헌병의 감시를 받으며 서 있었다. 심문하는 장교들 곁에는 다른 네 사람이 소총을 짚고 섰다. 차양 넓은 군모를 쓴 헌병들이었다. 나를 데려온 두 헌병은 심문을 기다리는 무리 속에 나를 밀어 넣었다. 나는 장교들에게 심문을 받고 있는 사람을 바라보았다. 아까 대열에서 끌려 나온 머리 희끗하고 뚱뚱하고 키 작은 중령이었다. 심문 장교들은 모두 능률적이고 냉정하며 통솔력 있는 자들이었다. 남에게 총질만 했지 정작 자신은 당해 본 적 없는 이탈리아 군인 놈들.

「소속 여단은?」

그는 대답했다.

「연대는?」

그는 대답했다.

「왜 연대에서 이탈했나?」

그는 대답했다.

「장교는 소속 부대와 함께 행동해야 한다는 걸 모르나?」

그는 알고 있었다.

심문은 그것으로 끝이었다. 또 다른 장교가 말했다.

「야만인이 신성한 조국 땅을 짓밟도록 만든 게 바로 당신이나 당신 같은 군인들이야.」

「무슨 소리지?」 중령이 물었다.

「우리가 승리의 성과를 잃은 것은 당신네들이 저지른 반역 행위 때문이라는 말이지.」

「자네, 후퇴해 본 적 있나?」 중령이 반문했다.

「이탈리아는 절대 후퇴하지 않아.」

모두 비를 맞으며 거기 선 채 심문의 내용을 들었다. 우리는 장교들 맞은편에 서 있었고, 체포된 중령은 우리 앞 약간 한쪽으로 비켜난 곳에서 심문을 받았다.

「나를 총살하려거든 더 이상 심문하지 말고 즉결 처분해. 그런 엉터리 심문은 집어치우란 말이다.」 중령은 가슴에 성호를 그었다. 심문 장교들끼리 대화를 나누었다. 한 장교가 서류철에 뭔가를 적었다.

「이자는 부대 이탈의 죄를 저질렀다. 총살할 것을 명령한다.」 장교가 말했다.

헌병 둘이 중령을 강둑으로 데려갔다. 그 늙은 군인은 군모도 쓰지 않고 비를 맞으면서 양쪽 헌병에게 팔뚝을 붙잡힌 채 걸어갔다. 그가 총살당하는 장면은 보지 못했지만 총성이 들려왔다. 이제 그들은 다른 사람을 심문하고 있었다. 지금 심문 중인 장교도 소속 부대를 이탈했다. 그에게는 변명조차 허용되지 않았다. 서류철의 선고문이 낭독될 때 그는 울음을 터뜨렸다. 총살을 집행하는 사이에 또 다른 군인이 심문을 받았다. 계속해서 그들은 앞서 심문받은 자가 총살당하는 동안 다음 군인을 심문했다. 이런 식으로 진행하면 한번 결정된 총살을 도저히 되돌릴 수 없다. 나는 기다렸다가 심문을 받아야 할지, 아니면 지금 도주해야 할지 갈피를 잡지 못하고 있었다. 내가 이탈리아 군복을 입은 독일인으로 간주되고 있는 것이 분명했다. 나는 그들의 사고가 어떤 식으로 돌아가는지 잘 알고 있었다. 그들 나름의 독특한 사고에, 그것도 특이한 방식으로 돌아간다. 하나같이 젊은 장교인 그들은 조국을 구하기 위해 이런 일을 한다며 자랑스러워할 것이다. 허겁지겁 퇴각한 제2군은 탈리아멘토 강 남쪽에서 재편성 중이었다. 소속 부대를 이탈한 소령 이상의 장교들을 처형하고, 또한 이탈리아 군복을 입은 독일군 선동자를 즉결 처분하고 있었다. 모두들 철모를 쓰고 있었다. 우리 가운데 철모를 쓴 사람은 둘뿐이었다. 헌병들 몇몇도 철모를 썼고 다른 헌병들은 차양 넓은 모자를 쓰고 있었다. 그 넓은 차양 때문에 그들은 〈비행기〉라 불렸다. 우리는 비를 맞으며 서 있다가 한 명씩 불려 나가 심문받고 총살을 당하러 갔다. 지금까지 저들은 심문한 사람들을 모조리 사살했다. 심문관들은 저 자신은 죽을 위험이 전혀 없는 상태에서 죽음을 선고하는 자들의 추상같은 정의감을 내보였고, 남의 죽음에 대해 아름다울 정도로 초연한 태도를 취했다. 그들은 이제 야전 연대의 대령을 심문하고 있었다. 그동안 헌병들이 세 명의 장교를 더 붙잡아 우리 무리에 끼워 넣었다.

「소속 연대는?」

나는 헌병들을 살펴보았다. 그들은 새로 잡아 온 장교들에게 한눈을 팔고 있었다. 나머지 사람들은 대령을 바라보고 있었다. 나는 슬쩍 몸을 낮추어 두 남자 사이를 헤치고 나가 고개를 숙인 채 강을 향해 있는 힘껏 뛰었다. 강가에 이르자 재빨리 점프하여 물속으로 풍덩 뛰어들었다. 강물은 아주 차가웠으나 나는 죽을힘을 다해 버텼다. 물살이 내 주위에서 빙빙 도는 것을 느끼면서, 이러다가 다시는 물 위로 올라갈 수 없겠다는 생각이 들 때까지 참고 또 참았다. 몸이 떠오르는 순간, 나는 숨을 한 번 크게 들이쉬고 다시 잠수했다. 옷을 잔뜩 껴입고 장화까지 신은 터라 잠겨 있기가 그리 어렵지 않았다. 두 번째로 떠올랐을 때, 나는 눈앞에 떠가는 나무를 보고 한 손으로 붙잡았다. 그 뒤에 머리를 숨긴 채 강둑 쪽은 아예 쳐다보지도 않았다. 내가 뛰기 시작했을 때, 그리고 처음 물 위로 솟구쳤을 때 총성이 있었다. 거의 물 위로 떠올랐을 때 그 소리가 들렸다. 이제 총소리는 더 이상 없었다. 나는 물결을 따라 흐르는 나무토막을 한 손으로 꽉 붙잡고 있었다. 비로소 숨을 돌리며 강둑을 바라보았다. 강둑이 아주 빠르게 지나가는 것 같았다. 강물엔 나뭇조각들이 많이 떠다녔다. 물이 너무 차가웠다. 곧 강물 위에 섬처럼 솟은 잔가지 무더기를 지나쳤다. 나는 두 손으로 나무토막을 붙잡고 단단히 매달린 채 흐르는 강물에 몸을 맡겼다. 강둑은 이제 시야에서 사라졌다.

31

 물결이 빠르면 강물 속에 얼마나 오래 있었는지 가늠하기 어렵다. 오래 있었던 것 같기도 하고 아주 짧은 시간인 것 같기도 하다. 강물은 차가웠고, 많이 불어나 있었다. 물이 불어오르면서 강둑에서 떠내려온 갖가지 잡동사니들이 실려 갔다. 묵직한 나무토막을 하나 잡아 매달렸으니 운이 좋았던 셈이다. 나는 나무 위에 턱을 올려놓고 가장 편안한 자세를 취하며 두 손으로 붙잡은 채 얼음처럼 차가운 물속에 있었다. 손에 쥐가 날까 두려워서 강기슭에 닿기만을 바랐다. 나는 기다란 곡선을 그리며 강물을 떠내려갔다. 날이 밝기 시작하자 강변에 우거진 덤불숲이 보였다. 바로 앞이 덤불로 덮인 섬인 터라 물살이 그 기슭 쪽으로 휘었다. 군화와 군복을 벗어 버리고 기슭으로 헤엄쳐 갈까 싶은 생각이 들었지만 그렇게 하지 않기로 했다. 무슨 수를 써서라도 강기슭으로 올라가야 한다는 생각뿐이었으나 맨발로 올라가면 아주 난처해질 것 같았던 것이다. 어떻게든 메스트레까지는 가야 했으니.
 강기슭은 가까이 다가왔다가 멀어지고 다시 다가왔다. 떠내려가는 속도가 좀 느려졌다. 강기슭이 코앞이었다. 버드나무 덤불의 잔가지들까지 보일 정도였다. 나무토막이 천천히 커브를 그리자 기슭은 이제 내 뒤에 놓였다. 소용돌이에 들어선 것이다. 몸이 천천히 돌기 시작했다. 이제 아주 가까워진 기슭을 보고 한 팔을 나무토막에서 뗀 채 양발로 세게 물을 차 헤엄치면서 나무를 강기슭으로 밀어붙이려 했지만 조금도 가까이 가지 못했다. 곧 소용돌이 밖으로 벗어나 하류로 밀려갈까 봐 겁이 났다. 나는 다시 한 팔로만 매달린 채 두 다리를 나무토막 가장자리까지 바싹 끌어당긴 다음 뒤로 힘껏 차면서 강기슭 쪽으로 향했다. 덤불이 눈앞까지 다가왔다. 그러나 가속을 붙여 온 힘을 다해 헤엄쳤음에도 불구하고 나무토막은 물결에 휩쓸려 기슭에서 멀어졌다. 군화 때문에 가라앉을지도 모른다는 생각이 들었지만, 그래도 물속에서 두 발을 계속 차며 강기슭 쪽으로 붙으려 애썼다. 이제 기슭은 눈앞에 있었다. 나는 무거운 군화를 신은 양발로 물을 힘껏 차면서 헤엄을 쳤고, 마침내 강기슭의 버드나무 가지에 단단히 매달릴 수 있었다. 힘이 빠져 몸을 끌어 올리지 못했지만, 그래도 이제 익사할 위험은 없었다. 나무에 매달려 있으면 익사하지는 않겠지. 온힘을 다해 몸부림치느라 배와 가슴에 허기와 고통이 밀려왔다. 나는 나뭇가지를 붙잡은 채 힘이 회복되기를 기다렸다. 고통이 잦아들자 버드나무 숲으로 몸을 끌어 올려 팔로 덤불을 그러안고 두 손으로는 가지를 단단히 쥔 다음 다시 숨을 몰아쉬었다. 이윽고 기어 나와 덤불을 헤치고 강둑에 올라섰다. 날이 어렴풋이 밝아 오고 있었다. 아무도 보이지 않았다. 나는 강기슭에 드러누워 강물 소리와 빗소리를 들었다.

잠시 후, 나는 일어나 강둑을 따라 걷기 시작했다. 라티나 사까지는 강을 건널 수 있는 다리가 없었다. 이곳은 산비토 맞은편일 것이다. 이제 어떻게 해야 하지? 앞쪽에 강으로 흘러드는 도랑이 있어서 그쪽으로 갔다. 지금까지는 누구와도 마주치지 않았다. 나는 도랑 가장자리 덤불 옆에 앉아 군화를 벗어 안에 든 물을 비웠다. 상의를 벗어 서류가 든 지갑을 꺼내고 안주머니에서 물에 흠뻑 젖은 돈을 꺼낸 다음 옷을 비틀어 짰다. 이어 바지를 벗어서 짜고 셔츠와 내의도 마저 짰다. 나는 손바닥으로 몸을 두드리고 문지른 다음 다시 옷을 입었다. 군모는 잃어버리고 없었다.

상의를 입기 전에는 소매에서 별 모양을 뜯어 돈과 함께 안주머니에 넣었다. 돈은 젖었지만 쓸만했다. 지폐를 세어 보니 3천 리라에 얼마쯤 더 있었다. 옷이 축축하고 끈적끈적해서 나는 양팔을 번갈아 두드리며 혈액 순환이 잘 되도록 했다. 털로 짠 내복을 입고 있었기 때문에 계속 몸을 움직이면 감기에는 걸리지 않을 것 같았다. 권총은 다리 앞 도로에서 헌병들에게 빼앗긴 터라 권총집만 상의 안에 숨겼다. 망토도 없는데 비 내리는 날씨가 너무 추웠다. 나는 운하의 둑을 걷기 시작했다. 한낮이었다. 주위는 비에 젖어 나지막하고 음산해 보였다. 들판도 헐벗고 젖어 있었다. 저 멀리 평원에 솟아오른 종루가 보였다. 나는 도로로 나갔다. 앞에서 분대 하나가 길을 따라 다가오고 있었다. 나는 느릿느릿 걸었다. 그들은 내게 관심을 보이지 않았다. 강 상류 쪽으로 올라가는 기관총 분대였다. 나는 계속 길을 따라 걸어갔다.

그날 나는 베네치아 평원을 횡단했다. 낮은 지대였는데 비가 내리자 훨씬 더 평탄해 보였다. 바다 쪽에는 소금기 많은 습지뿐 길은 거의 없었다. 모든 도로가 하구를 따라 바다로

이어지기 때문에 평원을 건너려면 운하 옆길을 따라가야 했다. 나는 북에서 남으로 이 지역을 가로질렀다. 두 개의 철로와 많은 길들을 지나치자, 마침내 늪지와 나란히 달리는 철로로 이어지는 작은 길의 끝이 나왔다. 베네치아를 출발하여 트리에스테까지 운행하는 간선 철로로, 높고 단단한 철둑에 견고한 바닥을 갖춘 복선 궤도였다. 선로를 따라 조금 내려간 곳에 간이 정거장이 있는데 보초들이 경계를 서고 있었다. 위쪽에는 늪으로 흐르는 냇물에 다리가 걸려 있었다. 그 다리도 보초가 지키고 있었다. 아까 북쪽으로 들판을 횡단하면서 나는 이 철로로 기차가 지나가는 것을 보았다. 주변이 평탄한 평야라 멀리서도 볼 수 있었던 것이다. 기차는 포르토그루아로에서 오는 것 같았다. 나는 보초들을 살핀 후, 철길과 나란하게 드러누워 철로 양쪽을 둘러보았다. 다리에 서 있던 보초가 내가 누운 쪽으로 몇 발짝 다가왔지만 이내 돌아서서 다리로 가버렸다.

나는 심한 공복감을 느끼면서 계속 누운 채 열차가 오기를 기다렸다. 아까 보아 둔 열차는 대단히 길었고 기관차가 아주 천천히 움직였다. 그런 속도라면 충분히 올라탈 수 있다. 기대를 거의 접을 때쯤 기차 한 대가 천천히 다가오는 것이 보였다. 똑바로 다가오는 기관차의 모습이 눈앞에서 서서히 커졌다. 나는 다리에 서 있는 보초 쪽을 바라보았다. 그는 이쪽으로 걸어오고 있었지만 다행히 철로 반대편이었다. 열차가 지날 때는 시야가 가려질 것이다. 나는 점점 가까워지는 기관차를 가만히 지켜보았다. 차량이 많이 달려 있어서 느리게 움직이고 있었다. 열차에도 경비병들이 탄다는 것을 알고 있기에 그들의 위치를 파악하려 했지만 시야 밖에 있어서 알아낼 수 없었다. 이제 기관차는 내가 누운 곳에 거의 다다랐다. 평지였는데도 내가 있는 곳 바로 앞까지 푹푹 연기를 내뿜으며 헐떡거렸다. 기관사가 지나치는 모습을 보고 나는 벌떡 일어나 차량들 옆으로 바싹 붙어 섰다. 설사 다리의 경비병이 보더라도 철길에 서 있으면 별로 의심을 받지 않을 것이다. 지붕 덮인 화물칸 몇 량이 지나갔다. 이어 흔히 〈곤돌라〉라고 하는, 지붕 없이 캔버스 천만 덮은 낮은 화물 차량이 다가왔다. 나는 곤돌라가 거의 지나갈 때까지 기다렸다가 몸을 날려 꽁무니의 손잡이를 꽉 붙잡고 차량에 매달렸다. 그런 다음 곧바로 곤돌라와 그 뒤에 연결된 키 높고 지붕 덮인 화물차 사이로 기어 들어갔다. 나를 본 사람은 아무도 없는 것 같았다. 나는 손잡이에 매달린 채 발을 차량 연결기 위에 올려놓고 몸을 낮추어 웅크렸다. 열차는 이제 다리 맞은편에 거의 다다랐다. 그때 보초병이 떠올랐다. 열차가 지나갈 때, 그는 나를 멍하니 바라보았다. 어린 병사였고 철모는 그의 머리에 너무 컸다. 내가 경멸의 눈빛으로 쏘아보자 그는 시선을 돌렸다. 내가 열차에서 뭔가 일을 하는 중이라고 생각했으리라.

기차가 다리를 건넜다. 보초병은 여전히 불안스러운 표정으로 지나가는 차량들을 지켜보았다. 나는 그를 바라보다가 허리를 굽혀 차량에 캔버스 천을 어떻게 묶었는지 살펴보았다. 바닥의 고리 끄트머리에 밧줄로 묶여 있었다. 나는 칼을 꺼내 밧줄을 자르고 팔을 안으로 밀어 넣었다. 비를 맞아 뻣뻣해진 캔버스 천 안쪽에서 딱딱한 것이 불룩 튀어나와 있었다. 나는 고개를 들어 앞을 바라보았다. 화물 차량에 경비병이 타고 있었지만 그는 앞쪽만 쳐다보았다. 나는 손잡이를 놓고서 캔버스 천 밑으로 기어 들어갔다. 그때 이마가 뭔가에

쿵 하고 세게 부딪쳤다. 얼굴에 피가 흐르는 것이 느껴졌다. 나는 개의치 않고 안쪽으로 기어 들어가 납작 엎드렸다. 그런 다음 몸을 돌려서 캔버스 천을 다시 묶었다.

나는 대포들과 함께 캔버스 천 안쪽에 있었다. 깨끗한 오일과 윤활유 냄새가 풍겼다. 나는 드러누운 채 캔버스 천에 떨어지는 빗소리와 철로를 달리면서 덜컹거리는 바퀴 소리를 들으며, 캔버스 천 사이로 새어 들어오는 희미한 빛으로 대포를 구경했다. 대포에도 캔버스 천이 덮여 있었다. 제3군에서 전방으로 보내는 것들이리라. 이마의 혹이 커다랗게 부풀어 올랐지만 가만히 드러누워 있자니 피는 저절로 멎었다. 나는 상처 주위의 말라붙은 피딱지를 떼어 냈다. 상처는 별것 아니었다. 손수건은 없었지만 손가락으로 더듬어 캔버스 천에서 떨어지는 빗물로 피가 말라붙은 곳을 씻은 다음 웃옷 소매로 깨끗이 닦아 냈다. 의심스러운 꼴로 보일 수는 없었다. 또한 메스트레에 도착하기 전에 화물차에서 빠져나가야 했다. 그곳에 도착하면 대포의 상태를 정성스레 점검할 테니. 그들에겐 대포가 부족했다. 대포에 대한 거라면 잊어버리지도, 잃어버리지도 않을 것이다. 나는 배가 고파 미칠 지경이었다.

32

 지붕 없는 화물차의 캔버스 천 아래서 대포를 옆에 두고 누워 있자니 온몸이 젖어 추운 데다 배가 너무 고팠다. 마침내 나는 몸을 뒤집어 배를 깔고서 양팔에 머리를 얹은 채 엎드렸다. 무릎은 뻣뻣했지만 꽤 만족스럽게 움직였다. 발렌티니 박사가 멋지게 수술해 준 것이다. 퇴각하면서 걸어온 절반의 길과 헤엄쳐 벗어난 탈리아멘토 강의 일부 구간에서, 나는 그의 무릎에 신세를 졌다. 이 무릎은 그의 무릎이었다. 또 다른 무릎만이 온전한 내 것이었다. 의사들이 몸에 손을 대면 그것은 이미 자신의 몸이 아니니까. 하지만 머리는 내 것이고, 배도 내 것이다. 배가 몹시 고팠다. 속이 뒤집히는 것 같았다. 머리도 내 것이지만 사용하거나 생각하기 위한 것이 아니었다. 그저 기억하기 위한 것, 그나마도 많이 기억하지 못했다.

 캐서린이 떠올랐다. 하지만 캐서린을 만날 수 있을지조차 불확실한 상태에서 그녀를 생각하니 미칠 것 같았다. 그래서 그녀를 생각하지 않으려 했다. 하지만 약간만 상상해 보는 건 괜찮겠지. 덜컹거리며 느릿느릿 달리는 열차와 캔버스 천 사이로 새어 들어오는 희미한 빛과 더불어, 열차 바닥에 캐서린과 함께 누워 있다고 상상하기로 했다. 그녀와 너무 오래 헤어져 있었다. 생각하는 대신 상상하고 싶었으나 그러기에는 화물차 바닥이 너무 딱딱했다. 그뿐인가. 옷은 젖어 있고 바닥은 조금씩 흔들렸다. 열차 안은 쓸쓸하고 고독했다. 상상 속에서 아내를 맞이하기에는 내 옷이 너무 축축하고 지붕 없는 열차 바닥이 너무 초라했다.

그래, 캔버스 천 아래서 대포와 함께 있는 게 기분 좋은 일이라고 해도, 지붕 없는 열차의 바닥이나 캔버스 천을 뒤집어쓴 대포나 바셀린을 칠한 금속 냄새나 비가 새어 들어오는 화물차의 캔버스 천 같은 것들을 사랑할 수는 없지. 너는 여기에 함께 있다고 상상하기조차 미안한 사람을 사랑하고 있어. 너는 이제 아주 분명하고 냉정하게 — 아니, 냉정이 아니라 — 분명하고 공허하게 알 수 있어. 너는 한 나라의 군대가 후퇴하고 다른 나라의 군대가 전진하는 현장에 배를 깔고 엎드린 채 그 공허함을 목격했지. 석 대의 앰뷸런스와 세 명의 부하를 잃었어. 마치 백화점에서 불이 나 상품을 모조리 잃은 매장 책임자처럼. 하지만 여기에는 보험도 없어. 너는 이제 그 일에서 벗어났어. 아무런 의무도 없지. 늘 써오던 사투리로 말한다는 이유로 화재가 발생한 뒤에 매장 책임자를 총살하려 든다면, 그는 어떻게 해야 할까? 아마 백화점이 다시 문을 열어도 그곳으로 돌아가지 않고 다른 직업을 찾겠지. 경찰이 그를 체포하지 않는다면 말이야. 그래, 너는 바로 그 매장 책임자 같은 신세야.

이런 상상은 이제 그만두자. 나의 분노는 그동안의 의무감과 함께 강물에 씻겨 사라졌다. 헌병이 내 멱살을 잡았을 때, 의무감은 이미 사라졌다. 나는 겉모습에 그리 신경을 쓰는 성격이 아니지만 군복만큼은 벗어 버리고 싶었다. 이미 군복의 별을 떼어 냈다. 그러나 그건 편의상 그런 것이다. 이건 명예의 문제가 아니다. 나는 그들에게 반대하지 않는다. 단지 그들과는 거래가 끝났을 뿐이다. 나는 그들 모두의 행운을 바랐다. 좋은 사람들, 용감한 사람들, 침착한 사람들, 섬세한 사람들. 그들은 행운을 가질 만하다. 하지만 이제는 더 이상 내가 끼어들 자리가 아니다. 이 빌어먹을 열차가 어서 빨리 메스트레에 도착했으면. 그러면 이런 생각 따위 그만두고 식사를 할 수 있지 않을까. 나는 정말로 생각을 멈추고 싶었다.

피아니는 내가 헌병에게 총살당했다고 보고할 것이다. 헌병들은 총살한 자의 호주머니를 뒤져 서류를 압수했다. 내 서류는 결코 발견되지 않겠지. 익사한 것으로 처리할지도 모른다. 나는 그들이 미국에 뭐라고 보고할지 궁금했다. 부상으로 인한 전사나 뭐 그럴듯한 이유를 대겠지. 맙소사, 엄청나게 배가 고프군. 식당의 그 사제는 어떻게 되었을까. 그리고 리날디는? 아마 프로데노네로 퇴각했겠지. 훨씬 더 후방으로 내려가지 않았다면 말이다. 글쎄, 이제 그와는 결코 만날 수 없을 것이다. 아무도 만나지 않겠지. 그 생활은 끝났다. 리날디는 매독에 걸리지 않았을 거야. 어쨌든 제때 손을 쓰면 매독도 심각한 병은 아니다. 하지만 그에겐 걱정거리겠지. 나도 그 병에 걸렸다면 걱정했을 것이다. 누구든 마찬가지리라.

나는 생각하도록 만들어진 존재가 아니었다. 나는 먹도록 만들어진 존재였다. 아, 정말 그래. 먹고 마시고 캐서린과 함께 잠들고 싶다. 오늘 밤에. 아니, 그건 불가능하다. 하지만 내일 밤이면 맛있는 음식을 먹고 깨끗한 침대 시트에서 잘 수 있겠지. 이제 그녀와 함께가 아니라면 어디에도 가지 않으리

라. 아주 신속하게 움직여야 하겠지. 캐서린도 나를 따라 가고 싶어 하겠지. 그녀는 그럴 것이다. 언제 떠나야 할까? 그것은 곰곰이 생각해 보아야 할 문제였다. 날이 어두워지고 있었다. 나는 누운 채 우리가 어디로 갈 것인지 생각해 보았다. 갈 곳은 많았다.

제4부

33

 동트기 전의 이른 새벽, 기차가 밀라노 역에 서서히 들어설 무렵 나는 기차에서 뛰어내렸다. 선로를 가로지르고 몇몇 건물 사이를 빠져나와 거리로 나섰다. 와인 바가 열려 있어서 커피를 마시러 들어갔다. 먼지를 쓸어 낸 마룻바닥, 커피 잔에 담긴 스푼, 와인 잔이 남긴 둥그런 자국 따위가 이른 아침의 분위기를 풍겼다. 주인은 카운터 뒤편에 서 있었고 식탁에는 군인 두 명이 앉아 술을 마시고 있었다. 나는 카운터에 서서 커피를 마시고 빵 한 조각을 먹었다. 커피는 우유를 타서 뿌연 색깔이었다. 나는 빵 조각으로 우유 거품을 걷어 냈다. 주인이 나를 빤히 쳐다보았다.
「그라파 한잔 하시겠습니까?」
「아니, 됐습니다.」
「그냥 드리지요.」 그는 작은 잔에 술을 따라 내 앞으로 밀어 놓았다. 「전선 상황은 어떻습니까?」
「모릅니다.」
「저 사람들은 취했어요.」 그는 두 군인을 가리켰다. 나도 그렇게 생각했다. 두 사람은 취한 것 같았다.

「말해 보세요.」 그가 재차 말했다. 「전선에서 무슨 일이 벌어지고 있습니까?」

「모른다고 하지 않았습니까.」

「저기 담 쪽에서 오는 걸 봤어요. 열차에서 내렸죠?」

「대규모 퇴각이 있었습니다.」

「신문에서 읽었어요. 무슨 일이죠? 전쟁이 끝난 건가요?」

「그건 아닌 것 같습니다.」

그는 자그마한 그라파 병을 들어 술잔을 채웠다. 「어려운 일이 있다면 제가 봐드릴 수 있습니다.」

「어려운 일 없는데요.」

「어려운 일이 있으면 여기 우리 집에 머물러도 돼요.」

「어디에 있으라는 거죠?」

「이 건물 안에요. 많은 사람들이 여기 머물고 있습니다. 어려운 처지에 있는 사람들 말입니다.」

「그런 사람들이 많은가요?」

「어려움도 사람마다 다르지요. 혹시 남아메리카분이신가요?」

「아니요.」

「스페인어를 하세요?」

「조금은.」

그는 카운터를 닦아 냈다.

「요즘은 출국하기가 어렵지만 아예 불가능한 건 아니죠.」

「떠날 생각은 없어요.」

「당신은 원하는 만큼 이곳에 머물 수 있어요. 내가 어떤 사람인지 알게 될 겁니다.」

「오늘 아침엔 어디 가볼 데가 있습니다. 하지만 주소를 기억해 두었다가 돌아오죠.」

그는 고개를 저었다. 「그렇게 말하는 사람은 안 돌아와요. 난 당신이 정말 어려운 처지라고 생각했습니다.」

「어려운 일은 없어요. 하지만 친구의 주소는 소중하게 여깁니다.」

나는 커피 값으로 카운터에다 10리라짜리 지폐를 놓았다.

「같이 그라파 한잔 합시다.」 나는 말했다.

「난 괜찮습니다.」

「한 잔만 들어요.」

그는 두 잔을 따랐다.

「기억해 둬요.」 그는 말했다. 「이곳으로 오세요. 잡혀 가면 안 됩니다. 여기서는 안전해요.」

「그렇겠죠.」

「정말 그렇게 생각하는 거죠?」

「물론입니다.」

그는 진지했다. 「그럼 한 가지 알려 드리죠. 그 상의를 입고 돌아다니지 마세요.」

「어째서?」

「소매에서 별을 뜯어 낸 자국이 아주 선명합니다. 옷감 색깔과 다르니까요.」

나는 아무 말도 하지 않았다.

「서류가 없다면 만들어 줄 수 있어요.」

「무슨 서류를?」

「휴가 증명서.」

「필요 없습니다. 나도 서류는 있어요.」

「좋습니다. 하지만 필요하다면 원하는 서류를 만들어 줄 수 있습니다.」

「돈은 얼마나 들죠?」

「서류에 따라 다르죠. 값은 적당한 수준입니다.」

「지금은 필요 없습니다.」

그는 어깨를 으쓱했다.

「난 괜찮아요.」나는 덧붙였다.

술집에서 나오려 할 때 그가 말했다. 「내가 당신의 친구라는 걸 잊지 마세요.」

「기억하겠습니다.」

「다시 만나기를 바랍니다.」

「예.」

밖으로 나온 나는 헌병이 있는 기차역에서 가능한 한 멀찍 감치 떨어져 작은 공원 구석으로 가 마차를 잡았다. 마부에게는 병원 주소를 알려 주었다. 병원에 도착해서는 먼저 수위의 숙소로 갔다. 그의 아내가 나를 포옹했고 수위는 내 손을 잡고 흔들었다.

「돌아오셨군요, 안전하게.」

「그럼.」

「아침 식사는 하셨나요?」

「했지.」

「안녕하셨어요? 별일 없었나요, 중위님?」그의 아내가 물었다.

「그럼요.」

「우리와 함께 아침을 들어요.」

「아니, 됐어요. 지금도 미스 바클리가 이 병원에서 근무하고 있나?」

「미스 바클리요?」

「영국 여자 간호사 말이야.」

「중위님의 여자 말이에요.」 그의 아내가 내 팔을 가볍게 두드리면서 미소 지었다.

「아니요.」 수위는 대답했다. 「그녀는 떠났어요.」

가슴이 쿵 내려앉았다. 「정말인가? 키가 크고 금발인 영국 여자 말이야.」

「예, 스트레사로 갔어요.」

「언제?」

「이틀 전에 다른 영국 여자와 함께 출발했어요.」

「그랬군.」 나는 말했다. 「한 가지 부탁이 있어. 누구에게도 나를 봤다는 얘기를 하지 말게. 아주 중요하니까.」

「아무에게도 말하지 않겠습니다.」 수위가 다짐했다. 나는 그에게 10리라를 주었다. 그는 받지 않고 밀어냈다.

「입 다물겠다고 약속합니다. 돈은 필요 없어요.」

「뭐 도와 드릴 일이 없을까요, 시뇨르 테넨테?」 그의 아내가 물었다.

「그것 말고는 없어요.」 나는 대답했다.

「벙어리처럼 입 다물고 있을게요.」 수위가 말했다. 「뭐든지 시키실 일이 있으면 알려 주세요.」

「그럼 잘 있게. 다시 만나세.」

부부는 문가에 서서 내 뒷모습을 지켜보았다.

나는 마차를 타고 마부에게 시먼스의 집 주소를 일러 주었다. 성악을 공부하는 친구였다.

시먼스는 도심에서 멀리 떨어진 교외의 포르타 마젠타 부근에서 살고 있었다. 내가 도착했을 때, 그는 아직도 덜 깬 표정으로 침대에 누워 있었다.

「웬일인가? 굉장히 일찍 일어났군, 헨리.」그가 말했다.

「새벽 기차로 도착했네.」

「이번 후퇴는 도대체 어떻게 된 거야? 자네도 전선에 있었지? 담배 피우겠나? 탁자 위 상자에 있네.」큰 방에는 벽에 붙인 침대, 한쪽 구석에 놓인 피아노, 경대와 탁자 등이 있었다. 나는 침대 옆 의자에 앉았다. 시먼스는 베개를 대고 침대에 기대앉은 채 담배를 피웠다.

「심, 난 곤경에 빠졌어.」

「나도 그래.」그가 대답했다.「나 또한 늘 곤경에 빠져 있지. 담배 피우겠나?」

「아니.」나는 말했다.「스위스로 가려면 어떤 절차를 밟아야 하나?」

「자네가 가려고? 이탈리아 사람들이 안 내보내 줄 텐데.」

「그건 나도 알아. 하지만 스위스 쪽에서는? 그들은 어떤 조치를 취할까?」

「일정한 지역 내로 체류를 제한하겠지.」

「알아. 하지만 그 구체적 절차는 어떻게 되는 건가?」

「별거 없어. 아주 간단하지. 자네는 스위스 내에서 어디든지 갈 수 있네. 단지 매번 그 지역 관청에 신고 같은 걸 해야 할 거야. 왜? 경찰에게 쫓기고 있나?」

「아직 확실하진 않아.」

「말하고 싶지 않다면 안 해도 돼. 하지만 그거 한번 들어 보면 재미있겠는데. 이곳에선 당최 아무 일도 일어나지 않으니 말이야. 피아첸차에서 나는 큰 실패를 보았네.」

「정말 안됐구먼.」

「아, 그랬어. 아주 형편없었지. 노래는 잘 불렀는데. 이곳

릴리코 극장에서 다시 한 번 불러 볼 생각이야.」

「거기 가서 자네 노래를 들으면 좋을 텐데.」

「그거 고마운 말이군. 자네, 심각한 곤경에 빠진 건 아니지?」

「잘 모르겠어.」

「말하고 싶지 않다면 안 해도 돼. 그 지랄 같은 전선에서는 어떻게 빠져나왔나?」

「난 이제 전선과는 영원히 끝났어.」

「멋진 친구로군. 자네가 똑똑하다는 건 예전부터 알고 있었지. 내가 뭐 도와줄 일이라도 있나?」

「자넨 무척 바쁘겠지?」

「조금도 안 바빠, 내 친구 헨리. 조금도 안 바쁘다고. 뭐든지 기꺼이 들어주겠네.」

「자네와 나는 체격이 비슷하지. 밖에 나가서 민간인 옷 한 벌을 사다 주겠나? 나도 가지고 있긴 하지만 모두 로마에 있거든.」

「그래, 자넨 거기서 살았었지? 지저분한 곳이지. 어떻게 그런 곳에서 살았나?」

「건축가가 되고 싶었어.」

「거기서 무슨 건축을 공부한다는 거야? 옷은 사지 말게. 자네가 원하는 옷이라면 내가 다 줄 테니까. 자네 몸에 꼭 맞는 옷을 입혀서 아주 보기 좋게 해주지. 저 탈의실로 들어가면 옷장이 있네. 뭐든지 꺼내 입어. 이 친구야, 무슨 옷을 사겠다고 그래?」

「심, 얻어 입기보다 사고 싶어.」

「이봐 좋은 친구, 난 말이야, 밖에 나가 사 오느니 자네에게 옷 한 벌 주는 게 더 쉬워. 여권은 있나? 여권이 없으면 멀리 못 갈 텐데.」

「여권은 아직 갖고 있어.」

「그렇다면 어서 내 옷을 입어, 이 친구야. 그런 다음 헬베티아[72]로 떠나.」

「하지만 일이 그리 간단치가 않아. 먼저 스트레사로 가야 하거든.」

「이 친구, 아주 딱이네. 거기서 배를 저어 호수만 건너면 바로 스위스야. 공연 계획만 없다면 나도 자네와 함께 갈 텐데. 아무튼 나도 언젠가는 갈 거야.」

「가서 요들송을 배우게.」

「요들송도 언젠가 배울 생각이야. 잘할 수 있겠지. 좀 괴상한 곡이긴 하지만.」

「자네는 정말 잘 부를 거야.」

그는 담배를 피우면서 침대에 비스듬히 기댔다.

「너무 기대하지는 마. 하지만 못 부를 것도 없지. 아주 웃기는 노래지만 그래도 부를 수는 있어. 노래 부르는 걸 좋아하니까. 어디 한번 들어 보게.」 그는 큰 소리로 「아프리카나」를 부르기 시작했다. 목덜미가 부풀어 오르고 핏줄이 불거져 나왔다. 「노래할 수 있어, 청중이야 좋아하든 말든.」 그가 말했다. 나는 창밖을 내다보았다. 「내려가서 마차를 보내고 올게.」

「다녀오게. 그런 다음에 아침 식사를 하자고.」 그는 침대에서 내려와 허리를 펴고 똑바로 선 채 심호흡을 하며 허리 굽혀 펴기를 시작했다. 나는 아래층으로 내려가 마부에게 돈을 주어 보냈다.

---

72 Helvetia. 스위스의 옛 지명.

34

 민간인 복장을 하니 가장무도회에 가는 사람이라도 된 듯한 기분이 들었다. 오랫동안 군복을 입어 와서인지 사복이 영 어색했다. 바지도 너무 헐렁했다. 스트레사행 기차표는 밀라노에서 사두었다. 새 모자도 구입했다. 시먼스의 모자는 쓸 수 없지만 양복은 그런대로 멋졌다. 옷에는 담배 냄새가 진하게 배어 있었다. 나는 객실에 앉아 창밖을 내다보았다. 새 모자에 비해 옷이 너무 낡은 느낌이 들었다. 비에 젖은 창밖의 롬바르디아 지방 못지않게 나 자신이 서글퍼졌다. 찻간에는 비행사들이 몇 있었는데 나에게는 그다지 신경 쓰지 않는 듯했다. 그들은 나를 똑바로 쳐다보지도 않았다. 이 나이에 민간인 복장을 하고 있는 내가 경멸스러운 모양이었다. 모욕당했다는 느낌은 들지 않았다. 예전 같았으면 욕설을 하며 싸움을 걸었겠지. 그들은 갈라라테에서 내렸다. 나는 혼자가 되어 기뻤다. 신문을 가지고 있었지만 읽지 않았다. 전쟁 기사를 보고 싶지 않았다. 전쟁을 잊고 싶었다. 나는 혼자서 평화 조약을 맺은 것이다. 무척 외롭던 차에 다행히 기차가 스트레사에 도착했다.

정거장에서 호텔 짐꾼을 만나기를 기대했지만 그런 사람은 없었다. 휴가철이 오래전에 끝난 터라 아무도 열차 손님을 맞으러 나오지 않는 것이다. 나는 가방을 들고 열차에서 내렸다. 시먼스의 가방이었다. 셔츠 두 벌밖에 들어 있지 않았기 때문에 가볍게 들 수 있었다. 나는 열차가 다시 떠날 때까지 비 내리는 정거장 지붕 아래 서 있었다. 그러다가 한 남자를 발견하고서 영업 중인 호텔이 있는지 물었다. 〈그란 호텔 에 데 일 보로메〉가 문을 열었고 몇몇 자그마한 호텔들은 1년 내내 영업을 한다는 대답이 돌아왔다. 나는 가방을 들고서 비를 맞으며 일 보로메를 향해 걷기 시작했다. 거리를 따라오는 마차가 눈에 띄어 마부에게 손짓을 했다. 마차를 이용하는 게 좋을 듯했다. 큰 호텔의 마차 진입로에 도착하자 수위가 우산을 가지고 나왔다. 태도가 무척 공손했다.

나는 좋은 방을 잡았다. 넓은 공간에 실내가 밝고 호수가 내다보이는 방이었다. 지금은 구름이 호수를 덮고 있지만 햇빛이 비치면 아름다운 풍경일 것이다. 나는 아내를 기다리는 중이라고 말했다. 방 안에는 공단 침대보를 씌운 큰 더블베드, 그러니까 레토 마트리모니알레[73]가 있었다. 대단히 화려한 호텔이었다. 나는 기다란 복도를 지나 넓은 계단을 내려간 다음 여러 방들을 지나쳐 스낵바로 갔다. 그곳의 바텐더와는 안면이 있는 사이였다. 나는 높은 의자에 앉아서 절인 아몬드와 포테이토칩을 먹었다. 마티니가 시원하고 깔끔했다.

「민간인 옷을 입고 여기는 웬일이십니까?」 바텐더가 두 잔째 마티니를 만든 다음 물었다.

「휴가 중이야. 병가를 얻었지.」

73 *letto matrimoniale*. 신혼부부용 침대.

「이 호텔에는 손님이 없습니다. 왜 영업을 하는지 모르겠어요.」

「낚시를 좀 했나?」

「멋진 놈을 몇 마리 잡았죠. 요즘 낚시를 하면 괜찮은 놈들을 잡을 수 있습니다.」

「내가 보낸 담배는 받았나?」

「네, 제가 보낸 카드는 받으셨습니까?」

나는 웃었다. 실은 그 담배를 구할 수 없었던 것이다. 그가 원한 것은 미제 파이프 담배였다. 친척들이 내게 보내 주기를 중단한 건지, 아니면 도중에 압수된 건지는 몰라도 아무튼 구할 수 없었다.

「다른 곳에서 다시 구해 볼게.」 그러고서 나는 물었다. 「마을에서 영국 여자 두 사람을 본 적 있나? 그저께 이곳으로 왔을 텐데.」

「이 호텔에는 없습니다.」

「간호사들인데.」

「아, 간호사 두 명 봤어요. 잠깐 기다리시면 어디 있는지 알아봐 드릴게요.」

「그중 한 사람이 내 아내거든.」 나는 말했다. 「난 아내를 만나러 온 걸세.」

「다른 한 여자는 제 마누라고요.」

「농담이 아니야.」

「엉뚱한 장난 용서하십시오. 몰라서 그랬어요.」 그는 자리를 뜨더니 한참 동안 돌아오지 않았다. 나는 올리브와 절인 아몬드와 포테이토칩을 먹으면서, 카운터 안쪽 거울에 비친 사복 차림의 내 모습을 바라보았다. 잠시 후 바텐더가 돌아왔다. 「기차역 부근의 작은 호텔에 있답니다.」

「샌드위치를 좀 먹을까?」

「가져오라고 전화할게요. 아시다시피 이곳에는 아무것도 없거든요. 지금은 손님이 없으니까요.」

「정말 손님이 전혀 없는 건가?」

「아니요, 몇 정도 있긴 해요.」

샌드위치가 들어와 나는 세 쪽을 먹고 마티니 두 잔을 더 마셨다. 그처럼 시원하고 깔끔한 술은 마셔 본 적이 없었다. 나 자신이 품위 있는 문화인이 된 기분이었다. 그동안 레드 와인, 빵, 치즈, 형편없는 커피, 그라파 따위만 너무 먹었다. 나는 산뜻한 마호가니 카운터와 놋쇠 장식과 거울을 앞에 둔 채 아무 생각 없이 높은 의자에 앉아 있었다. 바텐더가 나에게 몇 가지를 물어 왔다.

「전쟁 얘기는 그만두지.」 나는 말했다. 전쟁은 이제 머나먼 곳에 있었다. 어쩌면 처음부터 없었던 건지도 모른다. 아무튼 여기에는 전쟁이 없다. 그러다가 문득 나 혼자서 일방적으로 전쟁을 끝냈다는 것을 깨달았다. 전쟁이 진정으로 끝난 것은 아니다. 무단결석한 학생이 된 기분이었다. 학교에 가지 않고서 지금쯤 교실에서 어떤 수업을 하고 있을까 궁금해하는 학생.

호텔을 찾아갔을 때, 캐서린과 헬렌 퍼거슨은 저녁 식사 중이었다. 복도에 선 채 나는 식탁에 앉아 있는 두 사람을 바라보았다. 캐서린은 저쪽으로 고개를 돌리고 있어서 머리, 뺨, 귀여운 목, 어깨의 윤곽이 보였다. 퍼거슨이 이야기하는 중이었다. 내가 들어가자 그녀는 갑자기 말을 멈추었다.

「어머나.」 퍼거슨이 말했다.

「안녕.」 나는 인사했다.

「어머나, 당신!」 캐서린이 외쳤다. 그녀의 안색이 갑자기 환하게 밝아졌다. 너무 기뻐 믿기지 않는다는 표정이었다. 나는 그녀에게 키스했다. 캐서린은 얼굴을 붉히고 나는 자리에 앉았다.

「정말 엉뚱한 분이네.」 퍼거슨이 말했다. 「여긴 웬일이에요? 저녁은 먹었나요?」

「아뇨.」 식사 시중을 드는 여급이 들어와서 나는 내 식사도 부탁했다. 캐서린은 내내 나를 바라보았다. 그녀의 눈이 행복으로 빛났다.

「왜 사복 차림을 하고 있죠?」 퍼거슨이 물었다.

「정부 내각에 들어갔어요.」

「뭔가 사고를 친 모양이군요.」

「좀 발랄해지는 게 어때요, 퍼기? 좀 더 쾌활해지라고요.」

「당신을 보면 쾌활해질 수가 없어요. 이 여자를 난처하게 만들었다는 걸 알고 있거든요. 당신이 어떻게 날 쾌할하게 할 수 있겠어요?」

캐서린은 미소를 지으며 식탁 밑으로 내 발을 살짝 건드렸다.

「아무도 나를 난처하게 만들지 않았어, 퍼기. 나 스스로 택한 것뿐이야.」

「도저히 참을 수가 없군.」 퍼거슨이 말했다. 「비열한 이탈리아식 꼼수로 너를 망쳐 놓았잖아. 미국인이 이탈리아인보다 더 악질이야.」

「스코틀랜드 사람이 너무나 도덕적이고?」 캐서린이 대꾸했다.

「그런 말이 아니야. 이 남자의 이탈리아식 비열함을 말하는 거지.」

「내가 비열하다고요, 퍼기?」

「그래요. 비열함보다 더 심해요. 당신은 뱀이에요. 이탈리아 군복을 입고 목에 망토를 두른 뱀.」[74]

「지금은 이탈리아 군복을 안 입었는데.」

「그게 바로 당신의 또 다른 비열함이죠. 여름 내내 사랑을 나누며 임신시켜 놓고 이젠 슬그머니 도망치려는 거잖아요.」

나는 캐서린에게 미소를 지어 보였고 그녀도 미소로 응답했다.

「저이만 도망치는 게 아니라 나도 함께 도망치는 거야.」 캐서린이 말했다.

「둘이 같은 부류네. 캐서린 바클리, 난 너 때문에 너무 창피해. 창피도 모르고 명예심도 모르고. 넌 저 사람 못지않게 비열하구나.」

「그만해, 퍼기.」 캐서린이 그녀의 손등을 가볍게 두드렸다. 「나를 욕하지 마. 우리가 서로 좋아하는 걸 잘 알잖아.」

「손 치워.」 퍼거슨이 말했다. 얼굴이 잔뜩 달아올라 있었다. 「네가 창피를 알았다면 사정은 달라졌을 거야. 임신 몇 개월인지는 모르겠지만, 넌 그걸 별것 아닌 것으로 여기면서 너를 꾄 사람이 돌아왔다고 만면에 웃음을 짓고 있잖아. 창피도 모르고 자존심도 없어.」 그녀는 울기 시작했다. 캐서린이 다가가 그녀를 끌어안았다. 일어서서 퍼거슨을 달래는 캐서린을 보면서, 나는 그녀의 몸이 그리 달라지지 않았다는 것을 알아챘다.

「내가 알 게 뭐야.」 퍼거슨은 흐느꼈다. 「하지만 넌 창피한

---

74 〈비열하다〉는 뜻의 단어 *sneaky*와 〈뱀〉을 가리키는 *snake*는 그 모양과 발음이 유사하다.

줄도 모르고…….」

「자, 그만, 퍼기.」 캐서린은 그녀를 위로했다. 「내가 창피하게 생각할게. 울지 마, 퍼기. 그만 울어, 퍼기.」

「우는 게 아니야. 울지 않아. 네가 휘말린 끔찍한 사태를 슬퍼하는 거야.」 퍼거슨은 계속 흐느끼더니 나를 바라보며 내뱉었다. 「당신을 증오해요. 캐서린도 내 증오를 막지는 못할 거예요. 더럽고 비열한 미국식 이탈리아인!」 그녀의 눈과 코는 울어서 새빨갛게 되어 있었다.

캐서린이 내게 미소를 지었다.

「나를 껴안은 채 저 인간한테 미소 짓지 마.」

「퍼기, 너무 심하게 말하지 마.」

「알아.」 퍼거슨은 흐느꼈다. 「내게 신경 쓰지 마, 너나 저 사람이나. 내가 너무 흥분한 거야. 침착하지 못하지. 나도 알아. 둘이 행복하게 살라고.」

「우린 행복해.」 캐서린이 대답했다. 「착한 퍼기.」

퍼거슨은 다시 울기 시작했다. 「이런 식으로 행복하기를 바라지 않아. 어째서 결혼을 하지 않는 거야? 당신에게 다른 부인이 있는 건 아니죠?」

「없습니다.」 나는 대답했다. 캐서린은 소리 내어 웃었다.

「웃을 일이 아니야.」 퍼거슨은 말했다. 「총각인 체하는 유부남들은 얼마든지 있으니까.」

「우리는 결혼할 거야, 퍼기. 너를 기쁘게 하기 위해서라도.」

「내가 기쁜 건 중요한 게 아니야. 너 자신이 당연히 결혼을 원해야지.」

「우리는 그동안 너무 바빴잖아.」

「그래, 아이를 만드느라 아주 바빴지.」 나는 퍼거슨이 다시 울기 시작할 거라고 생각했지만, 그녀는 오히려 신랄해졌다.
「당장 오늘 밤이라도 저 사람을 따라가겠지?」
 「그럼. 저이가 그러자면.」
 「나는 어떻게 하고?」
 「여기 혼자 있는 게 두려워?」
 「응.」
 「그렇다면 내가 함께 있어 줄게.」
 「아니야, 저 사람을 따라가. 지금 당장. 너희 두 사람은 꼴도 보기 싫어.」
 「그래도 저녁 식사는 마쳐야지.」
 「아니, 지금 당장 떠나.」
 「퍼기, 진정해.」
 「지금 당장 떠나라고. 둘 다 가버려.」
 「그럼 가지.」 나는 말했다. 퍼기가 지긋지긋했다.
 「너도 가길 원하잖아. 심지어 내가 혼자 저녁을 먹게 되어도 아랑곳없지. 나는 늘 이탈리아 호수들을 보고 싶어 했는데 결국은 이렇게 되고 마는군. 아아, 아아.」 그녀는 흐느끼며 캐서린을 바라보았다. 심하게 목이 메어 있었다.
 「저녁 식사를 마칠 때까지 기다려 줄게.」 캐서린은 말했다. 「내가 이곳에 있기를 원한다면 널 혼자 두고 떠나지 않을 거야. 정말이야, 퍼기.」
 「아니, 아니. 난 네가 가길 원해.」 그녀는 눈물을 훔쳤다. 「억지를 부린 것뿐이야. 제발 신경 쓰지 마.」
 식사 시중을 들던 여급은 그녀가 울고불고하는 광경에 당황스러워했다. 다음 요리를 가져왔을 때 상황이 진정된 것을 보고서야 안도하는 눈치였다.

그날 밤 우리는 호텔에 들었다. 객실 밖의 길고 텅 빈 복도, 문 앞에 나란히 놓인 우리의 구두, 두툼한 융단이 깔린 방바닥, 창밖에서 내리는 비. 방 안은 밝고 쾌적했다. 불이 꺼지자 매끈한 시트와 편안한 침대가 우리를 들뜨게 했다. 그리고 마침내 우리 집에 돌아왔다는 느낌, 더 이상 혼자가 아니라는 느낌, 밤중에 깨어나도 그리운 사람이 어디 가지 않고 곁에 그대로 있다는 느낌이 달콤하게 몰려왔다. 그 밖의 모든 것들은 비현실적이었다. 피곤해지면 잠들고, 잠에서 깨어나면 옆에 있는 사람도 같이 깨어나서 외로울 틈이 없었다. 남자는 종종 혼자이기를 원하고, 여자 역시 혼자이기를 바라는 때가 있다. 서로 사랑하는 남녀는 상대방의 그런 기분에 서운해하기 마련이다. 하지만 진정으로 말하거니와 우리에게는 결코 그런 서운함이 없었다. 사람들은 남과 함께일 때, 혹은 많은 사람들을 상대하면서도 나 혼자라는 고독한 감정을 갖는다. 나 또한 그런 감정을 느껴 본 일이 있었다. 많은 여자들과 함께 있으면서도 고독했고, 그것이야말로 고독 중에서도 가장 쓸쓸한 고독이었다. 하지만 우리가 함께 있으면 결코 외롭지 않았고 전혀 두렵지 않았다. 나는 잘 알고 있었다. 밤은 낮과 같지 않음을. 모든 것이 다르며, 밤의 일은 낮에 설명할 수 없음을. 낮에는 그와 같은 일이 존재하지 않기 때문이다. 고독을 알기 시작한 사람들에게 밤은 무서운 시간이다. 하지만 캐서린과 함께 있는 동안에는 밤이라고 달라지는 것이 전혀 없었고 오히려 반가운 시간이 되었다. 사람들이 세상에 너무 많은 용기를 가져올 때, 세상은 그들을 제압하기 위해 죽여야 한다. 실제로 세상은 그렇게 한다. 세상은 지위의 고하를 가리지 않고 누구나 때려 부순다. 그러면 많은 사람들은 바로 그 부서진 곳에서 더 강해진다. 하지만 아무리 부서지지 않으려 해도 세상은 그를 죽인다. 아주 착한 사람, 아주 점잖은 사람, 아주 용감한 사람을 가리지 않고 닥치는 대로 죽인다. 설사 이런 부류의 사람이 아니더라도 세상은 언젠가 그를 죽인다. 단지 그리 서두르지 않을 뿐이다.

아침에 깨어났을 때의 기억이 생생하다. 캐서린은 아직 일어나지 않았고 유리창으로 햇빛이 들어오고 있었다. 비는 그쳤다. 나는 침대에서 내려와 방을 가로질러 창가로 갔다. 저 아래쪽에는 지금은 앙상하지만 아주 아담한 정원들이 있었다. 그 외에 자갈길들, 나무들, 호숫가의 돌담, 멀리 산을 등지고 햇빛에 반짝이는 호수가 보였다. 창문 앞에 서서 밖을 내다보다가 돌아섰을 때, 캐서린이 잠에서 깨어나 나를 쳐다보았다.

「잘 잤어요, 달링? 좋은 날씨죠?」

「기분은 좀 어때?」

「아주 좋아요. 즐거운 밤이었어요.」

「아침 먹을까?」

그녀는 좋다고 했다. 나도 배가 고팠다. 우리는 침대에서 아침 식사를 했다. 창문으로 11월의 햇살이 들어왔고, 내 무릎에는 아침 쟁반이 놓여 있었다.

「신문은 안 읽어요? 병원에서는 늘 신문을 찾았잖아요.」

「아니, 지금은 읽을 생각이 없어.」

「상황이 너무 안 좋아서 아예 읽고 싶지 않은 거예요?」

「그저 내키지 않을 뿐이야.」

「나도 같이 전선에 있었더라면 상황이 어떻게 돌아가는지 알았을 텐데.」

「머릿속에서 그 상황이 잘 정리되면 말해 줄게.」
「군복을 벗고 있으면 당신을 체포하지 않을까요?」
「아마 총살하겠지.」
「그러면 여기에 있으면 안 되겠네요. 이 나라를 떠나요.」
「나도 그 비슷한 생각을 했어.」
「우리 어서 떠나요. 달링, 어리석은 모험은 안 돼요. 메스트레에서 밀라노까지는 어떻게 왔어요?」
「열차를 타고 왔지. 그때는 군복을 입고 있었어.」
「위험하지 않았나요?」
「크게 위험하지는 않았어. 좀 오래된 이동 명령서를 갖고 있었거든. 메스트레에서 그 날짜를 조작했지.」
「달링, 이곳에선 언제라도 체포당할 수 있어요. 난 그런 꼴은 못 봐요. 붙잡힌다는 건 어리석은 일이에요. 당신이 잡혀가면 우린 뭐가 되겠어요?」
「그런 생각은 하지 마. 정말 피곤해져.」
「그들이 당신을 체포하러 오면 어떻게 하죠?」
「쏴버릴 거야.」
「말도 안 되는 소리! 이제 이곳을 떠날 때까지 당신은 호텔 밖으로 못 나가요」
「어디로 떠날 생각인데?」
「달링, 그런 식으로 퉁명스럽게 말하지 마요. 당신이 가자는 곳이면 어디든 따라갈 거예요. 당장 떠날 곳을 찾아봐요.」
「스위스가 호수 바로 건너편이야. 그쪽으로 갈 수 있지.」
「정말 멋지겠네요.」
밖에서는 구름이 내리고 있었고 호수도 어두워지기 시작했다.

「늘 무슨 죄라도 지은 것처럼 살고 싶지는 않아.」 내가 입을 열었다.

「달링, 그런 말 마요. 이렇게 된 지 얼마 되지도 않았잖아요. 우린 지금까지 죄인처럼 살지도 않았고, 앞으로도 멋진 시간을 보낼 거예요.」

「죄인이 된 기분이야. 난 탈영을 했잖아.」

「달링, 제발 말이 되는 얘기를 해요. 당신은 탈영한 게 아니에요. 그건 이탈리아 군대잖아요.」

나는 웃었다. 「당신은 정말 좋은 사람이야. 침대로 돌아갑시다. 침대에서는 기분이 좋아.」

잠시 후 캐서린이 말했다. 「이젠 죄인이라는 느낌 안 들죠?」

「응.」 나는 대답했다. 「당신과 함께 있으면.」

「당신도 참 주책없는 남자예요. 하지만 내가 보살펴 주겠어요. 달링, 난 아침에도 메스꺼움을 안 느껴요. 입덧을 안 한다니, 정말 멋지지 않아요?」

「아주 멋져.」

「당신이 얼마나 훌륭한 아내를 두었는지 아직 모르는군요. 그래도 난 괜찮아요. 그들이 체포하지 못할 곳으로 내가 당신을 데려갈게요. 그곳에서 우린 아주 행복하게 지낼 수 있을 거예요.」

「당장 가자고.」

「달링, 우린 가게 될 거예요. 당신이 원하면 어디든, 아무 때나 따라갈게요.」

「다른 건 생각하지 말자고.」

「좋아요.」

35

 캐서린은 퍼거슨을 만나기 위해 호숫가를 걸어서 그 작은 호텔로 가고, 나는 스낵바에서 신문을 읽었다. 스낵바에 안락한 가죽 의자들이 몇 있어서 그중 하나에 앉아 바텐더가 들어올 때까지 신문을 읽었다. 이탈리아 군대는 탈리아멘토 강에서 버티지 못하고 피아베 강까지 후퇴했다. 나는 피아베 강을 떠올릴 수 있었다. 철도가 산도나 근처에서 그 강을 횡단하여 전선으로 이어져 있다. 피아베 강은 상당히 깊고 느리게 흘렀으며 강폭이 좁았다. 강 아래쪽에는 모기가 우글거리는 늪과 운하들이 있다. 멋진 별장들도 몇 채 있었다. 전쟁 전에 나는 코르티나 담페초로 가던 길에 몇 시간쯤 언덕 사이의 강을 따라 걸은 적이 있다. 상류에서는 송어 낚시를 할 수 있을 것 같았다. 물살이 빨랐고 한참 동안 얕게 흐르다가 바위 그늘 밑에서 깊은 물웅덩이를 이루었다. 도로는 카도레에서 굽어지며 그 강을 벗어났다. 나는 상류에 주둔했던 이탈리아 군대가 어떻게 남쪽으로 퇴각했을지 궁금했다. 곧 바텐더가 들어왔다.
「그레피 백작께서 찾으시던데요.」 그는 말했다.

「누구?」

「그레피 백작요. 예전에 이곳에 들렀을 때 만난 노인 말입니다.」

「그분이 여기 와 있단 말이야?」

「예, 조카딸을 데리고 와 계세요. 그분한테 얘길 했죠. 중위님이 지금 이곳에 있다고. 그랬더니 같이 당구나 치자시던데요.」

「지금 어디에 계시지?」

「산책하고 계십니다.」

「건강은 어떠신가?」

「전보다 더 젊어 보이세요. 지난밤엔 식사 전에 샴페인 칵테일을 석 잔이나 드시던데요.」

「당구 솜씨는?」

「훌륭하죠. 제가 못 이겨요. 중위님이 여기 있다고 하니까 무척 좋아하시던데요. 이곳에는 당구 상대가 없거든요.」

그레피 백작은 아흔네 살이었다. 메테르니히[75] 시대의 사람으로 머리와 수염이 희었으며 사교술이 우아한 노인이었다. 오스트리아와 이탈리아 양국의 외교부에서 근무한 경력이 있는데, 그의 생일 파티는 해마다 밀라노 사교계의 큰 행사였다. 1백 살까지 너끈히 살 것 같았고, 깔끔하고 능란한 당구 솜씨는 아흔넷의 노구(老軀)와 확연한 대조를 이루었다. 언젠가 비수기에 스트레사에서 나는 그를 만나 함께 당구를 치며 샴페인을 마셨다. 좋은 습관인 것 같았다. 그는 1백 점 내기에 15점의 핸디캡을 안고서도 나를 이겼다.

---

[75] Klemens von Metternich(1773~1859). 오스트리아의 외교관으로 나폴레옹 유배 이후 유럽 정치의 질서를 세웠다.

「그분이 이곳에 계시다는 이야기를 왜 안 한 건가?」

「깜빡했어요.」

「또 어떤 분이 여기 있지?」

「중위님이 아는 분은 없어요. 전부 해서 여섯 명뿐이에요.」

「자네는 지금 뭐 할 일이 있나?」

「없습니다.」

「낚시나 하러 가세.」

「한 시간쯤 시간을 낼 수 있습니다.」

「자, 어서 가자고. 낚시 도구를 가져오게.」

바텐더가 코트를 입은 다음 우리는 함께 나서서 호숫가로 내려가 보트를 탔다. 내가 노를 젓고 바텐더는 고물에 앉아 호수의 송어를 잡기 위해 미끼와 무거운 봉돌이 달린 낚싯줄을 던졌다. 우리는 호수를 따라 배를 저어 갔다. 바텐더는 낚싯줄을 잡고 있다가 가끔씩 앞으로 홱 잡아당기곤 했다. 호수에서 바라보니 스트레사는 아주 황량해 보였다. 벌거벗은 가로수들이 즐비하게 늘어섰고 큰 호텔과 문 닫은 별장들이 있었다. 나는 이솔라 벨라[76]로 저어 가 암벽에 접근했다. 수심이 갑자기 깊어지고 맑은 물속으로 비스듬히 기울어진 암벽이 나타났다. 우리는 이곳에서 다시 어부의 섬까지 저어 갔다. 태양이 구름 속에 숨어 있어서 물은 어둡고 잔잔하면서도 아주 차가웠다. 물고기가 뛰어올라 곳곳에 파문이 나타났지만 입질은 느낄 수 없었다.

나는 어부의 섬 맞은편으로 보트를 저었다. 보트들이 정박해 있고, 어부들은 그물을 고치는 중이었다.

「한잔할까요?」

---

76 Isola Bella. 〈아름다운 섬〉이라는 뜻.

「좋지.」

내가 암석 방파제에 배를 대자 바텐더는 낚싯줄을 감아 보트 바닥에 내려놓고 미끼를 뱃전 끝에 걸어 놓았다. 나는 내려서 배를 묶었다. 우리는 작은 카페에 들어가 민짜 나무 식탁에 앉아 베르무트를 주문했다.

「노 젓느라 피곤하시죠? 돌아갈 때는 제가 저을게요.」 그는 말했다.

「난 노 젓는 거 좋아해.」

「중위님이 낚싯줄을 잡으면 행운이 따를 수도 있잖아요.」

「좋아, 자네가 노를 젓게.」

「전쟁은 어떻게 돌아가고 있습니까?」

「죽 쑤고 있지.」

「저는 전쟁에 안 나가도 되죠. 그레피 백작처럼 늙었으니 말입니다.」

「그래도 가야 할지 몰라.」

「내년이면 우리 연령층까지 불러내겠죠. 하지만 안 갈 거예요.」

「그럼 어떻게 하려고?」

「국외로 내빼죠. 저는 전쟁터에 나갈 생각이 없어요. 일찍이 아비시니아에서 참전한 적이 있습니다. 아주 지랄 같았죠. 중위님은 어쩌다 참전하셨죠?」

「모르겠어. 정말 멍청했지.」

「베르무트 한 잔 더 하실까요?」

「좋아.」

돌아오는 길에는 바텐더가 노를 저었다. 우리는 스트레사를 지날 때까지 호수를 훑고 올라가다가 기슭에서 그리 멀지 않은 곳까지 저어 내려왔다. 나는 낚싯줄을 잡은 채 조용히 돌아가는 미끼의 감촉을 느끼면서 11월의 어두운 호수와 쓸쓸한 기슭을 바라보았다. 바텐더가 노를 크게 저어 앞으로 밀 때마다 낚싯줄이 출렁거렸다. 미끼가 물리기도 했다. 줄이 갑자기 팽팽해지면서 홱 젖혀졌다. 줄을 당기자 송어의 생생한 중량감이 손바닥을 타고 올라오다가 낚싯줄이 다시 일렁거렸다. 놓쳐 버린 것이다.

「큰 놈 같았어요?」

「상당히.」

「한번은 혼자 낚시를 하면서 줄을 이빨에 걸었다가 미끼가 무는 통에 입이 날아가 버릴 뻔한 적도 있죠.」

「낚싯줄을 다리에 감아 두는 게 가장 좋은 방법이야.」 나는 말했다. 「그러면 감촉을 느낄 수도 있고, 이빨도 날아가지 않지.」

나는 호수에 손을 담갔다. 무척 차가웠다. 이제는 거의 호텔 맞은편까지 왔다.

「들어가 봐야겠습니다.」 바텐더는 말했다. 「11시까지 근무하기로 되어 있어서요. 그때까지가 칵테일 시간이죠.」

「알았네.」

나는 낚싯줄을 끌어당겨 양끝이 깔쭉깔쭉한 막대기에 감았다. 바텐더는 돌담 사이에 보트를 넣고 쇠사슬과 자물쇠로 묶었다.

「보트가 필요하면 아무 때나 말씀하세요. 제가 열쇠를 드릴게요.」

「고맙네.」

우리는 호텔로 올라가 스낵바에 들어섰다. 나는 이른 아침부터 또 술을 마시고 싶지 않아 방으로 올라갔다. 하녀가 막 방 청소를 끝낸 참이었고, 캐서린은 아직 돌아오지 않았다. 나는 침대에 드러누운 채 아무 생각도 하지 않으려 애썼다.

캐서린이 돌아오자 다시 기분이 좋아졌다. 퍼거슨이 아래층에 있다고 그녀는 말했다. 같이 점심을 먹으려고 데려왔다는 것이다.

「당신이 신경 안 쓸 것 같아서요.」 캐서린이 말했다.

「신경 안 써.」 나는 대답했다.

「무슨 문제 있어요, 달링?」

「몰라.」

「알겠다, 당신은 할 일이 없었던 거예요. 당신에게는 오직 나뿐인데 그런 내가 자리를 비웠으니.」

「그건 맞는 얘기야.」

「미안해요, 달링. 갑자기 할 일이 없어져 버리는 게 얼마나 끔찍한 일인지 나도 알고 있어요.」

「예전에 내 인생은 많은 것으로 가득 채워져 있었지. 그런데 이제는 당신이 함께 있어 주지 않으면 나는 이 세상에 아무것도 가진 게 없는 사람이 되어 버려.」

「앞으로는 함께 있어 줄게요. 두 시간만 자리를 비웠을 뿐이잖아요. 당신이 할 만한 일이 뭐 없을까요?」

「바텐더와 함께 낚시하러 갔었어.」

「재미있었나요?」

「응.」

「내가 잠시 자리를 비울 땐 내 생각을 하지 마요.」

「전선에서는 그렇게 했지. 하지만 그땐 할 일이 있었어.」

「할 일이 없어진 오셀로네요.」[77] 캐서린이 나를 놀려 댔다.

「오셀로는 검둥이잖아.」 나는 대꾸했다. 「게다가 난 질투하지 않아. 당신을 너무 사랑해서 다른 생각은 품을 수가 없어.」

「착한 청년이 되어 퍼거슨에게 잘 대해 줄 거죠?」

「난 늘 퍼거슨에게 잘 대해 주었어. 내게 악담할 때는 사정이 달라지지만.」

「그녀에게 잘 대해 줘요. 우린 가진 것이 이렇게 많은데 그녀에겐 아무것도 없잖아요.」

「우리가 가진 것을 퍼거슨이 원할 것 같지는 않은데.」

「달링, 당신은 헛똑똑이예요. 겉보기와 달리 아는 것은 별로네요.」

「그녀에게 잘 대해 줄게.」

「그럴 줄 알았어요. 당신은 정말 상냥한 사람이니까.」

「그녀가 식사 후에도 죽치고 남아 있지는 않겠지?」

「그럼요, 내가 보낼게요.」

「그런 다음에 방으로 돌아오도록 합시다.」

「물론이죠. 내가 그것 말고 뭘 더 원하겠어요?」

우리는 퍼거슨과 점심을 먹기 위해 아래층으로 내려갔다. 그녀는 호텔의 규모와 호화로운 식당에 크게 감탄했다. 두어 병의 카프리 화이트 와인을 마시면서 맛있는 점심을 들었다. 그레피 백작이 식당으로 들어오다가 우리를 보고 고개를 숙여 인사했다. 우리 할머니와 약간 닮은 듯한 백작의 조카딸도 함께 들어왔다. 캐서린과 퍼거슨에게 백작 이야기를 해주자 퍼거슨은 깊은 인상을 받았다. 호텔은 아주 크고 웅장했지만

---

77 셰익스피어의 희곡 「오셀로」 제3막 제3장에서 아내의 부정을 의심하는 오셀로가, 아내가 남편인 자신을 속이는데 자신이 장군 노릇을 아무리 잘해 봐야 무슨 소용이 있겠냐면서 〈오셀로의 직업은 다 끝났다〉라고 말한다.

손님이 없는 탓에 텅 빈 느낌이었다. 하지만 음식과 와인 맛이 뛰어나 마침내 우리 모두 유쾌해졌다. 캐서린은 더할 나위 없이 기분이 좋았다. 그녀는 아주 행복해했다. 퍼거슨 역시 상당히 쾌활해졌다. 나도 기분이 아주 좋았다. 점심 식사를 마친 뒤 퍼거슨은 자신이 묵고 있는 자그마한 호텔로 돌아갔다. 점심을 먹었으니 잠시 누워야겠다고 그녀는 말했다.

오후 늦게 누군가 내 방문을 두드렸다.

「누구요?」

「그레피 백작께서 같이 당구 치겠느냐고 알아보라는데요.」

나는 손목시계를 내려다보았다. 시계를 풀어서 베개 밑에 놓아두었던 것이다.

「달링, 꼭 가야 해요?」 캐서린이 낮은 목소리로 말했다.

「가는 게 좋겠어.」 시계는 4시 15분을 가리키고 있었다. 나는 밖을 향해 큰 소리로 말했다. 「5시까지 당구실로 가겠다고 그레피 백작께 전하게.」

5시 15분 전에 나는 캐서린에게 키스하고 화장실로 들어가 옷을 갈아입었다. 넥타이를 매고 거울을 들여다보니 민간인 복장을 한 내 모습이 낯설었다. 셔츠와 양말을 좀 더 사두는 걸 잊지 말아야지.

「오래 있을 거예요?」 캐서린이 물었다. 침대에 드러누운 모습이 귀여웠다. 「내 머리빗 좀 집어 주겠어요?」

나는 그녀가 고개를 갸우뚱 기울여 머리채를 한쪽으로 쏠리게 한 다음 빗질하는 모습을 지켜보았다. 밖은 어두웠다. 침대맡에 놓인 전등 불빛에 그녀의 머리와 목과 어깨가 환하게 빛났다. 나는 그녀에게 다가가 키스를 하고 빗을 쥔 손을 살며시 잡았다. 그녀의 머리는 도로 베개로 젖혀졌다. 나는 그녀의 목과 어깨에 키스했다. 그녀가 너무나 사랑스러워 기절할 지경이었다.

「가기 싫군.」

「나도 보내기 싫어요.」

「그렇다면 안 갈게.」

「아니에요. 어서 가요. 잠깐 갔다가 곧 돌아올 거니까.」

「저녁은 여기서 먹읍시다.」

「좋아요. 어서 다녀와요.」

그레피 백작은 이미 당구실에서 와 있었다. 타구 연습을 하고 있었는데, 당구대를 비추는 전등 불빛 아래 있는 모습이 아주 쇠약해 보였다. 전등에서 좀 떨어진 카드놀이용 테이블에는 은제 얼음 통이 놓여 있었고, 그 안에서 두 개의 샴페인 병이 얼음 조각들 위로 목과 코르크 마개를 내밀었다. 내가 테이블로 다가가자 그레피 백작은 허리를 펴고 걸어와 손을 내밀었다. 「당신이 이곳에 와 있다니, 나로선 대단히 큰 기쁨이오. 이렇게 나와 게임을 하러 와주어 정말 고맙소.」

「불러 주셔서 정말 고맙습니다.」

「몸은 괜찮소? 이손초 강에서 부상을 입었다는 얘기를 들었는데. 완전히 나았지요?」

「저는 아주 건강합니다. 백작께서도 건강하셨습니까?」

「아, 나야 늘 건강하지. 하지만 늙어 가는구려. 이젠 나이 먹은 흔적들을 자꾸 발견하게 돼.」

「믿기지 않는데요.」

「아니, 늙어 가고 있소. 한 가지 흔적을 알고 싶소? 이제는 외국어보다 이탈리아어로 말하는 게 훨씬 쉽거든. 아무리 노력해도 피곤하면 어느새 이탈리아어가 입에서 술술 나와 버려. 그래서 늙어 가고 있다는 걸 알았지요.」

「이탈리아어로 말씀하게요. 저도 약간 피곤하니까요.」

「하지만 당신은 피곤할 땐 영어로 말하는 게 더 쉬울 텐데.」

「미국어죠.」

「그래, 미국어. 그 미국어로 말해요. 반가운 언어지.」

「미국인을 만나기가 어렵습니다.」

「미국인이 그립겠군. 동포가 그립고 특히 모국 여성은 더 그리운 법이지. 내게도 그런 경험이 있소. 한판 치겠소? 아니, 너무 피곤한가?」

「많이 피곤한 건 아닙니다. 그저 농담 삼아 그런 거예요. 핸디캡으로 제겐 몇 점을 주시렵니까?」

「요사이 당구를 많이 쳤소?」

「전혀 못 쳤습니다.」

「전에 보니 잘 치더군. 1백 점에 10점?」

「비행기 태우시는군요.」

「그럼 15점?」

「그 정도가 적당하겠지만 그래도 제가 질 것 같은데요.」

「내기를 걸까요? 내기를 좋아하던데.」

「그러는 게 좋겠습니다.」

「좋소. 당신에게 18점을 줄 테니 1점에 1프랑씩 겁시다.」

그는 능숙하게 당구를 쳤다. 나는 핸디캡 점수를 받고서도 50점이 될 때까지 그보다 겨우 4점을 앞섰을 뿐이었다. 그레피 백작은 벽에 달린 단추를 눌러 바텐더를 불렀다.

「병 하나를 따게.」 그러고서 내게 말했다. 「가벼운 자극제를 좀 듭시다.」 와인은 얼음처럼 차고 쌉쌀한 맛이 아주 그만이었다.

「이탈리아어로 해도 괜찮겠소? 별로 신경 쓰이지 않겠소? 이젠 이게 내 약점이 되고 말았군.」

우리는 계속 당구를 치고 틈틈이 와인을 조금씩 마시며 이탈리아어로 말을 주고받았지만 게임에 집중하느라 대화를 많이 나누지는 못했다. 그레피 백작이 1백 점을 쳐서 게임을 끝냈을 때, 나는 핸디캡 점수를 합하고도 겨우 94점이었다. 그가 미소를 지으며 내 어깨를 가볍게 두드렸다.

「이제 남은 한 병을 마시면서 전쟁 이야기나 좀 듭시다.」 그는 내가 앉을 때까지 기다렸다.

「전쟁이 아닌 다른 이야기를 하지요.」 내가 대답했다.

「전쟁 얘기는 하고 싶지 않은가? 좋아요. 그래, 그동안 무슨 책을 읽었소?」

「아무것도 못 읽었습니다. 제가 아주 따분한 사람이 된 것 같군요.」

「천만에. 하지만 독서는 해야지.」

「전쟁 중에 어떤 책들이 나왔습니까?」

「프랑스 소설가인 바르뷔스[78]가 쓴 『포화』라는 장편소설이 있소. 『브리틀링 씨는 꿰뚫어 본다』[79]도 있고.」

「아니, 그는 꿰뚫어 보지 못했습니다.」

「뭐라고요?」

「그는 꿰뚫어 보지 못했습니다. 말씀하신 책들이 병원에 비치되어 있더군요.」

---

78 Henri Barbusse(1873~1935). 제1차 세계 대전 당시 프랑스 군인들의 참상을 다룬 반전 소설을 썼으며, 대표작 『포화 *Le Feu*』로 콩쿠르상을 받았다.

79 *Mr. Britling Sees It Through*. 영국 소설가 웰스 H. G. Wells(1866~1946)가 1916년에 발표한 소설.

「그럼 그동안 독서를 좀 했구려?」

「예, 하지만 좋은 건 별로 읽지 못했어요.」

「나는 〈브리틀링 씨〉가 영국 중산층의 영혼을 아주 잘 분석했다고 보는데.」

「전 영혼에 대해 아는 것이 없습니다.」

「저런. 하기야 영혼에 대해 아는 사람은 찾아보기 어렵지. 당신, 신자(信者)요?」

「밤에만 신자가 됩니다.」

그래피 백작은 미소를 지으면서 손가락으로 유리잔을 돌렸다. 「나이가 들면 신앙심이 깊어질 것 같았는데, 어쩐 일인지 난 그게 안 되더군. 정말 유감스러운 일이오.」

「죽은 뒤에도 살고 싶으십니까?」 나는 불쑥 질문했으나 곧 바보 같은 이야기를 꺼냈다고 생각했다. 하지만 그는 조금도 개의치 않았다.

「현재의 삶을 어떻게 사느냐에 달려 있지. 내가 보낸 삶은 아주 즐거웠소. 나는 영원히 살고 싶구려.」 그는 미소를 지으며 덧붙였다. 「이만하면 거의 영원히 산 셈이지만.」

우리는 두툼한 가죽 의자에 앉았다. 샴페인은 얼음 통에 담겨 있었고 우리 사이의 테이블에는 술잔이 놓여 있었다.

「나만큼 오래 살다 보면, 당신도 많은 것들이 이상하다는 걸 발견하게 될 거요.」

「백작님은 전혀 나이 드신 것 같지 않습니다.」

「나이 드는 건 몸이지. 가끔은 분필이 뚝 부러지듯 손가락이 바스러지지 않을까 생각하곤 하죠. 하지만 정신은 더 늙지도 않고, 더 현명해지지도 않는구려.」

「백작께서는 지혜로우십니다.」

「아니, 소위 노인의 지혜라는 건 커다란 오류요. 늙은이들은 현명해지는 게 아니라 신중해지는 거지.」

「아마 그런 것이 지혜겠지요.」

「아주 매력 없는 지혜지. 당신은 무엇이 가장 소중하다고 생각하오?」

「제가 사랑하는 사람.」

「그건 나도 같소. 하지만 그건 지혜가 아니오. 생명을 소중하게 생각하오?」

「예.」

「나도 그렇소. 그게 내가 가진 전부니까. 그리고 생일 파티를 열려면 그게 있어야지.」 그는 웃었다. 「아마 당신은 나보다 지혜로울 거요. 생일 파티 같은 건 열지 않을 테니.」

우리는 함께 와인을 마셨다.

「전쟁을 정말 어떻게 생각하십니까?」 나는 물었다.

「어리석은 짓이라고 생각하오.」

「어느 편이 이길까요?」

「이탈리아가.」

「어째서요?」

「좀 더 젊은 나라니까.」

「젊은 나라가 늘 전쟁에서 이기나요?」

「한동안은 이길 가능성이 높지.」

「그런 다음에는 어떻게 됩니까?」

「늙은 나라가 되는 거요.」

「백작님은 자신이 지혜롭지 않다고 하셨잖아요.」

「젊은 친구, 이건 지혜가 아니에요. 냉소지.」

「제게는 아주 지혜로운 말씀으로 들립니다.」

「별로 그렇지도 않아요. 정반대의 사례를 들 수도 있지. 하지만 지금 이 말도 나쁘지는 않군. 우리가 샴페인을 다 마신 거요?」

「거의 다 마셨는데요.」

「좀 더 마실까요? 그런 다음에 옷을 갈아입어야겠군.」

「더 마시지 않는 게 좋겠습니다.」

「정말 더 마실 생각이 없소?」

「예.」 그러자 그는 자리에서 일어섰다.

「커다란 행운과 넘치는 행복과 무한한 건강을 빌겠소.」

「감사합니다. 만수무강하시기를 빕니다.」

「고맙소. 난 이제 살만큼 살았지. 언젠가 당신의 신앙심이 깊어지면 내가 죽은 뒤에 나를 위해 기도해 줘요. 몇몇 친구들에게도 똑같은 부탁을 해두었지. 난 신앙이 깊어지기를 기대했지만 그것이 내게는 찾아오지 않았소.」 그는 서글프게 미소 짓는 것 같았다. 하지만 확실하지는 않았다. 그는 너무 늙어 얼굴에 주름살이 아주 많았다. 미소를 지어도 주름살이 움직여서 명암의 구분이 불분명했다.

「제가 독실한 신자가 될 수도 있겠죠.」 나는 말했다. 「아무튼 백작님을 위해 기도하겠습니다.」

「나는 늘 신앙심이 깊어지기를 기대했소. 우리 가족은 모두 독실한 신자로 죽었지. 하지만 내게는 그게 안 오는구려.」

「너무 이르기 때문일 겁니다.」

「어쩌면 너무 늦거나. 아마 너무 오래 살아서 신앙심을 먼저 보낸 것 같소.」

「제 신앙심은 밤에만 찾아옵니다.」

「사랑에 단단히 빠져 있군. 그게 종교적 감정이라는 걸 잊지 마요.」
 「그렇게 생각하십니까?」
 「물론이지.」 그는 식탁 쪽으로 한 걸음 내디뎠다.「함께 당구를 쳐주어 정말 고맙소.」
 「저도 무척 즐거웠습니다.」
 「2층까지 함께 갑시다.」

36

그날 밤에는 폭우가 몰아쳤다. 나는 유리창을 세차게 두드리는 빗소리에 잠을 깨었다. 열린 창문으로 비가 들이치고 있었다. 누군가 객실 문을 두드렸다. 나는 캐서린을 깨우지 않기 위해 아주 살그머니 다가가 문을 열었다. 바텐더가 거기 서 있었다. 외투를 입고 젖은 모자를 손에 쥔 채였다.
「잠깐 얘기할 수 있을까요, 중위님?」
「무슨 일인데?」
「아주 심각한 문제입니다.」
나는 주위를 둘러보았다. 방은 어두웠다. 바닥에는 창가에서 새어 들어온 빗물이 고여 있었다. 「들어오게.」 내가 말했다. 나는 그의 팔을 잡고 욕실로 데려가 문을 잠근 다음 불을 켰다. 그러고서 욕조 가장자리에 앉았다.
「무슨 일인가, 에밀리오? 곤경에 빠진 건가?」
「아닙니다. 중위님 때문에 왔습니다.」
「나 때문에?」
「그들이 아침에 중위님을 체포하러 올 겁니다.」
「그래?」

「그걸 알려 드리러 왔어요. 시내에 나갔다가 카페에서 얘기하는 걸 들었습니다.」

「그랬군.」

그는 젖은 외투를 입고 젖은 모자를 손에 쥔 채 아무 말 없이 우두커니 서 있었다.

「왜 나를 체포하려는 거지?」

「전쟁과 관련된 일인가 봐요.」

「그게 뭔지 자네는 아나?」

「모릅니다. 하지만 예전에는 중위님이 장교 군복을 입고 이곳에 왔는데 지금은 사복을 입고 왔다는 걸 그들이 알고 있는 것 같아요. 최근의 대대적인 후퇴 이후로 그들은 의심 가는 사람이면 누구든 닥치는 대로 체포해 갑니다.」

나는 잠시 생각했다.

「몇 시쯤 체포하러 올 것 같나?」

「아침에요. 시간은 잘 모르겠어요.」

「어떻게 하면 좋겠나?」

그는 모자를 세면기 위에 놓았다. 흠뻑 젖어서 바닥으로 물이 뚝뚝 떨어졌다.

「두려워할 게 전혀 없다면 체포를 당해도 별일은 안 생기겠죠. 하지만 체포라는 건 결코 좋은 일이 아닙니다. 특히 지금은 더욱 그렇죠.」

「체포되긴 싫네.」

「그럼 스위스로 가세요.」

「어떻게?」

「제 보트를 타고서.」

「바람이 거세잖아.」

「바람은 멎었어요. 물살이 거칠긴 하지만 괜찮을 겁니다.」
「언제 떠나야 하지?」
「지금 당장요. 아침 일찍 체포하러 올지 몰라요.」
「우리 짐은?」
「우선 짐을 싸고 부인을 깨워 옷을 입히세요. 짐은 제가 가져다 놓겠습니다.」
「자넨 어디에 있을 건가?」
「여기서 기다리죠. 복도에 있다가 누군가의 눈에 띄면 곤란해집니다.」

나는 욕실 문을 살그머니 여닫고 침실로 들어갔다. 캐서린은 깨어 있었다.

「달링, 무슨 일이에요?」
「아무 일도 아니야, 캐트.」 나는 대답했다. 「지금 바로 옷을 입고 보트로 스위스까지 가지 않겠어?」
「그러고 싶어요?」
「아니.」 나는 말했다. 「침대로 다시 들어가 자고 싶어.」
「도대체 무슨 일이에요?」
「바텐더가 그러는데, 그들이 아침에 나를 잡으러 올 거라는군.」
「그 사람이 머리가 돌아서 헛소리를 하는 건가요?」
「아니.」
「그렇다면 달링, 어서 서둘러요. 빨리 출발할 수 있도록 옷을 갈아입도록 해요.」 그녀는 일어나 침대 가장자리에 앉았다. 아직 잠이 덜 깬 표정이었다. 「바텐더는 욕실에 있어요?」
「그래.」
「그럼 세수는 안 할래요. 다른 곳을 보고 있을래요? 금세

갈아입을게요.」

잠옷을 벗을 때 그녀의 하얀 등이 보였지만, 캐서린이 부탁한 대로 나는 시선을 돌렸다. 배가 조금씩 불러 오기 시작했는데 그녀는 내게 그런 모습을 보이고 싶어 하지 않았다. 창문을 두드리는 빗소리를 들으며 나도 옷을 입었다. 가방에 넣을 짐은 많지 않았다.

「캐트, 내 가방이 꽤 비어 있으니 넣을 것 있으면 넣어.」

「거의 꾸렸어요.」 그녀는 대답했다. 「달링, 이건 바보 같은 질문인데, 어째서 바텐더가 욕실에 있는 거죠?」

「쉿! 그는 우리 가방을 들어 주려고 기다리는 중이야.」

「정말 좋은 분이네요.」

「오랜 친구 사이야.」 내가 말했다. 「한번은 파이프 담배를 보내 줄 뻔도 했지.」

나는 열린 창문으로 어두운 밤 풍경을 내다보았다. 호수는 보이지 않았다. 온통 어둠과 빗줄기뿐이었지만 바람은 훨씬 잠잠해져 있었다.

「달링, 준비 다 됐어요.」 캐서린이 말했다.

「알았어.」 나는 욕실 문으로 갔다. 「에밀리오, 가방이 여기 있네.」 바텐더가 가방 두 개를 받았다.

「도와주셔서 고맙습니다.」 캐서린이 말했다.

「별일도 아닙니다, 부인. 저 자신이 귀찮은 일에 말려들지 않기 위해 기꺼이 도와 드리는 거죠.」 그러더니 나를 향해 말했다. 「잘 들으세요. 전 종업원 전용 계단으로 이걸 들고 내려가 보트에 싣겠습니다. 두 분은 그저 산책하러 외출하듯이 정문으로 나가세요.」

「산책하기에는 좀 그런 밤이네요.」 캐서린이 말했다.

「정말 고약한 날씨죠.」

「마침 우산이 있어서 다행이에요.」

우리는 복도를 따라 두툼한 융단이 깔린 넓은 계단을 내려갔다. 계단 아래 문가에 놓인 책상 안쪽에 수위가 앉아 있었다. 그는 우리를 보고서 놀라는 표정이었다.

「외출하시는 건 아니죠, 손님?」 그가 물었다.

「아, 나가는 중이오.」 나는 말했다. 「비 내리는 호수를 좀 구경하려고.」

「우산은요?」

「없는데.」 나는 말했다. 「이 외투는 방수라 괜찮소.」

그는 의심스러운 눈초리로 내 외투를 훑어보았다. 「우산을 가져다 드리겠습니다.」 그가 안으로 들어가더니 큰 우산을 들고 왔다. 「좀 큽니다.」 나는 그에게 10리라를 주었다. 「아이고, 이거 죄송한데요. 정말 고맙습니다.」 그는 문을 연 채 기다렸다. 우리는 빗속으로 걸어 나갔다. 그가 캐서린에게 미소를 짓자 그녀도 미소로 화답했다. 「거센 비바람 속에 오래 계시지 마세요. 선생님과 사모님 몸이 몽땅 젖을 겁니다.」 보조 수위인 그의 영어는 아직 초보적인 단어만 들이대는 수준이었다.

「곧 돌아오겠소.」 나는 말했다. 우리는 큰 우산을 쓰고 좁은 길을 걸어서 비에 젖은 어두컴컴한 정원을 지나 큰길로 나왔다. 이어 그 길을 가로질러 호숫가의 격자 울타리 길로 접어들었다. 바람은 이제 호수 중앙 쪽으로 불고 있었다. 11월의 차갑고 눅눅한 바람이었다. 산간 지대에는 눈이 내리고 있을 터였다. 우리는 방파제를 따라 쇠사슬로 비스듬히 묶여 있는 배들을 지나 바텐더의 보트가 있는 쪽으로 갔다. 호수는 암벽을 배경으로 검푸르렀다. 나무들이 늘어선 곳에서 불쑥 바텐더가 나왔다.

「가방들은 보트에 실었습니다.」 그는 말했다.

「뱃삯을 치르고 싶은데.」

「얼마나 가지고 계십니까?」

「그리 많지는 않네.」

「돈은 나중에 보내 주세요. 그렇게 해도 상관없습니다.」

「얼마나?」

「좋을 대로 부쳐 주세요.」

「얼마면 되겠는지 말해 주게.」

「무사히 빠져나가시면 5백 프랑을 보내 주세요. 빠져나가는 데 성공하신다면 그 정도 액수는 신경 쓰지 않으시겠죠.」

「좋아.」

「이건 샌드위치예요.」 그는 내게 꾸러미 하나를 건넸다. 「스낵바에 있는 걸 가져왔어요. 거기 있는 걸 모조리 걷어 넣었습니다. 이건 브랜디와 와인 한 병씩이에요.」 나는 술병들을 가방에 집어넣었다. 「이건 값을 치르겠네.」

「좋아요, 50리라를 주십시오.」

나는 돈을 주었다. 「브랜디 품질은 좋습니다. 부인께 드려도 될 거예요. 부인께서는 보트에 오르시는 게 좋겠습니다.」 그러고서 그는 암벽에 기대어 오르락내리락 출렁이는 보트를 붙잡았다. 나는 캐서린이 배에 탈 수 있도록 도와주었다. 그녀는 고물에 앉아 망토로 몸을 감쌌다.

「어디로 가야 하는지 아십니까?」

「호수 위쪽으로 가야겠지.」

「거리가 어느 정도 되는지도 아세요?」

「루이노 지나서 어디겠지.」

「루이노, 카네로, 트란차노를 지납니다. 브리사고에 도착할 때까지는 스위스 땅이 아니에요. 타마라 산도 지나야 하고요.」

「지금 몇 시죠?」 캐서린이 물었다.

「겨우 11시야.」 나는 말했다.

「쉬지 않고 저으면 내일 아침 7시에는 떨어질 겁니다.」

「그렇게 먼가?」

「35킬로미터니까요.」

「어떻게 방향을 잡지? 이렇게 비가 내리면 나침반이 필요할 텐데.」

「아닙니다, 필요 없어요. 먼저 이솔라 벨라로 가세요. 거기서 마드레 섬 뒤쪽까지 바람을 타고 가면 됩니다. 그러면 팔란차까지 쭉이에요. 그쯤 가면 불빛이 보일 텐데, 그때 호안 위쪽으로 가세요.」

「바람의 방향이 바뀔지도 모르잖나.」

「아뇨, 이 바람은 앞으로 사흘 동안은 안 바뀝니다. 마타로네에서 곧장 불어오는 바람이니까요. 물을 퍼낼 깡통도 넣어 두었습니다.」

「지금 뱃삯으로 얼마라도 주고 싶은데.」

「아닙니다, 저도 모험을 걸어 보겠어요. 무사히 빠져나가시면 능력 되는 대로 많이 보내 주세요.」

「알았네.」

「물에 빠져 죽지는 않을 겁니다.」

「그래야지.」

「바람을 타고 호수 위쪽으로 가세요.」

「그래.」 나는 보트에 올랐다.
「호텔 숙박비는 두고 오셨습니까?」
「응, 봉투를 방에 놔두었네.」
「알았습니다. 행운을 빕니다, 중위님.」
「잘 있게. 정말 너무 고맙네.」
「물에 빠져 죽으면 나한테 고맙지 않으실 텐데.」
「저분이 뭐라고 하는 건가요?」 캐서린이 물었다.
「행운을 빈대.」
「나도 행운을 빌어요. 정말 고맙습니다.」 캐서린이 말했다.
「준비되셨습니까?」
「응.」
그가 허리를 굽히고 보트를 밀었다. 나는 노를 물속에 찔러 넣은 채 그를 향해 한 손을 흔들었다. 바텐더는 이 마당에 무슨 인사냐는 듯한 표정으로 손을 흔들었다. 나는 호텔 불빛이 보이지 않게 될 때까지 호수 한가운데로 저어 나갔다. 물살이 상당히 거셌지만 우리는 등에 바람을 맞으며 앞으로 나아갔다.

37

 어둠 속에서 얼굴에 바람을 맞으며 나는 계속 노를 저었다. 비는 그쳤지만 가끔씩 바람에 섞여 쏟아지기도 했다. 주위는 아주 어둡고 바람이 차가웠다. 고물에 앉은 캐서린의 모습은 보였지만 양쪽 노 끝이 잠기는 수면은 보이지 않았다. 긴 노에는 미끄럼 방지용 가죽도 덧대지 않았다. 나는 노를 끌어당겨 위로 쳐들었다가 허리를 앞으로 숙여 수면을 찾아 다시 집어넣어 당기면서 최대한 편안하게 저었다. 바람이 우리를 밀어 주었기 때문에 노를 수평으로 젖혀서 젓지는 않았다. 오래 노를 저으면 손에 물집이 생길 터인데, 가능한 한 그 시간을 늦추고 싶었다. 보트가 가벼워 노 젓기는 수월했다. 나는 어두운 호수 위를 계속 저어 나갔다. 앞이 보이지 않지만 곧 팔란차의 불빛이 나타날 것이라고 기대했다.
 하지만 우리는 팔란차를 보지 못했다. 바람이 거세지는 통에 어둠 속에서 팔란차를 가리고 있던 갑(岬)을 지나쳤고 그리하여 마을의 불빛을 볼 수 없었던 것이다. 마침내 훨씬 더 위쪽에 불빛이 나타나 호숫가 가까이 저어 가보니, 그곳은 인트라였다. 그리고 나서 한동안은 불빛도 기슭도 나타나지 않앉지만 우리는 어둠 속에서 물결을 따라 꾸준히 위로 올라갔다. 가끔 보트가 파도에 밀리면 노가 허공을 가르기도 했다. 물결이 몹시 거칠었지만 나는 끊임없이 노를 저었다. 그러다가 갑자기 곁에 비쭉 솟아 나온 암벽에 부딪칠 뻔했다. 파도가 높이 솟구쳤다가 다시 뒤로 떨어졌다. 나는 오른쪽 노를 힘껏 당기고 왼쪽 노로 후진을 하여 다시 호수 한가운데로 들어갔다. 비쭉 나온 암벽은 곧 시야에서 사라졌다. 우리는 다시 호수 위쪽을 향해 저어 갔다.

「지금 호수를 건너고 있어.」 내가 캐서린에게 말했다.

「팔란차를 지나기로 되어 있지 않나요?」

「지나친 모양이야.」

「몸은 좀 어때요, 달링?」

「괜찮아.」

「내가 잠깐 동안 노를 저을게요.」

「아니, 됐어.」

「퍼거슨이 안됐네요.」 캐서린은 말했다. 「아침에 호텔로 찾아왔다가 우리가 떠난 걸 알게 되겠죠.」

「그런 건 걱정할 일도 아니야.」 나는 대답했다. 「그것보다는 날이 밝기 전에 세관 경비원들에게 들키지 않고 스위스 쪽 호수로 들어갈 수 있느냐가 문제지.」

「여기서 아주 먼가요?」

「한 30킬로미터쯤 돼.」

나는 밤새 노를 저었다. 마침내 손바닥이 너무 쓰라려 노를 쥘 수조차 없게 되었다. 몇 번이나 기슭에 부딪칠 뻔했다. 호수 한가운데서 방향을 잃고 헤매다가 시간을 낭비할까 봐 가장자리에 바짝 붙어 갔던 탓이다. 아주 가까이 다가갔기 때문에 가끔은 산을 등지고 늘어선 가로수와 도로도 볼 수 있었다. 비가 그치고 구름도 바람에 밀려가자 달빛이 구름 사이로 빛났다. 뒤돌아보니 카스타뇰라의 길고 검은 갑, 흰 물결이 일렁거리는 호수, 눈 덮인 높은 산 위에 떠 있는 달이 보였다. 곧 구름이 다시 달을 가리고 산과 수면도 시야에서 사라졌지만 전보다 훨씬 밝아져서 우리는 호수 기슭을 살펴볼 수 있었다. 주위가 너무 환해서 팔란차 도로에 세관 경비병이 있다면 우리를 발견할 수도 있었다. 우리는 그런 상황을 피하기 위해 호수 한가운데로 저어 갔다. 달이 다시 나오자, 산기슭으로 이어지는 호숫가의 하얀 별장들과 가로수 사이의 흰 도로가 나타났다. 그동안 나는 내내 노를 저었다.

호수가 넓어지면서 맞은편 산기슭에서 몇 개의 불빛이 보였다. 내 짐작에는 루이노인 것 같았다. 건너편 산과 산 사이에 쐐기 모양의 협곡이 있는 것으로 보아 루이노가 틀림없었다. 그렇다면 상당한 시간을 번 셈이다. 나는 보트 안으로 노를 들여놓고 바닥에 드러누웠다. 오랫동안 노를 젓느라 너무나 피곤했다. 팔과 어깨와 등이 아프고 손바닥이 쓰라렸다.

「우산을 펴서 들고 있을게요.」 캐서린이 말했다. 「바람을 이용하면 이게 돛이 돼요.」

「방향을 잡을 수 있겠어?」

「할 수 있을 것 같아요.」

「이 노를 겨드랑이에 끼고 뱃전에 바짝 붙어서 키를 잡도록 해. 우산은 내가 들고 있을게.」 나는 고물로 다가가 그녀에게 노 쥐는 요령을 가르쳐 주었다. 그러고는 배 앞쪽을 향해 앉아 수위가 준 커다란 우산을 폈다. 우산은 딸깍 소리를 내며 퍼졌다. 나는 손잡이를 보트의 좌석에 고정시키고 그 위에 걸터앉아 우산의 양쪽 끝을 힘주어 잡았다. 바람을 받아 우산은 곧 팽팽해졌다. 보트가 힘차고 신속하게 나아갔다.

「신나게 나가네요.」 캐서린이 말했다. 내게는 우산살밖에 안 보였다. 우산이 팽팽해져서 마치 우산을 타고 달리는 듯한 기분이었다. 나는 두 다리로 버티면서 우산을 꼭 쥐고 있었는데, 갑자기 우산이 휘더니 살 하나가 꺾이며 내 이마를 쳤다. 바람에 휜 우산 꼭대기를 잡으려 했지만 전체가 뒤틀리며 안과 밖이 뒤집혔다. 졸지에 뒤집히고 찢어진 우산의 손잡이를 타고 앉아 있는 꼴이 되었다. 나는 자리에 고정시킨 손잡이를 풀어낸 다음 그것을 뱃머리에 두고 노를 다시 넘겨받기 위해 캐서린 곁으로 갔다. 그녀는 웃고 있다가 내 손을 잡고서 계속해서 깔깔거렸다.

「왜 그래?」 나는 노를 쥐었다.

「우산을 쥔 당신 모습이 너무 우습잖아요.」

「좀 웃기긴 했지.」

「달링, 심술 내지 말아요. 정말 우스웠으니까. 덩치가 20피트는 돼 보이는데 우산 양쪽을 잡고 있는 모습이 너무 귀여워서 ─」 그녀는 숨이 넘어갈 듯 웃어 댔다.

「내가 노를 저을게.」

「잠깐 쉬면서 한잔해요. 정말 멋진 밤이잖아요. 게다가 우린 꽤 멀리 왔다고요.」

「배가 파도의 골에 휘말리지 않도록 살펴야 해.」

「술을 한 잔 가져다줄게요. 좀 쉬어요, 달링.」

양쪽 노의 움직임을 멈추고 우리는 바람의 힘으로만 앞으로 나아갔다. 캐서린은 가방을 열더니 브랜디 병을 꺼내 내게 건넸다. 나는 주머니칼로 코르크를 따낸 다음 병나발을 불면서 길게 들이켰다. 부드러우면서도 독한 술이었다. 술기운이 돌자 온몸이 따뜻해지고 기분이 좋아졌다. 「좋은 브랜디로군.」 나는 말했다. 달이 다시 구름 속으로 들어갔지만 호숫가는 잘 보였다. 또 다른 갑 같은 것이 수면에 길게 뻗어 있었다.

「춥지 않아, 캐트?」

「아뇨, 아주 좋아요. 몸이 좀 굳었지만.」

「물을 좀 퍼내면 발을 뻗을 수 있겠는데.」

삐거덕거리는 노걸이 소리, 노가 물속으로 빠지는 소리, 뱃고물 바닥을 깡통으로 긁으면서 물 퍼내는 소리를 들으며 나는 다시 노를 젓기 시작했다.

「그 깡통을 이리 줘. 물을 좀 마셔야겠어.」

「너무 더러워요.」

「괜찮아. 내가 헹굴게.」

캐서린이 뱃전에서 깡통을 헹구는 소리가 들렸다. 그녀는 깡통에 물을 가득 채워 내게 건넸다. 브랜디를 마신 참이라 목이 말랐다. 물은 얼음같이 차가워서 이가 시렸다. 나는 호수 기슭 쪽을 바라보았다. 우리는 기다란 갑에 더 가까이 다가가 있었다. 앞쪽 만(灣)에서 불빛이 보였다.

「고마워.」 나는 깡통을 돌려주었다.

「별소리를 다 하네요. 원한다면 물은 얼마든지 있어요.」

「뭘 좀 먹고 싶지 않아?」

「아뇨. 시간이 좀 지나야 배가 고파 올 거예요. 그때까지 참는 게 좋아요.」

「알았어.」

갑처럼 보인 것은 만에서 길고 높게 뻗어 나온 돌출부였다.

돌아서 지나가기 위해 나는 호수 가운데로 배를 몰고 갔다. 이제 호수 폭은 훨씬 좁아졌다. 달이 다시 모습을 드러냈다. 만약 주위에 세관 경비병이 있다면 거무스름한 우리의 보트를 볼 수 있었을 것이다.

「기분이 어때, 캐트?」 내가 물었다.

「괜찮아요. 여기가 어디죠?」

「명확하지는 않지만 앞으로 대략 13킬로미터 정도 남은 것 같아.」

「상당히 많이 남았는데요. 지금 죽을 지경 아니에요?」

「아니, 난 괜찮아. 손이 좀 쓰라린 정도야.」

우리는 호수 위쪽으로 계속 저어 갔다. 호수 오른쪽 기슭의 산에 갈라진 틈이 있었다. 낮은 호안선(湖岸線)을 이루며 평평하게 뻗은 저 곳은 틀림없이 카노비오일 것이다. 나는 가능한 한 호수 한가운데로 저어 갔다. 지금부터는 세관 경비병에게 들키기가 쉬웠기 때문이다. 멀리 앞쪽 왼편에는 둥근 모자를 쓴 듯한 모양으로 높은 산이 솟아 있었다. 피곤이 밀려왔다. 남은 길이 그리 멀지는 않지만, 몸이 제 컨디션이 아니고 보니 상당히 많이 남은 것처럼 느껴졌다. 스위스 쪽 호수에 들어서려면 산을 지나 적어도 8킬로미터는 더 저어 가야 했다. 달은 이제 거의 이울고 있었다. 하지만 달이 지기 전에 다시 구름이 끼어서 주위가 아주 어두워졌다. 나는 한참 노를 저어 호수 한가운데로 들어가 잠시 휴식을 취했다. 바람이 불어와 뱃전에 세운 노깃을 때렸다.

「내가 좀 도울게요.」 캐서린이 말했다.

「당신은 젓지 않아도 돼.」

「무슨 말이에요. 이게 나한테도 좋아요. 노를 저으면 몸이 좀 풀릴 거예요.」

「글쎄, 당신이 저을 것까지는 없어, 캐트.」

「그런 말 말아요. 적당한 노 젓기는 임신부에게 아주 좋다니까요.」

「그럼 부드럽게 조금만 저어. 내가 그쪽으로 갈 테니 당신은 앞쪽으로 와. 두 손으로 뱃전을 잘 잡고 와야 해.」

나는 고물에 앉아 웃옷을 입고 깃을 세운 채 캐서린이 노 젓는 모습을 지켜보았다. 잘 저었지만 노가 너무 길어서 좀 불편한 것 같았다. 나는 가방을 열어 샌드위치 두 쪽을 먹고 브랜디를 한 모금 마셨다. 술을 마시니 기분이 한결 좋아졌다. 그래서 한 모금 더 마셨다.

「피곤하면 이야기해.」 나는 말했다. 그러고서 잠시 후 주의를 주었다. 「노가 당신 아랫배를 때리지 않도록 조심하고.」

「만약 그렇게 된다면……」 캐서린은 계속 노를 저으면서 말했다. 「인생이 한결 간단해지겠지요.」

나는 다시 브랜디를 마셨다.

「노 저을 만해?」

「괜찮아요.」

「그만두고 싶으면 알려 줘.」

「그럴게요.」

브랜디를 한 모금 더 마신 다음, 나는 두 손으로 뱃전을 잡고서 이물 쪽으로 갔다.

「놔둬요. 신나게 젓고 있는데.」

「고물 쪽으로 돌아가. 나는 푹 쉬었어.」

나는 브랜디 힘으로 한동안 손쉽게 꾸준히 노를 저었으나, 곧 다시 헛손질을 하기 시작했다. 술을 마시자마자 너무 무리하게 움직인 탓인지 기분 나쁜 신트림이 올라왔고, 노를 물속에 집어넣기만 할 뿐 힘차게 뒤로 밀어내지 못했다.

「물 좀 주겠어?」 내가 말했다.

「얼마든지요.」 캐서린이 대답했다.

날이 밝기 전에 이슬비가 내리기 시작했다. 바람은 많이 불지 않았다. 저절로 잦아들었거나 아니면 호수의 만곡부(彎曲部)를 둘러싼 산자락에 막혀 불어오지 않는 것이었다. 동틀 무렵이 되었다는 것을 알고 나는 본격적으로 노를 저었다. 우리가 어디에 있는지는 모르지만 빨리 스위스 쪽 호수로 들어가고 싶었다. 날이 환하게 밝아 올 때쯤 우리는 호수 기슭에 아주 근접해 있었다. 바위투성이 기슭과 나무들이 선명하게 보였다.

「무슨 소리죠?」 캐서린이 물었다. 나는 노에 기대어 잠시 쉬면서 귀를 기울였다. 모터보트가 호수를 달리며 칙칙거리는 소리였다. 나는 보트를 기슭에 바싹 붙이고서 조용히 기다렸다. 칙칙대는 소리는 점점 가까워졌고, 곧 우리 배 뒤쪽에서 비를 맞으며 모터보트가 나타났다. 고물 쪽에 세관 경비병 네 명이 타고 있었다. 알피니 모자를 깊이 눌러쓰고 외투 깃을 세운 차림에 어깨에는 소총을 메고 있었다. 이른 아침이라 모두가 졸린 표정이었다. 나는 모자와 외투 깃에 달린 노란 알피니 마크를 확인했다. 모터보트는 칙칙 소리를 내며 나타났다가 빗속으로 사라졌다.

나는 호수 한가운데로 저어 갔다. 이렇게 국경 가까운 곳까지 온 마당에 길가에 서 있는 보초에게 발각되어 불려 가고 싶지는 않았다. 기슭이 간신히 보이는 지점까지 멀리 저어 간 다음, 호수 한가운데에서 비를 맞으며 45분 정도 노를 저었다. 모터보트 소리가 다시 들려왔지만, 움직이지 않고 가만히 있으니 곧 사라졌다.
「우리가 스위스 쪽 호수에 들어온 것 같아, 캐트.」
「정말요?」
「응, 스위스 군대를 볼 때까지는 확신할 수 없지만.」
「혹은 스위스 해군을 볼 때까지.」
「스위스 해군을 만나면 골치 아프게 돼. 좀 전의 모터보트가 스위스 해군이었을지도 몰라.」
「도착하면 거창하게 아침 식사를 해요. 스위스에는 좋은 롤빵이랑 버터랑 잼이 많으니까.」

날은 이제 환하게 밝았고 가랑비가 내리고 있었다. 바람은 여전히 뒤에서 불어왔다. 보트가 일으킨 파도의 흰 물결이 앞으로 밀리며 상류 쪽으로 올라갔다. 이제 스위스 쪽 호수에 들어온 게 틀림없었다. 호숫가 근처의 숲 뒤에는 집들이 많고, 거기에서 좀 더 올라간 곳에는 석조 가옥들, 언덕 위의 빌라, 교회 등으로 이루어진 마을이 있었다. 호안 도로에 경비병이 있는지 살폈지만 보이지 않았다. 도로는 이제 호수와 아주 가까워져서 병사 하나가 길가의 카페에서 나오는 모습까지 볼 수 있었다. 녹회색 군복에 독일군 비슷한 철모 차림으로, 건강해 보이는 얼굴에 칫솔처럼 뻣뻣한 콧수염을 기른 병사였다. 그가 우리를 바라보았다.
「저 사람한테 손을 흔들어.」 나는 캐서린에게 말했다. 그녀가 손을 흔들자 군인은 어색하게 웃으면서 마주 흔들었다. 나는 느긋이 노를 저었다. 우리는 마을의 호안 도로를 지나가고 있었다.

「국경에서 훨씬 안쪽으로 들어온 것 같아.」 나는 말했다.

「그걸 확인했으면 좋겠어요, 달링. 국경에서 세관 경비병에게 떠밀려 이탈리아로 되돌아가고 싶진 않거든요.」

「국경은 저 멀리 뒤쪽에 있을 거야. 여긴 세관 도시야. 틀림없이 브리사고일 거야.」

「여기에도 이탈리아인들이 있지 않을까요? 세관 도시에는 두 나라 사람들이 있는 법이니까.」

「전쟁 중에는 안 그래. 이탈리아인들의 월경(越境)을 금지시켰을 거야.」

아늑해 보이는 소도시였다. 부두에 고깃배들이 많았고 선반에는 그물이 널려 있었다. 11월의 가랑비 속에서도 도시는 밝고 깨끗해 보였다.

「그럼 배를 대고 아침을 먹을까?」

「그래요.」

나는 왼쪽 노를 힘껏 당겨 호숫가에 접근했다. 부두에 가까워지자 노를 똑바로 잡고서 보트를 방파제와 나란히 댔다. 양쪽 노를 보트 안으로 거두어들인 다음 방파제의 쇠고리를 붙잡고 비에 젖은 돌을 디디며 올라서자 스위스 땅이었다. 나는 보트의 밧줄을 쇠고리에 매고 캐서린에게 손을 내밀었다.

「올라와, 캐트. 기분이 꽤 좋군.」

「가방들은 어떻게 하죠?」

「보트에 놔둬.」

캐서린이 올라왔고, 우리는 함께 스위스 땅을 밟았다.

「참 아름다운 나라에요.」 그녀가 말했다.

「정말 멋지지?」

「아침을 먹으러 가요!」

「정말 멋진 나라야! 발아래 밟히는 땅의 감촉이 너무나 좋군.」

「몸이 너무 굳어서 난 잘 모르겠어요. 하지만 멋진 나라 같군요. 달링, 그 진절머리 나는 나라를 탈출하여 드디어 여기에 도착했다는 게 실감 나요?」

「실감 나, 정말로. 이런 기분은 정말이지 처음이군.」

「저 집들 좀 봐요. 마을의 광장도 참 멋지지 않나요? 저기 아침을 먹을 수 있는 곳이 있네요.」

「비도 멋지지 않아? 이탈리아에서는 이런 비가 절대로 내리지 않지. 아주 상쾌한 비야.」

「마침내 우리가 여기 왔군요, 달링! 여기 와 있다는 게 실감 나요?」

우리는 카페로 들어가 깨끗한 나무 식탁에 앉았다. 흥분을 억누를 수가 없었다. 앞치마를 두른 아주 정결해 보이는 여자가 다가와 뭘 먹겠느냐고 물었다.

「롤빵이랑 잼이랑 커피를 주세요.」 캐서린이 말했다.

「죄송하지만 전쟁 중이어서 롤빵은 없습니다.」

「그렇다면 식빵으로 주세요.」

「토스트를 만들어 드릴 수 있습니다.」

「그렇게 해주세요.」

「달걀 프라이도 부탁합니다.」

「신사분께는 몇 개나 해드릴까요?」

「세 개요.」

「달링, 네 개로 해요.」

「달걀 네 개.」

식당 여자는 안으로 들어갔다. 나는 캐서린에게 키스하고 그녀의 손을 꼭 쥐었다. 우리는 서로 얼굴을 바라보다가 카페

안을 한번 둘러보았다.

「달링, 달링, 정말 멋진 카페죠?」

「훌륭하군.」 나는 대답했다.

「롤빵은 없어도 괜찮아요. 밤새 롤빵을 생각했지만 그래도 상관없어요. 전혀 섭섭하지 않아요.」

「우리는 곧 연행될지도 몰라.」

「염려 마요. 먼저 아침을 먹어 둬요. 아침 식사를 마치면 연행 따위는 신경도 안 쓰일 거예요. 게다가 우리를 어떻게 하겠어요? 신분이 확실한 영국인과 미국인인데.」

「여권 갖고 있지?」

「물론이죠. 아, 이제 이 얘기는 그만해요. 일단 행복해지자고요.」

「이보다 더 행복할 수는 없지.」 나는 말했다. 살찐 회색 고양이가 꼬리를 깃털처럼 세운 채 마루를 가로질러 우리 식탁으로 다가오더니, 내 다리에 기대어 등을 구부리고 비벼 대며 가르랑댔다. 나는 팔을 뻗어 고양이의 등을 쓰다듬었다. 캐서린은 아주 행복한 얼굴로 미소를 보냈다. 「커피가 오는군요.」 그녀가 말했다.

아침 식사가 끝난 뒤 우리는 연행되었다. 잠시 마을을 산책하다가 가방을 가져오기 위해 부두로 가보니 한 병사가 보트를 지키고 있었다.

「이거 당신네 보트입니까?」

「그렇습니다.」

「어디서 오는 길이죠?」

「호수 저편에서요.」

「그럼 함께 가주셔야겠습니다.」
「가방들은 어떻게 할까요?」
「가지고 오시죠.」

내가 가방을 들고 캐서린은 곁에서 걸었다. 병사는 우리 뒤를 따라 걷다가 오래된 세관 건물로 들어갔다. 세관에서는 무척 여위고 군인답게 생긴 중위가 우리를 조사했다.

「국적이 어디죠?」
「미국과 영국입니다.」
「여권을 좀 봅시다.」

나는 내 것을 건넸고 캐서린도 핸드백에서 자기 것을 꺼내 주었다.

그는 한참 동안 두 여권을 조사했다.

「왜 이런 식으로 보트를 타고 스위스로 들어왔죠?」
「사실 전 운동선수입니다.」 내가 대답했다. 「노 젓기를 아주 좋아하죠. 기회 있을 때마다 배를 탑니다.」
「왜 여기로 왔습니까?」
「겨울 스포츠 때문에요. 우린 관광도 하고 겨울 스포츠도 즐길 생각입니다.」
「이 마을은 겨울 스포츠를 즐길 만한 곳이 아닙니다.」
「압니다. 할 수 있는 곳으로 가야지요.」
「이탈리아에서는 무슨 일을 했습니까?」
「건축을 공부했습니다. 여기 있는 사촌 누이는 그림을 공부했고요.」
「어째서 그곳을 떠났습니까?」
「겨울 스포츠를 즐기고 싶었다니까요. 전쟁이 계속되면서 건축 공부는 물 건너갔거든요.」

「여기서 잠깐 기다리세요.」 중위는 말했다. 그는 우리 여권을 들고 건물로 다시 들어갔다.

「멋지게 넘겼군요, 달링.」 캐서린이 말했다. 「그런 식으로 계속 밀어붙이면 될 것 같아요. 겨울 스포츠를 하겠다고 말이에요.」

「달링, 미술에 관해 아는 게 좀 있어?」

「루벤스.」

「몸집이 크고 뚱뚱하지.」

「티치아노.」

「금갈색 머리.」 나는 말했다. 「만테냐는 어때?」

「어려운 건 묻지 마요.」 캐서린은 대답했다. 「하지만 그 화가를 알긴 해요. 비통한 그림을 잘 그렸죠.」

「아주 비통하지.」 나는 말했다. 「못 자국들이 잔뜩 나오는 성화(聖畵)를 그렸어.」

「내가 얼마나 훌륭한 아내인지 곧 알게 될 거예요.」 캐서린은 말했다. 「당신 손님들과 그림 이야기도 할 수 있는 여자라고요.」

「저기 그가 오는군.」 나는 말했다. 수척한 중위가 우리 여권을 들고서 세관 복도를 걸어왔다.

「당신들을 로카르노로 보내야겠습니다. 마차를 잡으면 병사가 동승하여 따라갈 겁니다.」

「좋아요. 보트는 어떻게 합니까?」

「보트는 압수되었습니다. 그 가방에는 뭐가 들어 있죠?」

그는 가방 두 개를 샅샅이 뒤지고 4분의 1정도 남은 브랜디 병을 꺼냈다. 「함께 마실까요?」 내가 물었다.

「고맙지만 됐습니다.」 그는 허리를 폈다. 「돈은 얼마나 가지고 있습니까?」

「2천5백 리라.」

이 말에 중위는 우리에게 호감을 느끼는 듯했다. 「당신 사촌은 얼마나 갖고 있죠?」

캐서린은 1천2백 리라가 약간 넘는 돈을 가지고 있었다. 중위는 만족스러워하는 듯했다. 우리를 대하는 태도가 한결 부드러워졌다.

「겨울 스포츠를 하겠다면 벵겐으로 가세요. 우리 아버지가 그곳에서 특급 호텔을 운영하고 있거든요. 호텔 문이 언제나 열려 있답니다.」

「그거 잘됐군요.」 나는 말했다. 「호텔 이름을 알 수 있을까요?」

「명함에다 써드리지요.」 그는 정중하게 명함을 건넸다.

「이 병사가 두 분을 로카르노까지 모시고 갈 겁니다. 여권은 병사가 보관하고 있어요. 이렇게 조치하는 것이 유감스럽지만 다 필요한 절차라 그럽니다. 로카르노에 가면 비자를 내주든지 경찰 허가증을 내줄 겁니다.」

그는 우리의 여권을 병사에게 건넸다. 우리는 가방을 들고 마차를 부르러 마을로 나갔다. 「어이!」 중위가 병사를 불렀다. 그가 독일어 사투리로 병사에게 무언가를 말하자 병사는 소총을 등에 메고 우리 가방을 들었다.

「훌륭한 나라야.」 나는 캐서린에게 말했다.

「아주 합리적이에요.」

「친절하게 처리해 주셔서 정말 고맙습니다.」 나는 중위에게 인사했다. 그는 손을 내저었다.

「공무를 수행할 뿐입니다!」 우리는 경비병을 따라서 마을로 들어갔다.

곧 마차를 잡아타고 로카르노로 달리기 시작했다. 병사는 마부와 함께 앞 좌석에 앉았다. 로카르노에서도 큰 어려움은 없었다. 그들은 우리를 다시 조사했지만 여권과 돈을 휴대하고 있었기 때문에 태도가 정중했다. 나는 그들이 내 이야기를 단 한 마디도 믿지 않는다는 것을 알고 있었다. 내가 생각해도 황당한 이야기였으니. 하지만 어차피 그건 요식 행위였다. 법정에서는 합리적인 것을 원하는 게 아니라 소정의 기술적 (技術的) 절차에 부합하기만을 바라고, 일단 부합되면 내용이야 어찌 되었든 그 절차의 준수가 중요한 것이다. 입국 이유가 무엇이든 우리가 합법적인 여권과 사용 가능한 돈을 휴대하고 있었기 때문에 그들은 비자를 내주었다.

이 비자는 언제라도 취소될 수 있었다. 또 우리는 새로운 곳에 갈 때마다 경찰서에 거주지를 보고해야 했다.

원하는 곳은 어디든 갈 수 있다고요? 그래요, 어디로 가고 싶나요?

「어디로 가고 싶어, 캐트?」

「몽트뢰.」

「참 좋은 곳이죠.」 관리가 말했다. 「그곳이 마음에 드실 겁니다.」

「여기 로카르노도 좋은 곳이에요.」 또 다른 관리가 끼어들었다. 「두 분도 분명 로카르노를 아주 좋아할 겁니다. 아주 매력적인 곳이거든요.」

「우리는 겨울 스포츠를 할 수 있는 곳으로 가고 싶습니다.」

「몽트뢰에서는 겨울 스포츠를 할 수 없어요.」

「미안하네만……」 다른 관리가 대꾸했다. 「내가 몽트뢰 출신이야. 몽트뢰 오벌랜드 베르누아 철도 인근에서 겨울 스포츠를 즐길 수 있다는 건 누구나 알지. 그걸 부정한다면 거짓말이 돼.」

「부정하는 게 아니야. 그저 몽트뢰에는 겨울 스포츠가 없다고 말했을 뿐이지.」

「동의할 수 없어. 나는 그 말에 동의할 수 없다고.」

「내 말이 맞을걸.」

「아니야, 맞지 않아. 내가 직접 루지[80]를 타고 몽트뢰 거리로 들어간 적이 있으니까 말이야. 그것도 여러 번이나. 루지는 틀림없는 겨울 스포츠지.」

다른 관리가 내게 시선을 돌렸다.

「선생님이 생각하는 겨울 스포츠가 루지였습니까? 이곳 로카르노에 머무는 게 아주 편할 겁니다. 기후도 건강에 좋고 환경도 매력적이죠. 아주 마음에 들 겁니다.」

「저분은 몽트뢰로 가고 싶다고 했어.」

「루지는 어떤 경기죠?」 내가 물었다.

「이것 봐, 루지 얘기는 들어 본 적도 없다잖아!」

두 번째 관리에게는 그게 상당히 중요한 모양이었다. 그는 내 말에 아주 기뻐했다.

「루지는 말이죠……」 첫 번째 관리가 설명했다. 「터보건 썰매를 타는 겁니다.」

「아니에요.」 두 번째 관리가 고개를 저었다. 「달라도 한참 다르죠. 터보건 썰매와 루지는 달라요. 터보건 썰매는 캐나다에서 얇은 판자로 만드는 거지만, 루지는 미끄럼 쇠가 달린 보통 썰매거든. 정확하게 말해야지.」

「우리가 터보건 썰매를 탈 수 있을까요?」 나는 물었다.

80 *luge*. 1인용 썰매.

「물론 탈 수 있지요.」첫 번째 관리가 말했다.「얼마든지 탈 수 있습니다. 몽트뢰에서는 캐나다제(製) 고급 터보건 썰매를 팔아요. 옥스 형제 상점에서 직접 수입하고 있답니다.」

두 번째 관리가 고개를 돌렸다.「터보건 썰매를 타려면 말이죠, 특별한 활주로가 필요해요. 터보건을 타고 몽트뢰 거리로 들어간다는 건 웃기는 얘기죠. 여기 있는 동안에는 어디서 묵을 겁니까?」

「아직 모르겠습니다.」나는 대답했다.「브리사고에서 방금 도착했으니까요. 밖에서 마차가 기다리고 있어요.」

「꼭 몽트뢰로 가세요.」첫 번째 관리가 말했다.「날씨도 쾌청하고 아름답죠. 겨울 스포츠라면 따로 멀리 갈 필요가 없어요.」

「정말 겨울 스포츠를 원한다면 엥가딘이나 뮈렌으로 가세요.」두 번째 관리가 끼어들었다.「겨울 스포츠를 즐기기 위해 몽트뢰로 간다? 그런 조언에는 이의를 제기할 수밖에 없습니다.」

「몽트뢰 위쪽에 있는 레자방은 온갖 겨울 스포츠에 딱입니다.」몽트뢰를 옹호하던 관리가 동료를 노려보며 말했다.

「여러분, 이만 가봐야겠습니다. 내 사촌이 몹시 피곤해해서요. 먼저 몽트뢰에 가보겠습니다.」

「축하합니다.」첫 번째 관리가 내 손을 잡고 흔들었다.

「로카르노를 떠난 것을 후회할 겁니다.」두 번째 관리가 말했다.「아무튼 몽트뢰에 가면 경찰서에 신고하세요.」

「경찰서에서 불쾌한 일을 당하지는 않을 거예요.」첫 번째 관리가 나를 안심시켰다.「주민들 모두가 아주 예의 바르고 친절하니까. 곧 알게 되겠지만요.」

「정말 고맙습니다.」 나는 인사했다. 「두 분의 조언이 큰 도움이 되었습니다.」

「안녕히 계세요.」 캐서린도 인사했다. 「두 분께 무척 감사드려요.」

그들은 문까지 따라 나와 고개를 숙이고 인사했다. 로카르노에 머무르라고 권하던 관리는 약간 냉정한 태도였다. 우리는 계단을 내려가 마차에 올라탔다.

「맙소사, 달링.」 캐서린이 말했다. 「거기서 좀 더 빨리 나올 수는 없었나요?」 나는 두 관리 중 한 명이 추천한 호텔 이름을 마부에게 일러 주었다. 마부는 고삐를 쥐었다.

「저 군인 양반을 잊었네요.」 캐서린이 말했다. 우리를 데려온 병사가 마차 옆에 서 있었다. 나는 그에게 10리라를 주었다. 「아직 스위스 돈을 준비하지 못했어요.」 그는 고맙다며 경례를 붙이고서 떠났다. 마차는 호텔로 출발했다.

「어떻게 몽트뢰 생각을 했지?」 나는 캐서린에게 물었다. 「정말로 그곳에 가고 싶었어?」

「가장 먼저 생각난 이름이 그거였어요. 나쁘지 않은 곳이잖아요. 산에서 괜찮은 장소를 찾을 수 있을 거예요.」

「졸려?」

「당장 곯아떨어질 것 같아요.」

「한숨 푹 자라고, 가엾은 캣. 엊저녁엔 죽도록 고생했으니까.」

「그래도 재미있었어요. 특히 당신이 우산 돛을 들고 풍선인간처럼 앉아 있었을 때.」

「우리가 스위스 땅에 왔다는 게 실감 나?」

「아니요, 잠에서 깨면 이게 현실이 아닐 것 같아 두려워요.」

「나도 그래.」

「꿈이 아니겠죠? 지금 내가 밀라노에서 당신을 배웅하기 위해 마차를 타고 기차역으로 가는 건 아니죠?」

「물론 아니지.」

「그 얘기는 하지 말아야겠어요. 소름 끼쳐요. 어쩌면 우리가 정말 그곳으로 가고 있는지도 몰라요.」

「나도 정신이 몽롱해서 잘 모르겠군.」 나는 말했다.

「손 좀 보여 줘요.」

나는 두 손을 내밀었다. 손바닥 살갗이 벗겨져 쓰라렸다.

「옆구리에 구멍은 없어.」 내가 말했다.

「신성 모독은 그만둬요.」[81]

나는 몹시 피곤하여 머리가 띵했다. 도착했을 때의 들뜬 기분은 사라지고 없었다. 마차는 거리를 달리고 있었다.

「당신 두 손이 너무 안됐어요.」 캐서린이 말했다.

「만지지 마.」 나는 말했다. 「도대체 여기가 어딘지 모르겠군. 마부, 어디로 가는 거요?」 마부는 마차를 세웠다.

「메트로폴 호텔입니다. 그곳으로 가자고 하신 게 맞죠?」

「그래요.」 내가 대답했다. 「제대로 가는군, 캐트.」

「잘되어 가고 있으니, 달링, 너무 당황하지 마요. 한숨 푹 자면 내일은 정신이 맑아질 거예요.」

「너무 몽롱해. 오늘 벌어진 일이 꼭 희극 오페라 같아. 어쩌면 배가 고파서 이런 건지도 모르고.」

「달링, 그저 피곤한 것뿐이에요. 곧 나아질 거예요.」 마차가 호텔에 도착했다. 누군가 가방을 받으러 나왔다.

---

[81] 손바닥의 살갗이 벗겨지고 옆구리에 구멍이 났다는 말이 예수 그리스도의 수난을 암시하기 때문이다.

「이젠 기분이 좋아졌어.」 나는 말했다. 우리는 호텔 바로 앞 포장도로 위에 내려섰다.

「그럴 줄 알았어요. 당신은 그저 피곤했던 것뿐이에요. 오랫동안 눈을 붙이지 못했잖아요.」

「아무튼 이곳에 왔군.」

「그래요, 정말로 왔어요.」

우리는 가방을 들어 주는 보이를 따라 호텔로 들어갔다.

제5부

38

그해[82] 가을에는 눈이 퍽 늦게 내렸다. 우리는 산등성이의 소나무 숲에 자리 잡은 갈색 목조 가옥에서 지냈다. 밤이면 서리가 내렸고 그 때문에 아침에 일어나면 화장대 위에 놓아둔 두 개의 물그릇에 살얼음이 얼어 있었다. 구팅겐 부인이 아침 일찍 우리 방으로 들어와 창문을 닫고 큰 옹기 난로에 불을 피웠다. 소나무 장작이 바지직 소리를 내면서 불꽃을 튀기고 난로에서 불이 확 타올랐다. 구팅겐 부인은 장작더미와 더운물을 담은 주전자를 가지고 다시 우리 방에 들어왔다. 방이 적당히 따뜻해지자 그녀는 아침 식사를 가져왔다. 우리는 침대에 앉은 채 아침을 먹으며 창문을 통해 호수와 호수 건너 프랑스 쪽 산들을 바라보았다. 산꼭대기는 눈에 덮여 있었고 호수는 회색이 도는 강청색으로 빛났다.

산장 앞쪽에서 산까지는 큰길이 나 있었다. 울퉁불퉁한 바퀴자국은 서리를 맞아 쇳덩어리처럼 딱딱했다. 큰길은 숲을 통과해 산 둘레를 돌아가면서 목장까지 오르막으로 이어졌다. 숲 가장자리에 있는 목장의 헛간과 오두막집에서는 계곡

---

82 1917년.

이 건너다보였다. 깊은 계곡 바닥을 흐르는 물은 호수로 흘러 들었다. 바람이 불어올 때면 물결이 빠르게 흘러 돌에 부딪치는 소리가 들려왔다.

이따금 우리는 큰길에서 벗어나 소나무 숲 오솔길로 접어들었다. 숲 바닥이 부드러워 산책하기에 좋았다. 서리가 내려 큰길이 단단해져도 여기 산속 길은 달랐다. 하긴, 큰길이 단단하게 되어도 크게 신경 쓸 일은 아니었다. 장화 밑창과 뒤축에 징이 박혀 있고, 뒤축의 징은 얼어붙은 땅에 잘 들어박혀 미끄러지지 않았기 때문이다. 징 박은 장화를 신고 큰길을 걸으면 기분이 좋고 상쾌했다. 하지만 숲 속 오솔길을 걷는 것도 못지않게 즐거웠다.

산장 앞에서 호수 옆 작은 들판까지는 가파른 내리막길이었다. 볕이 잘 드는 현관에 앉으면 산 중턱으로 내려오는 구불구불한 길과 그 아래쪽에 있는 계단식 포도밭이 보였다. 겨울철이라 포도 덩굴은 모두 시들어 있었다. 들판은 돌담으로 나뉘어 있었고, 포도밭 아래에서 호숫가 옆 작은 들판에 이르기까지는 마을의 집들이 있었다. 호수에는 마치 어선의 쌍돛처럼 두 그루의 나무가 비죽 솟은 섬이 있었다. 호수 저편의 산들은 가파르고 험준했다. 호수 끝 두 산맥 사이로는 론 계곡의 들판이 펼쳐져 있었다. 계곡은 위쪽에서 산맥들에 의해 가로막혔는데 그곳이 바로 당뒤미디 산이었다. 그 눈 덮인 높은 산은 계곡 위로 우뚝 솟아 있었지만 너무 멀리 있어서 그림자를 드리우지 못했다.

햇볕이 쨍쨍한 날이면 현관에서 점심을 먹었지만, 보통은 장식 없는 나무 벽과 구석에 큰 난로가 있는 2층 작은 방에서 식사를 했다. 마을에서 책과 잡지를 사고 호일[83]의 책을 구해

다가 두 사람이 치는 카드놀이 몇 종류를 배우기도 했다. 난로가 있는 작은 방이 우리의 거실이었다. 편안한 의자 두 개와 책과 잡지를 놓아두는 탁자가 있어서 식사 후에는 거기서 카드놀이를 했다. 구팅겐 부부는 아래층에서 지냈는데, 저녁이면 이따금 그들이 주고받는 소리가 들려왔다. 그들 부부도 아주 행복한 것 같았다. 남편은 과거에 어떤 호텔의 수석 웨이터였고 부인은 같은 호텔의 하녀로 근무했다. 부부는 열심히 돈을 모아 이 산장을 샀다. 아들이 하나 있었는데, 그 또한 수석 웨이터가 되기 위해 취리히의 호텔에서 열심히 일을 배우는 중이었다. 아래층 홀에서는 와인과 맥주를 팔았다. 저녁이면 때때로 길에서 짐마차를 멈추고 와인을 마시기 위해 산장 앞 계단을 올라 들어오는 소리가 들리곤 했다.

거실 밖 복도에 장작 통이 있어서 나는 거기서 장작을 가져다가 난로가 꺼지지 않도록 꾸준히 불을 피웠다. 하지만 아주 늦게까지 깨어 있지는 않고 어둠 속에서 큰 침실로 갔다. 나는 옷을 벗은 다음 창문을 열고서 밤하늘과 차가운 별과 창 밑의 소나무를 잠깐 바라보다가 후다닥 잠자리에 들었다. 청명하고 차가운 공기를 음미하며 창밖으로 밤하늘이 보이는 침대에 누워 있으면 정말 행복해졌다. 우리는 잠을 잘 잤다. 내가 밤중에 깨어나는 경우는 단 한 가지 이유에서였다. 나는 캐서린의 잠을 방해하지 않기 위해 살그머니 깃털 이불을 들추고 나와 볼일을 보았고, 그런 다음에는 얇은 이불의

---

83 Edmond Hoyle(1672~1769). 각종 카드놀이의 요령과 규칙을 집대성한 영국인. 호일의 책은 카드놀이에서 논쟁이 벌어질 때 판정을 해주는 참고서였다. 따라서 〈호일에 의하면 *according to Hoyle*〉이라는 영어 표현은 〈규칙에 의하면〉을 뜻하는 관용어가 되었다.

촉감을 새삼 느끼면서 다시 꿈나라로 돌아갔다. 이제 전쟁은 다른 대학의 축구 경기처럼 아주 먼 나라의 이야기였다. 하지만 아직 눈이 내리기 전이라 산간 지대에서는 여전히 전투가 계속되고 있다는 사실을 나는 신문을 통해 알고 있었다.

때때로 우리는 산에서 몽트뢰까지 걸어 내려갔다. 오솔길이 있었지만 가파르고 험한 터라 큰길을 택했다. 들판에 난 딱딱하고 넓은 길을 걸어서 포도밭의 돌담 사이를 지나 길 양옆에 즐비하게 들어선 집들 사이로 내려가면 마을 셋이 나왔다. 쉐르네, 퐁타니방, 이름을 기억할 수 없는 또 다른 마을. 길을 걸으며 우리는 계단식 포도밭이 있는 산허리 한쪽에 튀어나온 암벽에 네모반듯하게 지은 오래된 성채를 지났다. 포도밭의 덩굴은 전부 지지대에 매달린 채 누렇게 말라붙어 있었다. 땅은 하시라도 눈을 받아들일 준비가 되어 있었고, 저 아래쪽 잔잔한 호수는 강철 같은 회색빛을 띠었다. 길은 성채 아래로 완만한 등성이를 이루며 내려가다가 오른쪽으로 구부러졌다. 이어 자갈 깔린 아주 가파른 길을 내려가면 몽트뢰였다.

몽트뢰에는 아는 사람이 하나도 없었다. 우리는 호숫가를 따라 산책하며 백조와 수많은 갈매기와 제비갈매기를 바라보았다. 우리가 가까이 다가가면 새들은 공중으로 날아올라 호수를 내려다보며 꺽꺽 울어 댔다. 호수 한가운데에서는 몸집이 작고 거무스름한 논병아리 떼가 헤엄치며 꼬리 뒤로 기다란 파문을 남겼다.

우리는 시내로 내려가 중심가를 따라 걷다가 상점의 진열장을 들여다보았다. 큰 호텔들은 문을 닫은 곳이 많았지만 상점들은 대부분 영업을 했고 우리를 반갑게 맞아 주었다. 캐서린이 머리를 하러 다니는 멋진 미용실도 있었다. 미용실 여주인은 우리가 몽트뢰에서 알고 지내는 유일한 사람으로 아주 명랑한 여자였다. 캐서린이 거기서 머리를 하는 동안 나는 맥줏집에 들어가 뮌헨산 흑맥주를 마시면서 「코리에르 델라 세라」와 파리에서 온 영국 신문과 미국 신문 등을 읽었다. 광고를 통해 적과 내통하는 것을 원천 봉쇄하기 위해 신문의 광고란은 온통 검게 색칠되어 있었다. 신문 기사는 읽어 봐야 기분만 나빴다. 어디에서든 상황은 나빠지고 있었다. 나는 구석진 자리에 앉아 묵직한 맥주잔을 앞에 놓은 채 셀로판 포장을 뜯어 프레첼을 꺼내서는 그 짭짤한 맛에 맥주가 한결 맛있어지는 것을 느끼며 온갖 재난에 관한 기사를 읽었다. 시간이 되었는데도 캐서린이 오지 않자, 나는 신문을 걸어 놓고 맥주 값을 치른 다음 길 위쪽으로 그녀를 찾으러 갔다. 날씨는 춥고 음산한 게 겨울 분위기를 제대로 풍겼고, 건물의 돌마저 싸늘하게 느껴졌다. 캐서린은 여전히 미용실에 있었다. 여주인이 직접 파마를 해주고 있었다. 나는 작은 칸막이 방에 앉아 그 광경을 지켜보았다. 그러고 있자니 약간 흥분되는 것 같았다. 캐서린이 미소를 머금고 내게 말을 건넸다. 흥분해서인지 내 목소리는 약간 걸걸해졌다. 머리 집게가 경쾌한 금속음을 냈고, 세 개의 거울에 캐서린이 앉은 모습이 동시에 비쳤다. 미용실 안은 편안하고 따뜻했다. 여주인이 머리를 올려 주자 캐서린은 거울을 들여다보면서 핀을 빼거나 꼽는 등 약간 손질을 했다. 마침내 캐서린이 자리에서 일어섰다. 「오래 기다리게 해서 미안해요.」

「아주 즐겁게 기다리시는 것 같던데요. 그렇죠, 선생님?」

여주인이 미소를 지으며 물었다.

「예.」 나는 대답했다.

우리는 거리로 나섰다. 겨울답게 매서운 날씨였다. 바람도 몰아쳤다. 「달링, 당신이 너무 좋아.」 내가 말했다.

「우린 정말 행복한 시간을 보내고 있어요, 안 그래요?」 캐서린이 대답했다. 「달링, 어디 가서 차 대신 맥주나 한잔 해요. 꼬마 캐서린에겐 맥주가 좋대요. 몸집을 작게 만드니까.」

「꼬마 캐서린, 이 게으름뱅이.」

「지금까지는 아주 착하게 굴었어요. 말썽도 부리지 않고 말이죠. 의사 선생님 말씀이, 맥주가 내 몸에도 좋고 아기의 덩치를 작게 만들어 준대요.」

「작게? 아주 작은 이 아기가 만약 아들이라면 경마 기수가 되겠는걸.」

「정말로 아기를 낳으면 우리는 결혼해야 될 거예요.」 캐서린이 말했다. 우리는 맥줏집 구석진 곳 탁자에 앉았다. 밖이 어두워지고 있었다. 아직 이른 시간이었지만 어둑어둑해지면서 땅거미가 일찍 내렸다.

「지금 결혼해.」 내가 말했다.

「아니에요. 지금은 좀 곤란해요. 배부른 게 눈에 확 띄니까. 이런 상태로 사람들 앞에 서서 결혼식을 올릴 수는 없어요.」

「진작 결혼할걸 그랬지.」

「그게 좋을 뻔했어요. 앞으로 언제 결혼할 수 있게 될까요?」

「몰라.」

「한 가지만은 확실해요. 이런 임신부 모습으로는 절대 식을 올릴 수 없어요.」

「당신은 임신부 같지 않아.」

「무슨 소리예요. 미용사가 첫아기냐고 묻던데요. 아니라고 하면서 아들 둘과 딸 둘이 있다고 거짓말을 했죠.」

「우리 언제 결혼할까?」

「내가 다시 날씬해지면 언제든지요. 결혼식은 아주 멋져야 해요. 모든 사람들이 우리를 보고서 참 잘 어울리는 젊은 한 쌍이라고 감탄할 정도로.」

「당신은 걱정되지 않아?」

「달링, 내가 왜 걱정을 해요? 지금까지 기분이 좋지 않았던 경우는 딱 한 번뿐이에요. 밀라노의 그 호텔에서 창녀가 된 기분, 그것뿐이었죠. 그것도 고작 7분 동안 지속됐을 뿐이지만요. 호텔 객실의 그 번드레하고 천박한 가구 탓도 있었어요. 내가 당신에게 좋은 아내가 못 되었나요?」

「아니, 당신은 좋은 아내야.」

「그럼 너무 따지지 마요, 달링. 내 몸이 다시 날씬해지는 대로 결혼식을 올려요.」

「좋아.」

「맥주를 한 잔 더 해야 할 것 같은데. 당신 생각은 어때요? 의사 말이 내 골반이 너무 좁아서 꼬마 캐서린을 작게 만드는 게 좋대요.」

「다른 얘긴 없었어?」 나는 걱정이 되었다.

「없어요. 혈압은 지극히 정상이래요, 달링. 내 혈압이 좋다며 감탄했어요.」

「당신의 좁은 골반 말이야, 거기에 대해서 의사는 구체적으로 뭐라고 했지?」

「특별한 건 없었어요. 스키를 타면 안 된대요.」

「그거야 당연한 말이지.」

「전에 스키를 타지 않았다면 지금 배우기에는 너무 늦었대요. 넘어지지 않을 자신이 있으면 타도 좋다고 하더군요.」

「친절하고 농담을 좋아하는 양반이로군.」

「정말 친절한 분이에요. 아기를 낳을 때 그분에게 봐달라고 해야겠어요.」

「결혼식을 올려야 할지 그에게 물어봤어?」

「아뇨. 결혼한 지 4년이나 됐다고 얘기한걸요. 달링, 당신과 결혼하면 난 미국인이 되고, 우리가 미국 법에 따라 결혼하면 아기는 언제라도 미국 호적에 올릴 수 있는 거예요.」

「그런건 어디서 어떻게 알아냈지?」

「도서관에서 뉴욕판『세계 연감』을 보고 알아냈죠.」

「멋쟁이.」

「난 기꺼이 미국인이 되겠어요. 그러니까 달링, 우리 미국으로 가요. 나이아가라 폭포를 보고 싶어요.」

「정말 멋쟁이군.」

「보고 싶은 게 또 있었는데 기억나지 않아요.」

「시카고 가축 수용소?」

「아뇨. 생각이 안 나네요.」

「울워스 빌딩?」

「아니요.」

「그랜드 캐니언?」

「아니요. 하지만 그것도 보고 싶긴 해요.」

「뭘까?」

「아, 생각났어요. 골든 게이트! 보고 싶은 게 바로 그거였어요. 골든 게이트는 어디에 있죠?」

「샌프란시스코.」

「그럼 거기로 가요. 샌프란시스코도 보고 싶으니까.」

「좋아. 그곳으로 가지.」

「이제 산속 산장으로 올라가요. 괜찮죠? MOB[84]를 탈 수 있을까요?」

「5시 좀 지나서 열차가 있지.」

「그걸 타요.」

「그래. 가기 전에 난 맥주 한 잔 더 할 테야.」

맥줏집 밖으로 나와 거리를 걸어서 기차역으로 이어지는 계단을 오를 땐 몹시 추웠다. 론 강 계곡에서 찬바람이 불어왔다. 상점 진열장에 불이 들어왔다. 우리는 가파른 돌계단을 올라 위쪽 거리로 나선 다음, 다시 계단을 올라가 정거장에 도착했다. 전동 열차는 온통 불을 밝힌 채 대기 중이었다. 출발 시간을 알려 주는 시계 문자반의 바늘은 5시 10분을 가리키고 있었다. 기차역 시계를 보니 5시 5분이었다. 기차에 올라타 밖을 내다보니 기관사와 차장이 역 앞 술집에서 나오고 있었다. 우리는 자리에 앉아 창문을 열었다. 전기 난방 때문에 전동차는 후텁지근했는데 창문에서 시원한 공기가 흘러 들어왔다.

「피곤해, 캐트?」

「아뇨. 아주 상쾌해요.」

「장거리는 아니니까.」

「난 열차 타는 걸 좋아해요.」 그녀가 말했다. 「달링, 내 걱정은 마요. 정말 기분이 좋아요.」

눈은 크리스마스 사흘 전이 되어서야 내리기 시작했다. 아

---

84 *Montreux-Oberland Bernois railway*. 몽트뢰 고지대 전동 열차.

침에 일어나 보니 눈이 내리고 있었다. 난롯불이 활활 타오르는 가운데 우리는 침대에 그대로 누워 눈 내리는 광경을 바라보았다. 구팅겐 부인이 아침상을 치우고 난로에 장작을 더 집어넣었다. 굉장한 눈보라가 몰아쳤다. 부인은 눈이 한밤중부터 내리기 시작했다고 했다. 창가로 다가가 밖을 내다보았지만 길 건너편이 보이지 않았다. 바람이 몰아치고 눈발이 어지럽게 휘날렸다. 나는 침대로 되돌아가 캐서린과 나란히 누운 채 대화를 나누었다.

「스키를 탈 수 있으면 좋을 텐데.」 캐서린은 말했다. 「스키를 못 탄다니, 한심해요.」

「봅슬레이를 빌려서 길에서 타보자고. 자동차를 타는 것보다 몸에 나쁘지 않을 거야.」

「너무 거칠게 미끄러지지 않을까요?」

「타보면 알겠지.」

「거친 운동이 아니면 좋겠어요.」

「잠깐 있다가 눈을 맞으면서 산책을 하자고.」

「점심 전에요. 그래야 입맛이 나죠.」

「나는 늘 배고픈걸.」

「나도 그래요.」

우리는 눈 속으로 나갔지만 바람에 휘날린 눈이 곳곳에 깊이 쌓여 있어서 멀리 가지는 못했다. 나는 앞장서서 눈밭에 길을 만들며 기차역까지 갔는데, 그곳에 도착하자 너무 멀리 왔다는 생각이 들었다. 바람에 휘날리는 눈 때문에 앞이 제대로 보이지 않았다. 우리는 기차역 옆에 있는 작은 여인숙에 들어가 빗자루로 서로의 옷에 묻은 눈을 털어 내고 의자에 앉아 베르무트를 마셨다.

「대단한 눈보라네요.」여급이 말했다.

「그러게요.」

「올해는 눈이 아주 늦었어요.」

「그러게요.」

「초콜릿 바를 먹어도 될까요?」캐서린이 물었다. 「점심시간이 다 되었나? 난 계속 배가 고프네요.」

「하나 먹지그래.」나는 대답했다.

「개암 열매가 들어 있는 걸로 하나 주세요.」캐서린이 주문을 했다.

「그거 아주 맛있어요.」여급이 말했다. 「저도 정말 좋아한답니다.」

「난 베르무트를 한 잔 더 하겠습니다.」내가 말했다.

여인숙 바에서 나와 다시 길을 더듬어 돌아갈 땐 발자국이 찍히자마자 곧바로 눈에 파묻힐 정도였다. 우리가 눈길에 남긴 발자국 구멍들은 눈에 덮여 희미한 윤곽만 남았다. 얼굴에도 눈이 날려 앞을 제대로 보기가 힘들었다. 우리는 산장에 도착하여 옷에서 눈을 털고 점심을 먹으러 들어갔다. 구팅겐 씨가 점심을 날라 왔다.

「내일은 스키를 탈 수 있을 겁니다.」그가 말했다. 「헨리 씨는 스키 탈 줄 아세요?」

「아뇨, 하지만 배우고 싶소.」

「쉽게 배우실 겁니다. 크리스마스라 아들 녀석이 올 테니 그놈을 시켜 가르쳐 드리죠.」

「잘됐군요. 언제 옵니까?」

「내일 저녁에요.」

점심을 먹은 뒤, 작은방 난롯가에 앉아 창밖 설경을 내다보면서 캐서린이 말했다. 「달링, 당신 혼자서 어딘가로 여행을 떠나고 싶지 않아요? 그러면 남자들과 어울리면서 스키를 탈 수도 있잖아요.」

「아니. 왜 그런 말을 하지?」

「가끔은 나 말고 다른 사람들을 만나고 싶지 않아요?」

「당신도 다른 사람들을 만나고 싶어?」

「아니요.」

「나도 마찬가지야.」

「알아요. 하지만 당신은 다르잖아요. 난 임신을 했으니 가만히 있어도 불만 없어요. 생각해 보니, 난 멍청해지고 너무 많이 지껄이게 된 것 같아요. 당신이 잠시 떠나 있으면 내게 싫증을 느끼지 않을 거예요.」

「내가 여행을 떠났으면 하고 바라는 거야?」

「아뇨, 곁에 있어 주었으면 해요.」

「내 생각도 똑같아. 난 당신 곁에 있고 싶어.」

「이리 와요. 당신 머리에 난 혹을 만져 보고 싶어요. 큰 혹이군요.」 그녀는 혹을 쓰다듬었다. 「달링, 턱수염을 기를 생각은 없어요?」

「기르면 좋겠어?」

「재미있을 거예요. 턱수염을 기른 모습을 보고 싶어요.」

「좋아, 길러 볼게. 바로 지금 시작하지. 참 좋은 생각이네. 뭔가 할 일이 생겼으니까.」

「할 일이 없어서 걱정이었어요?」

「아니. 할 일 없는 게 좋지. 아주 즐거운 생활이야. 당신도 그렇지 않아?」

「나도 그래요. 하지만 배가 너무 불러서 당신이 날 따분하게 생각할까 봐 걱정이 돼요.」

「오, 캐트, 내가 당신을 얼마나 좋아하는지 모르는군.」

「이렇게 남산만 해도?」

「응. 지금 그대로의 당신이 너무 좋아. 난 너무 행복해. 이만하면 우린 아주 멋진 생활을 하고 있는 거 아니야?」

「네, 그래요. 하지만 당신이 따분해할 수도 있을 것 같아서요.」

「아니. 가끔은 전선이나 친구들 생각이 나지만 별로 걱정 안 해. 난 무엇이든 깊이 생각하지 않지.」

「누가 생각나요?」

「리날디와 사제와 내가 알고 지내던 많은 사람들. 하지만 오래 생각하지는 않아. 전쟁은 생각하고 싶지도 않아. 나로서는 전쟁이 끝난 셈이니까.」

「지금은 무슨 생각을 해요?」

「아무것도.」

「아니에요, 하고 있잖아요. 얘기해 봐요.」

「리날디가 정말로 매독에 걸렸는지 생각했어.」

「그것뿐이에요?」

「응.」

「그분은 정말로 매독에 걸렸나요?」

「모르지.」

「당신이 그런 병에 안 걸려서 정말 다행이에요. 그런 종류의 병에 걸린 적이 있어요?」

「응, 임질에 걸린 적이 있어.」

「그런 이야기는 듣고 싶지 않아요. 그 병에 걸리면 많이 아픈가요, 달링?」

「무척.」

「나도 걸려 봤으면.」

「아냐, 걸릴 게 못 돼.」

「정말로 걸려 보고 싶어요. 그래야 당신하고 똑같아지잖아요. 당신과 잠자리를 한 여자들도 만나 보면 좋겠어요. 그러면 당신 앞에서 그 여자들을 비웃어 줄 수 있을 텐데.」

「그거 그럼 좋겠군.」

「하지만 임질에 걸린 당신 모습은 그리 좋은 그림이 아니네요.」

「나도 알아. 이제 눈 내리는 풍경을 내다봅시다.」

「당신을 더 바라보고 싶어요. 달링, 어째서 머리를 기르지 않죠?」

「얼마나 더?」

「지금보다 조금만 더 길게.」

「이만하면 긴데 뭘.」

「아니, 당신이 약간 더 기르고 내가 조금 짧게 자르면 우리 둘은 거의 같은 길이가 될 거예요. 하나는 금발, 다른 하나는 검은 머리.」

「난 당신이 머리를 짧게 치는 거 싫어. 자르도록 내버려 두지 않을 거야.」

「재미있을 텐데. 이 머리는 지겨워요. 밤중에 침대에서 얼마나 거추장스러운데요.」

「난 좋은데.」

「좀 더 짧은 머리가 좋지 않겠어요?」

「짧은 머리도 괜찮겠지만, 지금의 모습이 더 좋아.」

「짧은 머리가 멋질 거예요. 그러면 우린 비슷해지죠. 오, 달링, 내가 당신을 얼마나 소유하고 싶어 하는지 모를 거예요. 아예 당신 속으로 들어가 당신이 되고 싶어요.」

「당신이 곧 나야. 우리는 일심동체라고.」

「알아요. 우린 밤에 하나가 되니까요.」

「정말 아름다운 밤이지.」

「아예 두 사람이 섞여 버리면 좋겠어요. 당신이 내 곁을 떠나는 건 너무 싫어요. 내가 방금 말했죠? 원한다면 아무 데나 가도 돼요. 하지만 가는 걸음보다 더 빠르게 돌아와야 해요. 달링, 당신과 함께가 아니라면 나는 결코 살아 있는 것 같지 않을 거예요.」

「어디도 안 갈 거야.」 나는 말했다. 「나도 당신이 곁에 없으면 아무것도 할 수가 없어. 나 또한 죽은 목숨이 된다니까.」

「당신은 삶을 누려야 해요. 당신이 즐거운 인생을 누리면 좋겠어요. 우리 두 사람이 함께 누리겠죠?」

「자, 내가 턱수염을 기르지 말까, 아니면 계속 기를까?」

「계속 길러요. 재미있을 거예요. 새해가 오면 멋진 턱수염이 완성되겠죠.」

「체스 한판 둘까?」

「그것보다는 당신과 사랑을 나누고 싶어요.」

「아냐, 체스를 두자.」

「그럼 체스 끝나고 사랑해 줄 거죠?」

「그래.」

「좋아요.」

나는 체스 판을 꺼내 말을 늘어놓았다. 밖에서는 여전히 눈이 세차게 내리고 있었다.

밤중에 한 번 깨어났는데 캐서린도 깨어 있었다. 창밖에는 달이 환히 빛나며 침대에 창살의 그림자를 드리우고 있었다.

「깼군요?」

「응. 잠이 안 와?」

「지금 막 깨어났어요. 처음 당신과 만났을 때 내가 정신 나간 여자같이 굴었던 걸 생각하고 있었어요. 기억나요?」

「약간 그랬지.」

「이젠 절대 안 그래요. 지금 난 너무 행복해요. 당신은 〈행복해〉라는 말을 아주 부드럽게 발음하죠. 〈행복해〉라고 한 번 해줘요.」

「행복해.」

「아, 당신은 정말 자상해요. 이제 난 정신 나간 여자가 아니에요. 그냥 아주, 아주, 아주 행복한 여자예요.」

「어서 더 자.」 나는 말했다.

「좋아요. 우리 둘이 동시에 잠드는 거예요.」

「좋아.」

하지만 우리는 동시에 잠들지 않았다. 나는 꽤 오랜 시간 동안 이런저런 것들을 생각하며 달빛 어린 캐서린의 얼굴을 지켜보았다. 그러다가 나도 모르게 잠이 들었다.

39

1월 중순이 되자 내 턱수염은 제법 온전한 모습을 갖추었다. 이제 완연한 겨울로 접어들어, 낮에는 맑은 날씨에 쌀쌀했고 밤이면 혹독하게 추워졌다. 우리는 다시 큰길로 산책을 다녔다. 길에 쌓인 눈은 산에서 벌채된 통나무, 장작 썰매, 건초 썰매 등으로 단단하게 다져져 미끄러웠다. 눈은 몽트뢰 시내에 이르기까지 그 고장 전체를 뒤덮었다. 호수 건너편의 산들도 온통 하얗게 되고 론 강 계곡의 평원도 눈에 뒤덮였다. 우리는 산 뒤쪽을 돌아 뱅드랄리아즈까지 먼 길을 산책했다. 캐서린은 망토 차림에 징 박힌 장화를 신고 날카로운 강철 심이 박힌 지팡이를 들었다. 망토를 두르니 그리 배불러 보이지 않았다. 굳이 서두를 필요가 없었기 때문에 그녀가 피곤해하면 걸음을 멈추고 길가의 통나무에 앉아 쉬었다.

뱅드랄리아즈의 숲에는 나무꾼들이 쉬면서 술을 마시는 여인숙이 있었다. 우리는 여인숙 바에 들어가 난로를 피워 훈훈해진 실내에서 향신료와 레몬이 든 뜨거운 레드 와인을 마셨다. 바에서는 〈글뤼바인〉이라는 이름으로 부르는 술로, 몸을 따뜻하게 하고 축배를 들기에도 좋은 것이었다. 바는 어두컴컴하고 연기로 자욱했다. 나중에 밖으로 나오니 차가운 공기가 시원하게 폐부를 찔렀고, 숨을 들이마시자 코끝이 마비되었다. 우리는 바를 뒤돌아보았다. 불빛이 새어 나오는 창과 밖에 매어 둔 나무꾼의 말들이 체온을 유지하기 위해 발을 구르고 머리를 흔드는 모습이 보였다. 말의 콧잔등에 난 털에는 서리가 얼어 있었고 말이 내뿜는 숨결은 공기 중에 서리의 깃털을 만들었다. 집 쪽으로 올라가는 길은 반들반들하고 미끄러웠다. 특히나 목재 운반 도로의 갈림길까지는 말들 탓에 얼음이 오렌지색으로 변해 있었다. 그 구간을 지나자 깨끗한 눈이 쌓인 길이 숲 속으로 계속 이어졌다. 그날 저녁 집으로 돌아오면서 우리는 두 번이나 여우를 보았다.

경관이 빼어난 고장이라 우리는 외출할 때마다 그 아름다움에 감탄했다.

「이제 턱수염이 멋지게 자랐군요.」 캐서린이 말했다. 「꼭 나무꾼 수염 같아요. 아까 자그마한 금 귀고리를 단 남자 봤죠?」

「응. 스위스 영양 사냥꾼이야. 그걸 귀에 차고 다녀야 소리가 더 잘 들린다는군.」

「정말? 믿기 어려운데요. 단지 자신이 영양 사냥꾼임을 자랑하려는 게 아닐까요? 이 근방에 정말로 영양이 있나요?」

「그럼, 당드자망 건너편에 있지.」

「여우를 봐서 재미있었어요.」

「여우는 잘 때 꼬리로 몸을 감아 체온을 유지한대.」

「아주 아늑하겠네요.」

「늘 내게도 그런 꼬리가 있었으면 했지. 인간에게 여우 같은 꼬리가 달리면 얼마나 웃길까?」

「옷 입기가 불편할 거예요.」

「몸에 맞추어 옷을 입겠지. 아니면 그런 꼬리가 있거나 말거나 개의치 않는 고장에서 살거나.」

「지금 우리가 사는 곳이네요. 아무도 만나지 않는 곳에서 지내잖아요. 정말 굉장하지 않아요? 달링, 당신도 아는 사람을 만나는 거 싫죠?」

「응.」

「잠깐 여기 앉을까요? 조금 피곤해서요.」

우리는 통나무에 바싹 붙어 앉았다. 앞쪽 길은 숲 속을 향해 완만한 내리막으로 이어져 있었다.

「아기가 우리 사이를 방해하지 않겠죠? 이 꼬마 말이에요.」

「그럼, 그러려고 해도 못 하게 해야지.」

「우리, 돈은 충분한가요?」

「넉넉해. 은행에서 지난번 일람불 환어음을 결제해 주었으니까.」

「이제 당신이 스위스에 있는 걸 미국의 가족이 알았으니 데려가려 하지 않을까요?」

「그럴 수도 있지. 뭐라고 편지라도 써야겠군.」

「아직 편지를 보내지 않았어요?」

「응. 일람불 환어음만 청구했어.」

「어머나, 무심한 사람. 내가 미국에 있는 당신 가족이라면 섭섭할 것 같아요.」

「곧 전보를 보낼 거야.」

「가족을 별로 좋아하지 않나요?」

「예전에는 좋아했지. 하지만 하도 싸우다 보니 애정이 다 소진되었어.」

「나는 그분들을 좋아할 것 같아요. 무척 좋아할 거예요.」

「그 이야기는 그만둬. 계속하면 가족을 걱정하게 된다고.」 잠시 뒤 나는 말했다. 「충분히 쉬었으면 이제 그만 일어설까?」

「그래요.」

우리는 내리막길을 걸어갔다. 날은 이제 어두워졌고 장화 밑에서는 눈이 밟혀 뽀드득거리는 소리가 났다. 밤중의 공기가 건조하고 차갑고 청명했다.

「당신 턱수염이 마음에 들어요.」 캐서린이 말했다. 「대성공이에요. 뻣뻣하고 험상궂어 보이지만 실은 아주 부드러워서 자꾸 만지고 싶어요.」

「턱수염이 없을 때보다 나은 것 같아?」

「그래요. 달링, 나는 꼬마 캐서린을 낳을 때까지 머리를 자르지 않겠어요. 지금은 너무 배부르고 임신부 티가 나요. 하지만 아기를 낳고 다시 날씬해지면 머리를 짧게 자를 거예요. 당신을 위해 새롭고 사뭇 다른 멋진 여자로 변신하는 거죠. 우리 둘이 함께 가서 자르든지 아니면 나 혼자 자르고서 당신을 깜짝 놀라게 하고 싶어요.」

나는 아무 말도 하지 않았다.

「안 된다고 하지는 않을 거죠?」

「그럼. 그렇게 자르면 참 재미있을 거야.」

「아, 당신은 정말 너무 좋은 사람이에요. 달링, 나는 다시 예뻐 보이겠죠? 예쁜 데다 배가 쏙 들어가면 당신에게도 아주 매력적인 여자가 되겠죠? 당신은 나한테 홀딱 반해서 미친 듯이 달려들 거예요. 나를 갖고 싶어서. 당신은 또다시 나를 열렬하게 사랑해 줄 거예요.」

「무슨 소리야. 난 지금도 당신을 열렬히 사랑해. 도대체 뭘 더 바라는 거야? 사랑으로 나를 아예 파괴해 버릴 셈이야?」

「네. 수도 없이 사랑해서 당신을 깨끗이 파괴해 버리고 싶어요.」
「좋아. 나 또한 바라는 바야.」

40

 멋진 나날들이었다. 1월과 2월이 지나가는 동안 겨울 날씨는 내내 맑았고 우리는 아주 행복했다. 따뜻한 바람이 불고 눈이 녹아 봄기운이 느껴지는 짧은 해동의 기간도 있었지만, 매번 매서운 추위가 다시 찾아와 동장군의 위세를 회복했다. 3월이 되어서야 겨울이 처음으로 물러났다. 밤에는 비가 내리기 시작했다. 오전 내내 비가 내리자 눈은 질척거렸고 산등성이는 우울한 분위기를 띠었다. 호수와 계곡 위에 구름이 피어났다. 산 높은 곳에서는 계속해서 비가 내렸다. 캐서린은 무거운 덧신을, 나는 구팅겐 씨의 고무장화를 빌려 신고 우산을 들고서 기차역까지 걸어갔다. 진창이 된 도로에서 흐르는 물이 가까스로 남아 있던 얼음덩어리를 씻어 내렸다. 우리는 점심 식사 전에 기차역 부근의 맥줏집에 들러 베르무트를 마셨다. 밖에서는 빗소리가 꾸준히 들려왔다.

「시내로 이사해야 할 것 같지 않아?」

「당신 생각은 어때요?」 캐서린이 물었다.

「겨울이 끝나고 비가 줄곧 내리게 되면 이곳 산속은 그리 재미가 없을 거야. 꼬마 캐서린이 나오려면 얼마나 남았지?」

「약 한 달. 어쩌면 조금 더 남았는지도 몰라요.」
「몽트뢰로 내려가 지내는 게 어떨까?」
「차라리 로잔으로 가면 어때요? 그곳에는 병원도 있는데.」
「그것도 좋겠지. 하지만 너무 큰 도시라서.」
「큰 도시라도 산속에서처럼 단둘이 지낼 수 있지 않을까요? 로잔은 괜찮은 도시일 것 같아요.」
「언제 갈까?」
「아무 때나. 달링, 당신이 원하면 아무 때나 가요. 당신이 떠나기 싫다면 여기 그대로 있어도 좋고요.」
「날씨가 어떻게 되는지 두고 보자고.」

비는 사흘 동안 내렸다. 이제 기차역 아래 산기슭에서는 눈이 다 녹았다. 길바닥에는 눈 녹은 흙탕물이 급류를 이루었다. 너무 질고 질척거려 도저히 걸을 수 없었다. 비가 내리기 시작한 지 사흘 째 되는 날 아침, 우리는 시내로 나가서 지내기로 결정했다.

「괜찮습니다, 헨리 씨.」 구팅겐 씨가 말했다. 「양해를 구하지 않으셔도 돼요. 날씨가 궂은 계절이 다가오니 아무래도 다른 곳으로 가고 싶으시겠죠.」

「아무튼 아내 때문에라도 병원 가까이 가야 해서요.」 나는 말했다.

「알겠습니다. 언젠가 또 들러서 우리 산장에 머물러 주세요. 아기와 함께 말입니다.」

「그래요, 방이 비어 있다면.」

「봄이 되어 날씨가 좋아지면 한번 찾아오세요. 지금은 닫아 둔 큰 방을 아기와 유모가 쓰고, 선생님 부부는 호수가 내다보이는 지금 방을 그대로 쓰면 되니까요.」

「오게 되면 미리 편지를 보내겠소.」 나는 말했다. 우리는 짐을 꾸리고 점심을 먹은 뒤에 내려가는 MOB를 타고 그곳을 떠났다. 구팅겐 부부가 기차역까지 따라왔는데, 구팅겐 씨는 진창길에도 아랑곳없이 우리의 짐을 썰매에 실어 운반해 주었다. 부부는 비 오는 기차역 옆에 서서 손을 흔들며 작별 인사를 했다.

「아주 좋은 사람들이에요.」 캐서린은 말했다.

「그래, 아주 잘해 주었지.」

우리는 몽트뢰에서 로잔행 기차를 탔다. 차창 밖으로 우리가 살던 곳을 찾아보았지만 산은 구름에 가려 보이지 않았다. 기차는 브베에서 멈추었다가 다시 출발했다. 한쪽에는 호수가 있었고, 다른 한쪽으로는 비에 젖은 누르스름한 들판과 나뭇잎이 떨어져 벌거벗은 숲과 집들이 지나갔다. 우리는 로잔에 도착하여 중급 호텔에 들었다. 마차를 타고 거리를 달려 호텔 현관에 닿을 때까지 비는 계속해서 내리고 있었다. 제복 깃에 놋쇠 열쇠들을 매단 수위부터 시작해서 엘리베이터며, 바닥에 깔린 융단, 번쩍거리는 비품이 갖추어진 새하얀 세면기, 놋쇠 침대가 놓인 편안하고 큰 침실 등이 대단히 호화로웠다. 산속 구팅겐 부부의 산장을 떠나온 직후라 더욱 그런 것 같았다. 객실 창문에서는 철책 담을 두른 비에 젖은 정원이 내다보였다. 경사가 심한 비탈길 건너편에는 비슷한 정원에 비슷한 담을 두른 또 다른 호텔이 있었다. 나는 정원 분수에 비가 떨어지는 광경을 바라보았다.

캐서린은 방의 전등을 모두 켜놓고 짐을 풀기 시작했다. 나는 위스키소다를 주문하고 침대에 드러누워 기차역에서 사온 신문을 읽었다. 1918년 3월이었다. 독일군은 프랑스에서 일제 공격을 시작했다. 내가 위스키소다를 마시면서 신문을 읽는 동안 캐서린은 짐을 풀면서 방 안을 돌아다녔다.

「달링, 내가 뭘 사야 하는지 알죠?」 그녀가 말했다.

「뭐지?」

「아기 옷이 아직 없잖아요. 나 같은 사람도 없을 거예요. 달이 찰 때까지 아기 옷도 준비하지 않고 있다니.」

「사면 되지.」

「그럼요. 내일 할 일은 바로 그거예요. 필요한 게 뭔지 알아 두어야겠어요.」

「그런 건 잘 알지 않아? 간호사였으니까.」

「하지만 군 병원에서 아기를 만드는 군인은 없다고요.」

「난 만들었는데.」

그녀가 내 농담에 짐짓 화를 내며 베개를 던지는 바람에 위스키소다가 엎질러졌다.

「다시 주문할게요.」 그녀는 말했다. 「엎질러서 미안해요.」

「많이 남지도 않았었어. 자, 침대로 와.」

「아니에요. 이 방을 뭔가 그럴싸하게 꾸며야겠어요.」

「어떻게?」

「우리 집처럼.」

「그리고 밖에는 연합국 깃발을 내걸고?」

「아이고, 주책없는 사람. 그 입 좀 다물어요.」

「다시 말해 봐.」

「입 좀 다물라고요.」

「욕설을 너무 상냥하게 하는군.」 나는 말했다. 「마치 누구의 비위도 건드리지 않으려는 듯이.」

「맞아요.」

「자, 침대로 와.」

「좋아요.」 그녀는 다가와 침대에 걸터앉았다. 「달링, 난 재미 볼 것도 없는 여자겠죠. 꼭 커다란 밀가루 통 같으니 말이에요.」

「아니, 그렇지 않아. 당신은 아름답고 멋져.」

「난 당신과 결혼한 볼품없는 여자일 뿐이에요.」

「아냐, 안 그래. 오히려 배가 나와서 더 아름다워.」

「달링, 내 배는 다시 쏙 들어갈 거예요.」

「지금도 쏙 들어갔어.」

「에이, 거짓말. 취했나 봐.」

「위스키소다 한 잔인데?」

「한 잔 더 오고 있어요. 저녁 식사를 여기로 가져오라고 할까요?」

「그거 좋겠군.」

「그럼 외출하지 말아요, 네? 오늘 밤은 방에서 지내요.」

「화끈하게 사랑을 나누면서.」 나는 말했다.

「와인을 좀 마실래요. 몸에도 괜찮을 거예요. 어쩌면 우리가 좋아하는 카프리 화이트 와인이 있을지도 몰라요.」

「있고말고. 이 정도 규모의 호텔이라면 이탈리아 와인 정도는 갖추어 놓았을 거야.」

웨이터가 문을 두드렸다. 그는 얼음 채운 위스키 잔과 따로 작은 병에 든 소다수를 쟁반에 받치고 들어왔다.

「고맙소.」 나는 말했다. 「거기에 놔줘요. 저녁 식사 2인분과 카프리 화이트 와인 두 병을 얼음 통에 넣어서 부탁해요.」

「저녁 식사는 수프로 시작하십니까?」

「수프 들겠어, 캣?」

「그럼요.」

「수프는 1인분만 가져다줘요.」

「고맙습니다.」 웨이터가 나가면서 문을 닫았다. 나는 신문을 펴 들고서 거기 실린 전쟁 기사로 되돌아갔고, 얼음 채운 위스키 잔에 소다수를 천천히 부었다. 이제부터는 웨이터에게 위스키 잔에 얼음을 채우지 말고 위스키 따로 얼음 따로 가져오라고 해야겠군. 그러면 위스키 양이 얼마나 되는지 가늠하면서 소다수를 부을 수 있고, 또 위스키가 갑자기 밍밍해지는 일도 없을 거야. 아니, 그보다는 위스키 한 병을 사다 놓고 얼음과 소다만 가져다 달라고 해야겠다. 그게 더 좋은 방법이야. 좋은 위스키는 사람의 기분을 대단히 즐겁게 하지. 쓸쓸한 인생을 즐겁게 만드는 영물(靈物)들 중 하나야.

「달링, 무슨 생각을 해요?」

「위스키.」

「위스키의 어떤 점?」

「위스키가 인생을 즐겁게 한다는 점.」

캐서린은 얼굴을 찌푸렸다. 「맞아요.」

우리는 그 호텔에 3주간 머물렀다. 괜찮은 호텔이었다. 식당은 으레 비어 있었지만 우리는 방으로 저녁을 시켜 먹는 일이 많았다. 거리를 산책하거나 아프트식(式) 열차를 타고 우시까지 가서 호숫가를 산책했다. 날씨는 상당히 따뜻하여 봄철 같았다. 산속으로 되돌아갈까 싶기도 했지만, 봄 날씨는 며칠만 계속되다가 다시 추운 겨울 날씨로 돌아갔다.

캐서린은 시내에서 아기에게 필요한 물건들을 구입했다. 나는 아케이드 상가에 있는 체육관에 다니며 운동 삼아 권투를 했다. 아침에 내가 그곳으로 나가면 캐서린은 늦게까지 침대에 누워 있었다. 봄처럼 따뜻한 날에는 권투 연습을 마치고 샤워를 한 뒤 공기 중의 봄 내음을 맡으면서 거리를 산책했다. 그러다가 카페에 들러 사람들을 관찰하고 신문을 읽으며 베르무트를 마시기도 했다. 아주 즐거운 시간이었다. 호텔로 돌아오면 캐서린과 함께 점심을 먹었다. 체육관의 권투 사범은 콧수염을 기른 사람으로 동작이 간결하고 몸을 잘 흔들었지만 맹렬한 공격을 받으면 한순간에 허물어졌다. 체육관에 나가는 것도 즐거웠다. 체육관 공기는 상쾌하고 실내는 밝았으며 나는 열심히 운동을 했다. 줄넘기를 하거나 상대를 상상하여 혼자서 섀도우 복싱을 한 다음에는 열린 창으로 들어온 햇빛을 받아 따뜻해진 바닥에 드러누워 복부 운동을 했다. 가끔씩 사범과 연습 게임을 하여 그를 겁주기도 했다. 처음에는 나 혼자서 거울 앞에서 섀도우 복싱을 할 수가 없었다. 잔뜩 턱수염을 기른 남자가 권투 동작을 취하는 꼴이 너무나 이상했기 때문이다. 하지만 결국에는 그것을 재미있게 여기게 되었다. 권투를 시작하면서 나는 턱수염을 깎고 싶었지만 캐서린이 반대했다.

캐서린과 나는 가끔 마차를 타고 외출하여 시골길을 달렸다. 화창한 날의 마차 드라이브는 상쾌했다. 우리는 먹을 것을 가지고 가서 피크닉을 할 만한 장소를 두 군데나 발견했다. 이제 캐서린은 멀리까지 걷지 못하기 때문에 나는 그녀와 함께 시골길로 마차 드라이브를 나가는 것이 더 좋았다. 날씨가 청명한 날이면 멋진 시간을 보냈다. 지루한 적은 단 한 번도 없었다. 우리는 출산이 임박했다는 것을 알고 있었다. 그 때문에 뭔가 재촉당하는 기분이었고, 그래서 단둘이 있는 시간을 더욱 소중하게 여기며 단 한 순간이라도 헛되이 보내지 않으려 애썼다.

41

어느 날 새벽 3시쯤, 나는 캐서린이 침대에서 뒤척이는 소리를 듣고 깨어났다.

「괜찮아, 캣?」

「달링, 진통이 좀 있어요.」

「규칙적으로?」

「아니, 그런 것 같지는 않아요.」

「진통이 주기적으로 오면 병원에 갑시다.」

나는 몹시 졸음이 쏟아져 다시 잠들었다가 잠시 후 다시 깨어났다.

「의사를 부르는 게 좋을 것 같아요.」 캐서린은 말했다. 「아무래도 때가 온 것 같아요.」

나는 전화기로 가서 의사에게 전화를 걸었다. 「진통이 얼마나 자주 옵니까?」 의사는 물었다.

「진통이 몇 분마다 와, 캣?」

「15분마다 오는 것 같아요.」

「그렇다면 병원으로 가도록 하십시오.」 의사가 말했다. 「나도 곧바로 옷을 입고 가겠습니다.」

나는 전화를 끊고 택시를 부르기 위해 정거장 옆 차고에 연락했다. 한참 동안 아무도 전화를 받지 않았다. 마침내 어떤 남자와 통화하여 곧 택시를 보내 주겠다는 약속을 받았다. 캐서린은 옷을 입고 있었다. 가방은 병원에서 필요한 물건들과 아기 옷으로 가득했다. 바깥 복도로 나가 벨을 눌러 엘리베이터를 불렀지만 아무도 대답하지 않았다. 아래층으로 내려가 보니 야간 당직자 외에 아무도 없었다. 나는 직접 엘리베이터를 작동시켜 가방을 싣고 캐서린을 태운 다음 아래층으로 내려갔다. 야간 당직자가 우리를 위해 문을 열어 주었고, 우리는 차도로 내려가는 석조 계단에 앉아 택시를 기다렸다. 밤공기는 맑았고 하늘에 별들이 총총했다. 캐서린은 아주 흥분한 상태였다.

「진통이 시작되어 너무 기뻐요. 잠시 뒤엔 모든 게 끝날 테니까.」

「당신은 정말 용감한 여자야.」

「난 두렵지 않아요. 택시가 빨리 와주면 좋겠는데.」

부릉거리는 차 소리가 거리에서 들려오더니 곧 전조등 불빛이 보였다. 택시가 진입로로 들어왔다. 내가 캐서린의 승차를 돕고 운전기사는 가방을 앞자리에 실었다.

「병원으로 갑시다.」 나는 말했다.

병원에 도착해 우리는 곧바로 안으로 들어갔다. 나는 가방을 들고 있었다. 접수대에 앉은 여직원이 캐서린의 이름, 나이, 주소, 친척, 종교를 접수 대장에 적었다. 종교가 없다고 말하자 여직원은 그 칸에 가로로 작대기를 그었다. 그녀는 캐서린 헨리라고 이름을 말했다.

「입원실로 모시겠습니다.」 여직원이 말했다. 우리는 엘리베이터를 타고 올라갔다. 여직원이 엘리베이터를 세우자 우리는 복도에 내려 그녀를 따라갔다. 캐서린이 내 팔을 꽉 붙잡았다.

「이 방입니다.」 여직원이 말했다. 「옷을 갈아입고 침대에 누우세요. 여기 이 잠옷을 입으시고요.」

「내 잠옷이 있는데요.」 캐서린이 말했다.

「병원 잠옷을 입는 게 좋습니다.」 여직원은 대답했다.

나는 밖으로 나와 복도 의자에 앉아 있었다.

「이제 들어오셔도 됩니다.」 여직원은 문가에서 말했다. 캐서린은 비좁은 침대에 병원 잠옷을 입은 채 누워 있었다. 평범하고 펑퍼짐한 것이 마치 무명 시트로 만든 듯한 잠옷이었다. 그녀는 나를 보고 미소를 지었다.

「이제는 쿡쿡 쑤셔요.」 캐서린이 말했다. 여직원은 캐서린의 손목을 쥐더니 시계를 보며 진통 주기를 쟀다.

「이번 것은 굉장했어요.」 그녀의 얼굴에는 그 고통이 분명하게 드러나 있었다.

「의사는 어디에 있나요?」 나는 여직원에게 물었다.

「주무시고 계세요. 필요하면 오실 겁니다.」

「이제 부인에게 분만 전 조치를 취해야겠어요. 잠깐 밖에 나가 계시겠어요?」 간호사가 말했다.

나는 복도로 나왔다. 아무 장식도 없는 복도에는 창문 두 개와 닫힌 문들만 죽 늘어서 있을 뿐이었다. 병원 냄새가 심하게 났다. 나는 의자에 앉아 마룻바닥을 내려다보며 캐서린을 위해 기도했다.

「들어오세요.」 간호사였다. 나는 방으로 들어갔다.

「달링.」 캐서린이 나를 불렀다.

「어때?」

「이젠 진통이 자주 찾아와요.」 그녀는 얼굴을 잔뜩 찌푸렸다가 다시 미소 지었다.

「이번 건 진짜에요. 간호사님, 내 등에 다시 손을 얹어 주시겠어요?」

「도움이 된다면요.」 간호사는 말했다.

「달링, 밖으로 나가서 뭐라도 먹고 와요. 간호사님 말이 이런 건 오래간대요.」

「첫 출산은 으레 오래 끕니다.」 간호사가 덧붙였다.

「제발 밖에 나가 뭘 좀 먹어요. 난 정말 괜찮아요.」

「잠깐만 더 있다가.」

진통은 아주 규칙적으로 왔다가 가라앉았다. 캐서린은 몹시 흥분한 상태였다. 그녀는 진통이 심한 것을 좋은 현상이라고 생각했다. 진통이 누그러지기 시작하면 실망하면서 부끄러워했다.

「달링, 나가 줘요. 당신 때문에 신경이 쓰여요.」 그녀의 얼굴이 일그러졌다. 「아, 이번 건 좋았어요. 난 착한 아내가 될 거고 아기도 별 탈 없이 낳고 싶어요. 달링, 제발 나가서 요기를 하고 와요. 당신이 곁에 없어도 섭섭하게 생각하지 않을게요. 간호사님이 이렇게 잘해 주는데요, 뭐.」

「식사할 시간은 충분히 있습니다.」 간호사가 말했다.

「그럼 다녀올게. 달링, 잘 견디고 있어.」

「다녀와요.」 캐서린이 말했다. 「내 몫까지 맛있게 들어요.」

「아침 먹을 만한 곳이 있나요?」 나는 간호사에게 물었다.

「이 거리를 따라가면 광장에 카페가 있어요. 지금쯤이면 열려 있을 거예요.」

밖은 동틀 무렵이었다. 나는 텅 빈 거리를 내려가 카페로 갔다. 창문에 불이 켜져 있었다. 안으로 들어가 아연을 입힌 카운터 앞에 서니 늙은 주인이 화이트 와인 한 잔과 브리오슈[85]를 내주었다. 브리오슈는 어제 것이었다. 나는 그것을 와인에 적셔 먹고 이어 커피 한 잔을 마셨다.

「이 시간에 여기엔 무슨 일로?」 노인이 물었다.

「아내가 아이를 낳으려고 입원했습니다.」

「그렇군요. 행운을 빕니다.」

「와인 한 잔 더 주세오.」

그가 병을 들어 따라 주던 중 와인이 조금 넘쳐 아연 카운터 위로 살짝 흘렀다. 나는 두 번째 잔을 다 마시고 값을 치른 다음 밖으로 나왔다. 길가에는 집에서 내놓은 쓰레기통들이 미화원들을 기다리고 있었다. 개 한 마리가 쓰레기통에 코를 대고 냄새를 맡았다.

「뭘 먹으려고?」 나는 혹시 개에게 꺼내 줄 것이 있나 싶어서 쓰레기통을 들여다보았다. 커피 찌꺼기와 먼지와 시든 꽃이 전부였다.

「아무것도 없어, 개야.」 내가 중얼거렸다. 개는 길 건너로 달려갔다. 나는 캐서린이 입원한 층까지 병원 계단을 걸어 올라간 다음 복도를 따라 병실로 갔다. 문을 두드렸으나 대답이 없었다. 문을 여니 방은 비어 있었다. 캐서린의 가방은 아까 의자에 놓은 그대로였고 잠옷은 벽의 옷걸이에 걸려 있었다. 나는 밖으로 나와 복도를 따라가면서 사람을 찾았다. 그때 한 간호사가 눈에 띄었다.

「헨리 부인은 어디에 있죠?」

---

[85] *brioche*. 버터, 달걀, 효모로 만든 카스텔라 비슷한 과자.

「어떤 부인이 방금 분만실로 가던데요.」
「어디인가요?」
「안내해 드리죠.」

그녀는 나를 복도 끝으로 데려갔다. 문은 반쯤 열려 있었다. 캐서린이 시트를 덮어쓴 채 테이블 위에 누워 있는 모습이 보였다. 간호사는 그 옆 한쪽에 서 있었고 맞은편에는 의사가 어떤 기계 옆에 있었다. 튜브에 달린 고무 마스크를 한 손에 든 채였다.

「가운을 드릴 테니 입고 들어오세요.」 간호사가 말했다. 「이리로 오세요.」

그녀는 내게 하얀 가운을 입히고 목덜미 쪽에 안전핀을 꽂아 고정시켰다.

「자, 들어오세요.」 그녀를 따라 나는 병실로 들어갔다.

「달링.」 캐서린이 말했다. 긴장한 듯한 목소리였다. 「나는 별로 하는 일이 없어요.」

「당신이 헨리 씨인가요?」 의사가 물었다.

「예, 선생님. 산모의 용태는 좀 어떻습니까?」

「아주 좋습니다.」 의사는 대답했다. 「진통이 올 때 질소 가스[86]를 주입하기 쉽도록 이리로 데려왔습니다.」

「지금 주입해 주세요.」 캐서린이 말했다. 의사는 고무 마스크를 캐서린의 얼굴에 씌운 다음 다이얼을 돌렸다. 나는 캐서린이 급하게 심호흡하는 모습을 지켜보았다. 이윽고 그녀는 마스크를 치웠다. 의사가 작은 밸브를 잠갔다.

「이번엔 심하지 않았어요. 좀 전에 굉장한 게 왔거든요. 선생님 덕분에 견딜 수 있었어요, 그렇죠, 선생님?」 그녀의 목소

---

86 정확히는 아산화질소 가스를 의미한다. 마취와 진통의 효과가 있다.

리가 이상했다. 〈선생님〉이라는 단어를 말할 때는 음성이 높아졌다.

의사는 미소를 지었다.

「다시 해주세요.」 캐서린이 말했다. 그녀는 얼굴에 고무 마스크를 바짝 대고 숨을 가쁘게 쉬었다. 약간 신음하는 소리가 들렸다. 이윽고 마스크를 떼고 미소를 지었다.

「이번에는 컸어요.」 캐서린이 말했다. 「굉장히 큰 거였어요. 달링, 염려하지 말아요. 가봐도 돼요. 아침 식사를 해요.」

「여기 있을게.」

우리가 병원에 도착한 것은 새벽 3시쯤이었다. 낮 12시가 되었는데도 캐서린은 여전히 분만실에서 진통을 겪고 있었다. 진통은 다시 누그러졌다. 그녀는 몹시 피곤하고 지쳐 있었지만 그래도 쾌활했다.

「달링, 마음대로 안 되네요. 정말 미안해요. 아주 쉽게 끝낼 줄 알았는데. 자, 또 왔어요.」 그녀는 손을 뻗어 마스크를 쥐고 얼굴에 덮었다. 의사는 다이얼을 돌리고 지켜보았다. 곧 질소 가스 주입이 끝났다.

「대단한 건 아니었어요.」 캐서린은 미소 지었다. 「난 질소 가스에 반하게 된 것 같아요. 효과가 놀라워요.」

「집에 하나 장만하자고.」 나는 말했다.

「또 왔어요.」 캐서린이 급히 말했다. 의사는 다이얼을 돌리고 시계를 보았다.

「주기는 얼마나 됩니까?」 내가 물었다.

「약 1분이군요.」

「점심은 안 드십니까?」

「조금 이따가 들겠습니다.」

「선생님, 뭘 좀 잡수세요.」 캐서린이 말했다. 「너무 오래 걸려서 정말 죄송해요. 남편이 질소 가스를 주입하면 안 될까요?」

「괜찮으시다면 그러죠.」 의사는 말했다. 「다이얼은 2번까지 돌리세요.」

「알겠습니다.」 나는 말했다. 손잡이가 달린 다이얼에 숫자가 새겨져 있었다.

「지금 해줘요.」 캐서린이 말했다. 그녀는 마스크를 얼굴에 꼭 붙였다. 나는 2번으로 다이얼을 돌렸다가 캐서린이 마스크를 떼자 다이얼을 잠갔다. 내게 뭔가 일을 시켜 준 의사에게 고마운 마음이 들었다.

「당신이 해냈군요.」 캐서린이 말하면서 내 손목을 가볍게 두드렸다.

「그럼.」

「당신은 정말 좋은 사람이에요.」 그녀는 가스에 약간 취한 것 같았다.

「옆방에서 간단하게 식사를 하겠습니다.」 의사가 말했다. 「언제든 부르세요.」 시간이 천천히 흘러갔다. 나는 의사가 식사를 하고, 잠시 뒤에 드러누워 담배 피우는 모습을 지켜보았다. 캐서린은 점점 지쳐 갔다.

「내가 이 아기를 잘 낳을 수 있을까요?」 그녀가 물었다.

「물론이지. 당신은 할 수 있어.」

「힘껏 노력하고 있어요. 아랫배에 힘을 주는데도 그만 가 버리는군요. 또 왔어요. 가스를 주입해 줘요.」

오후 2시쯤 나는 외출하여 점심을 먹었다. 카페에는 두서너 명이 커피와 버찌 술, 혹은 포도 브랜디 잔을 앞에 놓고 식탁에 앉아 있었다. 나도 식탁에 앉았다. 「식사할 수 있습니까?」 내가 웨이터에게 물었다.

「점심시간은 지났습니다.」
「요기가 될 만한 건 없나요?」
「슈크루트[87]는 있습니다.」
「슈크루트와 맥주 주세요.」
「맥주는 작은 잔으로 드릴까요, 아니면 큰 잔으로 드릴까요?」
「작은 잔에 주세요. 약한 걸로.」

웨이터는 술을 뿌려 따끈하게 찐 양배추에 소시지로 속을 채우고 그 위에 햄 조각을 얹은 슈크루트 한 접시를 가져왔다. 나는 그 요리를 먹으며 맥주를 마셨다. 배가 몹시 고팠다. 카페의 식탁에 앉은 사람들을 둘러보았다. 한 테이블에서 카드놀이가 한창이었다. 내 옆의 테이블에서는 두 남자가 대화를 나누면서 담배를 피웠다. 카페 안에 담배 연기가 자욱했다. 아침을 먹었던 아연 카운터에는 지금 세 사람이 앉아 있었다. 노인, 검은 드레스 차림으로 앉아 식탁으로 내가는 음식 하나하나를 눈여겨보는 뚱뚱한 부인, 앞치마를 두른 소년. 저 뚱뚱한 여자는 애를 몇이나 낳았을까, 어떻게 낳았을까, 하고 나는 엉뚱한 생각을 했다.

슈크루트를 남김없이 먹고 나서 병원으로 되돌아갔다. 이제 거리는 말끔하게 청소되어 있었다. 밖에 내놓았던 쓰레기통들은 사라지고 없었다. 하늘에는 구름이 끼었지만 가끔씩 해가 비쳤다. 나는 엘리베이터를 타고 올라가서 복도를 지나 흰 가운을 벗어 놓았던 캐서린의 병실로 갔다. 가운을 입고 목덜미 부분을 안전핀으로 고정시켰다. 거울을 들여다보니

---

87 *choucroute*. 소금에 절인 양배추.

턱수염을 기른 가짜 의사 같은 모습이었다. 나는 복도를 지나 분만실로 갔다. 문이 닫혀 있어서 가볍게 두드렸다. 아무도 대답하지 않았다. 손잡이를 돌려 안으로 들어갔다. 의사가 캐서린 곁에 앉아 있었다. 간호사는 병실 저쪽 끝에서 뭔가 작업을 하고 있었다.

「남편분이 오셨어요.」 의사가 캐서린에게 알려 주었다.

「달링, 의사 선생님은 참 훌륭하세요.」 캐서린의 목소리는 아주 이상했다. 「정말 놀라운 이야기를 해주셨어요. 그리고 너무 심한 진통이 찾아오면 계속 가스를 주입하여 견뎌 내게 해줘요. 정말 훌륭한 분이에요. 선생님, 참 훌륭하세요.」

「당신, 가스에 취했군.」 내가 말했다.

「알아요.」 캐서린은 말했다. 「하지만 그렇게 얘기하지 말아요. 가스를 주입해 줘요, 가스.」 그녀가 마스크를 움켜쥔 채 짧게 심호흡을 하면서 헐떡이자 인공호흡 장치에서 찰칵찰칵 소리가 났다. 이윽고 그녀는 길게 한숨을 내쉬었고 의사는 왼손을 뻗어 마스크를 벗겼다.

「굉장한 진통이었어요.」 캐서린이 말했다. 목소리가 정말 이상했다. 「달링, 이제는 안 죽을 거예요. 죽을 고비를 넘겼으니까요. 당신도 기쁘죠?」

「다시는 그런 고비에 빠지면 안 돼.」

「그럼요. 하지만 무섭지는 않아요. 달링, 난 죽지 않을 거예요.」

「그런 어리석은 짓을 하면 되나요?」 의사가 거들었다. 「남편을 두고 죽는다니, 말이 안 돼요.」

「아, 그럼요. 안 죽을래요. 죽고 싶지 않아요. 죽는다는 건 바보 같은 짓이에요. 또 왔어요. 가스를 주입해 줘요.」

잠시 후 의사가 말했다. 「헨리 씨, 잠깐 나가 주시면 산모를 진찰하겠습니다.」

「선생님은 내 상태를 살피려는 거예요. 달링, 잠시 후에 돌아와요. 남편이 잠시 나갔다가 다시 와도 되겠죠, 선생님?」

「그럼요.」 의사가 대답했다. 「들어오셔도 좋을 때 알려 드리죠.」

나는 문을 열고 나와 복도를 따라 캐서린이 출산 뒤에 머무를 방으로 갔다. 의자에 앉아 방을 둘러보았다. 점심 먹으러 나갔을 때 사둔 신문이 웃옷에 있어서 그것을 꺼내 읽었다. 해 질 무렵이라 나는 전등을 켜고 신문을 읽었다. 이윽고 신문 읽기를 그만두고 전등을 끈 채 어스름이 내려앉는 바깥 풍경을 내다보았다. 의사가 왜 나를 부르지 않는지 궁금했다. 어쩌면 내가 자리를 지키지 않는 게 좋은 건지도 모른다. 내가 잠시 밖에 나가 있기를 바라는 것일 수도 있다. 나는 손목시계를 내려다보았다. 10분이 지나도 안 부르면 부르든 말든 가봐야지.

아, 가엾고 가엾은 캐트. 이것이 우리가 사랑을 나눈 대가다. 이것이 덫의 결말이다. 이것이 서로 사랑하는 자들이 얻는 결과다. 그렇지만 고맙게도 질소 가스가 있다. 이런 마취제가 나오기 전에 사람들은 어떻게 견뎠을까? 일단 고통이 시작되면, 물방아를 돌리는 물처럼 계속해서 그 고통을 겪어야 한다. 캐서린은 임신 기간을 순조롭게 보냈다. 그리 나쁘지 않았다. 입덧도 거의 없었다. 마지막까지도 심하게 괴로워한 일은 없었다. 그런데 지금은 고통이 그녀를 막다른 골목으로 몰아넣는다. 그 어떤 수단을 들이대도 그 고통으로부터 빠져나오지 못한다. 빌어먹을 고통! 우리가 결혼식을 쉰 번

올린다 해도 결과는 마찬가지였을 것이다. 만약 그녀가 죽으면 어떻게 하지? 아니, 그녀는 죽지 않아. 요즘 아이를 낳다가 죽는 여자는 거의 없으니까. 모든 남편들이 그렇게 생각하지. 그래, 하지만 그녀가 죽는다면? 안 죽는다니까. 죽긴 왜 죽어? 그녀는 지금 어려운 고비를 맞고 있을 뿐이야. 초산의 진통은 으레 질질 끌기 마련이니까. 그녀는 단지 어려운 시기를 지나는 것뿐이야. 나중에 우리는 지나간 일들을 얘기하면서 이 순간이 얼마나 힘들었는지 회상할 것이고, 캐서린은 뭐 지나고 보니 그리 힘든 것도 아니었다고 대범하게 말하겠지. 하지만 그녀가 죽는다면? 그럴 리 없어. 그래. 하지만 그녀가 죽는다면? 죽을 리 없다니까. 바보 같은 소리 좀 작작 해. 그냥 힘든 고비일 뿐이야. 그녀가 지옥 같은 고통을 겪는 건 자연의 이치야. 초산은 늘 질질 끌기 마련이라잖아. 그래, 하지만 그녀가 죽는다면? 그럴 리 없다니까. 어째서 죽는단 말이야? 죽어야 할 이유가 없잖아. 아기가 태어나려는 것일 뿐이야. 밀라노 미국 병원에서 한밤중에 나눈 사랑의 부산물로 저 녀석이 태어나려는 것뿐이라고. 애를 먹이다가 태어나면 나는 저 녀석을 잘 보살펴 주고 사랑을 쏟겠지. 하지만 그녀가 죽는다면? 안 죽을 거야. 하지만 죽는다면? 그럴 리 없어. 그녀는 멀쩡해. 하지만 그녀가 죽는다면? 그럴 수는 없다니까. 하지만 그녀가 죽는다면? 어이, 자넨 그땐 어떻게 할 거야? 만약 그녀가 죽는다면?

의사가 방으로 들어왔다.

「선생님, 아내는 어떻습니까?」

「진전이 없어요.」 그는 대답했다.

「무슨 말씀이신가요?」

「특별한 의미는 없어요. 진찰을 해봤는데……」그는 진찰 결과를 자세하게 설명했다.「그래서 경과를 지켜보고 있는데 진전이 없군요.」

「어떻게 하면 좋을까요?」

「두 가지 방법이 있어요. 하나는 겸자(鉗子) 분만인데, 그건 아이한테 해로울 뿐만 아니라 살을 찢어 놓을 수 있어서 아주 위험하고, 다른 하나는 제왕 절개 수술입니다.」

「제왕 절개 수술엔 어떤 위험이 있죠?」만약 그녀가 죽는다면!

「자연 분만보다 위험도가 높지 않습니다.」

「선생님이 직접 수술하십니까?」

「예, 수술 준비를 하고 필요한 인원을 모으려면 한 시간쯤 걸리겠죠. 어쩌면 더 빠를 수도 있고요.」

「선생님 생각은 어떤가요?」

「제왕 절개 수술을 권합니다. 만약 제 아내라면 제왕 절개 수술을 하겠어요.」

「수술 후유증은 어떻습니까?」

「없어요. 흉터가 조금 남을 뿐이죠.」

「감염될 가능성은요?」

「겸자 분만만큼 위험하지는 않습니다.」

「지금 상태로 그냥 놔두고 아무 조치도 취하지 않으면 어떻게 됩니까?」

「결국은 뭔가 대책을 강구해야 합니다. 부인은 이미 체력을 상당히 잃었습니다. 수술이 빠를수록 안전합니다.」

「될 수 있는 대로 빨리 수술해 주십시오.」나는 말했다.

「가서 수술을 준비하라고 지시하겠습니다.」

나는 분만실로 돌아갔다. 간호사가 캐서린 곁에 있었다. 캐서린은 불룩 나온 배를 시트로 가린 채 몹시 창백하고 피로한 모습으로 테이블에 누워 있었다.

「수술하라고 선생님에게 말했어요?」 그녀는 물었다.

「응.」

「정말 잘했네요. 한 시간이면 다 끝난다니까. 달링, 난 완전히 지쳤어요. 온몸이 산산조각 나는 것 같아요. 가스를 주입해 줘요. 효과가 없는데요. 아, 효과가 없어요!」

「심호흡을 해봐.」

「하고 있어요. 아, 가스가 더 이상 안 들어요. 효과가 없어요!」

「새 실린더를 가져다줘요.」 나는 간호사에게 말했다.

「새것인데요.」

「달링, 내가 바보예요.」 그녀는 울기 시작했다. 「하지만 가스가 이젠 효과가 없어요. 아, 정말 아기를 낳고 싶었고 어려움 없이 지나가려 했는데 이젠 기운이 바닥나고 온몸이 산산조각 났는데도 아무 효과가 없어요. 아아, 달링, 전혀 듣지 않아요. 진통만 그친다면 죽어도 좋을 것 같아요. 아아, 제발, 달링, 이 고통을 멈춰 줘요. 또 왔어요. 오오, 오오, 오오!」 그녀는 마스크 속에서 흐느끼며 가쁘게 숨을 몰아쉬었다. 「효과가 없어요. 듣지 않아요. 아무 효과도 없어요. 달링, 신경 쓰지 마요. 제발 울지 마요. 내 걱정은 마요. 그저 몸이 갈가리 찢긴 것뿐이에요. 가엾은 양반. 당신을 사랑해요. 난 곧 좋아질 거예요. 이번에는 잘해 볼게요. 의사들이 어떻게 좀 해줄 수 없을까요? 내게 뭔가 조치해 줄 수 없을까요?」

「효과가 나도록 해볼게. 다이얼을 끝까지 돌려 볼게.」

「지금 주입해 줘요.」

나는 다이얼을 끝까지 돌렸다. 그녀는 깊은 숨을 가쁘게 몰아쉬다가 마스크 쥔 손을 축 늘어뜨렸다. 나는 가스 주입을 멈추고 마스크를 벗겼다. 아주 먼 곳에 갔다가 돌아오듯 그녀는 의식을 회복했다.

「달링, 멋진 한 방이었어요. 아, 당신은 정말 내게 잘해 주는군요.」

「용기를 내, 마냥 주입할 수는 없으니까. 그러다가 당신을 죽일지도 모르거든.」

「달링, 이젠 용기도 바닥났어요. 난 완전히 부서졌어요. 산산조각이 났다고요. 이제 똑똑히 알겠어요.」

「누구나 겪는 일이야.」

「하지만 지긋지긋해요. 고통은 사람을 완전히 부수어 놓을 때까지 멈추질 않아요.」

「한 시간이면 다 끝날 거야.」

「그렇게 되면 정말 좋겠는데. 달링, 난 죽고 싶지 않아요.」

「죽긴 왜 죽어? 내가 약속해.」

「당신을 남겨 두고 죽고 싶지 않아요. 하지만 너무 지쳐서 꼭 죽을 것만 같아요.」

「쓸데없는 소리. 고통이 심하면 누구나 그렇게 느껴.」

「계속 내가 죽겠구나 하는 생각이 들어요.」

「죽지 않아. 그럴 리가 없어.」

「하지만 죽으면 어떻게 하죠?」

「죽도록 내버려 두지 않을 테야.」

「빨리 가스를 주입해 줘요. 빨리!」

잠시 후 그녀가 중얼거렸다. 「안 죽을래. 이대로 죽을 수는 없어.」

「당연하지, 당신은 안 죽어.」
「내 곁을 지켜 줄 거죠?」
「수술을 지켜보고 싶지는 않은데.」
「그래요. 그냥 거기 있어 줘요.」
「물론이지. 내내 곁에 있을게.」
「정말 고마워요. 자, 가스를 주입해 줘요. 좀 더 세게 넣어 줘요. 듣지를 않아!」

나는 다이얼을 3으로 돌렸다가 다시 4로 돌렸다. 의사가 돌아오면 좋겠는데. 나는 2를 넘어가는 숫자가 무서웠다.

마침내 처음 보는 의사가 간호사 두 명과 함께 들어와 캐서린을 바퀴 달린 들것에 올려놓고 복도로 나갔다. 들것은 복도를 급히 지나 엘리베이터로 들어갔다. 안에 있던 사람들은 공간을 내기 위해 벽에 바싹 붙어 섰다. 엘리베이터가 올라가고 문이 열리자 고무바퀴는 복도를 지나 수술실로 향했다. 캡과 마스크 탓에 나는 의사가 누군지 알아볼 수 없었다. 또 다른 의사와 간호사들이 몇 명 더 있었다.

「뭔가 좀 해주세요.」 캐서린은 말했다. 「뭘 좀 어떻게 해주세요. 아, 아, 제발, 선생님, 뭔가 효과가 나게 해주세요!」

한 의사가 그녀의 얼굴에 마스크를 씌웠다. 문 사이로 밝고 작은 원형 극장 같은 수술실이 보였다.

「저쪽 문으로 들어가서 앉아 계세요.」 간호사가 내게 말했다. 흰 테이블과 조명등이 내려다보이는 난간 뒤에 의자들이 있었다. 나는 캐서린을 바라보았다. 얼굴에 마스크를 쓴 그녀는 이제 조용해져 있었다. 그들이 들것을 앞으로 밀었다. 나는 얼굴을 돌리고 복도를 따라 걸었다. 간호사 둘이 서둘러 수술 참관실 입구 쪽으로 걸어갔다.

「제왕 절개 수술이야.」 한 간호사가 말했다. 「제왕 절개 수술을 할 모양인가 봐.」

또 다른 간호사가 웃으면서 말했다. 「우리가 제시간에 맞춰 왔네. 운이 좋지 않니?」 그들은 참관실로 이어지는 문으로 들어갔다.

또 다른 간호사가 빠른 걸음으로 왔다. 그녀도 서둘렀다.

「안으로 쭉 들어가세요. 저 안으로.」 그녀가 말했다.

「나는 밖에 있겠습니다.」

그녀는 급히 들어갔다. 나는 복도를 오락가락하면서 거닐었다. 안으로 들어가는 게 두려웠다. 창밖을 내다보았다. 밖은 어둑했지만 창에서 비치는 불빛을 통해 비가 내리는 것이 보였다. 나는 복도 맨 끝 방으로 들어가 유리 서랍장 안에 늘어선 약병들의 이름표를 살펴보았다. 그러다가 이내 밖으로 나와 텅 빈 복도에서 수술실 문을 지켜보았다.

한 의사가 간호사를 데리고 나왔다. 그는 가죽을 갓 벗겨낸 토끼 같은 것을 두 손에 든 채 급히 복도를 가로질러 또 다른 방으로 들어갔다. 그가 들어간 문으로 따라가 보니 그들은 갓난아기에게 뭔가 처치하고 있었다. 의사가 아기를 들어 내게 보여 주었다. 그는 아기의 발을 거꾸로 잡고 쳐들어 손바닥으로 등을 찰싹 때렸다.

「아이는 괜찮나요?」

「굉장한데요. 5킬로그램은 나가겠어요.」

나는 아이에 대하여 아무런 감정도 가질 수 없었다. 나와는 무관한 존재였다. 내가 그 아이의 아버지라는 느낌이 전혀 들지 않았다.

「아들이 자랑스럽지 않으세요?」 간호사가 물었다. 그들은 아기를 씻어 뭔가로 감쌌다. 거무스름한 작은 얼굴과 거무스름한 손이 보였지만, 꼼지락거리지도 않았고 우는 소리를 내지도 않았다. 의사는 아이에게 뭔가 조치를 취했다. 당황스러워하는 표정이 역력했다.

「별로.」 나는 대답했다. 「제 어미를 죽일 뻔했잖아요.」

「그거야 꼬마의 잘못이 아니죠. 아들을 원하지 않았나요?」

「원하지 않았어요.」 나는 말했다. 의사는 바쁘게 아기를 주물렀다. 그러더니 발을 거꾸로 잡고 아기의 등을 때렸다. 그런 장면을 계속 지켜보고 싶지 않아 나는 복도로 나왔다. 이제는 들어가서 캐서린을 봐도 되겠지. 나는 문으로 들어가 대기실 쪽으로 좀 더 내려갔다. 난간 뒤에 섰던 간호사들이 자기들 쪽으로 오라고 손짓했다. 나는 고개를 저었다. 이쪽에서도 잘 보였다.

나는 캐서린이 죽은 줄 알았다. 꼭 죽은 사람 같았다. 잿빛으로 바뀐 얼굴의 일부가 간신히 보였다. 아래쪽 조명등 아래에서 의사가 길고 두툼하게 벌어진 상처를 핀셋으로 꿰매고 있었다. 마스크를 쓴 또 다른 의사는 마취제를 주입했다. 마스크를 쓴 두 간호사들이 의료 기구를 건네고 있었다. 마치 종교 재판이 열리는 법정의 광경 같았다. 마음만 먹었다면 수술의 전 과정을 지켜볼 수도 있었지만 안 본 것이 다행이었다. 그녀의 배를 가르는 과정을 지켜볼 수 없었을 것이다. 하지만 의사가 구두 수선공처럼 날렵하고 능숙한 솜씨로 부어오른 절개 부위를 꿰매는 모습을 보니 마음이 놓였다. 상처 봉합이 끝난 뒤 나는 복도로 나와 다시 어슬렁거렸다. 이윽고 의사가 나왔다.

「환자는 어떻습니까?」
「괜찮습니다. 보고 계셨나요?」
그는 피곤해 보였다.
「봉합 장면을 보았습니다. 절개 부위가 몹시 길더군요.」
「그렇게 생각하셨나요?」
「예. 흉터는 깨끗이 아물까요?」
「아, 물론이죠.」

잠시 후, 그들은 바퀴 달린 들것을 밀고 나오더니 황급히 복도를 지나 엘리베이터 쪽으로 갔다. 나도 곁에서 따라갔다. 캐서린은 신음하고 있었다. 아래층에 도착한 그들은 캐서린을 입원실 침대에 눕혔다. 나는 침대 발치에 놓인 의자에 앉았다. 방에는 간호사가 있었다. 나는 일어나 침대 곁에 섰다. 방 안은 어두웠다. 캐서린이 손을 내밀었다. 「달링.」 몹시 약하고 피곤에 지친 목소리였다.

「그래, 달링.」
「아기는요?」
「쉬, 말을 하시면 안 돼요.」 간호사가 말했다.
「아들이야. 크고 통통하고 거무스름한 녀석이야.」
「정상인가요?」
「응, 건강해.」

나를 이상하게 쳐다보는 간호사의 시선이 느껴졌다.
「지칠 대로 지쳤어요.」 캐서린이 말했다. 「그리고 지독하게 아팠어요. 당신은 괜찮아요?」
「난 괜찮아. 당신 피곤하니까 얘기하지 마.」
「당신은 내게 정말 잘 대해 주었어요. 아, 달링, 지독하게 아팠어요. 아기는 어떻게 생겼어요?」

「늙은이의 얼굴처럼 주름 잡힌 게 꼭 가죽을 벗겨 놓은 토끼 같더군.」

「밖으로 나가셔야겠어요.」 간호사가 끼어들었다. 「부인은 말을 하면 안 됩니다.」

「나가 있어야겠어.」

「나가서 뭔가 먹어요.」

「아니, 병실 밖에 있을게.」 나는 캐서린에게 키스했다. 그녀의 잿빛 얼굴은 연약하고 피로에 절어 있었다.

「잠깐 얘기할 수 있을까요?」 나는 간호사에게 말했다. 그녀는 나를 따라 복도로 나왔다. 나는 복도를 조금 걸었다.

「아기가 어떻게 됐나요?」 내가 물었다.

「모르세요?」

「예.」

「살아나지 못했어요.」

「죽었나요?」

「호흡을 시킬 수 없었답니다. 탯줄이 목에 감겼다나, 뭐 그랬대요.」

「그래서 죽었군요.」

「예, 정말 유감이에요. 아주 잘생긴 사내 녀석이었는데. 알고 계시는 줄 알았어요.」

「몰랐습니다.」 나는 대답했다. 「산모 곁으로 돌아가 주세요.」

나는 테이블 앞 의자에 앉았다. 테이블 곁에는 간호사의 보고서가 클립에 끼워진 채 매달려 있었다. 나는 멍하니 창밖을 내다보았다. 보이는 것이라곤 어둠과, 창문의 불빛을 뚫고 내리는 비뿐이었다. 바로 그거였군. 아기가 죽었군. 그래서 의사가 당황해하고 피곤해 보였던 거군. 하지만 어째서 아이를 데리고 방에서 그런 행동을 했을까? 어쩌면 아기가 되살아나 호흡을 시작할 거라고 생각했던 거겠지. 내게 종교는 없지만 아이에게 세례를 주었어야 마땅한 일 아니었을까? 하지만 전혀 숨을 쉬지 않았다면 어떻게 되는 거지? 아기는 아예 숨을 쉬지 않았어. 살아 있지 않았던 거야. 캐서린의 배 속에서는 숨을 쉬었지. 아기가 캐서린의 배를 툭툭 차는 건 내가 종종 만져 봤으니까. 하지만 최근 일주일 동안은 그런 발길질이 없었어. 어쩌면 그동안 내내 질식한 채 죽어 있었는지도 몰라. 가엾은 것. 나도, 제기랄, 나도 그렇게 되었다면 얼마나 좋았을까. 하지만 그런 일은 없었지. 그렇게 죽으면 태어난 이후의 이런 죽음의 고통은 겪지 않아도 되겠지. 이제 캐서린은 죽을 것 같아. 사람은 누구나 죽어. 죽는다고. 죽음이 무엇인지도 모르고 죽어 가지. 결코 그 의미를 깨우칠 시간의 여유도 없이. 인간은 이 세상에 내던져진 다음 세상의 규칙을 일방적으로 통지받는 거야. 그리고 그 규칙의 베이스에서 떨어지자마자[88] 세상은 그 사람을 죽여 버리지. 아니면 아이모처럼 어이없게 죽여 버리거나. 또는 리날디처럼 매독에 걸리게 해서 천천히 죽이지. 결국 죽이는 것은 마찬가지야. 그건 확실해. 잠시 유예해 줄 뿐 결국에는 죽여 버리지.

언젠가 캠프에 나갔을 때 이런 것을 보았다. 내가 화톳불에 장작을 올려놓자 개미들이 그 장작에 잔뜩 달라붙었다. 장작이 타기 시작하자, 개미는 떼를 지어 먼저 불타는 중심부로 몰려갔다가 되돌아서서 장작 끝으로 달아났다. 끝에 몰린 개미들은 불 속으로 떨어졌다. 어떤 놈들은 몸에 화상을 입어 납작해져서 어디로 가는지도 모르는 채 불길을 빠져나갔다.

[88] 베이스에서 떨어진 주자는 죽는다는 야구 경기에 대한 비유이다.

하지만 대부분은 불길 쪽으로 몰려갔다가 장작 끝으로 되돌아 나와 뜨겁지 않은 장작 끝에 떼를 지어 몰렸고, 결국에는 불 속으로 떨어졌다. 그때 나는 이렇게 생각했다. 이제 개미들로서는 세상의 종말이 온 셈이겠지. 구세주가 될 멋진 기회가 내게 왔으니, 화톳불에서 장작을 집어 개미들이 도망칠 수 있는 곳으로 던져 줄까? 하지만 나는 그저 장작에 물 한 컵을 끼얹었을 뿐이다. 그것도 컵에 있던 물을 비우고 위스키를 따른 다음 다시 물을 탈 생각으로. 불타는 장작에 끼얹은 물은 개미를 삶아 죽이는 역할만 했을 뿐이다.

나는 이제 복도에 앉아 캐서린의 상태가 어떤지 알기 위해 기다렸다. 간호사는 밖으로 나오지 않았다. 잠시 후 나는 수술실 문으로 다가가 살그머니 문을 열고 들여다보았다. 처음에는 아무것도 보이지 않았다. 복도에는 밝은 불을 켜둔 반면 방 안은 어두웠기 때문이다. 이윽고 침대 곁에 앉아 있는 간호사와 베개를 벤 캐서린의 머리가 보였다. 시트를 덮고 있는 그녀의 몸이 홀쭉했다. 간호사가 손가락을 입술에 대고 일어서더니 문으로 다가왔다.

「어때요?」 나는 물었다.

「아무 일 없어요. 외출하여 저녁 식사를 하시고 다시 오세요.」

나는 계단을 내려가 병원의 문을 열고 나와 비를 맞으면서 어두운 거리를 따라 카페로 걸어갔다. 카페 안에는 전등이 환하게 켜져 있었고 식탁에는 사람들이 많았다. 앉을 만한 곳이 보이지 않았다. 웨이터가 다가와 나의 젖은 코트와 모자를 받고서, 나이 지긋한 남자가 앉아 있는 식탁의 좌석으로 안내해 주었다. 그 남자는 맥주를 마시면서 석간신문을 읽고 있었다. 나는 자리에 앉아 웨이터에게 오늘의 요리가 무엇인지 물었다.

「송아지 스튜였는데 떨어졌습니다.」
「그럼 어떤 요리가 있죠?」
「햄에그나 치즈를 곁들인 달걀, 혹은 슈크루트가 있습니다.」
「슈크루트는 점심때 먹었는데.」 나는 말했다.
「그렇군요.」 그는 대답했다. 「맞아요, 점심때 그걸 드셨죠.」 정수리가 벗어져 있고 나머지 머리를 매끈하게 빗은 중년의 남자였다. 얼굴에는 친절한 표정이 배어 있었다.
「무엇으로 드시겠습니까? 햄에그? 아니면 치즈를 곁들인 달걀로 할까요?」
「햄에그.」 나는 대답했다. 「그리고 맥주.」
「작은 잔이죠?」
「그렇소.」
「기억납니다. 낮에도 그 맥주를 드셨지요.」
나는 햄에그를 먹고 맥주를 마셨다. 햄에그는 동그란 접시에 나왔는데 햄을 밑에 깔고 달걀을 위에 얹은 것이었다. 무척 뜨거워서 처음 한 입을 베어 먹자마자 얼른 맥주를 한 모금 마셔서 입안을 식혀야 했다. 배가 고픈 나머지 나는 웨이터에게 한 접시를 더 주문했다. 맥주도 여러 잔 마셨다. 나는 멍하니 앉아서 맞은편 사람이 들고 있는 신문을 읽었다. 영국군 전선이 돌파되었다는 기사였다. 내가 뒷면을 읽는 것을 눈치챈 그 신사는 신문을 접어 버렸다. 나는 웨이터에게 신문을 가져다 달라고 부탁할까 생각했지만 정신을 집중할 수 없었다. 실내 공기가 탁하고 더웠다. 식탁에 앉은 사람들 대부분은 서로 아는 사이였다. 카드놀이를 하는 사람들도 몇 명 있었다. 웨이터들은 카운터에서 식탁으로 술을 나르느라 분주

했다. 두 사람이 더 들어왔지만 앉을 자리가 없었다. 그들은 내가 앉아 있는 식탁 맞은편에 섰다. 나는 맥주를 더 주문했다. 아직 일어날 생각이 없었다. 병원으로 돌아가기엔 너무 일렀다. 나는 아무 생각도 하지 않고 마음을 완전히 차분하게 가라앉히려 애썼다. 두 남자는 여기저기 돌아다녔지만 아무도 일어나지 않자 나가 버렸다. 나는 맥주를 한 잔 더 마셨다. 이제 내 앞 식탁에는 술잔 받침이 수북하게 쌓여 있었다. 맞은편 남자는 안경을 벗어 안경집에 집어넣고 신문을 접어 호주머니에 넣더니 리큐어 잔을 들고서 실내를 둘러보았다. 불현듯 병원으로 돌아가야 한다는 생각이 들었다. 웨이터를 불러 값을 치르고 코트를 입고 모자를 쓴 다음 문을 나섰다. 나는 비를 맞으면서 병원으로 걸어갔다.

위층에서 나는 복도를 따라 내려오는 간호사와 만났다.

「방금 호텔로 전화를 걸었는데요.」 그녀는 말했다. 순간 가슴속에서 뭔가 덜컹 떨어지는 듯했다.

「뭐가 잘못됐나요?」

「헨리 부인의 출혈이 멎지 않아요.」

「들어가도 됩니까?」

「아니요, 아직 안 됩니다. 의사 선생님이 함께 계세요.」

「위험한가요?」

「아주 위험한 상황이에요.」 간호사는 병실로 들어가 문을 닫았다. 나는 복도에 앉았다. 마음속이 텅 비었다. 아무 생각도 없었다. 아니, 생각할 수 없었다. 캐서린이 죽어 가고 있었다. 나는 죽지 않게 해달라고 기도했다. 죽지 않게 해주세요. 아아, 하느님, 제발 죽지 않게 해주세요. 만약 죽지 않는다면 당신을 위해 무슨 짓이든 하겠습니다. 제발, 제발, 제발, 하느님, 죽지 않게 해주세요. 하느님, 제발 죽지 않게 해주세요. 그녀가 죽지 않는다면 당신이 시키는 일은 무엇이든 다 하겠습니다. 아기는 데려가셨지만 캐서린은 죽지 않게 해주세요. 아기를 데려가신 건 괜찮지만 그녀가 죽지 않도록 해주세요. 제발, 제발, 하느님, 죽지 않게 해주세요.

간호사가 문을 열고 내게 들어오라는 손짓을 했다. 나는 뒤따라 병실로 들어갔다. 내가 들어가도 캐서린은 날 바라보지 않았다. 나는 침대 옆으로 다가갔다. 의사는 침대 맞은편에 서 있었다. 캐서린은 나를 보고 희미한 미소를 지었다. 나는 침대 쪽으로 허리를 굽힌 채 울기 시작했다.

「가여운 분.」 캐서린은 조용히 말했다. 안색이 잿빛이었다.

「괜찮아, 캐트.」 나는 말했다. 「이젠 괜찮아질 거야.」

「난 죽을 거예요.」 그러고서 그녀는 한참 기다렸다가 말했다. 「죽기 싫어요.」

나는 그녀의 손을 잡았다.

「만지면 안 돼요.」 그녀가 말했다. 나는 손을 놓았다. 그녀는 미소를 지었다. 「가엾은 사람. 마음대로 만져요.」

「괜찮아질 거야, 캐트. 내가 알아, 당신은 회복될 거야.」

「만일의 경우에 대비해서 당신에게 편지를 써두려고 했는데 결국 못 했네요.」

「사제나 누군가를 불러 줄까?」

「당신이면 돼요.」 그녀는 잠시 후 말을 이었다. 「난 죽음이 두렵지 않아요. 그냥 싫을 뿐이에요.」

「말을 너무 많이 해서는 안 됩니다.」 의사가 끼어들었다.

「알았어요.」 캐서린은 대답했다.

「뭔가 해줄까, 캐트? 뭘 가져다줄까?」

캐서린은 미소를 지었다. 「아뇨.」 잠시 후 그녀는 말을 이었다. 「나 말고 다른 여자 만나서 우리의 관계를 되풀이하지 않을 거죠? 우리가 나누었던 똑같은 얘기를 반복하지 않을 거죠?」
　　「절대로 안 해.」
　　「하지만 당신에게 다시 사랑하는 여자가 생기길 바라요.」
　　「그런 건 필요 없어.」
　　「말을 너무 많이 하는군요.」 의사는 말했다. 「헨리 씨는 잠시 나가 주세요. 나중에 들어오도록 하시죠. 당신은 죽지 않을 거예요. 바보 같은 소리 그만해요.」
　　「알겠어요.」 캐서린은 말했다. 「곧 당신에게 돌아가 많은 밤을 함께 보낼 거예요.」 이제는 말하는 것도 무척 힘들어 보였다.
　　「이제 밖으로 좀 나가 주세요.」 의사가 말했다. 「말을 해서는 안 됩니다.」 캐서린이 잿빛 얼굴로 내게 윙크를 보냈다. 「문밖에 있을게.」 나는 말했다.
　　「달링, 염려하지 말아요.」 캐서린이 말했다. 「조금도 두렵지 않아요. 이건 그냥 다 더러운 속임수예요.」
　　「아름답고 용감한 사람.」
　　나는 바깥 복도에 나와 기다렸다. 아주 오랜 시간이 흘렀다. 간호사가 문을 열고 나와 내게 다가왔다. 「부인이 중태인 것 같아요. 걱정스러워요.」 그녀는 말했다.
　　「죽은 건가요?」
　　「아니요, 하지만 혼수상태입니다.」
　　캐서린의 출혈이 계속되는 것 같았다. 의료진은 출혈을 멈출 수가 없었다. 나는 병실로 들어가 캐서린이 숨을 거둘 때까지 곁을 지켰다. 그녀는 내내 의식을 찾지 못했고, 얼마 지나지 않아 숨을 멈추었다.

병실 밖 복도에서 나는 의사에게 물었다.「오늘 저녁에 내가 할 일이 있습니까?」

「아뇨, 특별한 일은 없습니다. 호텔까지 모셔다 드릴까요?」

「아뇨, 됐습니다. 난 여기 잠시 더 있겠습니다.」

「뭐라고 드릴 말씀이 없군요. 제가 얼마나 죄송한지……」

「아니요. 그런 말씀 마세요.」

「안녕히……」 그가 말했다.「제가 호텔까지 모셔다 드리면 안 될까요?」

「아뇨, 됐습니다.」

「저희로서는 유일한 방법이었습니다. 수술은 결국 ─」

「거기에 대해서는 더 말하고 싶지 않습니다.」 나는 말을 잘랐다.

「호텔까지 모셔다 드리면 좋을 텐데.」

「아뇨, 됐습니다.」

그는 복도 아래쪽으로 걸어갔다. 나는 병실 쪽으로 되돌아갔다.

「지금 들어오시면 안 돼요.」 간호사들 중 한 명이 말했다.

「아니, 들어가겠습니다.」 나는 말했다.

「아직 들어오시면 안 됩니다.」

「당신은 여기서 나가 줘요.」 나는 말했다.「다른 사람들도.」

간호사들을 내보낸 다음 문을 닫고 전등을 껐지만, 아무 소용 없었다. 마치 조각상에게 작별 인사를 하는 것 같았다. 잠시 후 병실에서 나온 나는 병원을 벗어나 비를 맞으며 호텔을 향해 걸었다.

역자 해설
생물적 덫과 단독 평화 조약

『무기여 잘 있거라*A Farewell to Arms*』는 1929년 9월 27일에 스크리브너사(社)에서 발간한 헤밍웨이의 두 번째 장편소설이다. 단행본 발간에 앞서 이 소설은 1929년 『스크리브너스 매거진*Scribner's Magazine*』에 6회에 걸쳐 연재되었다. 초판 발간 당시 31,050부를 인쇄했고, 그 후 〈잃어버린 세대*lost generation*〉의 반전(反戰) 정신과 제1차 세계 대전 이후의 허무주의를 치밀하게 묘사한 작품으로 평가받아 세계적인 베스트셀러가 되었다.

첫 장면은 1915년의 늦은 여름을 배경으로 시작하는데, 당시 이탈리아의 북동부 전선에서는 전쟁이 치열하게 전개되고 있었다. 그리고 3년여가 흐른 1918년 3월, 여주인공 캐서린 바클리가 스위스 로잔의 한 병원에서 난산으로 제왕 절개 수술을 하고서 아이를 낳으려 하지만 결국 산모와 아이의 죽음으로 소설은 끝을 맺는다.

작가의 생애

헤밍웨이는 1899년 7월 21일 시카고 교외의 오크 파크에서 태어났다. 아버지는 사냥과 낚시를 좋아하는 의사였고 어머니는 미술과 음악에 관심이 깊은 주부였다. 헤밍웨이는 사냥과 낚시를 가르쳐 준 아버지에게 강한 애정을 느꼈으나, 자신으로서는 별 취미도 없는 첼로 연주를 강요하는 등 강압적이었던 어머니에게는 심한 저항감을 느꼈다. 그가 고등학교를 졸업하고 곧바로 취업 전선에 뛰어든 것도 이러한 집안 환경 때문이었다. 아버지에 대한 회고와 그리움은 헤밍웨이 작품 전반에 걸쳐 자주 언급되나, 어머니에 대한 언급은 이례적일 정도로 없다. 특히 아버지는 1928년에 권총으로 자살함으로써 헤밍웨이에게 〈죽음에 대한 강박〉이라는 평생의 화두를 안겨 주기도 했다.

1917년 고등학교를 졸업한 뒤 헤밍웨이는 학교 교지를 편집한 경험과 뛰어난 글솜씨 덕분에 캔자스시티의 유력 신문 「스타The Star」지에 취직하여 저널리스트 생활을 시작했다. 곧이어 제1차 세계 대전에 참전하려 했는데 시력이 좋지 않아 입대가 거부되자 미국 적십자사의 자원병 장교로 뽑혀서 참전하게 된다. 열아홉이 채 안 된 나이에 이탈리아에서 구급차 운전사로 활약하던 그는 오스트리아-이탈리아 전선에서 부상을 입고 밀라노로 후송되었다. 그곳에서 적십자사 간호사인 아그네스 폰 크로프스키Agnes von Kurowsky와 사랑에 빠졌으나 결혼에 이르지는 못했고, 후일 이 경험을 바탕으로 『무기여 잘 있거라』를 집필했다.

부상에서 회복하여 귀국한 헤밍웨이는 창작과 기자 일을 병행하다가 1921년 헤이들리 리처드슨Elizabeth Hadley

Richardson과 결혼하여, 『토론토 스타 위클리*Toronto Star Weekly*』지 통신원 자격으로 프랑스에 건너갔다. 파리에서는 스콧 피츠제럴드Francis Scott Fitzgerald, 거트루드 스타인Gertrude Stein, 에즈라 파운드Ezra Pound 등 미국 작가들과 사귀면서 본격적인 문학 수업에 돌입했다. 이때의 경험은 헤밍웨이 사후에 발간된 『이동 축일*A Moveable Feast*』에 상세히 묘사되어 있다.

1926년 헤밍웨이는 첫 번째 부인 아그네스와 이혼하고 폴린 파이퍼Pauline Pfeiffer와 재혼한다. 그는 새로운 여자를 만날 때마다 당시의 부인과 이혼하고 사귀던 여자와 재혼하는 절차를 반복했다. 그렇게 네 명의 여자와 네 번 결혼했는데, 앞의 세 여자는 헤밍웨이의 〈마초*macho*〉 기질에 반발하여 갈등을 겪다가 헤어졌지만, 마지막 여자 메리Mary Welsh는 17년 동안 순종적이고 참을성 있는 태도로 일관하여 헤밍웨이가 사망할 때까지 그의 곁을 지켰다. 전 부인들과의 이혼 사유는 주로 헤밍웨이의 마초적이고 이기적인 태도와 다른 여자와의 불륜이었다. 1920년대에 이미 작가로서 명성을 얻은 헤밍웨이는 투우, 낚시, 사냥 등의 취미 활동과 여행을 통하여 강인하고 용감한 〈마초맨〉의 이미지를 굳혀 나갔고 또한 스페인 내전과 제2차 세계 대전에 스스로 참전함으로써 용감한 전사의 명성을 굳건히 다졌다.

1920년대와 1930년대에 스페인 곳곳을 여행한 헤밍웨이는 1936년 스페인 내란이 발발하자 공화국을 지키려는 사람들을 위해 모금 운동을 벌이는가 하면 통신원 자격으로, 혹은 여행 목적으로 네 차례나 스페인을 방문했다. 이 무렵 그는 세 번째 부인이 되는 여기자 마사 겔혼Martha Gellhorn을 만

나는데,『누구를 위하여 종은 울리나*For Whom the Bell Tolls*』에 등장하는 여주인공 마리아의 모델이 바로 마사였고 그리하여 이 소설은 그녀에게 헌정되었다.

헤밍웨이는 마사와 결혼한 뒤 쿠바의 아바나 근처에 있는 핑카 비히아Finca Vigía 농장을 구입하여 그곳에 정착했다. 쿠바에 살면서 아내와 함께 일본의 중국 침략을 취재하러 중국에 다녀오고 독일에 대한 첩보 활동을 벌였으며, 유럽에 기자로 파견되어 노르망디 작전과 파리 해방에 참여하기도 했다. 기자 신분이었지만 전투에서는 군인 못지않게 용감하게 활약했고, 군사 문제와 게릴라 활동 및 정보 수집에서는 실제로 큰 역할을 했다. 전쟁이 끝난 뒤 쿠바의 집으로 돌아간 헤밍웨이는 세 번째 결혼 역시 실패하고 네 번째 아내인 메리 웰시와 결혼한다. 1940년『누구를 위하여 종은 울리나』를 펴낸 이후 그가 이렇다 할 작품을 내놓지 못하자 작가 생명이 다 되었다는 소문이 나돌았으나, 그는「노인과 바다The Old Man and the Sea」를 발표하여 그러한 악평을 단번에 잠재웠다.

헤밍웨이의 작가 생활은 성공과 실패가 반복되는 승강 곡선을 보인다. 1920년대에는 뛰어난 단편들과『해는 또 다시 떠오른다*The Sun Also Rises*』,『무기여 잘 있거라』등의 장편소설로 모더니스트 작가로서의 명성을 확립했으나, 1930년대에는『가진 자와 못 가진 자*To Have and Have Not*』라는 비교적 평범한 소설을 내놓아 비평가들로부터 〈3류 소설〉이라는 혹평을 받았다. 1940년대 초반 발표한『누구를 위하여 종은 울리나』로 그는 일거에 명성을 만회하고서도, 1940년대 후반의『강 건너 숲 속으로*Across the River and Into the Trees*』는『가진 자와 못 가진 자』보다 더 시시한 작품이라는 평가를 받았고, 심지어 〈이제 헤밍웨이는 끝났다〉는 소리까지 나왔다. 그리고 「노인과 바다」를 발표하여 1953년 퓰리처상과 1954년 노벨 문학상을 수상한 후에도, 평범한 논픽션 「위험한 여름The Dangerous Summer」을 발표하여 악평을 얻는 등 또다시 실패의 시기를 겪어야 했다.

1960년 쿠바 혁명으로 인해 핑카 비히아 농장에서 철수하게 된 헤밍웨이는 미국으로 돌아와 마지막 대작을 위해 집필에 전념했다. 실패와 성공을 반복해 온 자신의 과거를 되돌아보며 헤밍웨이 문학을 총결산하는 대작을 써내기 위해 자신을 채찍질했다. 헤밍웨이의 문학을 폄하하는 비평가들은 그의 문학을 〈애니AANI〉, 즉 〈행동만 있고 사상이 없다All Action No Idea〉고 진단했다. 또 『무기여 잘 있거라』의 프레더릭 헨리, 『해는 또 다시 떠오른다』의 제이크 반스, 『누구를 위하여 종은 울리나』의 로버트 조던 등 헤밍웨이의 주요 인물들은 나이만 먹을 뿐 성장하지는 않는다는 혹평도 있었다. 그러나 주인공 산티아고 노인의 행동과 사상이 잘 융합되어 있는 작품인 「노인과 바다」는, 이후 헤밍웨이 60년 문학을 총결산하는 엄청난 대작이 나오리라는 기대감을 높이기에 충분했다.

이러한 기대는 헤밍웨이에게 감당하기 어려운 압력이었다. 그는 〈애니〉라는 험담을 일거에 불식시키고 누구나 승복할 수 있는 대작을 써내야 한다는 강박 관념과 그것을 이루지 못하고 있는 좌절감 속에서 심한 불안과 우울증에 시달렸다. 평범한 사람 같았으면 그때까지의 업적만으로도 만족을 느끼며 물러설 수 있었겠지만 헤밍웨이는 그렇게 할 수가 없었다. 언론과 잡지와 뉴스를 통해 평생에 걸쳐 스스로 만들어 온 백절불굴의 용감한 헤밍웨이 신화가 그것을 용납하지 않앉던 것이다. 이것이 엄청난 부담으로 작용하여 그는 신경 쇠약에 빠졌고 조울증적 피해망상에 시달리게 되었다. FBI가 자기를 도청하고 미행한다고 불평을 늘어놓는가 하면, 주변 사람들이 모두 FBI에 포섭되어 자신의 일거수일투족을 밀고한다고 의심했다. 심지어 은행 잔고가 충분하지 못해 세금을 제때 납부하지 못할 것을 걱정했고(그는 사후에 아내 메리에게 140만 달러라는, 작가라기보다는 사업가의 자산이라고 할 만한 거금을 남겼다), 순종적인 아내 메리에게 〈내 편이 아니라 저들 편〉이라고 비난하며 욕설을 퍼붓기도 했다.

1960년 가을과 1961년 봄 두 번에 걸쳐 정신 병원에 입원하여 열 차례 이상 전기 충격 요법을 받은 헤밍웨이는 병을 이겨 내지 못하고 아이다호 케첨에 있는 자신의 집으로 돌아온 이틀 뒤인 1961년 7월 2일 엽총을 입에 문 채 방아쇠를 당겼다. 그의 시신은 케첨에 묻혔고 근처에 세워진 추모비에는 이러한 비문이 새겨졌다. 〈그는 무엇보다도 가을을 사랑하였다. 미루나무 숲의 노란 잎사귀들, 송어가 뛰노는 냇물에 흘러가는 잎사귀들, 그리고 저 언덕 너머의 높푸르고 바람 없는 하늘을. 이제 그는 영원히 이런 풍경과 하나가 되었다.〉

작품의 배경

이 소설의 무대는 제1차 세계 대전이 벌어지고 있는 이탈리아이다. 제1차 세계 대전은 작가 헤밍웨이의 경력에 결정적인 영향을 미쳤고 그는 『무기여 잘 있거라』를 통해 이를 아주 자세히 묘사했다. 제1차 세계 대전은 〈거대한 유럽 전쟁〉 혹은 〈모든 전쟁을 끝내기 위한 전쟁〉 등으로 불리기도 하는데,

그 직접적인 원인은 1914년 6월 29일에 벌어진 오스트리아-헝가리 제국의 대공 프란츠 페르디난트Franz Ferdinand의 암살 사건이었다. 당시 독일과 프랑스(그리고 영국), 러시아와 오스트리아-헝가리 사이에는 경제적 경쟁, 영토 분쟁, 민족주의 등의 사유로 인해 여러 해에 걸쳐 적개심이 축적되어 왔다. 당시 오스트리아-헝가리 제국은 오스트리아와 헝가리는 물론 오늘날의 슬로베니아, 크로아티아, 보스니아-헤르체고비나, 유고슬라비아를 포함하는 대제국이었다.

자국의 대공이 세르비아 민족주의자에게 암살되자 독일의 전폭적 지지를 받는 오스트리아-헝가리는 세르비아에 선전 포고를 하고, 이에 대응하여 러시아가 군사 동원령을 내리자 1914년 8월 1일 독일이 러시아에 선전 포고를 한다. 이어 8월 3일 독일은 프랑스에도 선전 포고를 하고 중립국인 벨기에와 룩셈부르크를 통과하여 서쪽으로 군대를 파견했다. 독일이 벨기에의 중립성을 침범하자 영국은 참전의 구실을 얻고서 독일에 선전 포고를 한다. 그 후 몬테네그로와 일본이 가세하면서 연합국은 이 두 나라를 포함하여 영국, 프랑스, 이탈리아, 러시아, 세르비아, 벨기에, 포르투갈, 루마니아, 그리스 등으로 구성되었다. 이에 맞서는 동맹국은 오토만 제국(터키), 독일, 오스트리아-헝가리 제국 등이었다. 연합국인 이탈리아와 동맹국인 오스트리아-헝가리 사이의 전투가 벌어지는 이탈리아 북동부 전선이 바로 『무기여 잘 있거라』의 무대가 되었다.

1914년 8월 제1차 세계 대전 발발 당시 헤밍웨이는 시카고 서쪽에 있는 오크 파크 고등학교 2학년생이었다. 1917년 4월 2일 미국이 연합국 편에 서서 참전을 선언했을 때는 아직 고교 졸업 두 달 전이었지만 그는 1917년 가을부터 신문 기자로 일하면서 이 전쟁에 대하여 깊은 관심을 갖게 되었고 결국에는 참전까지 하게 된다.

헤밍웨이의 제1차 세계 대전 참전은 짧지만 아주 결정적인 경험이었다. 고교 졸업 후 그는 일간지 「스타」의 기자가 되었고, 이 시기(1917년 가을과 겨울)에 제1차 세계 대전에 참전하고 싶다는 마음을 굳힌다. 그리하여 1918년 봄, 헤밍웨이와 신문사 동료인 테드 브럼백Ted Brumback은 이탈리아 군대에서 앰뷸런스를 운전하고 지휘하는 장교가 되기 위해 미국 적십자사에 지원한다. 두 사람은 5월 23일 뉴욕을 떠나 프랑스로 갔고 6월 4일 이탈리아의 임지에 도착했다. 이때 헤밍웨이는 포살타에 주둔한 이탈리아 군대에 초콜릿과 담배를 보급하는 업무에 자원했다. 그러다가 7월 8일 오스트리아 참호 박격포 파편에 큰 부상을 입어 밀라노의 미국 적십자사 병원에 후송되었고 그 후 상당한 회복 과정을 거쳐 제대했다. 같이 참전한 테드 브럼백은 미국에 있는 헤밍웨이의 아버지에게 편지를 보내 아들의 심각한 부상을 자세히 알리면서 〈헤밍웨이가 부상당한 이탈리아 군인을 위험에서 구하는 영웅적 행동을 했다〉고 전했다.

헤밍웨이가 실전을 경험한 기간은 겨우 한 달에 지나지 않았다. 그러나 사냥, 투우, 수렵 등 스스로에게 중요하다고 생각하는 주제들을 평생에 걸쳐 연구해 온 것과 마찬가지로 그는 제1차 세계 대전 또한 철저하게 연구했고, 이 연구를 통해 『무기여 잘 있거라』의 배경이 되는 장소들과 사건들을 아주 사실적으로 묘사할 수 있었다. 『무기여 잘 있거라』를 논평한 초기 비평가들은 헤밍웨이가 소설 속 장소들과 사건들을 직접 목격했다고 믿었는데, 가령 소설 속의 중요한 사건인 카포레토 퇴각 장면은 실제와 너무나 정확히 맞아떨어져 심지어 이탈리아 독자들조차도 헤밍웨이가 현장에 있었다고 확신할 정도였다.

1918년 11월 11일 휴전 협정이 이루어졌을 때, 헤밍웨이는 여전히 밀라노의 미국 병원에 입원해 있었다. 이때 그는 일곱 살 연상인 간호사 아그네스 본 크로프스키와 연애를 시작했다. 아그네스는 독일계 미국인의 딸로서 펜실베이니아 저먼에서 태어나 뉴욕 벨뷰 종합 병원에서 간호사 연수를 받고서 정식 간호사가 된 여자였다. 버니스 커트Bernice Kert의 책 『헤밍웨이의 여자들The Hemingway Women』에 의하면 두 사람의 연애는 성관계로까지 진전되지는 않았다. 연애는 다섯 달 정도 이어졌고 그들이 마지막으로 만난 것은 1918년 12월 9일이었다. 1919년 1월 4일 적십자사에서 제대하여 귀국한 헤밍웨이는 그해 3월 아그네스로부터 관계를 청산하자는 결별 편지를 받았다. 헤밍웨이가 너무 어리다는 이유였지만 사실은 당시 아그네스에게 그보다 연상의 멋진 남자가 생겼기 때문이다. 그녀는 종전 후에도 적십자사에 근무하다가 결혼했으나 이혼한 후 자녀 없이 독신으로 살다가 1984년에 사망했다. 1918년 헤밍웨이를 만났을 당시 아그네스는 28세의 경험 많고 원숙한 여성이었는데, 소설 속의 캐서린 바클리와는 간호사라는 직업과 뛰어난 미모를 지녔다는 점만 일치할 뿐 그 외에는 유사점을 찾을 수 없는 강인하고 독립적인 여자였다.

1920년대 파리 체류 시절에 헤밍웨이는 거트루드 스타인을 만나서 그녀로부터 문학 수업을 받았는데, 이때 스타인은 헤밍웨이를 가리켜 〈잃어버린 세대〉의 일원이라고 말했다. 〈당신은 잃어버린 세대예요. 당신은 그 어떤 것에 대해서도 존경심이 없어요. 당신은 술만 죽도록 마시다가 죽어 버릴 거예요.〉 제1차 세계 대전에 참전했고 그 후에 미국 문화에 대하여 정신적 소외감을 느끼는 모든 사람을 통칭하는 말이 곧 〈잃어버린 세대〉였다. 그 후 이 단어는 〈제1차 세계 대전 중에 성년이 되고 전쟁과 사회적 대격변 때문에 인생에 환멸을 느껴 세상에 냉소적인 사람들〉을 가리키는 용어로 정착되었다. 이 소설의 주인공 프레더릭 헨리가 바로 이런 사람들 중 하나인 셈이다. 헤밍웨이는 아그네스를 만난 지 10년이 흐른 후 제1차 세계 대전 중의 이탈리아를 배경으로 아그네스와의 연애 사건을 〈잃어버린 세대〉의 사상과 결합시켰고, 그렇게 『무기여 잘 있거라』가 탄생한 것이다.

작품 해설

『무기여 잘 있거라』에서 가장 중요한 표현은 아마 〈생물적 덫biological trap〉과 〈단독 평화 조약a separate peace〉일 것이다. 이 세상은 인간을 죽이려 들며, 착한 사람과 온순한 사람과 용감한 사람일수록 더욱더 죽이려 든다. 인간은 그러한 덫에 빠져 있기 때문에 매 순간 투쟁하면서 그 자신의 인생 법칙을 만들어 내지 않으면 안 된다. 다시 말해 개인이 투쟁하지 않는 한, 삶은 그에게 어떤 해결안도 제시해 주지 않고 궁극적으로는 그 개인을 죽인다는 것이다. 이것이 이 소설의 주인공 프레더릭 헨리가 소설의 초반부와 중반부에서 끊임없이 마주치는 현실이다. 소설의 후반부는 그런 현실에 저항하면서 부대를 탈영하여 혼자서 평화 조약을 맺고 사랑의 구체적 실천으로 나아가다가 사랑하는 여자의 죽음을 지켜보는 것으로 마무리된다.

전장에서 헨리는 리날디와 사제로 대표되는 서로 다른 인생의 대응 방식을 만난다. 군의관 리날디는 아무런 목표도 없이 그날그날을 보낸다. 장교용 창녀 집에서 위로를 받고 자신이 매독에 걸리지 않았을까 걱정하며 그 때문에 더욱더 순간의 쾌락을 추구한다. 리날디는 자신의 그런 상태를 결코 바꾸지 못한다고 생각하는데, 제25장에서 그의 대사가 이 사실을 단적으로 드러낸다. 〈천만에. 우리는 결코 다른 가능성을 얻지 못해. 우리는 우리가 가진 모든 것을 태어날 때 이미 가지고 태어나. 결코 그 이상을 배우지 못해. 새로운 것을 익히지 못하거든. 우리 모두는 완제품으로 출발하는 거지.〉 반면 사제는 이 세상이 사람을 그저 죽이지는 않으며, 어떤 희생을 바쳐도 후회가 되지 않는 보람찬 사랑을 가져다주는 때가 있다고 말한다. 그리하여 이 세상에는 어떤 〈획기적인 일〉이 벌어진다고 주장한다.

이 두 사람 사이에서 헨리는 시계추처럼 왔다 갔다 할 뿐 마음의 결정을 내리지 않는다. 그러나 캐서린을 만나면서부터 삶의 가치와 죽음의 공포 사이에서 균형추는 삶의 가치 쪽으로 급격히 기울고, 그것은 탈리아멘토 강에서의 도주로 구체화된다. 그는 사람을 죽이는 전쟁으로부터 멀리 벗어나 자기 스스로 〈단독 평화 조약〉을 맺었다고 말한다. 사제가 말한 〈획기적인 일〉이 헨리에게 벌어진 것이다.

이러한 헨리의 행위는 용기일까 아니면 비겁일까? 소설 속에서 헨리는 〈비겁한 자는 1천 번을 죽고, 용감한 자는 딱 한

번 죽을 뿐이다〉라는 셰익스피어의 대사를 인용하는데, 이에 대하여 캐서린은 아주 미묘한 이야기를 한다. 〈그 말을 한 사람은 어쩌면 비겁한 인간이었을 거예요. 겁쟁이에 대해서는 많이 알았지만 용감한 사람에 대해서는 잘 몰랐던 거죠. 용감하고 총명한 사람이라면 2천 번은 죽을 거예요. 단지 그 무수한 죽음을 말하지 않을 뿐이죠.〉 캐서린의 이런 이야기는 용기와 비겁이 실은 종이 한 장 차이이며, 자신의 비겁을 선명하게 의식하는 자만이 진정한 용기를 가진 사람으로 발전한다는 뜻이다. 인간에 대한 이런 입체적 인식은 자연 현상에서 발견되는 2원적 이미지에 의해 뒷받침된다. 가령 소설 속에서 불길한 일, 좋지 못한 일, 슬픈 일이 벌어지는 상황에서는 대체로 비가 내리는 반면 〈날카롭고 단단하고 선명한〉 느낌을 주는 곳에서는 으레 눈이 내린다. 그리고 이 비와 눈의 이미지는 들과 산이라는 장소로 더욱 뒷받침된다. 소설 속에서 비가 내리는 곳은 빌라, 도시, 병원 등 거의 대부분 평지인 반면 눈이 내리는 곳은 산장이거나 산속, 혹은 높은 고지이며 헨리와 캐서린이 평화롭게 사랑을 나누는 장소이다. 용기와 비겁 사이에서 갈등하던 헨리의 인생은 캐서린을 만나며 극적으로 달라진다. 캐서린의 임신을 알고부터 그는 스스로의 인생에 적극적으로 임하고자 애쓰며 자신의 행위에 책임지려는 태도로 돌아선다. 캐서린이 죽고 난 후, 헨리는 이 세상을 허무로 보는 리날디의 입장으로 돌아가지도 않고, 그렇다고 해서 사제가 말하는 그의 고향 아브루치, 즉 신앙의 세계로 돌아가지도 않는다. 그는 모든 것을 죽이는 세상의 비정한 이치를 받아들이지만, 동시에 그 자신이 적극 참여한 사랑의 리얼리티 역시 받아들인다. 여기서 독자는 그가 그 사랑의 실천을 위해서 생물적 덫을 과감하게 탈피할 준비를 갖추었음을 짐작할 수 있다.

 이 소설의 제목 『무기여 잘 있거라』는 두 가지 대상에 작별을 고한다. 탈리아멘토 강에 뛰어들어 단독 평화 조약을 맺은 헨리가 전쟁에 작별을 고하는 것이 그 하나이며, 출산 중 사망한 애인 캐서린의 〈양팔 arms〉에 작별을 고하는 것이 다른 하나다. 마지막 장에 〈마치 조각상에게 작별 인사를 하는 것 같았다〉라는 문장이 나오는데, 이 조각상은 구체적으로 캐서린의 양팔을 의미한다. 여기서 독자는 작별의 의미를 더 확대하여, 전쟁 중에 인생의 허무를 느끼던 헨리가 캐서린을 만나 사랑을 얻고 인생을 새롭게 바라보게 되어 그 허무에 작별을 고하는 것으로 읽어 볼 수도 있다. 소설 중 헨리와 캐서린이 나눈 이런 대화가 이를 뒷받침해 준다. 〈우리는 언제나 생물적인 덫에 빠져 있다는 느낌이 들어.〉 〈《언제나》는 듣기 좋은 말이 아니군요.〉

 개인이 생물적 울타리에 갇혀 있으면 오로지 자기 자신에게만 봉사하는 이기적 존재가 되고 만다. 그러나 인생에서 어떤 유의미한 대상을 발견하는 순간, 그 덫을 탈출하려는 의욕이 생기고 그것은 자신의 생물적 테두리를 벗어나는 행동으로 구체화된다. 캐서린이 〈언제나〉를 부정한 것은 바로 그러한 탈출의 의미를 함축한다. 헨리는 〈나는 생각하도록 만들어진 존재가 아니었다〉라고 소설 속에서 말한다. 그러나 부대를 탈영하여 캐서린에 대한 사랑을 실천하면서, 그는 인생과 사회에 대하여 깊은 생각에 잠기게 된다. 따라서 캐서린의 죽음으로 엄청난 사랑의 부채를 느끼며 빗속에서 호텔로 걸어 돌아간 헨리는 세상에 대하여 그때까지와는 다른 생각을 품게 되었을 것이다. 만약 그가 새로운 사람으로 성장한다면 어떤 인물이 될까? 역자는 그가 바로 『누구를 위하여 종을 울리나』의 로버트 조던이나 「노인과 바다」의 산티아고 같은 인물이 아닐까 추측해 본다.

이종인

어니스트 헤밍웨이 연보

1899년 출생 7월 21일 미국 일리노이 주 시카고 시 서부 오크 파크에서 출생. 2남 4녀 중 둘째이자 장남으로 태어남.

1901년 2세 처음으로 미시간의 월룬 호로 여름휴가를 떠남. 이후 여러 번 이 지역으로 휴가를 가는데, 월룬 호는 그의 초기 작품에 자주 등장하는 배경이 됨.

1909년 10세 할아버지로부터 생일 선물로 엽총을 받음. 할아버지에 대한 이야기는 이후 자살한 아버지의 이야기와 함께 『누구를 위하여 종은 울리나 *For Whom the Bell Tolls*』에 등장함.

1913년 14세 시카고의 권투 학원에 들어가 권투를 열심히 함. 이때 입은 부상의 후유증으로 2년 뒤 왼쪽 눈의 시력이 크게 떨어짐.

1917년 18세 오크 파크 고등학교를 우수한 성적으로 졸업. 4월 미국의 제1차 세계 대전 참전과 함께 헤밍웨이 역시 입대를 자원하지만 시력이 좋지 않아 불합격됨. 졸업 후 캔자스시티로 가서 「스타 The Star」지의 기자가 됨.

1918년 19세 약 7개월 정도 근무한 「스타」지에서 퇴사하고 이탈리아 군속 적십자 요원으로 전쟁에 참전. 이탈리아에서 근무 도중 포격으로 부상을 입고 밀라노 후송 병원에 입원함. 3개월의 치료 끝에 퇴원하여 이탈리아 보병 부대에 배속됨. 11월 휴전.

1919년 20세 부상으로 제대하여 미국으로 돌아옴.

1920년 21세 캐나다 토론토로 가서 신문 기자로 일하다가 곧 귀국함. 시카고 시에서 발행하는 한 기관지의 편집자가 됨. 이때 문학의 새로운 조류(주로 신비평)를 가져온 시카고 그룹의 예술가들과 교우함.

1921년 22세 9월 헤이들리 리처드슨Elizabeth Hadley Richardson과 결혼하여 캐나다 토론토에 거주. 『토론토 스타 위클리Toronto Star Weekly』지의 특파원이 되어 유럽으로 감.

1922~1924년 23~25세 파리 시대 개막. 거트루드 스타인Gertrude Stein과 에즈라 파운드Ezra Pound와 교우하며 이들로부터 문학 수업을 받음. 장남 존John Hadley Nicanor Hemingway 출생(1923). 몇 편의 초기 작품을 발표함. 1924년에 단편집 『우리들의 시대에In Our Time』 발표.

1925년 26세 단편 「두 개의 커다란 심장을 가진 강Big Two-Hearted River」 발표.

1926년 27세 장편소설 『해는 또다시 떠오른다The Sun Also Rises』 발표. 첫 부인 헤이들리 리처드슨과 이혼.

1927년 28세 『보그Vogue』지의 파리 특파원이자 의상 비평가인 폴린 파이퍼Pauline Pfeiffer와 재혼.

1928년 29세 차남 패트릭Patrick Hemingway 출생. 12월 6일 부친 클래런스 헤밍웨이Clarence Hemingway가 오크파크 자택 2층에서 스미스앤드웨슨 리볼버로 자신의 귀 뒷부분을 쏘아 자살. 그 전해에 의사 면허를 취득한 부친은 플로리다로 내려가 병원을 개업하며 은퇴할 계획으로 플로리다 부동산에 거금을 투자했으나, 부동산 가격이 폭락하면서 투자 자금을 모두 날리고 모든 계획이 물거품으로 돌아간 상황이었음. 당뇨병과 협심증에 따른 수면 부족으로 고통을 받던 중 12월의 비 내리는 추운 날씨가 계속되자 우울증이 더욱 심해짐. 자살 당시 부친의 나이는 57세.

1929년 30세　장편소설『무기여 잘 있거라*A Farewell to Arms*』발표.

1930년 31세　11월 소설가 도스 패소스John Dos Passos와 사냥 여행을 나섰다가 자동차 사고로 팔을 다쳐 세 차례의 수술을 받음.

1931년 32세　캔자스시티에서 셋째 아들 그레고리Gregory Hemingway 출생. 제왕 절개 수술로 태어남.

1932년 33세　논픽션집『오후의 죽음*Death in the Afternoon*』발표.

1933~1934년 34~35세　아프리카 여행. 단편집『승자는 아무것도 갖지 말라*Winner Take Nothing*』(1933) 발표.

1935년 36세　아프리카 여행기『아프리카의 푸른 언덕*Green Hills of Africa*』발표.

1936년 37세　7월『누구를 위하여 종은 울리나』의 배경이 된 스페인 내전 발발. 스페인 정부군을 위해 원조 자금 4만 달러를 개인 명의로 조달. 부상병 수송차와 의약품 등의 제공을 계획함.

1937년 38세　2월 북아메리카 신문 연합의 특파원이 되어 스페인으로 건너감. 스페인에서『콜리어 위클리*Collier's Weekly*』지의 특파원인 여류 작가 마사 겔혼Martha Gellhorn과 만나 열애에 빠짐.

1938년 39세　희곡「제5열The Fifth Column」과 그때까지 쓴 단편 49편을 하나로 묶어『제5열과 첫 49편의 단편들*The Fifth Column and The First Forty-Nine Stories*』을 출간.

1939년 40세　프랑코군이 1월에 바르셀로나를 함락시키고 3월에 마드리드에 입성. 스페인 내전은 반란군의 승리로 끝남. 쿠바의 아바나에 있는 한 호텔에서『누구를 위하여 종은 울리나』집필 시작.

1940년 41세　『누구를 위하여 종은 울리나』발표. 폴린 파이퍼와 이혼하고 마사 겔혼과 결혼.

1941년 42세　중일 전쟁 특파원으로 중국 방면을 여행함.

1942년 43세 82편의 전쟁 이야기들을 편집한 책 『전쟁 속의 인간 *Men at War: The Best War Stories of All Time*』 출간.

1943년 44세 제2차 세계 대전 취재차 아내 마사와 함께 프랑스로 건너감.

1944년 45세 5월 『타임 *Time*』지의 런던 지사에서 근무하던 언론인 메리 웰시Mary Welsh를 만남. 7월 조지 패튼George Smith Patton 장군의 사단에 배속되어 종군함.

1945년 46세 12월 세 번째 부인 마사 겔혼과 이혼.

1946년 47세 2월 네 번째 부인이며 이후 그의 죽음까지 지켜보게 되는 메리 웰시와 결혼.

1947년 48세 1944년에 프랑스에서 활약한 공로로 동성(銅星) 훈장을 받음.

1948년 49세 아내와 이탈리아를 방문하여 제1차 세계 대전 당시 부상당했던 격전지를 둘러보고 베네치아에서 19세의 아드리아나 이반치치Adriana Ivancich를 만남. 이후 그녀를 모델로 『강 건너 숲 속으로 *Across the River and Into the Trees*』를 쓰게 됨. 성관계는 없었으나 아드리아나는 헤밍웨이의 애인이 됨. 아드리아나의 모친은 헤밍웨이가 메리 웰시와 이혼하고 아드리아나와 결혼할 것을 은근히 바랬지만 당시 50세의 헤밍웨이는 다섯 번째 아내를 맞이하는 것을 망설였고, 아내 메리 웰시가 너무나 순종적이었기 때문에 모험을 하지 않음.

1949년 50세 아내와 다시 유럽으로 건너가 남프랑스와 이탈리아를 여행함.

1950년 51세 『강 건너 숲 속으로』 발표. 비평가들로부터 〈헤밍웨이의 문학은 하강 국면에 있다〉는 등 혹평을 받음.

1951년 52세 6월 모친 그레이스 홀 헤밍웨이Grace Hall Hemingway 사망.

1952년 53세 『라이프*Life*』지에 「노인과 바다The Old Man and the Sea」 발표. 이 소설로 명성을 되찾기 시작함.

1953년 54세 퓰리처상 수상.

1954년 55세 아프리카 우간다 지방을 여행하던 중 비행기 사고로 부부가 함께 중상을 입음. 신문은 헤밍웨이가 사망했다는 오보를 냄. 10월 노벨 문학상 수상.

1955년 56세 쿠바 정부로부터 산크리스토발 훈장을 받음.

1956년 57세 아이다호 케첨에서 논픽션 『이동 축일*A Moveable Feast*』을 집필. 이 책은 사후인 1964년에 발표됨.

1957년 58세 6월 시인 에즈라 파운드를 성 엘리자베스 정신 병원에서 퇴원시키고자 하는 펀드에 1천5백 달러를 기부함.

1958년 59세 10월까지 쿠바에 머물렀으나 카스트로 혁명이 시작되자 10월 초 케첨으로 돌아옴.

1959년 60세 『라이프』지에 스페인 전국 투우 견문기를 게재하는 조건으로 스페인으로 건너가 전국 순회. 그 견문기를 이 잡지에 「위험한 여름The Dangerous Summer」이라는 제목으로 발표함.

1960년 61세 대작을 써내지 못하는 것에 대한 정신적 고통과 고혈압 등의 지병으로 심각한 신경 쇠약 증세에 빠짐. 지인인 호츠너A. E. Hotchner가 『파파 헤밍웨이*Papa Hemingway: A Personal Memoir*』(1966)를 통해 자살 직전의 헤밍웨이 심경을 잘 묘사함. 〈세계적으로 유명한 명성도 얻었고 이제 편안히 은퇴하면 될 터인데 왜 자꾸 자살하려고 하느냐〉는 호츠너의 질문에 〈나는 작가인데 작가가 글을 쓰지 못한다면 더 이상 이 세상에 존재할 필요가 없다〉라고 답함.

1961년 62세 심한 우울증과 피해망상 증세를 보임. 피해망상과 근거 없는 불안에 대한 구체적인 내용은 그의 네 번째 부인 메리가 쓴 『실상*How It Was*』(1976)에 잘 나타남. 이해 4월 엽총으로 자살을 기도하지만 부인 메리에게 발각되어 미수에 그침. 가족의 권유로 미네소타 주 로체스터의 메이요 클리닉에 입원. 외부에는 고혈압 치료로 위장한 채 정신과 치료를 받음. 6주에 걸쳐 스물세 차례의 전기 충격 요법 치료를 받음. 병세가 호전되지 않아 병원 측에서 정신 병원에 정식 입원할 것을 권했으나 헤밍웨이가 거부함. 이때 의사는 〈지금 정신 병원에 들어가면 신문 하단에 조그마하게 날 것이나, 만약 치료를 받지 않아 불의의 사태가 벌어진다면 그때는 전 세계적인 뉴스가 될 것〉이라고 말했는데, 그 예측이 그대로 사실이 됨. 메이요 클리닉에서 돌아온 이틀 후인 7월 2일 자살. 향년 62세. 유작으로 『해류 속의 섬들 Islands in the Stream』(1970), 『위험한 여름 The Dangerous Summer』(1985), 『에덴동산 The Garden of Eden』(1986)이 출판됨.

열린책들 세계문학 199 무기여 잘 있거라

옮긴이 이종인 1954년 서울에서 태어나 고려대학교 영어영문학과를 졸업했다. 한국 브리태니커 편집국장과 성균관대학교 전문 번역가 양성 과정 교수를 역임했다. 폴 오스터의 『보이지 않는』, 『어둠 속의 남자』, 『폴 오스터의 뉴욕 통신』, 크리스토퍼 드 하멜의 『성서의 역사』, 프랭크 로이드 라이트의 『자서전』, 존 르카레의 『팅커, 테일러, 솔저, 스파이』, 니코스 카잔차키스의 『향연 외』, 『돌의 정원』, 『모레아 기행』, 『일본 중국 기행』, 『영국 기행』, 앤디 앤드루스의 『폰더 씨의 위대한 하루』, 줌파 라히리의 『축복받은 집』, 조지프 골드스타인의 『비블리오테라피』, 스티븐 앰브로스 외의 『만약에』, 사이먼 윈체스터의 『영어의 탄생』, 싱클레어 루이스의 『배빗』, 어니스트 헤밍웨이의 『노인과 바다』 등 1백여 권을 번역했고, 번역 입문 강의서 『번역은 글쓰기다』를 펴냈다.

지은이 어니스트 헤밍웨이 **옮긴이** 이종인 **발행인** 홍예빈
발행처 주식회사 열린책들 **주소** 경기도 파주시 문발로 253 파주출판도시
전화 031-955-4000 **팩스** 031-955-4004
홈페이지 www.openbooks.co.kr **이메일** literature@openbooks.co.kr
Copyright (C) 주식회사 열린책들, 2012, *Printed in Korea*.
ISBN 978-89-329-1199-1 04840 **ISBN** 978-89-329-1499-2 (세트)
발행일 2012년 2월 15일 세계문학판 1쇄 2025년 10월 10일 세계문학판 17쇄

이 도서의 국립중앙도서관 출판예정도서목록(CIP)은 서지정보유통지원시스템 홈페이지(http://seoji.nl.go.kr)와 국가자료공동목록시스템(http://www.nl.go.kr/kolisnet)에서 이용하실 수 있습니다.(CIP제어번호:CIP2012000518)

열린책들 세계문학
Open Books World Literature

001 **죄와 벌** 표도르 도스또예프스끼 장편소설 | 홍대화 옮김 | 전2권 | 각 408, 512면

003 **최초의 인간** 알베르 카뮈 장편소설 | 김화영 옮김 | 392면

004 **소설** 제임스 미치너 장편소설 | 윤희기 옮김 | 전2권 | 각 280, 368면

006 **개를 데리고 다니는 부인** 안똔 체호프 소설선집 | 오종우 옮김 | 368면

007 **우주 만화** 이탈로 칼비노 단편집 | 김운찬 옮김 | 416면

008 **댈러웨이 부인** 버지니아 울프 장편소설 | 최애리 옮김 | 296면

009 **어머니** 막심 고리끼 장편소설 | 최윤락 옮김 | 544면

010 **변신** 프란츠 카프카 중단편집 | 홍성광 옮김 | 464면

011 **전도서에 바치는 장미** 로저 젤라즈니 중단편집 | 김상훈 옮김 | 432면

012 **대위의 딸** 알렉산드르 뿌쉬낀 장편소설 | 석영중 옮김 | 240면

013 **바다의 침묵** 베르코르 소설선집 | 이상해 옮김 | 256면

014 **원수들, 사랑 이야기** 아이작 싱어 장편소설 | 김진준 옮김 | 320면

015 **백치** 표도르 도스또예프스끼 장편소설 | 김근식 옮김 | 전2권 | 각 504, 528면

017 **1984년** 조지 오웰 장편소설 | 박경서 옮김 | 392면

019 **이상한 나라의 앨리스** 루이스 캐럴 환상동화 | 머빈 피크 그림 | 최용준 옮김 | 336면

020 **베네치아에서의 죽음** 토마스 만 중단편집 | 홍성광 옮김 | 432면

021 **그리스인 조르바** 니코스 카잔차키스 장편소설 | 이윤기 옮김 | 488면

022 **벚꽃 동산** 안똔 체호프 희곡선집 | 오종우 옮김 | 336면

023 **연애 소설 읽는 노인** 루이스 세풀베다 장편소설 | 정창 옮김 | 192면

024 **젊은 사자들** 어윈 쇼 장편소설 | 정영문 옮김 | 전2권 | 각 416, 408면

026 **젊은 베르테르의 슬픔** 요한 볼프강 폰 괴테 장편소설 | 김인순 옮김 | 240면

027 **시라노** 에드몽 로스탕 희곡 | 이상해 옮김 | 256면

028 **전망 좋은 방** E. M. 포스터 장편소설 | 고정아 옮김 | 352면

029 **까라마조프 씨네 형제들** 표도르 도스또예프스끼 장편소설 | 이대우 옮김 | 전3권 | 각 496, 496, 460면

032 **프랑스 중위의 여자** 존 파울즈 장편소설 | 김석희 옮김 | 전2권 | 각 344면

034 **소립자** 미셸 우엘벡 장편소설 | 이세욱 옮김 | 448면

035 **영혼의 자서전** 니코스 카잔차키스 자서전 | 안정효 옮김 | 전2권 | 각 352, 408면

037 **우리들** 예브게니 자먀찐 장편소설 | 석영중 옮김 | 320면
038 **뉴욕 3부작** 폴 오스터 장편소설 | 황보석 옮김 | 480면
039 **닥터 지바고** 보리스 파스테르나크 장편소설 | 홍대화 옮김 | 전2권 | 각 480, 592면
041 **고리오 영감** 오노레 드 발자크 장편소설 | 임희근 옮김 | 456면
042 **뿌리** 알렉스 헤일리 장편소설 | 안정효 옮김 | 전2권 | 각 400, 448면
044 **백년보다 긴 하루** 친기즈 아이뜨마또프 장편소설 | 황보석 옮김 | 560면
045 **최후의 세계** 크리스토프 란스마이어 장편소설 | 장희권 옮김 | 264면
046 **추운 나라에서 돌아온 스파이** 존 르카레 장편소설 | 김석희 옮김 | 368면
047 **산도칸 — 몸프라쳄의 호랑이** 에밀리오 살가리 장편소설 | 유향란 옮김 | 428면
048 **기적의 시대** 보리슬라프 페키치 장편소설 | 이윤기 옮김 | 560면
049 **그리고 죽음** 짐 크레이스 장편소설 | 김석희 옮김 | 224면
050 **세설** 다니자키 준이치로 장편소설 | 송태욱 옮김 | 전2권 | 각 480면
052 **세상이 끝날 때까지 아직 10억 년** 스뜨루가츠끼 형제 장편소설 | 석영중 옮김 | 224면
053 **동물 농장** 조지 오웰 장편소설 | 박경서 옮김 | 208면
054 **캉디드 혹은 낙관주의** 볼테르 장편소설 | 이봉지 옮김 | 232면
055 **도적 떼** 프리드리히 폰 실러 희곡 | 김인순 옮김 | 264면
056 **플로베르의 앵무새** 줄리언 반스 장편소설 | 신재실 옮김 | 320면
057 **악령** 표도르 도스또예프스끼 장편소설 | 박혜경 옮김 | 전3권 | 각 328, 408, 528면
060 **의심스러운 싸움** 존 스타인벡 장편소설 | 윤희기 옮김 | 340면
061 **몽유병자들** 헤르만 브로흐 장편소설 | 김경연 옮김 | 전2권 | 각 568, 544면
063 **몰타의 매** 대실 해밋 장편소설 | 고정아 옮김 | 304면
064 **마야꼬프스끼 선집** 블라지미르 마야꼬프스끼 선집 | 석영중 옮김 | 384면
065 **드라큘라** 브램 스토커 장편소설 | 이세욱 옮김 | 전2권 | 각 340, 344면
067 **서부 전선 이상 없다** 에리히 마리아 레마르크 장편소설 | 홍성광 옮김 | 336면
068 **적과 흑** 스탕달 장편소설 | 임미경 옮김 | 전2권 | 각 432, 368면
070 **지상에서 영원으로** 제임스 존스 장편소설 | 이종인 옮김 | 전3권 | 각 396, 380, 496면
073 **파우스트** 요한 볼프강 폰 괴테 희곡 | 김인순 옮김 | 568면
074 **쾌걸 조로** 존스턴 매컬리 장편소설 | 김훈 옮김 | 316면
075 **거장과 마르가리따** 미하일 불가꼬프 장편소설 | 홍대화 옮김 | 전2권 | 각 364, 328면
077 **순수의 시대** 이디스 워튼 장편소설 | 고정아 옮김 | 448면
078 **검의 대가** 아르투로 페레스 레베르테 장편소설 | 김수진 옮김 | 384면

079 **예브게니 오네긴** 알렉산드르 뿌쉬낀 운문소설 | 석영중 옮김 | 328면

080 **장미의 이름** 움베르토 에코 장편소설 | 이윤기 옮김 | 전2권 | 각 440, 448면

082 **향수** 파트리크 쥐스킨트 장편소설 | 강명순 옮김 | 384면

083 **여자를 안다는 것** 아모스 오즈 장편소설 | 최창모 옮김 | 280면

084 **나는 고양이로소이다** 나쓰메 소세키 장편소설 | 김난주 옮김 | 544면

085 **웃는 남자** 빅토르 위고 장편소설 | 이형식 옮김 | 전2권 | 각 472, 496면

087 **아웃 오브 아프리카** 카렌 블릭센 장편소설 | 민승남 옮김 | 480면

088 **무엇을 할 것인가** 니꼴라이 체르니셰프스끼 장편소설 | 서정록 옮김 | 전2권 | 각 360, 404면

090 **도나 플로르와 그녀의 두 남편** 조르지 아마두 장편소설 | 오숙은 옮김 | 전2권 | 각 408, 308면

092 **미사고의 숲** 로버트 홀드스톡 장편소설 | 김상훈 옮김 | 424면

093 **신곡** 단테 알리기에리 장편서사시 | 김운찬 옮김 | 전3권 | 각 292, 296, 328면

096 **교수** 샬럿 브론테 장편소설 | 배미영 옮김 | 368면

097 **노름꾼** 표도르 도스또예프스끼 장편소설 | 이재필 옮김 | 320면

098 **하워즈 엔드** E. M. 포스터 장편소설 | 고정아 옮김 | 512면

099 **최후의 유혹** 니코스 카잔차키스 장편소설 | 안정효 옮김 | 전2권 | 각 408면

101 **키리냐가** 마이크 레스닉 장편소설 | 최용준 옮김 | 464면

102 **바스커빌가의 개** 아서 코넌 도일 장편소설 | 조영학 옮김 | 264면

103 **버마 시절** 조지 오웰 장편소설 | 박경서 옮김 | 408면

104 **10 1/2장으로 쓴 세계 역사** 줄리언 반스 장편소설 | 신재실 옮김 | 464면

105 **죽음의 집의 기록** 표도르 도스또예프스끼 장편소설 | 이덕형 옮김 | 528면

106 **소유** 앤토니어 수전 바이어트 장편소설 | 윤희기 옮김 | 전2권 | 각 440, 488면

108 **미성년** 표도르 도스또예프스끼 장편소설 | 이상룡 옮김 | 전2권 | 각 512, 544면

110 **성 앙투안느의 유혹** 귀스타브 플로베르 희곡소설 | 김용은 옮김 | 584면

111 **밤으로의 긴 여로** 유진 오닐 희곡 | 강유나 옮김 | 240면

112 **마법사** 존 파울즈 장편소설 | 정영문 옮김 | 전2권 | 각 512, 552면

114 **스쩨빤치꼬보 마을 사람들** 표도르 도스또예프스끼 장편소설 | 변현태 옮김 | 416면

115 **플랑드르 거장의 그림** 아르투로 페레스 레베르테 장편소설 | 정창 옮김 | 512면

116 **분신** 표도르 도스또예프스끼 장편소설 | 석영중 옮김 | 288면

117 **가난한 사람들** 표도르 도스또예프스끼 장편소설 | 석영중 옮김 | 256면

118 **인형의 집** 헨리크 입센 희곡 | 김창화 옮김 | 272면

119 **영원한 남편** 표도르 도스또예프스끼 장편소설 | 정명자 외 옮김 | 448면

120 **알코올** 기욤 아폴리네르 시집 | 황현산 옮김 | 352면

121 **지하로부터의 수기** 표도르 도스또예프스끼 장편소설 | 계동준 옮김 | 256면

122 **어느 작가의 오후** 페터 한트케 중편소설 | 홍성광 옮김 | 160면

123 **아저씨의 꿈** 표도르 도스또예프스끼 장편소설 | 박종소 옮김 | 312면

124 **네또츠까 네즈바노바** 표도르 도스또예프스끼 장편소설 | 박재만 옮김 | 316면

125 **곤두박질** 마이클 프레인 장편소설 | 최용준 옮김 | 528면

126 **백야 외** 표도르 도스또예프스끼 소설선집 | 석영중 외 옮김 | 408면

127 **살라미나의 병사들** 하비에르 세르카스 장편소설 | 김창민 옮김 | 304면

128 **뻬쩨르부르그 연대기 외** 표도르 도스또예프스끼 소설선집 | 이항재 옮김 | 296면

129 **상처받은 사람들** 표도르 도스또예프스끼 장편소설 | 윤우섭 옮김 | 전2권 | 각 296, 392면

131 **악어 외** 표도르 도스또예프스끼 소설선집 | 박혜경 외 옮김 | 312면

132 **허클베리 핀의 모험** 마크 트웨인 장편소설 | 윤교찬 옮김 | 416면

133 **부활** 레프 똘스또이 장편소설 | 이대우 옮김 | 전2권 | 각 308, 416면

135 **보물섬** 로버트 루이스 스티븐슨 장편소설 | 머빈 피크 그림 | 최용준 옮김 | 360면

136 **천일야화** 앙투안 갈랑 엮음 | 임호경 옮김 | 전6권 | 각 336, 328, 372, 392, 344, 320면

142 **아버지와 아들** 이반 뚜르게네프 장편소설 | 이상원 옮김 | 328면

143 **오만과 편견** 제인 오스틴 장편소설 | 원유경 옮김 | 480면

144 **천로 역정** 존 버니언 우화소설 | 이동일 옮김 | 432면

145 **대주교에게 죽음이 오다** 윌라 캐더 장편소설 | 윤명옥 옮김 | 352면

146 **권력과 영광** 그레이엄 그린 장편소설 | 김연수 옮김 | 384면

147 **80일간의 세계 일주** 쥘 베른 장편소설 | 고정아 옮김 | 352면

148 **바람과 함께 사라지다** 마거릿 미첼 장편소설 | 안정효 옮김 | 전3권 | 각 616, 640, 640면

151 **기탄잘리** 라빈드라나트 타고르 시집 | 장경렬 옮김 | 224면

152 **도리언 그레이의 초상** 오스카 와일드 장편소설 | 윤희기 옮김 | 384면

153 **레우코와의 대화** 체사레 파베세 희곡소설 | 김운찬 옮김 | 280면

154 **햄릿** 윌리엄 셰익스피어 희곡 | 박우수 옮김 | 256면

155 **맥베스** 윌리엄 셰익스피어 희곡 | 권오숙 옮김 | 176면

156 **아들과 연인** 데이비드 허버트 로런스 장편소설 | 최희섭 옮김 | 전2권 | 각 464, 432면

158 **그리고 아무 말도 하지 않았다** 하인리히 뵐 장편소설 | 홍성광 옮김 | 272면

159 **미덕의 불운** 싸드 장편소설 | 이형식 옮김 | 248면

160 **프랑켄슈타인** 메리 W. 셸리 장편소설 | 오숙은 옮김 | 320면

161 **위대한 개츠비** 프랜시스 스콧 피츠제럴드 장편소설 | 한애경 옮김 | 280면

162 **아Q정전** 루쉰 중단편집 | 김태성 옮김 | 320면

163 **로빈슨 크루소** 대니얼 디포 장편소설 | 류경희 옮김 | 456면

164 **타임머신** 허버트 조지 웰스 소설선집 | 김석희 옮김 | 304면

165 **제인 에어** 샬럿 브로테 장편소설 | 이미선 옮김 | 전2권 | 각 392, 384면

167 **풀잎** 월트 휘트먼 시집 | 허현숙 옮김 | 280면

168 **표류자들의 집** 기예르모 로살레스 장편소설 | 최유정 옮김 | 216면

169 **배빗** 싱클레어 루이스 장편소설 | 이종인 옮김 | 520면

170 **이토록 긴 편지** 마리아마 바 장편소설 | 백선희 옮김 | 192면

171 **느릅나무 아래 욕망** 유진 오닐 희곡 | 손동호 옮김 | 168면

172 **이방인** 알베르 카뮈 장편소설 | 김예령 옮김 | 208면

173 **미라마르** 나기브 마푸즈 장편소설 | 허진 옮김 | 288면

174 **지킬 박사와 하이드 씨** 로버트 루이스 스티븐슨 소설선집 | 조영학 옮김 | 320면

175 **루진** 이반 뚜르게네프 장편소설 | 이항재 옮김 | 264면

176 **피그말리온** 조지 버나드 쇼 희곡 | 김소임 옮김 | 256면

177 **목로주점** 에밀 졸라 장편소설 | 유기환 옮김 | 전2권 | 각 336면

179 **엠마** 제인 오스틴 장편소설 | 이미애 옮김 | 전2권 | 각 336, 360면

181 **비숍 살인 사건** S. S. 밴 다인 장편소설 | 최인자 옮김 | 464면

182 **우신예찬** 에라스무스 풍자문 | 김남우 옮김 | 296면

183 **하자르 사전** 밀로라드 파비치 장편소설 | 신현철 옮김 | 488면

184 **테스** 토머스 하디 장편소설 | 김문숙 옮김 | 전2권 | 각 392, 336면

186 **투명 인간** 허버트 조지 웰스 장편소설 | 김석희 옮김 | 288면

187 **93년** 빅토르 위고 장편소설 | 이형식 옮김 | 전2권 | 각 288, 360면

189 **젊은 예술가의 초상** 제임스 조이스 장편소설 | 성은애 옮김 | 384면

190 **소네트집** 윌리엄 셰익스피어 연작시집 | 박우수 옮김 | 200면

191 **메뚜기의 날** 너새니얼 웨스트 장편소설 | 김진준 옮김 | 280면

192 **나사의 회전** 헨리 제임스 중편소설 | 이승은 옮김 | 256면

193 **오셀로** 윌리엄 셰익스피어 희곡 | 권오숙 옮김 | 216면

194 **소송** 프란츠 카프카 장편소설 | 김재혁 옮김 | 376면

195 **나의 안토니아** 윌라 캐더 장편소설 | 전경자 옮김 | 368면

196 **자성록** 마르쿠스 아우렐리우스 명상록 | 박민수 옮김 | 240면

197 **오레스테이아** 아이스킬로스 비극 | 두행숙 옮김 | 336면
198 **노인과 바다** 어니스트 헤밍웨이 소설선집 | 이종인 옮김 | 320면
199 **무기여 잘 있거라** 어니스트 헤밍웨이 장편소설 | 이종인 옮김 | 464면
200 **서푼짜리 오페라** 베르톨트 브레히트 희곡선집 | 이은희 옮김 | 320면
201 **리어 왕** 윌리엄 셰익스피어 희곡 | 박우수 옮김 | 224면
202 **주홍 글자** 너새니얼 호손 장편소설 | 곽영미 옮김 | 360면
203 **모히칸족의 최후** 제임스 페니모어 쿠퍼 장편소설 | 이나경 옮김 | 512면
204 **곤충 극장** 카렐 차페크 희곡선집 | 김선형 옮김 | 360면
205 **누구를 위하여 종은 울리나** 어니스트 헤밍웨이 장편소설 | 이종인 옮김 | 전2권 | 각 416, 400면
207 **타르튀프** 몰리에르 희곡선집 | 신은영 옮김 | 416면
208 **유토피아** 토머스 모어 소설 | 전경자 옮김 | 288면
209 **인간과 초인** 조지 버나드 쇼 희곡 | 이후지 옮김 | 320면
210 **페드르와 이폴리트** 장 라신 희곡 | 신정아 옮김 | 200면
211 **말테의 수기** 라이너 마리아 릴케 장편소설 | 안문영 옮김 | 320면
212 **등대로** 버지니아 울프 장편소설 | 최애리 옮김 | 328면
213 **개의 심장** 미하일 불가꼬프 중편소설집 | 정연호 옮김 | 352면
214 **모비 딕** 허먼 멜빌 장편소설 | 강수정 옮김 | 전2권 | 각 464, 488면
216 **더블린 사람들** 제임스 조이스 단편소설집 | 이강훈 옮김 | 336면
217 **마의 산** 토마스 만 장편소설 | 윤순식 옮김 | 전3권 | 각 496, 488, 512면
220 **비극의 탄생** 프리드리히 니체 | 김남우 옮김 | 320면
221 **위대한 유산** 찰스 디킨스 장편소설 | 류경희 옮김 | 전2권 | 각 432, 448면
223 **사람은 무엇으로 사는가** 레프 똘스또이 소설선집 | 윤새라 옮김 | 464면
224 **자살 클럽** 로버트 루이스 스티븐슨 소설선집 | 임종기 옮김 | 272면
225 **채털리 부인의 연인** 데이비드 허버트 로런스 장편소설 | 이미선 옮김 | 전2권 | 각 336, 328면
227 **데미안** 헤르만 헤세 장편소설 | 김인순 옮김 | 264면
228 **두이노의 비가** 라이너 마리아 릴케 시 선집 | 손재준 옮김 | 504면
229 **페스트** 알베르 카뮈 장편소설 | 최윤주 옮김 | 432면
230 **여인의 초상** 헨리 제임스 장편소설 | 정상준 옮김 | 전2권 | 각 520, 544면
232 **성** 프란츠 카프카 장편소설 | 이재황 옮김 | 560면
233 **차라투스트라는 이렇게 말했다** 프리드리히 니체 산문시 | 김인순 옮김 | 464면
234 **노래의 책** 하인리히 하이네 시집 | 이재영 옮김 | 384면

235 **변신 이야기** 오비디우스 서사시 | 이종인 옮김 | 632면

236 **안나 카레니나** 레프 톨스토이 장편소설 | 이명현 옮김 | 전2권, 각 800, 736면

238 **이반 일리치의 죽음·광인의 수기** 레프 톨스토이 중단편집 | 석영중·정지원 옮김 | 232면

239 **수레바퀴 아래서** 헤르만 헤세 장편소설 | 강명순 옮김 | 272면

240 **피터 팬** J. M. 배리 장편소설 | 최용준 옮김 | 272면

241 **정글 북** 러디어드 키플링 중단편집 | 오숙은 옮김 | 272면

242 **한여름 밤의 꿈** 윌리엄 셰익스피어 희곡 | 박우수 옮김 | 160면

243 **좁은 문** 앙드레 지드 장편소설 | 김화영 옮김 | 264면

244 **모리스** E. M. 포스터 장편소설 | 고정아 옮김 | 408면

245 **브라운 신부의 순진** 길버트 키스 체스터턴 단편집 | 이상원 옮김 | 336면

246 **각성** 케이트 쇼팽 장편소설 | 한애경 옮김 | 272면

247 **뷔히너 전집** 게오르크 뷔히너 지음 | 박종대 옮김 | 400면

248 **디미트리오스의 가면** 에릭 앰블러 장편소설 | 최용준 옮김 | 424면

249 **베르가모의 페스트 외** 옌스 페테르 야콥센 중단편 전집 | 박종대 옮김 | 208면

250 **폭풍우** 윌리엄 셰익스피어 희곡 | 박우수 옮김 | 176면

251 **어센든, 영국 정보부 요원** 서머싯 몸 연작 소설집 | 이민아 옮김 | 416면

252 **기나긴 이별** 레이먼드 챈들러 장편소설 | 김진준 옮김 | 600면

253 **인도로 가는 길** E. M. 포스터 장편소설 | 민승남 옮김 | 552면

254 **올랜도** 버지니아 울프 장편소설 | 이미애 옮김 | 376면

255 **시지프 신화** 알베르 카뮈 지음 | 박언주 옮김 | 264면

256 **조지 오웰 산문선** 조지 오웰 지음 | 허진 옮김 | 424면

257 **로미오와 줄리엣** 윌리엄 셰익스피어 희곡 | 도해자 옮김 | 200면

258 **수용소군도** 알렉산드르 솔제니찐 기록문학 | 김학수 옮김 | 전6권, 각 460면 내외

264 **스웨덴 기사** 레오 페루츠 장편소설 | 강명순 옮김 | 336면

265 **유리 열쇠** 대실 해밋 장편소설 | 홍성영 옮김 | 328면

266 **로드 짐** 조지프 콘래드 장편소설 | 최용준 옮김 | 608면

267 **푸코의 진자** 움베르토 에코 장편소설 | 이윤기 옮김 | 전3권, 각 392, 384, 416면

270 **공포로의 여행** 에릭 앰블러 장편소설 | 최용준 옮김 | 376면

271 **심판의 날의 거장** 레오 페루츠 장편소설 | 신동화 옮김 | 264면

272 **에드거 앨런 포 단편선** 에드거 앨런 포 지음 | 김석희 옮김 | 392면

273 **수전노 외** 몰리에르 희곡선집 | 신정아 옮김 | 424면

274 **모파상 단편선** 기 드 모파상 지음 | 임미경 옮김 | 400면
275 **평범한 인생** 카렐 차페크 장편소설 | 송순섭 옮김 | 280면
276 **마음** 나쓰메 소세키 장편소설 | 양윤옥 옮김 | 344면
277 **인간 실격·사양** 다자이 오사무 소설집 | 김난주 옮김 | 336면
278 **작은 아씨들** 루이자 메이 올컷 장편소설 | 허진 옮김 | 전2권 | 각 408, 464면
280 **고함과 분노** 윌리엄 포크너 장편소설 | 윤교찬 옮김 | 520면
281 **신화의 시대** 토머스 불핀치 신화집 | 박중서 옮김 | 664면
282 **셜록 홈스의 모험** 아서 코넌 도일 단편집 | 오숙은 옮김 | 456면
283 **자기만의 방** 버지니아 울프 지음 | 공경희 옮김 | 216면
284 **지상의 양식·새 양식** 앙드레 지드 지음 | 최애영 옮김 | 360면
285 **전염병 일지** 대니얼 디포 지음 | 서정은 옮김 | 368면
286 **오이디푸스왕 외** 소포클레스 비극 | 장시은 옮김 | 368면
287 **리처드 2세** 윌리엄 셰익스피어 희곡 | 박우수 옮김 | 208면
288 **아내·세 자매** 안톤 체호프 선집 | 오종우 옮김 | 240면
289 **폭풍의 언덕** 에밀리 브론테 장편소설 | 전승희 옮김 | 592면
290 **조반니의 방** 제임스 볼드윈 장편소설 | 김지현 옮김 | 320면
291 **의무론** 마르쿠스 툴리우스 키케로 지음 | 김남우 옮김 | 312면
292 **밤에 돌다리 밑에서** 레오 페루츠 지음 | 신동화 옮김 | 360면
293 **한낮의 열기** 엘리자베스 보엔 장편소설 | 정연희 옮김 | 576면
294 **아바나의 우리 사람** 그레이엄 그린 장편소설 | 최용준 옮김 | 392면
295 **필경사 바틀비** 허먼 멜빌 중단편집 | 윤희기 옮김 | 400면